KB074393

안녕,
드뷔시

안녕, 드뷔시

나카야마 시치리
장편소설

이정민 옮김

블루홀6

옮긴이 **이정민**

출판 및 일본어 전공. 일본 도쿄의 회계사무소에서 인턴십
프로그램을 수료하고 귀국 후에는 일본인 주재원의 전속
통역으로 근무하며 한국어와 일본어의 차이와 사이에 매료
되었다. 현재 재미있고 감동적인 작품을 기획 및 소개하는 데
힘쓰고 있다. 역서로는 『날개가 없어도』, 『신의 아이』, 『요철』,
『최저』, 『아침이 온다』, 『언덕 중간의 집』 등이 있다.

안녕,
드뷔시

초판 1쇄 발행 2019년 3월 30일 **초판 4쇄 발행** 2021년 7월 20일

지은이 나카야마 시치리 **옮긴이** 이정민
책임편집 민현주 **디자인** 디자인비따 **제작** 송승욱 **발행인** 송호준

발행처 블루홀식스 **출판등록** 2016년 4월 5일 제 2016-000100호
주소 경기도 파주시 회동길 483-1 **전화** 031-955-9777 **팩스** 031-955-9779
이메일 blueholesix@naver.com

ISBN 979-11-89571-02-3 03830

"세상은 악의로 가득 차 있다. 현대는 불관용의 시대다. 누구나 다른 사람을 용서하려 들지 않는다."

위 말은 『안녕, 드뷔시』의 등장인물이 세상에 대해 언급한 구절이다. 『안녕, 드뷔시』를 집필한 것이 2008년 11월이었으니 지금으로부터 딱 10년 전이다. 당시 은연중에 느꼈던 인상을 소설 세계의 배경으로 적용한 것이다. 물론 이 소설의 주인공이 온 힘을 다해 노력하며 세상을 바꿔 나가기 위한 복선이기도 했다.

『안녕, 드뷔시』의 재출간에 즈음해 우선 놀란 것은 10년 전에 느낀 인상이 줄어들기는커녕 오히려 두드러졌다는 사실이다. 시대가 지남에 따라 불관용의 수위는 더욱더 높아졌고 사람과 사람의 다툼은 더없이 치열해졌다.

세상이 혼란에 빠지고 길가에는 굶주린 사람, 전쟁터에서는 총탄에 쓰러지는 사람이 쏟아지는 상황에서 도대체 이야 기는 그들에게 무엇을 해 줄 수 있을까. 2011년에 엄청난 비극이 동일본을 집어삼켰을 때, 창작에 종사하는 사람이라면 누구나 한 번은 자문해 봤을 것이다. 나도 예외는 아니었다.

온갖 수단을 동원해 일상을 되찾을 수밖에 없다고, 수많은 창작자는 생각했다. 나 자신의 사명은 사람의 마음을 위로하고 의지를 북돋아 주는 엔터테인먼트 소설을 꾸준히 창작하는 것임을 깨달았다.

음악도 마찬가지다. 당시 수많은 음악가가 자선 음악회를 열었고 이미 해산한 그룹까지 재결성해 사람들에게 노래를 선사했다.

이야기와 음악에는 힘이 있다.

이는 재앙을 막는 초능력이 아닐뿐더러 죽은 자를 되살리는 마력도 아니다.

그러나 사람들에게 가능성을 믿게 하고 다시 일어설 용기를 주는 힘이다.

『안녕, 드뷔시』는 절망의 구렁텅이에 빠진 나약한 사람이 '음악'을 유일한 무기 삼아 다시 일어서는 이야기다. 나약한 사람은 어쩌면 이 소설을 읽는 당신일지도 모르고, 당신의 나라일지도 모르고, 이 세상일지도 모른다. 어떤 인간에게도 다시 일어설 힘이 있다.

　10년 전보다 더 가혹해진 시대에 사람이 다시 일어서는 힘을 그린 이야기가 새로이 번역 출간되는 것을 조금은 슬프게, 그리고 자랑스럽게 생각한다.

나카야마 시치리

일러두기

1. 본문의 주는 전부 독자의 이해를 돕기 위한 옮긴이주입니다.

I *Tempestoso delirante*
사나운 폭풍처럼 광포하게

I

건반에 손가락을 살포시 올려놓는다.

오른발을 페달에 가볍게 얹는다.

심호흡을 하고 손가락을 움직이기 시작한다.

저음에서 시작되는 서주. 그리고 화음에서 부드러운 3도 겹음으로 옮겨간 순간 오니즈카 선생님의 불호령이 떨어졌다.

"거기! 손가락이 주저앉았잖아."

굳이 말씀 안 하셔도 알거든요, 하고 나는 속으로 혀를 찼다. 도입부쯤은 기분 좋게 시작하게 놔두면 좋으련만.

"손가락 둥글게! 제대로 세워!"

"느리잖아! 더 빨리."

"크레셴도!"*

한 소절 칠 때마다 날아드는 꾸지람에 내 손가락은 하나둘 자유를 잃는다. 손가락 하나하나가 말의 가시에 찔리는 것 같다. 원래는 화려하고 박력 있는 곡인데 순식간에 초라하고 맥없는 잡음 수준으로 떨어졌다.

쇼팽의 〈영웅 폴로네즈〉.

폴로네즈를 모르는 사람이 들으면 볼로네즈 파스타와 헷갈리겠지만, 만약 그렇다면 나는 기꺼이 파스타를 푸짐하게 삶아 줄 테다. 폴로네즈란 폴란드 무곡을 뜻하는 말인데 곡의 주선율은 과연 무곡풍이다. 서주부터 춤추는 듯한 선율이 이어져 듣는 이를 들뜨게 한다. 하지만 연주하는 입장에서 이 곡은 그야말로 난곡이다. 화음을 이루는 음표가 건반을 폭넓게 넘나들어 손이 작은 연주자가 치기에는 불리하기 때문이다. 그런 데다 연속되는 왼손 옥타브 때문에 엄지손가락을 거의 중노동 하듯 쉴 새 없이 움직여야 한다. 차라리 파스타를 삶는 게 훨씬 편하다. 실제로 중간부에 접어든 시점에서 내 손가락은 이미 너덜너덜해졌다.

"틀렸어! 거기 옥타브를 더 정확하게!"

아니나 다를까 예상한 부분에서 지적을 받았다.

나는 혼나면서 열심히 손가락을 움직였다. 그렇지만 손끝

---

*   crescendo, 점점 세게 연주.

은 이미 말을 듣지 않았다. 힘이 달린다. 템포가 어긋난다. 이번에도 손가락이 힘없이 주저앉고 미끄러지고 계속 어그러졌다.

"그만!" 오니즈카 선생님이 손뼉을 치며 소리쳤다.

"완전히 틀려먹었어! 지난번 레슨 때보다 어쩜 요만큼도 늘지 않았니! 하루카, 너 집에서 제대로 연습한 거 맞아? 옥타브 부분은 오로지 연습하는 수밖에 없어. 기계처럼 정확히 쳐야 한다고."

그럼 자동 연주 피아노에 맡기시든가요. 나는 속으로 투덜거렸다. 표정에서 티가 났는지 선생님이 나를 귀신처럼 무서운 얼굴로 노려보았다.

"음악과에 추천 입학이 결정되었다고 해서 방심하면 못써. 그랬다가는 남들한테 뒤처지기 십상이야."

연습 부족에 대해 3분, 곡의 이해 부족에 대해 다시 3분 동안 잔소리가 이어진 뒤 드디어 나는 해방되었다.

다음은 루시아 차례다. 가엾게도 잔뜩 위축된 모습이 꼭 형장으로 끌려가는 죄수 같다. 그녀의 과제곡은 체르니 연습곡. 폴로네즈보다 쉽지만 예상대로 루시아는 곡을 연주하자마자 건반을 잘못 눌렀다. 그런데도 오니즈카 선생님은 지적하지 않고 한쪽 팔꿈치를 괸 채 못마땅한 표정을 지을 뿐이다. 루시아는 원래 정규 수강생도 아니고 단순히 나를 따라왔을 뿐이라 선생님은 당연히 루시아에게 수강생 대접은 고사하고 그녀를 혼내지도 않는다. 하지만 선생님의 무언의 압력에 루시아는 갈수록 긴장해 미스터치를 연발했다. 손가락이 무너지는 수준이 아니다. 건반을 치는 둥 마는 둥 이리저리 헤매기 바쁘다. 리듬은 진작 깨졌고 강약도 엉망이다. 원래는 경쾌한 곡인데 오니즈카 선생님의 꿍함이 전염되어 레슨실의 분위기가 칙칙하게 가라앉았다. 얼른 여기서 나가고 싶었다.

다만 루시아의 명예를 위해 밝히자면 그녀의 기량은 결코 낮지 않다. 집에서 같이 연습할 때는 나보다 더 잘하는 게 아닌가 싶을 때도 있다. 그런데 이 소녀는 낯가림이 어마어마하게 심해 상대하기 어렵거나 낯선 사람 앞에서는 인사조차 제대로 하지 못한다. 오니즈카 선생님은 당연히 전자 쪽에 해당한다.

문득 나는 혼자 묻고 대답해 봤다. 악기를 연주하면 즐거워야 하는데 왜 이렇게 고통스러울까? 음악이란 이렇게 불편한 경험을 거쳐야만 하는 걸까? 물론 '즐겁다'의 반대말이 '괴롭다'가 아니라 괴롭지만 뿌듯한 일도 있고 쉽지만 재미없는 일도 있다는 것쯤은 알고 있다. 하지만 괴로운 것도 모자라 재미까지 없다면 그건 연습이라기보다 고행이다. 수도승도 아니고 겨우 열다섯 먹은 소녀가 뭐가 좋아서 만날 이런 고행을 한단 말인가.

나름 심각하게 생각하고 있는데 갑자기 연주 도중 오니즈카 선생님이 또 손뼉을 쳤다.

"미안하구나. 손님이 와서 잠깐 중단할게."

루시아가 드디어 고통에서 벗어났다는 듯 안도의 한숨을 크게 내쉬었다. 남을 의식하지 않는 태도에도 정도가 있다. 타고났는지 자란 환경 탓인지 몰라도 내 사촌인 루시아는 반응이 너무 솔직하다. 나중에 충고해 줘야겠다.

"레슨 중에 죄송합니다……."

언제 들어왔을까. 갑자기 찾아온 손님이 문 앞에서 미안한 얼굴로 서 있었다. 서른여덟 살 독신인 오니즈카 선생님이 조금 전의 부루퉁한 표정을 천장 높이 내던지고 환한 미소로 이 남자 손님을 맞이했다.

"넌 얼마든지 환영이야. 이게 얼마 만이야, 3년 만인가?"

"좋아 보이셔서 다행입니다."

"들었어. 음대 강사로 초빙되었다면서?"

"초빙이라뇨, 당치도 않습니다. 강사 한 분이 출산휴가에 들어가서 임시로 고용된 것뿐입니다."

"보나 마나 도베 선생이 울면서 매달렸겠지. 그런 일을 뭐 하러 받아들인담? 먹고살 걱정이 있는 것도 아니고, 아버지가 방송계에 연줄이 있으니 덕을 봐도 될 텐데. 하긴, 그런데도 받아들이는 점이 너답다면 너답지만."

알랑거리며 교태까지 부리다니, 오니즈카 선생님의 얼굴이 선생님에서 여자의 얼굴로 완전히 둔갑했다. 선생님의 갑작스러운 태도 변화는 어이가 없었지만 손님의 얼굴을 보면 이해가 안 가는 것도 아니다.

상당한 꽃미남이었기 때문이다.

나이는 아마 이십 대 초반, 큰 키에 늘씬한 체형, 그리고 작은 얼굴. 아이돌처럼 예쁘장하거나 전대물 주인공처럼 정의롭게 생기지도 않았는데, 그렇다고 호스트처럼 섹시한 얼굴도 아니다. 도련님이랄까, 양갓집 총명한 꼬마 도령이 비뚤어지지 않고 곱게 자란 듯한 잘생김.

왕자님의 등장으로 가라앉았던 레슨실의 분위기가 단번에 살아났다.

"소개할게. 내 후배이자 신진기예 피아니스트 미사키 요스케. 여긴 수강생인 고즈키 하루카와 사촌인 가타기리 루시아."

미사키 요스케. 그 이름을 듣고 그제야 왕자님의 얼굴을 본 기억이 떠올랐다. 정기 구독하는 피아노 잡지에서 그에 관한 기사를 읽었다. 국내 유명한 콩쿠르를 휩쓸고 다니는 기대되는 신예. 사진 속의 그는 몹시 절제된 모습이어서 그가 바로 생각나지 않은 것이다. 감정이 절제된 옆얼굴도 늠름했지만 정면에서 보는 부드럽게 미소 띤 얼굴은 서른여덟 살의 독신이 아니더라도 정신이 몽롱해지기에 충분했다.

대박. 완전 내 스타일이다.

그가 처음 뵙겠습니다, 하고 말하기에 나와 루시아는 얼른 머리를 숙였다. 흘끗 보니 루시아의 볼에 발그레한 홍조가 떠올라 있다. 하여튼 반응이 너무 솔직하다니까.

"조금 전에 친 곡, 〈영웅 폴로네즈〉였죠?"

헉! 그 형편없는 연주를 듣고 있었어?

나는 다른 이유로 얼굴이 달아올랐다.

"쇼팽을 좋아하나요?"

"아, 네. 많이 좋아해요" 하고 순간 거짓말이 튀어나왔다. 아니, 거짓말이 아니다. 이런 걸 사교적인 멘트라고 한다. 미사키 요스케가 여전히 미소를 띠고 있는 것으로 보아 사교적인 멘트를 제대로 사교적인 멘트로 받아들여 준 듯했다.

"저…… 궁금한 게 있어요." 루시아가 고개도 들지 않고 말했다.

미사키 요스케가 조금 놀란 듯했다.

"네. 뭔데요?"

"……피아노를 잘 치려면 어떻게 해야 하나요?"

피아니스트에게는 흔하디흔한 질문이다. 그런데 알고 보면 평범한 질문이야말로 짓궂은 질문이기도 하다. 질문이 평범하다고 해서 대답까지 평범하게 하면 자기 자신이 평범하다는 걸 인정하는 셈이니 말이다. 그걸 알아서인지 미사키 요스케가 난처한 얼굴로 "난이도 높은 질문이군요……" 하고 중얼거리더니 생각에 잠겼다. 고작 열다섯 소녀의 질문에 뭘 그리 진지하게 고민하는지.

이윽고 그가 미안하다는 듯이 입을 열었다.

"진부한 대답이지만…… 연습을 하거나 곡을 이해하는 것도 중요하지만 역시 좋아하는 게 먼저 아닐까요? 인간은 아무리 노력해도 싫어하는 것에는 온 열정을 쏟지 못하는 법이니까요. 고즈키 씨, 당신도 그렇게 생각하지 않나요?"

으악! 그 질문을 왜 나한테 던지는 건데?

조금 전 '많이 좋아해요'라는 내 대답을 사교적인 멘트로 받아 준 거 아니었어? 혹시 비아냥거리는 거야?

나는 뭐라 대답해야 할지 몰라 평소 습관대로 고개를 오른쪽으로 기울였다.

2월은 일 년 중 가장 추운 달이다. 그래도 중순을 지날 무렵이면 공기에 온화한 기운이 감돌아 한낮에 쏟아지는 햇볕이 사람의 체온만큼 따사롭다. 나는 겨드랑이에 코트를 끼고 덜렁덜렁 집으로 향했다. 그 반면 루시아는 옷을 껴입고도 추운지 목을 잔뜩 움츠리고 있다. 루시아는 여름 나라에서 나고 자라 이 정도 추위에도 못 견디는 것이다. 그러고 보니 그 나라에는 겨울옷이 아예 없고 고급 호텔에서만 코트 같은 옷을 판다고 들었다. 지금 루시아가 입고 있는 코트도 공항 면세점에서 급하게 산 것이다.

"하루카." 루시아가 어깨를 쿡쿡 찔렀다.

"응?"

"아까 고개 갸웃거린 거 말이야. 귀여운 척하는 것 같으니까 그만두는 게 좋겠어. 내숭꾸러기인 게 빤히 보이더라. 하루카는 워낙 감정 표현이 직접적이잖아."

"사돈 남 말 하시네. 그리고 내숭꾸러기라는 말은 이제 한물갔거든? 요즘은 아저씨밖에 안 쓴다고."

"아― 정말? 지난번에 왔을 때 하루카가 쓰길래 일부러 외워 뒀는데."

"유행어도 국경을 넘으려나? 거기서도 인터넷 같은 거 하지 않아?"

"으음. 그래도 일본인끼리 말할 때는 표준어만 쓰고 나랑 동갑인 아이도 별로 없거든. 일본어는 정말 어려워. 애써 배운 말이 금방 낡아 버리다니."

그런데도 너는 열심히 배우려고 노력하잖아, 정말 훌륭해, 하고 나는 마음속으로 말했다.

루시아는 집에서 고모가 가져간 고리타분한 문학 전집만 읽어 왔다고 들었다. 상황이 그러하니 그녀의 어휘력이 시대에 뒤처지는 것도 당연하다. 그런데 불과 두 달 만에 현재 수준까지 숙달된 것은 순전히 루시아의 노력 덕택이다.

일 년에 한 번 만났던 사촌이지만 나와 루시아는 죽이 척척 맞는다. 동갑인 데다 키와 몸집, 머리 색까지 똑같은가 하면 별자리와 혈액형마저 똑같다(책에서 별자리점이나 혈액형점을 볼 때 한 번에 뚝딱 끝나서 편하다). 심지어 좋아하는 남자 스타일까지 똑같다. 유일하게 성격만은 정반대라 아무리 수

다를 떨어도 지겹지 않다. 그래서 내 마음속에서 루시아는 단순히 사촌이라기보다 가장 친한 친구로 자리했다. 그랬다, 그동안에는.

잠시 후 저 앞에 만바대교가 보이기 시작했다. 다리 난간에 기대 쇼나이강을 내려다보면 햇살을 받아 눈부시게 반짝이는 윤슬을 감상할 수 있다. 무척이나 아름다운 풍경이지만 루시아가 옆에 있다면 이야기는 다르다.

당분간은 이 소녀가 강을 보게 해서는 안 된다.

"서두르자!"

나는 루시아의 손목을 잡고 만바대교를 내달리기 시작했다. 루시아의 시선이 앞만 향하도록, 그리고 1초라도 빨리 강의 풍경에서 멀어지도록.

루시아는 순간 앗, 하고 소리쳤지만 곧 내가 잡아끄는 대로 따라왔다. 뭐가 좋은지 스쳐 지나가는 아주머니가 흐뭇한 눈길로 우리를 쳐다봤다. 웃지 말아요. 알고 보면 결코 흐뭇한 일이 아니란 말이에요.

나는 다리를 건너고 나서야 속도를 늦췄다. 그러자 뒤에서 거친 숨을 몰아쉬던 루시아가 말했다.

"저기, 하루카…… 너무 마음 쓰지 않아도 돼." 나는 얼어붙은 듯 발걸음을 멈췄다. "얼른 적응해야지. 안 그러면 강이 많은 이 마을에서 살아갈 수 없는걸."

나는 루시아를 얕보고 있었다.

갑자기 부끄러워져서 루시아를 잡은 손을 놨다. 부끄러움과 미안함으로 얼굴이 불에 덴 듯 화끈거렸다. 그러자 루시아가 내 손을 잡았다.

"그래도…… 고마워."

"……응."

우리는 손을 맞잡고 터벅터벅 걸음을 옮겼다. 루시아의 손은 내 손보다 훨씬 차가웠다.

크리스마스부터 정월 초사흘까지 열흘간을 일본에서 보내는 것이 루시아네 가족 가타기리 일가의 연중행사다. 레이코 고모는 첫눈에 반한 가타기리 씨의 사업 관계로 결혼 직후 인도네시아로 가서 살았는데, 두 사람 다 완전히 그 땅에 정든 나머지 놀랍게도 귀화했다. 그곳에서 태어난 루시아의 국적은 당연히 인도네시아지만, 고모부는 그녀를 일본인으로도 키우고 싶었는지 가급적 일본과 일본 문화를 접하게 했다. 그러나 인도네시아에 그나마 세 군데 있는 일본인 학교는 전부 중학교까지라 졸업하면 또래와 교류할 기회가 없어진다(무엇보다 루시아의 동급생이 네 명밖에 없었다고 한다). 일본인회라는 모임도 있지만 기본적으로 인도네시아에 거주하는 일본인 친목회. 따라서 일 년에 딱 한 번 일본에 머무는 것은 루시아에게 귀중한 일본 교육의 일환이었다.

그런데 이번에는 고모부에게 급한 용무가 생겨 루시아만

한발 먼저 왔다. 섣달 그믐날이 되면 고모 부부도 일본에 올 예정이었다.

그런데 12월 26일 그 사건이 일어났다.

수마트라섬 지진.

현지 시간 오전 7시 58분, 일본 시간 오전 9시 58분. 인도 양에서 매그니튜드 9.1의 지진*이 발생했다. 나중에 들은 이 야기로는 1900년 이후 세 번째**로 큰 지진이었다고 한다. 지진 발생 후 엄청난 쓰나미가 인도양 연안 국가들을 덮쳤 다. 인도, 스리랑카, 태국, 말레이시아, 동아프리카. 하지만 최 대 피해를 입은 곳은 인도네시아로, 수마트라섬 북부에 평균 높이 10미터, 최대 30미터에 달하는 거대한 쓰나미가 밀어 닥쳤다. 그 광경이 전 세계에 보도되어 우리 가족도 TV 앞에 서 사색이 된 채 그저 지켜볼 수밖에 없었다.

자연재해로 인한 공포는 결국 지구라는 거대한 생물에 대 한 공포다. 평소에는 잔잔한 바다, 산 그리고 하늘과 대지. 그 것들이 한순간에 흉포한 괴물로 변해 엄니를 드러내는 모습 에 인간은 두려움을 느낀다.

바다는 휴양지를 통째로 집어삼켰다. 처음에는 바닷가를 간 보듯이 할짝거리다가 별안간 위에서 뒤덮은 것이다. 웬일

---

* 　원문에는 9.3으로 되어 있으나 2012년 USGS(미국 지질 조사국)에 의해 9.1로 수정 되었다.
** 　원문에는 두 번째라고 되어 있으나 규모 9.1을 기준으로 하면 세 번째다.

인가 싶어 바닷가에 모여든 사람들이 공포를 느낄 새도 없었으리라. 건물과 함께 순식간에 휩쓸려 내려갔기 때문이다. 위험을 감지하고 우왕좌왕 도망간 사람들도 파도의 속도를 당해 내지 못했다. 바닷가에서 시가지에 이르기까지 사람은 물론 도로와 건물이 높이 30미터 괴물에 잇달아 짓밟힌 끝에 잡아먹혔다.

총 피해액 9억 7천 7백만 달러, 사망자 22만 명 이상, 부상자 13만 명—

그 22만 명 안에 루시아의 부모님도 포함되었다.

재해와 뒤따른 약탈로 루시아는 부모님뿐만 아니라 애용하던 피아노를 포함해 모든 걸 잃고 말았다. 제 목숨을 제외한 모든 것을. 루시아 혼자만이라도 화를 면한 건 불행 중 다행이었지만 당사자에게는 아무런 위로도 되지 않았다. 루시아가 울부짖으며 괴로워하거나 미친 듯이 굴었다면 그나마 가족들이 한시름 놓았겠지만, 그녀는 공허한 눈으로 방에만 틀어박혔다. 어른들이 루시아마저 마음의 병으로 잘못될까 봐 염려할 정도였다.

한편 루시아가 민감하게 반응하는 것도 있었다. 바로 바닷가나 강변의 풍경이었다. 길을 걸으며 강변의 풍경을 목격했을 뿐인데 루시아는 겁에 질려 몸이 얼어붙고 만다. TV에 바닷가 장면이 비쳤을 때도 마찬가지였다. 의사에게 물어보지 않아도 안다. 쓰나미가 고향 해안선을 덮쳤을 때의 영상이 머릿속에 되살아난 것이다.

　나는 그녀에게 신경 쓰는 한편 남몰래 가슴을 쓸어내리는 나 자신을 발견하고 자기혐오에 빠졌다. 그 일을 겪은 사람이 내가 아니라서 다행이라고. 만약 내가 그녀의 입장이었다면 — 아아, 역시 안 되겠다. 가족을 잃고 세상에 홀로 남아 돌아갈 집도 재산도 송두리째 빼앗기고 타국에 내던져지다니, 상상만 해도 괴롭다. 나 같으면 도저히 버티지 못한다. 분명히 미치거나 자살할지도 모른다. 거기까지 생각하고 깨달았다. 평소 미덥지 못해 보이던 루시아가 사실은 나보다 훨씬 강인하다는 것을.

　그로부터 한 달이 지나서야 루시아의 눈빛에 초점이 돌아왔다. 물론 상처가 완전히 아물지는 않았겠지만 우리와 평범하게 대화를 나눌 정도로는 회복되었다.

　고아가 된 루시아에게 남은 피붙이라고는 고즈키 일가뿐이었고 말할 것도 없이 우리 부모님은 루시아를 양녀로 거두기로 했다. 엄마는 재해 다음 날부터 당장 자신을 엄마라고 부르라고 거의 명령조로 말했다. 물론 내게 이의는 없었다. 다만 그렇게 되면 내 마음속에서 루시아의 자리가 미묘하게 달라진다. 가장 친한 친구인 동시에 사실상 자매가 되니까 말이다.

　문제는 루시아 본인이 그것을 원하는지다.

　가장 가까이 있던 나라면 물어볼 수 있었을 텐데 결국 지금에 와서도 묻지 못하고 있다.

어쩐지 묻기 두려웠다.

나고야 시내의 큰길인 히로코지 거리에 들어섰다. 모토야마 역을 지나면 길 양쪽으로 수풀이 우거져 있어서 아라나기신사 입구에 세워진 대형 도리이*의 주황색 문이 눈에 잘 띈다. 곧장 신사로 들어가 사무소**를 지나 안쪽 돌층계를 올랐다. 디딤바닥이 밭고 난간도 없는 계단 150단. 원래는 신사옆에 나 있는 완만한 비탈길로 가야 하는데 그 길로 집에 가려면 한참 돌아가게 된다. 고즈키 일가가 우지코***의 대표인 것을 핑계 삼아 우리는 신사 경내를 지름길처럼 이용한다. 다행히 신사에서는 눈감아 주고 있다.

돌층계 꼭대기에 오른 뒤 3분쯤 걸었더니 벌써 주택가 입구가 보였다.

우리가 사는 주택가는 시내를 관통하는 간선도로를 사이에 두고 남북으로 펼쳐져 있다. 산을 개간한 지역이라 택지이긴 해도 땅이 평평하지 않고, 포도밭처럼 계단식으로 조성된 공간에 단독주택이 질서 있게 늘어서 있다. 주택가에는 오래된 포장도로가 4미터나 종횡으로 뻗어 있는데 노상 주

*   신사 입구에 세워진 기둥 문.
** 社務所, 신사의 사무를 다루는 곳.
*** 공동의 씨족신을 모시는 일족.

차된 차량 때문에 좁은 도로가 더 좁아졌다. 민폐가 따로 없지만 할아버지 말씀에 따르면 주행차가 속도를 내지 못하므로 되레 안전하다고 한다.

이 일대는 이른바 고급 주택가로, 주변에서는 '저택 마을'이라 부른다. 집주인은 땅 주인이 대부분인데 1970년대 중반부터 일어난 건축 붐으로 재산을 축적한 벼락부자다. 앗, 이건 홍보하는 게 아니다. 조상 대대로 물려받은 땅을 팔아 재산을 축적한 사람 중 최고봉은 우리 할아버지인데 할아버지는 평소에도 자신을 벼락부자라며 동네방네 퍼뜨리고 다니기 때문이다.

우리 집은 주택가 중에서도 고지대에 있다. 주위에는 유치원이나 학교도 없고 폭음을 내며 질주하는 자동차도 없어 동네는 고요 그 자체다.

그런데.

"이런 맹꽁이 같은 놈을 봤나!"

대문이 보일 무렵 집에서 고함 소리가 들려왔다. 어찌나 우렁차던지 잠든 아이를 깨울 만한 성량이라 나는 프로 바리톤 가수와 맞짱 뜨면 재밌겠다고 생각했다. 루시아는 낯선 상황에 흠칫 놀랐지만, 날이면 날마다 들어 온 내게는 생활 소음일 뿐이었다. 이웃집도 완전히 적응해 할아버지의 날벼락과 내 피아노 소리가 고즈키 일가의 주제곡이라는 소문까지 돌 지경이다.

대문에 들어서자 여느 때와 다름없는 광경이 눈에 들어왔다. 휠체어에 앉아 게거품을 무는 겐타로 할아버지. 등 뒤에서 그 모습을 보호자처럼 지켜보는 간병인 쓰즈키 미치코 씨. 할아버지의 희생물이 된 사람은 역시나 겐조 삼촌이었다.

"삼십 대 중반이나 된 사내놈이 변변한 직업도 없이 매일 빈둥거리기나 하고. 너는 꿈이나 기개 같은 것도 없느냐?"

"꿈도 있고 기개도 있어요. 현실이 안 따라 줘서 그렇지."

겐조 삼촌도 고함에 익숙해서 당황한 기색은 없다. 마치 개구리 같은 낯짝에, 그 뭐라더라? 아무튼 할아버지의 고함이 전혀 먹혀들지 않는다.

"현실이 따라 주지 않는다고? 답답한 소리 집어치워. 꿈을 따라가는 건 현실이 아니라 자기 자신이다. 노력을 아까워하는 제 잘못은 생각지도 않고 불운을 남 탓으로 돌리는 정신 상태가 썩어 빠졌어."

"나름대로 노력하고 있다고요. 그리고 꿈꾸며 사는 게 뭐가 나빠요?"

"넌 꿈꾸며 사는 게 아니라 꿈에 얽매여 살고 있을 뿐이다. 네 동창을 봐라. 제대로 취직해서 가정을 꾸리고 행복하게 살고 있지 않느냐. 그들에게도 꿈이 있었고 자기 처지에 대한 불만도 있을 테지. 그런데도 불평 한마디 없이 매일 만원 전철에 시달리며 묵묵히 일하고 있지 않느냐. 견실하게 사는 것만이 정답은 아니고 그걸 보고 배우라고도 하지 않겠다만, 그런 동창들에 비해 너 자신이 한심하다는 생각은 안 드느냐?"

"또 시답잖은 소리. 견실한 삶이요? 말은 그럴싸해도 결국 현실에 안주하고 있을 뿐이잖아요. 무엇보다 우리 세대는 시대의 피해자라고요. 유치원에 들어가기 전부터 경쟁이 시작되더니 그놈의 지긋지긋한 경쟁은 끝이 없더군요. 남을 밀어내고 겨우 대학을 졸업했나 싶었더니 이번에는 거품경제가 붕괴하대요? 그 바람에 들어갈 회사도 없었고. 취직한 녀석들 중 고작 3분의 1만 정사원이 되었죠. 나머지는 아르바이트나 파견직이고, 재능과 의욕이 있는데도 집에서 썩고 있는 나 같은 녀석도 생겼고. 구닥다리 꼰대들은 우리를 니트족*이라고 부르면서 자신들의 안락한 세상에서 격리하려 들지 않나."

"니트족? 흥, 또 꼬부랑말로 얼버무릴 셈이군. 그러고 보니 너는 전에도 크레디트니 프리터니 하면서 수상한 꼬부랑말을 지껄였지. 최근에는 체면이 서지 않는 일을 걸핏하면 꼬부랑말로 바꿔 말하려 하더구나. 왜인지 아느냐? 꼬부랑말로 허세라도 부리지 않으면 쪽팔리기 때문이다. 똑똑히 들어라. 크레디트는 빚, 프리터는 백수. 부모 돈으로 먹고살면서 직장을 구하려 하지 않는 녀석은 식충이라고 한다!"

할아버지 목소리가 다시 쩌렁쩌렁 울려 퍼졌다. 도저히 칠

---

* 일하지 않고 일할 의지도 없는 청년 무직자.

십 넘은 노인의 목소리 같지 않다. 겐조 삼촌은 뚱한 얼굴로 입을 꾹 다물었다. 가타부타 대꾸를 허락하지 않는 말투와 우렁찬 목소리에는 어차피 당해 낼 수 없다는 걸 알기 때문이다.

아무리 평화로운 가정에도 문제는 있다. 고즈키 일가의 경우는 겐조 삼촌이 그러하다. 할아버지의 세 자식, 즉 내 아빠인 고즈키 데쓰야, 레이코 고모, 겐조 삼촌 가운데 겐조 삼촌만 취직과 결혼을 하지 않았다. 삼촌은 대학 시절부터 만화가를 꿈꾸며 작품을 투고 중이지만 결국 운이 트이지 않았다. 최근에는 만화도 거의 그리지 않고 공부라는 핑계로 온종일 만화책을 읽거나 애니메이션을 본다.

물론 세상의 일반적인 잣대로 봤을 때 할아버지의 지적은 지극히 타당하지만 나는 겐조 삼촌이 결코 싫지 않다. 삼촌은 붙임성이 좋고 두뇌 회전도 빨라서 무척 재미있는 대화상대다. 변변한 직업이 없는 건 흠일지 몰라도 삼십 대에 백수이자 독신은 요즘 세상에 드물지도 않고, 고즈키 일가의 자산은 삼촌의 무수입을 털끝만큼도 신경 쓰지 않아도 될 만큼 어마어마하다.

그래서 삼촌을 강력히 변호하고 싶지만 방금 할아버지의 식충이 발언에는 나로서도 뼈아픈 구석이 있는지라 끼어들 수 없다.

그때 구세주가 나타났다.

"아버님도 참, 이제 그만하세요. 이웃에 다 들리겠어요…… 어머, 너희 왔구나."

엄마가 발견해 준 덕에 할아버지는 그제야 우리 존재를 알아차렸다. 겐조 삼촌은 살았다 싶은 얼굴로 집으로 쏙 들어가 버렸다.

"오오, 하루카와 루시아. 벌써 와 있었구나."

네. 여기서 한참이나 서 있었는데요.

우리를 진작 알아차린 미치코 씨는 조용히 미소만 지을 뿐이었다.

할아버지는 2년 전부터 다리를 쓰지 못하게 되었다. 사장실에서 돌연 의식을 잃고 쓰러져 병원으로 직행, 검사 결과 뇌경색이라는 진단을 받았다. 다행히 수술이 성공해 목숨은 건졌지만 후유증으로 하반신이 마비되었다. 그런데 그때부터 긍정의 아이콘인 할아버지의 진면목이 유감없이 발휘된 것이다. 할아버지는 하반신 불수가 된 사실을 알자마자 "아, 이제 서서 하는 일에서 완전히 해방되었군" 하면서 즉시 휠체어 생활에 돌입하더니 회사 업무를 휴대폰 하나로 처리하도록 했다. 그리고 비어 있던 부지에 배리어프리로 설계한 단층짜리 별채를 신축하고 그곳에서 취미인 모형 만들기에 몰두하기로 결정했다. 걸어 다니는 데 지장이 있을 뿐 허리부터 위쪽, 특히 머리와 입이 남들보다 갑절은 더 건강한 할아버지의 독재는 그날부터 본격화되었다.

간병인 미치코 씨가 우리 집에 온 것도 그 무렵이었다. 엄마가 할아버지의 일상생활을 도울 수 있다며 그 정도는 가족에게 맡겨 달라고 제안했지만 할아버지는 그것을 완곡하게 거절하고 미치코 씨를 고용했다. 결과적으로 할아버지의 판단은 옳았다. 미치코 씨는 신체장애인을 돌보는 일은 물론 가정부로서의 자질도 충분함 그 이상이었다. 그때부터 우리 집은 별채의 유지 관리는 말할 것도 없이 본채의 관리와 가족들 식사까지 그녀에게 의존하고 있는 형국이다.

부엌일을 관장하는 엄마 입장에서는 씁쓸함을 금할 길이 없었을 터. 미치코 씨가 만든 요리는 불평 한마디 못할 만큼 맛있었기에 더더욱 괴로웠을 것이다. 무엇보다 뇌경색의 원인이 된 고단백, 고칼로리 음식을 시아버지에게 대접해 온 며느리로서 노인식까지 완벽하게 만드는 미치코 씨에게 항복할 수밖에 없었다. 다만 할아버지의 독재와 미치코 씨의 온화한 지배는 내 입장에서는 매우 쾌적한 것이었기에 불만은 없었다. 미치코 씨가 만드는 탕수육은 돈을 받고 팔아도 될 만큼 훌륭했다.

그리고 나는 평소대로 이 기운 팔팔한 독재자에게 오늘 하루의 정례 보고를 한다. 쇼팽을 잘 치지 못했던 것, 오늘도 오니즈카 선생님은 기분이 안 좋았던 것, 그리고 미사키 요스케 씨가 찾아왔던 것.

"미사키 요스케? 그 청년이 왔단 말이냐?" 할아버지의 한 쪽 눈썹이 치켜 올라갔다.

"응. 앗, 설마 할아버지, 그 사람 알아?"

"알다마다, 너희가 피아노 교실에 가고 나서 여기로 찾아왔거든."

"뭐어? 왜, 왜 왔는데?"

"세입자 면접을 보러. 사카에 쪽에 예술문화센터가 있지 않느냐. 단기라 죄송하지만 그 근처 아파트에 들어가고 싶다면서 인사차 왔더구나."

세입자 면접이라니, 웬 뚱딴지같은 소리냐며 의아해하는 사람도 있을 것이다. 이 부근에서는 아파트를 임대할 때 집주인이 면접을 거쳐 세입자를 뽑는다. 다른 곳에 사는 친구에게 이 이야기를 했더니 매우 놀랐기에 나도 그제야 그 관습이 이례적이라는 것을 알게 되었다. 당연히 면접을 환영하는 세입자는 없었다. 그들은 대부분 웬 갑질이냐며 분개하면서 다른 곳을 알아봤다. 그런데 워낙 집주인들이 수상한 사람이 들어와 살 바에야 차라리 공실이 낫다는 배짱 장사를 해 중간에 낀 중개업자도 마지못해 따르고 있다. 게다가 '사람이 오래면 지혜'라는 속담처럼 어르신들의 사람 보는 눈은 과연 대단했다. 그들의 눈에 든 세입자 중에는 수상한 사람이 단 한 명도 없었던 것이다. 어찌됐건 지역 치안에 일조한 셈이라 이 관습은 여전히 살아 있다. 내가 할아버지의 손녀라서 그렇게 생각할지도 모르지만 어르신들의 말과 생각은 거의 틀리지 않는 듯하다.

그래서 공연히 신경이 쓰였다.

"할아버지…… 미사키 씨는 어떤 것 같아?"

"그 청년 말이냐? 어디 보자……. 참으로 아름다운 청년이 더구나."

"아름답다고?"

나는 무심코 되물었다. 할아버지는 그런 꽃미남을 싫어하기 때문이다.

"외모가 아름답다는 말이 아니라 가만히 있어도 지성이 엿보인다는 뜻이다. 게다가…… 뭐랄까, 행동거지가 말이다, 고지식한 옛날 사내처럼 등허리에 심지가 팽팽하게 심어진 듯 아주 꼿꼿하더구나. 하루카, 너는 모르겠지만 전시^{戰時} 중의 장교가 딱 그런 분위기였지. 말씨나 태도만큼은 부드러울 줄 알았는데 그렇지도 않고. 그 녀석은 보기보다 훨씬 강인한 정신을 숨기고 있어. 피아노쟁이라던데 유명한 사람이냐?"

"응. 피아노 잡지에서는 화제의 인물."

"어떤 연주를 하느냐?"

"안타깝지만 나도 들어 본 적이 없어."

"그 청년이 치는 피아노라면 한번 들어 보고 싶구나…… 어쨌든 오랜만에 그런 사람을 봤다. 그래서 냉큼 결정했지. 히로코지 거리에 있는 원룸에 오늘 당장 들어오기로 했다."

"와, 웬일이래. 할아버지가 처음 본 사람을 마음에 들어 하다니."

"마음에 들었다기보다는 솔직히 말하면 이 할아비가 압도되었단다."

"할아버지가? 에이, 설마. 나이도 겐조 삼촌보다 훨씬 어린데?"

"그런 건 나이로 결정되는 게 아니야. 그렇지…… 무예든 다도든 악기든 뭐든 상관없이 뭔가를 달관하거나 수라장에서 헤어난 인간에게는 사리 분별을 할 수 있는 힘이 생기지. 그 힘은 상상을 초월한 고난을 겪어도 맞서 싸울 수 있도록 평소 행주좌와* 속에서 그 사람을 지지하는 버팀목이 된다. 하루카, 요컨대 이 할아비는 그 미사키라는 청년이 그런 사선을 넘은 사람처럼 보였단다. 압도되었다는 건 그런 의미란다."

지성이 엿보이는 얼굴을 아름답다고 표현한 건 그야말로 할아버지다웠다. 행동거지의 아름다움을 지적한 것도. 내 눈에는 얼굴밖에 보이지 않았는데.

이건 운명적인 만남일지도 몰라, 하는 생각에 나는 몹시 가슴이 두근거렸다. 할아버지를 찾아온 몇 시간 후에 나와 만나다니, 우연치고는 너무 절묘하다. 할아버지의 말을 빌리자면 이 세상에 우연은 존재하지 않는다. 필연만 있을 뿐이다.

* 行住坐臥. 가고 머물고 앉고 누움.

나와 그 꽃미남 피아니스트는 꼭 만나야 해서 만난 것이다. 그렇게 생각하자 확실히 심박 수가 50은 올라갔다.

"어머, 얘 좀 봐. 얼굴이 왜 빨개지고 난리야?"

눈치 빠른 엄마가 딴지를 놓았다. 엄마의 이런 점이 얄밉다. 나는 웃으며 얼버무리려고 다시 고개를 갸우뚱하고 말았다.

그 순간 또 어깨를 쿡 찔렸다.

루시아가 장난스러운 눈길로 나를 보고 있었다.

식구들이 저녁을 다 먹었을 무렵에 아빠가 돌아왔다. 최근에는 한밤중에 퇴근하기 일쑤여서 이런 시각에 귀가한 건 정말 오랜만이지만 아빠의 얼굴에는 피곤한 기색이 역력했다. 그 이유는 대충 짐작이 갔다. 오늘도 창구에서 수많은 예금자에게 비난을 받았던 게 틀림없다.

아빠는 대기업 은행에서 일하는 은행원인데 근무한 지 벌써 20년 가까이 된다. 아빠를 아는 사람은 할아버지가 경영하는 부동산 회사에 들어가지 그랬느냐며 안타까워하지만, 아빠를 더 잘 아는 사람은 현명한 선택을 했다고 한다. 그 의견에는 나도 동감한다. 세상에는 할아버지처럼 사람 위에 군림하기 위해 태어난 사람이 있는가 하면 조직 안에서 능력을 발휘하는 아빠 같은 사람도 있다. 어느 쪽이 좋고 나쁘다는 이야기가 아니다. 이는 분명히 적성의 문제인 것이다.

실제로 아빠는 현재 직장에 만족하고 있고 거만한 야망이

나 교활한 사욕과 전혀 상관없이 성실하고 꾸준히 근무해 왔다. 할아버지가 말한 '불평 한마디 없이 매일 만원 전철에 시달리며'라는 것은 순전히 아빠 이야기다.

그런데 작년쯤 형세가 바뀌었다. 부동산 투자 실패와 거액의 불량 채권, 엎친 데 덮친 격으로 은행원의 불상사까지 겹쳐 아빠가 근무하는 은행이 파산한다는 소문이 떠돌고 있다. 아빠는 직장에서 있었던 일을 집에서 넋두리하는 성격이 아니지만, 안색을 보면 상황이 바람직하지 않다는 것쯤은 쉽게 알 수 있었다. 지금 신문이나 TV에서는 다른 대기업 은행과의 합병설이 오르내린다. 그렇게 되면 합병되는 은행은 대규모 구조 조정을 각오해야 한다. 현재 지점장 대리를 맡은 아빠도 마냥 태평하게 있을 수는 없다. 엄마와의 대화를 엿들은 바로는 겨울 보너스도 확 줄었다고 한다.

루시아를 양녀로 들이려던 참에 날아든 나쁜 소식, 여기에 내 진학 문제까지 겹쳤다. 부모님은 딸 앞에서는 그런 이야기를 하지 않지만 나도 이제 어린아이도 아니고 경제적인 어려움을 알고 있다. 하지만 내가 먼저 이야기를 꺼내면 두 사람 다 반기지 않을 것을 알기에 가만히 있는 것이다. 그랬건만.

저녁을 다 먹고 나서 아빠가 짧은 한숨을 내쉬었다. 결코 안도의 한숨이 아니었다. 눈치만 빠른 게 아니라 귀도 밝은 엄마가 곧바로 그 소리를 알아들었다.

"어머, 웬일이야. 당신이 한숨을 다 쉬고."

"아…… 미안."

나는 TV 앞에 앉아 두 사람의 대화를 뒤통수로 듣고 있었다. 할아버지와 겐조 삼촌, 루시아는 자기 방으로 돌아가 거실에 남아 있는 사람은 나 혼자였다.

"그냥 여러모로 힘들어서."

"뭐가?"

"입양 수속 말이야. 오늘도 구청 호적 담당자하고 이야기 했는데, 대사관이 아직도 현지 연락에 쫓겨서 도저히 이쪽 신청에 대처할 수 없나 봐. 루시아가 일본 국적이었으면 수속도 간단한데 그 아이는 출생지주의인가 뭣 때문에 인도네시아 국적이잖아. 일본인 생김새에 일본어로 말하는데도 루시아는 인도네시아 토박이인 셈이거든. 게다가 이슬람 세례까지 받았더라. 그래서 입양을 운운하기 전에 우선 그 아이의 단기 체재 비자를 갱신해서 재류 기간을 연장해야 해. 입양은 그다음 순서야. 그런데 통상 외국 국적인 사람이 귀화를 하려면 10년간 체재해야 하는데 이 경우는 어떻게 되려나. 아무튼 가장 중요한 인도네시아 본국의 담당 기관이 재해 처리를 하느라 정신이 하나도 없다는 거야."

"그날 이후 벌써 두 달이나 지났는데도?"

"당사자 입장에서는 아직 두 달밖에 안 되었겠지. 물이 빠지고 나서 전염병이 순식간에 퍼졌다던데. 정부는 복구 활동과 방역에 열을 올리고 있지만 재액은 여전히 진행 중이야.

누가 죽었고 누가 실종되었는지 정확한 명부조차 만들어지지 않았어. 외국에 나간 자국민의 입양 수속에 착수할 때까지는 상당한 시간이 필요할 테지.”

“그런데 4월까지 이제 한 달 남짓밖에 남지 않았어. 그때까지 귀화 신청이나 입학 수속을 마쳐야 할 텐데.”

“한 달은 유예기간으로 생각하는 게 좋을 것 같아. 루시아도 말은 그렇다 치고 이쪽 습관이나 환경에 적응할 시간이 필요하잖아. 혹시 알고 있었어? 그 아이, 밥그릇을 받아 들 때 꼭 오른손을 내밀고 나서 왼손으로 다시 들더라. 그 나라에서는 왼손을 불결하게 여기니까. 그런 습관도 천천히 고쳐야 할 텐데.”

“그래도…….”

“뭐, 어떻게든 되겠지.”

이때 아빠의 입버릇이 나왔다. 쓸데없는 걱정과 성가신 일을 도중에 끊는 최강 멘트. 생각해 보면 고즈키 일가의 피를 이어받은 자는 정도야 어떻든 모두 낙관주의자다. 물론 나도 마찬가지다.

“대부분의 문제는 시간이 해결해 주겠지. 여차하면 고즈키 겐타로의 이름을 빌려 구청하고 학교에 찾아가 생떼라도 부리지, 뭐. 아버지도 손녀를 곁에 두기 위해서라면 수단을 가리지 않으실 거야. 그 아이는 레이코가 남긴 유일한 자식이니까. 절대로 상처 주고 싶지 않아. 그냥 처음부터 하루카와

쌍둥이로 태어났다고 생각하면 되지."

"그래…… 하긴. 그 아이들, 친자매보다 더 사이가 좋더라."

"그러게. 이제 와서 말하는데 나는 아직도 실감이 나지 않아. 레이코가 그렇게 쉽게 가다니…… 우리 남매 중에서 제일 낙천가 기질이 강한 아이라 가장 오래 살 줄 알았는데……. 아, 그건 그렇고 루시아가 갈 학교는 벌써 알아본 거야?"

"안 그래도 오늘 공립학교 입학 안내서 받아 왔어."

"공립? 하루카하고 같은 학교에 보내는 게 낫지 않아? 그 아이도 혼자서는 불안할 텐데."

"나도 그럴 생각이었는데…… 마침 잘됐다, 너한테도 설명하려고 했거든. 하루카, 이리 와. 엄마랑 아빠 이야기 다 듣고 있었지?"

암요, 그렇고말고요. 그렇게 큰 소리로 말하는데 안 들릴 리가 있겠습니까?

"네, 무슨 일이세요?"

"오늘 네가 들어갈 사립학교 입학설명회에 갔다 왔거든. 이것 좀 봐."

식탁 위에 펼쳐진 프린트에는 '1학년 때 필요한 비용'이라는 문구가 쓰여 있었다.

수업료 25만 2천 엔

시설 설비비 6만 2천 엔

교육 충실비 7만 2천 엔

음악 지도비 48만 엔

후원회비 3만 6천 엔

연간 교재비 22만 엔

연수 적립금 36만 엔

"다 합하면 얼마야?"

"148만 2천 엔……."

그 숫자를 보자 새삼스레 금액이 얼마나 큰지 실감할 수 있었다.

"게다가 입학금은 별도. 하루카, 너한테 돈 이야기하는 건 처음인데 이제 고등학생이니까 알아야 할 것 같아서. 참고로 공립학교는 총 20만 엔이라 차이가 130만 엔."

"딱히 압박감을 주려는 건 아니고 너한테 일 년에 이 정도 돈이 든다는 이야기지."

아니, 그거 충분히 압박인데요.

"아빠가 은행원이라 이런 식으로 말할지도 모르지만, 교육에 드는 돈은 그 아이의 미래에 대한 투자라고 할 수 있어. 다른 아이는 20만 엔이면 되는데 네게 150만 엔을 쓴다는 건, 다시 말해 네가 이 차액만큼 다른 사람보다 더 열심히 해야 한다는 의미다."

"그럼 내가 주식 같은 건가?"

"성장주라는 말이 있을 정도이니 인간을 주식에 비유하는 건 그리 잘못된 게 아니야. 하지만 이건 스스로에 대한 의무이기도 해. 가능성을 지니고 있는데도 그걸 발휘하려 들지 않는 것은 스스로에 대한 배신이니까."

"추천으로 간신히 붙었지만 실력에 자신 있는 아이들이 잔뜩 모일 테니 네가 한발 앞서 있다고 생각했다가는 큰코다쳐. 겨우 출발 지점에 도달한 거나 마찬가지야. 목표는 특대생特待生 A등급. A등급은 수업료가 전액 면제거든. 앞으로는 더 많이 연습해서 콩쿠르 입상 실적을 만들어야 하고 공부도 결코 소홀히 해서는 안 돼. 어쨌든 식사와 목욕은 20분 이내에 끝낼 것, 취침은 밤 1시까지, 기상은 아침 7시. 그 밖의 시간은 피아노와 공부 예습 복습에 쓸 것. TV는 당분간 금지. 아, 클래식 방송은 괜찮아. 일요일 스케줄도 똑같아. 아침 7시에 일어나서……."

들는 도중에 머리가 어질어질해서 거의 반도 못 들었다.

아빠는 학비를 미래에 대한 투자라고 말했다. 그런데 투자에는 당연히 배당이 따라야 한다. 1학년 150만 엔, 3년간 450만 엔. 음대에 진학하면 돈이 더 들 것이다. 그렇게 거액의 학비를 투자해 음대를 졸업하면 나는 한 장에 3천 엔쯤하는 CD를 몇 만 장이나 파는 연주가가 되어야 하는 걸까?

그런데 나 혼자만 애가 타는 것 같았다. 한 집안의 기둥이 까딱 잘못하면 직장을 잃을지도 모르는 위기의 시기에 딸은 돈 먹는 하마인 사립고에 입학, 거기다 식구가 늘어나는데도 두 사람의 표정과 말투에는 절박한 비장감이라고는 없다. 비교적 둘 다 태평하다.

그건 결국 고즈키 일가의, 아니 할아버지의 자산 때문이다. 내가 사립고에 가든 루시아가 가족의 일원이 되든 겐조 삼촌이 니트족이든 어쩌면 아빠가 구조 조정의 칼바람을 맞든 그 자산 앞에서는 문제조차 되지 않기 때문이다. 다만 아빠 본인은 그 상황을 반기지 않고 가족의 생활비만큼은 스스로 벌겠다며 열심히 노력하고 있다. 그것을 알기에 나는 아빠의 말에 고개를 끄덕일 수밖에 없었다.

2

토요일. 부모님은 작년에 돌아가신 외할머니의 일주기를 치르러 외출했다. 엄마의 친정은 이시카와현에 있어서 하룻밤을 묵어야 했다. 그리고 이런 일은 겹치기 마련이라 겐조 삼촌도 동인지 모임으로 집을 비우게 되었다. 미치코 씨는 저녁 식사 준비가 끝나면 퇴근하기 때문에 오늘 밤은 나와 루시아, 그리고 할아버지 이렇게 셋이서 집을 본다.

여자아이 둘만 있으면 위험하니 별채에 묵으라는 할아버지 말씀에 우리는 기꺼이 그러겠다고 했다. 별채이긴 해도 손님방이 세 개나 있어서 침대도 있고 본채가 아닌 곳에 루시아와 함께 있으면 왠지 파자마 파티에 온 것 같아 가슴이 두근거렸다. 우리가 묵을 방은 미리 정해 놓았다. 현관 옆방은 내가, 안방 옆방은 루시아가 사용하기로 했다.

별채는 현관이 계단 대신 슬로프로 되어 있어 휠체어가 필요 없는 나도 부담 없이 이용했다. 노인이나 장애인을 배려한 설비는 당연히 비장애인에게도 편리하다.

현관에 들어선 순간부터 손님이라도 된 듯 가슴이 두근대기 시작했다. 현관 안쪽에 놓인 진열장에는 탱크와 전투기 프라모델이 잔뜩 진열되어 있어서 마치 박물관 같다. 게다가 그 만듦새가 장난이 아니다. 단순히 설계도대로 조립한 것을 뛰어넘었다. 예를 들어 탱크라면 캐터필러*에 묻은 진흙이 튄 자국이나 부품의 부식 상태, 전투기라면 엔진 부근의 배기구에 긴 때나 비 얼룩(웨더링이라고 하는 모양이다)까지 도장을 해서 충실히 재현해 냈다. 내가 봐도 탄식이 절로 나올 정도이니 실로 대단한 솜씨일 것이다. 본인은 "치매 예방 차원에서 손끝을 움직이는 것뿐이다" 하고 말하지만, 실제로 할아버지는 타미야 어쩌구 콘테스트의 단골 참가자라고 한다. 벼락부자임을 떠벌리고 다니면서 뛰어난 손재주만큼은 겸손해하는 할아버지가 어쩐지 귀엽고 근사하다.

안방 옆에는 공방이 있다. 그 안에는 미완성인 프라모델과 공구, 그리고 다양한 종류의 도료와 스프레이 캔이 쭉 늘어서 있어 자동차 공장을 연상케 한다. 금속과 시너가 뒤섞인

---

*　　차바퀴의 둘레에 강판으로 만든 벨트를 걸어 놓은 장치. 무한궤도라고도 한다.

냄새는 여자아이와 무관한 세계라 이 역시 내게 두근거림을 유발하는 것 가운데 하나다.

거실은 다다미 스무 장* 짜리로 매우 널찍하다. 기본적으로는 혼자 사는 집인데 거실을 이렇게 넓게 지은 것은 휠체어 이동을 전제로 하기 때문이다. 여기도 독특한 냄새로 가득하다. 가구에서 풍기는 벚나무 냄새, 브랜디 향기, 그리고 할아버지 냄새. 할아버지에게서는 마른 잎이랄까 부엽토를 묽게 희석한 듯한 냄새가 난다. 엄마는 그게 바로 노인 냄새라고 하지만 어렸을 때부터 할아버지한테 착 달라붙어 지낸 나로서는 싫지 않은 냄새다. 오히려 나는 겐조 삼촌이 뿌리는 오드콜로뉴나 아빠의 헤어 제품 냄새가 더 거슬린다.

파자마로 갈아입고 소파에 앉아 루시아와 시시콜콜한 이야기를 하는 사이 나는 문득 낮에 있었던 일이 떠올랐다.

"할아버지. 아까 삼촌하고 했던 이야기 말이야."

"응? 뭘 말하는 게냐?"

"부모 돈으로 먹고살면서 직장도 구하려 하지 않는 녀석은 식충이라고 한다, 그거."

"오, 그거 말이냐? 그게 왜?"

"나한테도 찔리는 말이구나, 싶어서."

"네가? 왜 그렇게 생각하느냐?"

---

* 다다미 두 장이 약 한 평 크기에 해당한다.

"나도 엄마, 아빠의 도움을 받으면서 꿈을 좇고 있잖아…… 겐조 삼촌하고 입장이 같지."

"뭐야, 그런 것이냐. 신경 쓰지 않아도 된다. 하루카는 아직 아이지 않으냐. 아이가 부모에게 의지하는 건 당연하지. 그게 일이라면 일이니."

"그런데 겐조 삼촌도 할아버지의 아이잖아. 그럼 나하고 겐조 삼촌은 목표가 다르다는 것 말고는 별 차이가 없잖아."

"아니, 똑같이 꿈을 좇는다 해도 하루카와 겐조는 많이 다르지. 그 녀석이 좇는 것은 자면서 꾸는 꿈, 네가 좇는 것은 일어나서 꾸는 꿈이니 말이다."

"무슨 뜻이야?"

"그 녀석이 현실 속에서 얼마나 발버둥을 치느냐는 말이다. 하루카는 피아니스트가 되는 게 꿈이지?"

"응."

"루시아는?"

"나도. 가능하면, 이지만."

"그래서 두 사람 다 선생님 밑에서 열심히 연습하지 않느냐. 잘못을 바로잡기도 하고 곡을 듣거나 책을 읽고 공부하거나, 끊임없이 미숙한 자신이라는 현실과 싸우고 있지 않느냐. 한데 겐조는 현실에서 도망치고 있단다. 혹시 알지 모르겠다만 그 녀석은 필명을 쓰고 있거든."

"나도 알아. 그런데 작가가 필명을 쓰는 건 드문 일도 아니잖아."

"한데 녀석은 만화가 동료나 동창생한테도 자신을 필명으로 부르라고 했단다. 하마터면 가족한테도 그걸 강요할 뻔했는데 내가 혼내서 못하게 했지. 그러니 녀석은 가족 이외의 사람에게는 겐조라는 이름을 사용하지 않아. 그건 말이다, 서른을 넘었는데 여전히 아무것도 되지 못한 자신, 자신을 축복하지 않는 현실, 그리고 현실을 떠올리게 하는 겐조라는 이름이 싫기 때문이지. 최근에는 그런 사람이 많아졌더구나. 거, 뭐라더라, 코스프레? 희한하게 분장하고 이야기속 등장인물로 변하는 것이 유행하지 않느냐. 그것도 마찬가지다. 다들 지금의 자신이 어지간히 싫은 게지. 분명히 자신이 아닌 누군가를, 여기가 아닌 어딘가를 바라고 있을 거다. 그러고 보니 TV에서 유행하는 노랫말도 죄다 너는 특별하다느니, 다른 자신을 찾으라느니 엉뚱한 말의 대합창이더구나. 한데 말이다, 이 할아비 생각으로는 갖고 싶고 되고 싶다는 소망이나 희망은 과일 같은 거란다. 젊어서 먹으면 자양도 되고 미용에도 좋지. 그렇지만 과일이라는 게 때가 지나면 상하고 썩는 법이거든. 썩은 과일은 독소를 지녔지. 당연히 그걸 계속 먹는 사람은 배 속부터 좀먹히는 거다. 그리고 현실과 싸우는 힘을 잃어 간단다. 게다가 말이다, 아무리 맛있어도 배가 부른데도 계속 먹으면 배탈이 나게 되어 있어. 사람은 누구나 과일을 먹어도 되는 한도가 미리 정해져 있는

데 그걸 분수라고 한다. 분수를 모르는 자의 말로는 대체로 자멸이지."

우리는 숨을 죽이고 할아버지 입술의 움직임을 좇았다. 말하는 본인은 의도하지 않았겠지만 왠지 조용히 야단맞는 듯한 기분이 들었다. 그걸 알아차렸는지 할아버지가 갑자기 부드러운 표정을 지었다.

"아니, 그렇다고 해서 꿈을 좇으면 안 된다는 말은 아니고. 큰 뜻을 품는 인간은 훌륭하다고 생각한단다. 할아비한테 세 아이가 생겼을 때 아이들이 어떤 뜻을 품을지 남들처럼 기대하는 재미가 쏠쏠했지. 한데 장남인 데쓰야는 신중한 성격이 되레 독이 되었는지 당시 가장 안정적인 업종이었던 은행원 나부랭이가 되었지 뭐냐. 둘째인 레이코는 독립심이 왕성했는데 아키라를 만나자마자 홀랑 결혼해서 외국으로 가 버리고, 막내인 겐조는 그 꼴로 사니 원. 나라를 바꾸는 정치가가 되고 싶다거나 시대를 변화시킬 예술가를 꿈꾼다는 허풍을 한 번쯤은 떨어도 좋았으련만 어쩌면 세 놈 중에 한 놈도 그런 소리를 안 하는지. 할아비는 기본적으로 자기 생활비는 스스로 벌어야 한다는 주의지만 엄청난 희망을 가진 재능을 응원하는 데는 인색하지 않단다. 그러니 하루카와 루시아. 너희가 진지하게 자신의 꿈을 마주하겠다면 이 할아비는 기꺼이 발 벗고 나설 거다. 특히 루시아, 이리 오려무나."

루시아가 할아버지 발치에 바싹 다가갔다.

"네 엄마와 아빠 일은 정말 유감이구나. 물론 남겨진 너도 말이다. 잔인한 말로 들리겠지만 아이가 열일고여덟을 넘으면 부모가 아이를 돕는 데도 한계가 생기지. 가령 두 사람이 살아남았다 해도 너한테 해 줄 수 있는 건 거의 없었을 거다. 부모를 일찍 여읜 것은 당연히 불행인 데다 인생의 고난이기도 하지. 어려운 말로는 간난신고*라고 한다. 고난은 그 사람에게 주어진 시련이야. 간난은 너를 옥으로 만들 거다. 극복한 자는 강해지고 극복하지 못한 자는 거기서 주저앉고 끝나지. 이렇게 말하는 이 할아비도 아버지를 여읜 게 열한 살 때였단다. 열한 살짜리 아이가 남은 가족을 끌어안고 살아가는 것은 힘들기도 했지만, 반면 좋든 싫든 일찍부터 어른이 되었지. 뭐, 덤으로 성격까지 비뚤어지긴 했지만 말이다."

할아버지가 큼직한 손을 루시아의 머리 위에 툭 얹었다.

"너는 비뚤어질 만한 아이가 아니다. 그러니 끝까지 불행에 끌려다니지 말거라. 두 다리로 서서 앞을 보거라. 슬플 때는 울어도 된다. 분할 때는 이를 갈아도 상관없어. 다만 네 불행이나 주위 환경을 실패의 핑계로 삼아서는 안 된다. 멈추지 말고 앞으로 나아가야 해. 눈앞을 가로막고 선 것이 두려워서 도망치면 안 된다. 도망치는 습관이 들면 이번에는 괜히 더 겁이 나거든. 네 엄마는 결코 도망치지 않는 사람이었

---

* 艱難辛苦. 몹시 힘들고 어려우며 고생스러움.

다. 그런 엄마에게서 태어난 네가 그걸 못할 리가 없지. 그러니 힘내라. 불행이나 세상의 악의에 지면 안 된다. 그런 건 뺑차 버리면 그만이야. 옳지, 좋은 걸 가르쳐 주마. 전 세계 누구라도 세상의 온갖 고난을 극복할 수 있는 유일무이한 방법이 있다는 걸 아느냐?"

루시아가 고개를 가로저었다. 할아버지는 내게도 똑같이 물었지만 나도 모르기는 마찬가지였다.

"그건 말이다, 이길 때까지 멈추지 않는 거다. 하루카, 그런 표정 짓지 말거라. 설마 이 할아비가 장난이라도 하겠느냐? 대체로 계속 싸우다 보면 승기가 찾아오는 법이지. 쓰러지고 또 쓰러져도 그때마다 다시 일어서면 언젠가 반드시 이긴다. 아니, 이길 때까지 패배도 절대로 없지. 패배는 싸움을 멈췄을 때 오는 거란다. 그만두고 싶어 하는 스스로에게 졌을 때 온단다. 아니, 모든 싸움은 결국 나약한 자신과의 싸움이라고 할 수 있어. 그러니 싸움을 멈춰서는 안 된다. 일어서기를 멈추면 안 돼. 다만 루시아. 그런데도 만약 도저히, 도저히 견디지 못하겠으면…… 그때는 여기로 돌아오너라. 여기 할아비가 있단다. 하루카도 있고, 새 아빠와 엄마도 있어."

할아버지가 루시아의 머리를 헝클어뜨리며 쓰다듬었다.

루시아는 바닥을 내려다본 채 고개를 들려 하지 않았다.

그러고 나서 할아버지는 생각났다는 듯이 "작업 도중이었지, 참" 하고 옆 공방으로 모습을 감추었다. "궁극의 전투기가 출시되었거든" 하고 말했지만 내 눈은 못 속인다. 쑥스러워서 자리를 피하려는 것이다. 그 말을 들은 당사자는 여전히 고개를 숙이고 있지만 나는 그 얼굴을 들여다보려 하지 않았다. 실은 나도 눈물이 핑 돌아서 얼굴을 마주하고 싶지 않았다.

부모가 아이의 장래를 걱정하는 건 당연하다고들 하는데 정말 당연한 걸까. 하물며 그것이 친자식이 아니라면. 아빠와 할아버지는 성격이 정반대다. 말하는 방식도, 감정을 표현하는 방식도 정말 부자간일까 싶을 만큼 다르다. 하지만 루시아에 대한 마음은 똑같다. 나와 루시아는 행복하다고 생각한다. 우리 두 사람은 어른들의 보살핌을 받고 있다. 분명히 루시아도 똑같이 느끼고 있을 것이다.

하지만 그 말을 선뜻 입 밖에 내기가 어려웠다. 우리도 할아버지처럼 괜히 부끄러울 때가 있다. 두 사람 모두 눈물이 글썽이는 경우라면 특히 더 그렇다. 그래서 나는 기분 전환으로 그 놀이를 생각해 냈다. 얼마 전에 익힌 유치한 놀이인데, 내 기분을 알아차렸는지 루시아도 두말없이 오케이 했다.

그리고 우리는 각자의 방으로 들어가 잠자리에 들었다.

·········

·········

— — —

— — —

―――?

―――!

그러다 나는 코에 갑작스러운 통증이 느껴져 잠에서 깼다.

코점막을 찌르는 듯한 날카로운 통증.

눈꺼풀을 들어 올리자 눈을 뭔가가 찌르듯이 따끔거렸다.

반사적으로 눈을 감았더니 이번에는 들이마신 공기가 목구멍에 와서 꽂혔다. 맵싸함에 참지 못하고 네 번 정도 콜록거렸다. 순간적으로 베개로 코와 입을 막았다.

눈물로 흐릿해진 시야에 뿌연 실내가 들어왔다. 달빛에 비친 실내는 이상하게도 안개인지 아지랑이인지 모를 것으로 자욱했다.

아니다. 이건 안개도 아지랑이도 아니다.

연기다.

불?

말도 안 돼!

나는 침대에서 벌떡 일어났다.

꿈이 아니었다.

방 안은 시커먼 연기로 가득했다.

숨이 막힐 듯 덥다. 마치 사우나에 갇힌 것 같았다.

뜨거워진 공기가 노출된 살갗을 그슬린다.

눈동자가 겨자를 바른 것처럼 아리고 싸해 눈물이 멈추지 않는다.

당황해서 연기를 들이마신 탓에 또 기침이 나왔다. 연기에서 나는 냄새는 종이나 나무 탄내가 아니다. 플라스틱이나 화학제품이 탄 듯한, 톡 쏘는 자극취다. 나는 코와 입을 손으로 막은 채 바닥에 엎드렸다. 방바닥에 뺨을 밀착시켜 숨을 쉬었다. 코점막은 여전히 얼얼했지만 바닥의 공기는 아직 오염이 덜 되었음을 알 수 있었다.

역시 불이 난 것이다.

어떡하지—?

도망가야 해—.

혼란스러운 머릿속에 경보가 요란하게 울려 댔다.

문을 향해 기어가 손잡이에 손을 뻗었다. 그러나 닿지 않는다. 손을 더 힘껏 뻗자 자연히 얼굴이 올라가 또 연기에 닿았다. 눈을 감고 숨을 참은 뒤 손잡이를 찾아 더듬었다. 찾았다!—하고 생각한 순간 손끝이 튕겨 나왔다.

마치 끓는 주전자를 만진 것 같았다. 문 표면에 귀를 갖다 댔다. 문 자체는 그리 뜨겁지 않았다. 열기가 있긴 해도 화상을 입을 정도는 아니다. 문 너머로 복도에서 소리가 들렸다. 바람이다. 바람 부는 소리가 문 너머에서 들려온다. 무슨 바람인지 생각할 겨를도 없었다. 나는 파자마 소맷자락을 손바닥에 감아 다시 한번 손잡이를 쥐었다.

두꺼운 옷감 너머로 불에 달구어진 손잡이의 감촉이 전해진다. 그대로 잡아당겨 내렸다. 문은 안여닫이라서 힘을 살짝 주면 열릴 터였다.

그런데 단순히 열리기만 하는 게 아니었다.

실린더 잠금이 풀린 문이 경첩을 날릴 듯한 기세로 활짝 열리더니 복도의 공기를 꾕음과 함께 단숨에 방 안으로 쓸어 담았다. 나는 문과 공기에 부딪쳐 나가떨어졌다.

아니, 공기가 아니다.

공기라고 하기에는 너무 시커멓고 매캐하고 흉포했다. 마치 의지를 가진 생물처럼 나선형을 그리면서 천장을 핥듯이 기어가고 있었다. 살아 있는 연기. 열에 쬐이고 있는데도 등골이 오싹했다.

복도에는 가열된 공기가 사납게 불어닥치고 있었다. 아까 그 바람 소리였다. 보통은 보이지 않을 터인 공기가 좁은 공간에 도사리고 있음을 알 수 있었다. 바람 소리에 섞여 파팟, 하고 대나무 쪼개지는 소리도 들렸다.

방에 흘러든 사나운 열기가 지지직거리며 살갗을 그슬린다. 복도는 더 뜨겁고 숨 쉬기도 힘들 것이다. 그러나 방에 가만히 있는 건 타 죽기를 기다리는 셈이다. 나는 복도 너머에서 소용돌이치는 검은 연기에 겁을 잔뜩 먹으면서도 자세를 낮추고 방을 빠져나왔다.

그리고 순간 떠올렸다.

할아버지!

혼자서는 일어서지 못하고 휠체어 없이는 움직이지도 못

하는 할아버지. 아니, 할아버지뿐만이 아니다. 루시아는 어쩌고 있을까.

나는 코와 입을 막은 채 바닥에 납작 기어갔다. 예상대로 복도에서는 열기와 검은 연기가 서로 뒤엉키면서 천장이며 벽을 집어삼키려 하고 있다. 아니, 그뿐만이 아니다. 올려다보니 검은 연기에 가려 잘 보이지 않지만 천장 표면에 불꽃이 깜빡거리며 퍼지고 있었다. 그것은 마치 사냥감을 앞에 둔 거대한 뱀의 혀 같았다.

그 큰 뱀이 건물째 우리를 잡아먹으려 한다. 공포가 온몸을 관통했다.

그때였다.

"하루카……."

굉음에 묻힐 듯한 가느다란 목소리. 그러나 잘못 들을 리 없다. 목소리가 난 방향을 더듬어 보니 건너편 방의 열린 문 사이로 상체를 드러낸 루시아가 보였다.

"루시아! 다친 데 없어?"

루시아는 심하게 기침을 하며 고개를 끄덕여 보였다.

다행이다!

당장 루시아 곁으로 가려는데 그녀가 고개를 거세게 저으며 내 뒤쪽을 가리켰다. 그곳에는 할아버지의 침실이 있다. 자신은 괜찮으니 할아버지의 안부를 확인하라고 그녀의 눈빛이 강하게 말하고 있었다.

내가 그녀라도 같은 생각을 했을 것이다. 나는 뒤로 돌아 할아버지의 침실로 향했다. 한시가 급하다. 조금은 연기에 싸여도 참아야 한다. 나는 조심스럽게 일어섰다. 무시무시한 열기 속에 숨을 한 번 들이마시자 목이 타는 듯이 뜨거워졌다. 몸속 수분이 다 증발할 것 같았다.

"할아버지!"

단숨에 문을 열었다. 침실 불이 켜진 상태인데 자욱하게 낀 검은 연기 탓에 잘 보이지 않았다. 침대를 보니 할아버지는— 없었다. 혹시나 싶어 침대 밑도 살펴봤지만 역시 없다.

사방을 둘러봤다. 평소라면 거기 있어야 할 물건, 지금은 할아버지 신체의 일부가 된 휠체어도 보이지 않는다. 그렇다. 나는 순간 깨달았다. 잠자기 전에 들은 마지막 말, "작업 도중이었지"— 할아버지는 아직 공방에 있다!

나는 황급히 옆 공방으로 시선을 날렸다.

그리고 숨을 멈췄다.

문은 안여닫이일 터였다. 그 문이 안쪽으로 살짝 휘어진 듯이 보인다. 내 방처럼 복도의 공기가 안으로 들어가려는 걸까.

굉음에 휩싸인 가운데 문틈에서 분명히 소리가 들렸다.

쉬이이.

쉬이이.

뱀의 섬뜩한 숨소리.

그 소리와 함께 천장에 머물러 있던 연기가 문틈을 통해 방 안으로 빨려 들어갔다.

만지지 마! 하고 머릿속에 다시 경보가 울렸다. 하지만 나는 방 안에서 구조 신호를 받았다. 망설임은 순식간에 사라졌다. 문 너머에는 구조의 손길이 필요한 소중한 사람이 있다.

문손잡이를 돌렸다.

그 순간 마치 사냥감을 기다렸다는 듯이 열린 문이 내 몸을 집어삼켰다. 방 안에 빨려 들어갈 때 휘오오 하고 바람이 포효하는 소리가 귓전을 스쳤다.

불현듯 시간이 멈췄다. 내 두 눈은 공방 안의 광경을 정지 화면으로 포착한다. 발화 지점이 이 방에 있었는지 병이 늘어선 작업 책상에는 불바다가 번져 커튼을 타고 천장에 도달해 있다. 벽에도 그리고 책상에도 불길이 넘실거렸다.

그 작업 책상 앞에 할아버지가 있었다.

휠체어째 전신이 불길에 휩싸였다.

할아버지, 하고 부르려고 입을 연 그때였다.

흘러 들어온 공기를 감지하고 불이 눈을 부릅떴다.

순식간에 불은 화염이 되고 불꽃은 불기둥이 되었다. 다시 휘오오 하는 소리가 들렸지만 이번에는 바람 소리가 아니었다. 공기라는 먹이를 얻은 영악한 육식동물의 포효였다. 나는 곧바로 깨달았다. 불도 연기처럼 생물임을. 사방에 있는 것을 집어삼켜 재가 될 때까지 모조리 휩쓸어 버리는 사악한 생물이다.

불길이 단숨에 그 범위를 넓혀 천장과 벽을 유린하고 모든 가구를 탐냈다. 책상에 놓인 병이 잇달아 파열되고 그때마다 다시 불기둥이 치솟았다. 책상 위는 금세 불바다로 변했다. 조명 기구가 퍽 소리를 내며 터지고 자랑스럽게 진열된 프라모델이 한순간에 납세공처럼 녹아 내렸다.

불에 타고 또 타고 활활 타오른다.

할아버지를 태운 휠체어가 타닥타닥 터지며 불타오른다.

모든 것은 순식간에 일어난 일이었다.

비명조차 지를 수 없었다.

돌연 몸이 둥실 떠올랐다.

방의 중심이 눈부시게 빛나나 싶었더니 보이지 않는 힘에 의해 내 몸은 뒤로 날아갔다.

폭풍. 그리고 귀청을 찢는 파열음.

그대로 복도 벽에 세게 부딪쳤다.

오른쪽 어깻죽지에서 소름 끼치는 소리가 났다. 골절인지 탈구인지 생각할 겨를도 없었다.

공방의 활짝 열린 문에서 불길이 뿜어져 나왔다.

불길이 이쪽을 향해 덮쳐 오는 모습이 마치 슬로모션처럼 보였다. 그리고 나는 꼼짝도 할 수 없었다.

눈앞이 확 밝아졌다. 지지직거리는 소리로 속눈썹과 앞머리가 탔음을 알 수 있었다. 순식간에 솜털마저 그슬고 얼굴이 까맣게 되었다. 파자마도 눈 깜짝할 사이에 불타올랐다.

———!

체감 한도를 초월한 뜨거움에 입을 크게 벌리고 비명을 지르는 듯하지만 내 목소리가 들리지 않는다. 뜨겁기보다는 아프다. 온몸의 살갗이 벗겨지면 이런 통증이 느껴지는 걸까. 너무 고통스러워서 머릿속이 새하얗게 되었다. 아무것도 생각할 수 없다. 나는 복도를 뒹굴며 괴로워했다. 그런데도 온몸에 퍼진 불은 도무지 꺼질 줄을 몰랐다. 구르는데 시야 한쪽에 불덩어리가 되어 몸부림치는 루시아가 보였다.

머리카락이 타오른다.

귀가, 입술이, 살갗이 타오른다.

의식까지 불에 탄다.

몽롱함 속에서 한 번 더 루시아를 본다. 루시아는 더 이상 움직이지 않았다.

그리고 바로 위에서 화염에 휩싸인 천장이 떨어졌다.

II   *Adagio sotto voce*
소리를 낮추고 잠잠하게

I

....

....

암흑.

정적.

빛도 소리도 없는 가운데 나는 의식을 되찾았다.

머릿속이 멍해서 무엇 하나 떠오르지 않는다. 내가 누구인지조차.

생각났다. 나는 화재에 휩쓸렸다. 눈앞에서 할아버지와 사촌이 불에 타들어 가는 모습을 본 순간 나 자신도 불길에 휩싸이고.

여긴 도대체 어딜까?

그 후로 시간이 얼마나 흐른 걸까?

나는— 죽은 걸까?

눈을 뜨려 했지만 눈앞은 여전히 시커멨다. 안구에 빛이 들지 않는다. 아니, 그 이전에 눈꺼풀이 움직이지 않는다.

그러고 보니 의식은 있는데 아무 소리도 들리지 않는다. 아무 냄새도 나지 않는다. 숨 쉬고 있는 것 같지 않다. 목소리도 나오지 않는다. 아무런 감촉도 없다.

흠칫 놀라 고개와 손발을 움직이려 했지만 손발이 붙어 있다는 감각이 아예 없다.

역시 나는 죽은 걸까? 죽는다는 건 이런 식으로 모든 감각을 잃어도 의식만은 또렷한 걸까. 그리고 이런 상태가 영원히 계속되는 걸까. 그럼 영혼의 감옥이 아닌가.

불현듯 공포에 사로잡혔다.

그런, 말도 안 되는!

누가 좀 도와줘!

이러다 미칠 것 같아!

패닉에 빠진 그때.

무언가가 내 몸에 닿았다.

닿았다고? 그럼 촉각은 있구나!

난 아직 살아 있어!

계속 닿았다. 나는 감각에 온 신경을 집중했다. 만져지는 곳은 배다. 날 만지는 것은, 손가락이다. 손끝에서 사람의 체온이 느껴진다. 누군가가 손가락으로 내 배를 문지르고 있다.

아니, 문지르는 게 아니다. 손가락의 움직임은 그냥 불규칙적으로 이동하는 게 아니라 원이나 직선을 그리고 있다.

글자다! 이 사람은 배에 글자를 써서 내게 뭔가를 전하려 한다. 나는 그 글자를 읽어 내려 애썼다.

여기는 병원이란다.

너는 큰 화상을 입어서 이곳에 실려 왔어.

전신이 화상으로 짓물러서 수술을 했단다. 거의 모든 곳에 피부 이식을 했고.

지금은 피부를 이식한 직후라 아무것도 느끼지 못할 거다. 마취된 상태이니. 그러나 여기 배만은 무사했어. 그래서 유일하게 감각이 있고. 나는 여기를 통해 너와 통신하고 있단다.

아아. 나는 공포에서 해방되었다. 결국 그 검은 연기에서 구출된 것이다.

눈꺼풀, 귀, 코, 입술까지 피부 이식을 했단다. 아직 네 피부로 자리 잡지 못했으니 당분간 이 상태가 계속될 거야.

그래도 걱정하지 마.

너는 반드시 낫는다.

반드시 원래대로 될 거다.

이 사람은 날 수술한 의사 선생님일까.

그 두 사람은 어떻게 되었을까.

묻고 싶은 것이 잔뜩 있었다. 하지만 통신은 일방통행이라 나는 발신할 수 없다. 갑갑한 나머지 몸부림치고 싶었다.

지금은 자거라. 자는 것만이 지금 네가 할 수 있는 유일한 일이다.

잠들어라.

그 후 손가락이 멀어지더니 같은 부위에 따끔한 감촉이 느껴졌다.

분명히 주사를 놓은 것이다. 다시 졸음이 쏟아졌다. 안도해서인지 약이 세서인지 수마는 곧 내 의식을 깊은 곳으로 데려갔다.

그로부터 나는 잠을 잤다가 깨어나기를 반복했다. 깨어 있는 시간은 잠깐이었다. 잠든 시간은— 모른다. 잠 한숨이 30분인지 세 시간인지 아니면 하루인지, 시간 감각이 완전히 마비되었다. 시간 감각뿐만이 아니다. 꿈과 현실도 잘 구분되지 않았다. 깨어 있어도 아무것도 보이지 않았다. 아무것도 들리지 않았다. 아무것도 느껴지지 않았다. 그저 생각하는 것밖에 할 수 없었다. 반면 꿈속에는 색채가 있고 음성이 있고 냄새가 있고 때로는 맛까지 있었다. 과거에 가족과 함께 갔던 바다와 산의 경치, 잔물결과 바람 소리, 호수의 향기와 땅 냄새, 거기서 먹은 생선과 조개와 과일의 맛. 현실의 무감각에 비해 과거의 추억에는 압도적인 현실감이 있었다. 현실에서 깨어 있을 때보다 꿈속에서 떠돌 때가 안심되었다. 언제부터인가 꿈과 현실이 역전되기 시작했다.

그래도 옴짝달싹 못하는 지금이 현실임을 인식할 수 있었던 것은 피부를 통한 그 사람과의 교신이 있었기 때문이다. 의사인지 간호사인지 몰라도 어쨌든 병원 관계자일 것이다. 그런데 남자인지 여자인지는 손끝의 감촉만으로는 알 수 없었다. 그 혹은 그녀가 내 용태에 관해 조금씩 가르쳐 주었다. 수술이 다섯 시간이나 걸렸다는 것, 기적적으로 성공했다는 것, 지금은 전신마취를 한 상태라 못 느끼겠지만 이윽고 극심한 통증이 찾아온다는 것. 그렇지만 마취제 양을 서서히 줄여야 한다는 것도.

그러나 가장 중요한 것, 내가 가장 궁금해서 못 견디겠는 것은 말해 주지 않았다. 두 사람이 어떻게 되었는지. 내가 구출되었으면 두 사람도 구출되었을 것이다. 그리고 두 사람에게는 미안하지만 내 몸이 도대체 어떤 상태인지가 무엇보다 궁금했다.

그때 내 눈으로 내 몸이 불타오르는 것을 봤다. 손톱이 맥없이 휘고 솜털이 타들어가 피부가 지글지글 소리를 내며 색과 형태를 바꾸는 모습을 봤다. 타 버린 신체 일부가 정말 원래대로 돌아온 걸까. 장시간에 걸친 수술 자국은 어떤 상태로 남아 있을까.

깨어 있을 때는 그게 불안해 견딜 수 없었다. 두렵기까지 했다. 그리고 최근에는 그 사람의 예언대로 극심한 통증이 찾아왔다. 불에 탈 때는 마치 온몸의 살갗을 벗기는 듯한 고통이었는데 피부를 이식한 후에는 그 상처에 소금을 뿌리고 문지르는 듯한 고통이었다. 약간의 가려움을 동반한 격통. 일단 시작되면 마치 요원의 불길처럼 통증이 온몸으로 퍼졌다. 질금질금 잉크가 종이에 번지듯이 상처 표면의 얼얼함이 피부밑까지 침투해 온다. 그 사람은 통증이 이식에 성공한 증거라고 설명했지만 격통을 감사할 마음 따위는 요만큼도 들지 않았다. 통증을 느끼면서부터 깨달았는데 내 손발은 침대 위에 단단히 고정되어서 손끝 하나 까딱하지 못하는 상태였다. 목구멍도 화상을 입어서 목소리를 내는 것도 금지, 입은 딱딱한 마스크로 구속되어 있다. 움직일 수도 소리칠 수도 없다. 그 상태로 온몸의 상처를 소금으로 문지르는 것은 고문이 따로 없었다. 그리고 이 상태는 마취제가 투여될 때까지 계속된다. 또한 구속되는 것 자체에 공포감이 느껴졌다. 피부를 보호하기 위한 조치임을 알면서도 공포감이 가슴 깊은 곳에서 끓어올랐다. 몸을 꿈적댈 수 있고 악을 쓰고 울부짖을 수 있다는 것이 얼마나 큰 행복인지 나는 뼈저리게 느꼈다.

그리고 내내 목이 말랐다. 환부에서 열이 날뿐더러 대량의 분비액을 방출하므로 당연했다. 솟아나는 침만으로는 턱없이 부족했다. 마치 입부터 식도까지가 이글이글 타오르는 사막이 된 기분이었다. 입에 관을 삽입해 정기적으로 물을 마시게 해 주지만 그야말로 뜨겁게 달구어진 돌에 물 뿌리기였다.

그리고 이건 배부른 소리라고 하겠지만, 목이 짓무른 상태라 식사는 유동식이나 링거액으로 했다. 그건 괜찮다. 문제는 어떤 형태로 먹든 나오는 건 나온다는 사실이다. 소화기관과 배설기관은 무사했다. 그래서 오줌도 똥도 나온다. 당연히 화장실은 갈 수 없고 엉덩이 피부를 이식했기 때문에 기저귀를 차면 환부가 감염될 위험이 있다. 그래서 대소변도 관을 통해 배설했다, 아니, 배설되었다. 아무리 꼼짝할 수 없는 처지라 해도 열다섯 소녀가 배설을 남에게 맡긴다는 것이 얼마나 창피한지 누가 상상이나 할 수 있을까. 나는 최소한 대소변 시중을 들어 주는 간호사가 부디 여자이기를 기도했다.

그래서 나한테 현실은 지옥 외에 아무것도 아니었다. 마취 주사를 맞고 과거의 달콤한 꿈속에 마냥 잠기고 싶었다. 깨어나서 비참한 꼴을 당할 바에야 의식이 돌아오지 않는 편이 나았다. 아니, 차라리 죽어 버리면 얼마나 편할까. 그런 생각만 머릿속에 가득했다. 하지만 내게는 자살할 자유조차 주어지지 않았다.

마약중독자의 금단증세가 이런 걸까. 마약 없이는 제정신을 유지하지 못하는 사람. 마약을 위해서라면 자신의 모든 것을 바칠 수 있는 사람. 나도 그들과 동류였다.

통증의 정도는 나날이 약해지고 완만해졌다. 그에 따라 마취제를 투여 받는 횟수도 줄었다. 그리고 마침내 오감 중 하나가 부활하는 날이 찾아왔다. 청각이다. 귓불이 완전히 제 모양을 찾은 것은 아니지만 일단 안쪽 고막까지는 감염될 걱정이 없다며 붕대를 느슨하게 해 주었다.

오랜만에 가장 먼저 날아든 소리는 환경음이었다. 물론 여기는 조용한 병실 안이라 들리는 환경음은 차량 주행음이나 어린아이가 떠드는 소리 같은 것이 아니다. 링거에서 방울이 떨어지는 소리, 의료 기기의 전자음, 의료 기구가 스치는 금속음. 요컨대 조용한 소음이었다.

'들리니?' 하는 배에 익숙한 감촉을 느낀 것과 동시에 "들리니?" 하는 목소리가 났다. 그로 인해 이 목소리의 주인이 그 사람이라는 것을 알 수 있었다. 아직 눈도 입도 붕대에 감겨 있는 상태라 나는 고개를 끄덕이는 것으로밖에 의사 표시를 할 수 없었다.

"하루카? 엄마 목소리도 들리니?"

뭔가를 견디는 듯한, 떨리는, 그리운 목소리.

"다, 다행이구나…… 정말 다행이야. 엄마가 얼마나 걱정했는지…… 너무나 큰 화재였어. 별채에서 일어난 불이라 본

채로 옮겨붙지는 않았는데, 별채가 순식간에 전부 타버려서…… 그래도 너만이라도 살아서 다행이구나. 애야, 놀라지 말고 들으렴. 할아버지와 루시아는 살아남지 못했어. 구급차가 도착했을 때는 이미……."

앗.

뭐라고?

방금 뭐라고 했어?

말도 안 돼!

놀라움과 슬픔, 그리고 의문이 한꺼번에 달려들어 머릿속에서 빙글빙글 소용돌이쳤다.

"죄송합니다, 어머님. 지금은 좀 참아 주십시오. 화재 상황보다 먼저 이야기해야 할 것이 있습니다."

불안에 떨며 허둥대는 목소리를 말린 것은 그 사람이었다. 그 목소리는 낭랑하고 힘차고 고압적으로 들렸다.

"소개가 늦었구나. 나는 신조, 이 병원의 성형외과 의사다. 지금부터 너에게 실시한 수술과 치료에 대해 설명하마. 치료에는 앞으로 상당한 인내심과 노력이 필요할 거다. 하지만 넌 벌써 열다섯 살이야. 결코 어린아이가 아니지. 그러니 병세를 잘 이해한 상태에서 임해야 한다. 아, 그전에 방금 어머님도 말씀하셨지만 구급 대원이 도착했을 때 두 사람은 이미 늦은 상태였어. 발화 지점이 침실 옆 작업장이었는데, 거기에는 래커계 도료와 시너, 이른바 가연성 스프레이가 잔뜩 놓여 있었다. 네 할아버지는 밀폐된 방에서 난로에 불을 지피고 작업을 하고 계셨지. 경찰은 그때 시너류에 난롯불이 튀어 발화되었다고 판단을 내렸다. 그리고 가연성 캔이 산더미처럼 쌓인 장소에 불이 옮겨붙어 분명히 약품이 연소 촉진제로 작용해 화약고가 폭발하는 듯한 모습이었을 거다. 그래서 발화 지점 근처에 있던 할아버지와 다른 소녀는 순식간에 당하고 말았지. 머리에서 발끝까지 거의 온몸이 탄화되어 손을 댈 수도 없었다."

그 한마디로 다시 침묵이 흘렀다.

"발화 지점에서 멀리 떨어져 있던 너도 목숨이 위험할 지경이었어. 일반적으로 화상은 세 단계로 나뉜다. 사람의 피부는 바깥에서부터 표피, 진피, 피하조직으로 구성되어 있는데, 이 중 표피층만 화상을 입었을 경우 1도 화상, 진피층까지 도달한 경우 2도 화상, 그리고 피하조직 혹은 그보다 더 깊이 도달한 경우를 3도 화상이라고 하지. 네 경우는 체표면적의 34퍼센트에 3도 화상을 입었다. 안면은 물론 노출되어 있던 부분은 예외 없이 진피까지 탄화되었지. 만약 그두 사람과 같은 장소에 쓰러져 있었다거나 입은 옷이 타서 남아 있지 않았더라면 어머니조차 너라고 장담하지 못했을 거다. 구급 대원들은 한눈에 절망적으로 판단했거든. 그런데 네 맥박이 미약하게나마 뛰고 있었지. 다들 기적이라고 하더구나. 나도 동감이야. 체표면적의 3분의 1 이상이 3도 화상에 뒤덮였는데도 살아남은 환자는 없었으니까."

신체의 3분의 1 이상이 탄화된 나. 그 끔찍한 모습을 상상하려는 참에 황급히 그만두었다.

"화상이 죽음에 이르는 원인은 화상에 의한 쇼크와 피부호흡이 불가능해지는 것이. 1도 화상이라면 자연 치유되지만 3도는 피부를 이식할 수밖에 없어. 수술은 피하조직 절제와 식피 수술의 두 단계로 이루어진다. 이해하겠니? 다시 말해 네 육체의 3분의 1은 피하조직째 다른 사람에게 받은 거야. 자가 피부 이식이라고 해서 네 몸의 정상 부위에서 이식한 부분도 조금은 있지만 말이야. 원래 이 방법이 더 생착되기 쉬운데 그러기에는 정상 부위가 너무 적었어. 그래서 어머니에게 상당한 양의 피부를 받고, 나머지는 피부은행에서 조달한 피부로 보충했지. 그렇게 수술은 성공했다. 다만 가장 난도가 높았던 건 얼굴이야. 아까 설명했다시피 절제 수술은 피하조직 통째로, 요컨대 토대를 잃는 셈이니까 피부 외형이 변형될 수밖에 없다. 수술에 따라서는 예전과 완전히 다른 얼굴이 될 가능성도 있어. 그런데 이 어려운 수술도 겨우겨우 해냈지. 어머니가 주신 사진으로 예전과 똑같은 얼굴로 재생했단다."

"저, 선생님. 실례입니다만 흉터가…… 흉터가 남을까요?"

"그건 안심하셔도 됩니다. 대학병원 성형외과는 자르고 꿰매는 기초 수술을 철저히 가르치는 곳이거든요. 웬만한 외과

의보다 봉합 실력은 확실합니다. 흠, 내 입으로 말하긴 좀 그런가. 아무튼 얼굴에 바늘 자국은 남지 않습니다. 이식한 피부도 쇄골 윗부분을 사용했으니 색소 차이도 없고요. 아, 자가이식으로 채집한 부분은 재상피화라고 해서 자연 치유될 테니 걱정할 것 없습니다. 뭐, 의사가 아닌 이상 보기만 해서는 성형한 줄도 모를 겁니다."

"우으으……."

오열을 참는 소리가 새어 나왔다. 분명히 안도에서 나온 것이리라. 하지만 나는 조금도 마음이 놓이지 않았다.

"지금 너는 온몸이 붕대에 감긴 데다 손끝 하나 못 움직이는 상태란다. 답답하겠지만 참아. 이식한 지 얼마 안 된 피부는…… 적당한 비유가 아닐지 몰라도 액상화된 토양 위에 아스팔트 도로를 깔아 놓은 셈이지. 진도 1의 지진에도 도로가 뒤틀리고, 솟구치고, 동강이 난다. 토양이 견고한 상태가 될 때까지는 어쩔 수 없어. 앞으로도 당분간 상처 세척과 붕대 교체를 제외하고는 그대로 처치될 테니 각오해 둬."

무정하게 말해서인지 더 모질게 들렸다.

"처음에 말했다시피 피부 생착 후의 재활 치료는 제법 힘들 거다. 피부가 무사히 생착되어도 움직여 주지 않으면 진피가 굳어서 오그라들고 말아. 관절을 움직이려 해도 피부가 땅기지. 그걸 구축이라고 하는데 이를 방지하기 위해 관절 운동은 필수야. 단 구축도 부위에 따라 차이가 있어서 진피가 두꺼운 부분은 구축이 생길 가능성이 낮지만 피부가 복원되는 데는 시간이 걸려. 얇은 부분은 이 반대다. 그러니 진피가 두꺼운 안면은 복원이 늦지만 구축이 생길 가능성은 낮아. 단 방치하면 표정 근육의 움직임을 피부가 따라오지 못하게 돼. 즉 가면을 쓴 것이나 마찬가지인 상태지. 그게 싫으면 매일 부지런히 울다가 웃다가를 반복해야 해. 당연히 통증을 동반한 훈련이야. 그래도 이를 악물고 견뎌. 그게 네 의무다."

"저, 선생님. 너무 엄격하게 말씀하시는 게 아닌지…… 사고를 겪은 데다 할아버지와 사이좋은 사촌을 한꺼번에 잃어서 매우 상심하고 있잖아요."

"그런 물러 터진 태도는 용납할 수 없습니다."

나는 화들짝 놀라 숨을 멈췄다.

"잊지 않도록 한 번 더 말해 주지. 네 몸의 3분의 1은 다른 사람이 제공해 주었고 내가 열심히 수술한 몸이다. 그리고 많은 간호사들이 끼니를 거르고 잠을 반납해 가며 보살핀 몸이다. 잘 들어. 너는 살아 있는 게 아니야. 살려져 있는 거다. 그걸 잊고 재활 치료를 피하거나 살아가는 것에 비관이라도 해 봐, 어디. 절대로 용서하지 않을 테니."

드디어 얼굴 붕대를 푸는 날이 왔다. 붕대를 풀기 전부터 주위에 사람들이 모여 있음을 분위기로 알 수 있었다. 모두

숨을 죽이고 한 마디도 하지 않는다. 관자놀이를 압박했던 힘이 스르르 풀리더니 눈꺼풀 너머가 서서히 밝아졌다. 간신히 피부가 바깥 공기에 닿았지만 온도는 느껴지지 않는다. 가면까지는 아니더라도 두께 5밀리미터의 팩을 붙인 듯한 위화감이 있다.

"눈을 떠 봐."

그 말에 따르려 했지만 눈꺼풀이 뜻대로 움직여 주지 않는다. 그래도 실룩실룩 떨면서 억지로 뜨자 며칠 만에 보는 광경이 망막에 날아들었다.

처음에 보인 건 고즈키 일가의 얼굴이다. 미치코 씨도 있다. 그 뒤에 간호사와 백의의 남성. 분명히 이 사람이 신조 선생님일 것이다. 첫인상은 목소리에서 느껴지는 것과 똑같았다. 깡마르고 신경질적인 얼굴. 검은 테 안경 때문에 표정이 한층 더 엄격해 보인다.

그리고 냄새. 붕대와 소독약 냄새는 여전하고 개방된 콧구멍을 통해 장식된 꽃과 과일 향기, 다른 사람의 체취도 흘러들어왔다. 그리고 이건 ─ 피 냄새. 세상이 이토록 다양한 냄새로 가득하다는 걸 발견하고 나는 놀랐다.

"굉장한데……." 구경꾼의 첫마디는 겐조 삼촌의 입에서 나왔다.

"화재 나기 전하고 완전히 똑같아! 수술 자국이 하나도 안 보이잖아."

칭찬의 말이었지만 신조 선생님은 불쾌한 듯 한쪽 눈썹을 추켜세웠다. 당연한 거 아니냐는 듯이.

곁에 있던 간호사가 센스 있게 내 앞에 거울을 놔 주었다. 거기에는 겐조 삼촌이 말한 그대로의 얼굴이 있었다. 반들반들하고 아무 흉터도 없는 마네킹 같은 얼굴. 얼굴에 나 있던 털이라는 털은 홀랑 타 버리고 머리카락은 반삭발에 속눈썹도 짤따랗다. 심지어 눈썹은 더 참담하다. 생육이 더뎌서인지 새파란 면도 자국까지 남아 있는 무모 지대였다.

미치코 씨가 가슴을 쓸어내리듯 한숨을 토하고 뒤에 있는 두 사람은 서로 끌어안을 듯이 기뻐했다. 하지만 당사자인 나는 기가 막혔다. 얄궂게도 그 마음이 표정에 드러날 일은 없지만. 두께 5밀리미터의 팩 밑에서 아무리 안간힘을 써도 눈썹 하나 까딱할 수 없었다.

혼란스러운 내 마음을 아는지 가족들이 잔잔한 기쁨에 들떠 있는데도 신조 선생님은 무뚝뚝한 얼굴이었다. 그 무뚝뚝한 얼굴이 내 얼굴을 들여다봤다.

"한 마디만, 천천히 말해 봐."

모두의 시선이 내 입술을 주목한다.

그들을 차례로 불러 보려 했다.

"어……."

그 목소리에 다들 놀라서 눈을 크게 떴다.

하지만 가장 놀란 사람은 나였다.

굵고 갈라지고 쉰 목소리.

내 목소리도, 아니 누구의 목소리도 아니다.

어떻게 이런 흉한 목소리가.

꼭 개구리 같잖아!

"기도 화상은 수술을 할 수 없었다." 변명인지 신조 선생님이 나지막한 목소리로 말했다. "화재 때 연기를 대량 흡입했는지 후두 점막이 심하게 손상되었더구나. 어머님, 환자가 음악학교 학생이라고 들었습니다만 성악과입니까?"

"아뇨, 딸아이는 피아노과예요……."

"불행 중 다행이구나. 물론 지금도 치유 중이긴 한데 가령 완치된다 해도 장애는 남을 거다. 원래 목소리로 돌아오는 건 단념하는 게 좋아."

그 말이 결정적이었다.

요 며칠간 신조 선생님이 환자를 어떻게 대하는지 충분히 알았다. 선생님은 어떤 의미에서 성실과 정직 그 자체다. 환자에게 무의미한 실망을 주지 않는가 하면 과도한 기대를 하게 만들지도 않는다. 결코 애매하게 말하지 않고 가능한 건 가능하다, 불가능한 건 불가능하다고 딱 잘라 말한다. 따라서 신조 선생님이 단념하라고 하면 반드시 단념해야 하는 것이다.

평생 이 목소리로 살아가야 하다니. 그렇게 생각한 순간 가슴이 죄어들고 갑자기 오한이 들었다. 그와 반대로 눈시울이 뜨거워지더니 시야가 점점 일그러졌다. 피아노과면 불행 중 다행이라고? 웃기지 마! 피아노로는 말하지 못하잖아. 피아노로는 서로 웃지도 못한다고. 무엇보다 손가락이 원래대로 돌아올지 어떨지도 모르는데.

눈물방울이 시트 위로 뚝뚝 떨어졌다. 참으려 해도 참을 수 없었다. 어른들이 내게 달려들려던 참에 신조 선생님이 안 된다고 말렸다.

"아직 환자를 건드려서는 안 됩니다."

좁은 병실에 내 흐느낌 소리만이 울렸다.

그로부터 며칠 후 재활 치료를 시작하기 위해 목과 손발의 관절 부분만 붕대를 풀었다. 그러나 관절 부분의 감촉이 석고로 굳힌 듯 딱딱해 구속에서 해방된 기쁨은 몇 초도 가지 못했다. 신조 선생님의 성형 실력은 손가락에도 유감없이 발휘되었다. 붕대를 풀자 드러난 열 개의 손가락은 봉합 자국 하나 없이 매끄러워 흠잡을 데가 없었다. 딱 한 가지, 열 손가락 다 자유롭게 움직이지 않는 것만 빼면.

손발이나 말초신경에 장애가 생겨서가 아니다. 그저 피부가 땅겨서 뻗었다가 움츠릴 수 없을 뿐이다. 그런데 신체는 그 사실을 비웃듯이 뇌에서 내려오는 명령을 번번이 거부했다. 화재로 척수 일부가 타 버려 말초로 향하는 신경이 절단된 게 아닐까. 반은 진지하게 그런 고민을 했다.

재활 치료는 숟가락을 쥐는 것부터 시작했다. 쥔다고 말해도 손가락 두 개로 숟가락 자루를 잡는 것이 아니다. 숟가락홀더라고 해서 숟가락 자루를 벨트의 주머니에 꽂아 넣고 손등에 벨트를 감는 도구가 있는데 우선 그걸 손목과 팔꿈치만움직여서 사용하는 것이다. 처음에는 형편없었다. 손목도 팔꿈치도 90도 이상 굽혀지지 않았다. 피부가 땅기는 탓도 있지만 그 이상 뻗으려 하면 옥죄는 듯한 통증이 느껴졌다. 물한 모금 마시느라 침대 시트가 흠뻑 젖기 일쑤였다.

스스로 일상 동작을 소화하는 훈련도 시작했다. 세수와 식사, 그리고 옷 갈아입기. 물론 그걸 위한 도구도 재활 훈련용으로 고안된 물건인데 칫솔은 손잡이가 이상하게 굵고 젓가락에는 집기 편하게 용수철이 붙어 있다. 파자마나 운동복은 매직테이프로 입고 벗을 수 있게 만들어졌다. 하지만 그런 편리한 도구조차 내게는 어려운 과제였다. 이를 닦을 때는 번번이 칫솔이 입에서 빠지고, 젓가락은 떨어뜨리지 않더라도 가장 중요한 음식물을 집지 못하고, 옷은 대부분 좌우가 바뀌어 있었다. 예전 같으면 20분 안에 끝날 작업이 두 시간이나 걸렸다. 식은 죽도 못 먹을 지경이었다.

그런데 그런 건 그나마 손쉬운 편이고 정말 아프고 괴로운건 보행 훈련이었다. 아장아장 걸음마를 시작한 아기가 타는 보행기. 그것의 어른 버전이 내 신체의 일부가 되었다. 허리를 고정한 상태에서 네 바퀴로 앞뒤 좌우로 이동하는 보행

차. 크기가 큰지 작은지, 자재가 플라스틱인지 알루미늄인지의 차이가 있을 뿐 기본적인 구조는 보행기와 같다. 옆에서 보기에는 제법 쾌적한 탈것으로 보일지 몰라도 실제로는 한 걸음 나아갈 때마다 쑤시고 아파서 멈춰 서야 했다.

화재 전 아무 생각 없이 움직일 때는 몰랐는데 걷는 동작은 목 아래에 있는 거의 모든 근육을 쓰는 전신운동이다. 가슴을 젖힌다, 팔을 흔든다, 허리를 돌린다, 허벅지를 들어 올린다, 무릎을 굽힌다, 한쪽 발로 체중을 지탱한다. 한 걸음 나아가려면 최소 일곱 군데의 근육과 피부를 움직여 줘야 한다. 따라서 한 걸음 걸으면 일곱 군데가 고통을 호소해 걸을 때마다 눈물을 찔끔거렸다. 그런데 신기하게도 땀은 나지 않았다. 그야말로 체취도 느껴지지 않을 만큼. 이유는 신조 선생님이 가르쳐 주었다. 땀과 피지를 배출하는 땀샘과 피지샘은 진피층에 있는데 이식한 지 얼마 안 된 진피는 아직 기능을 다하지 못하기 때문에 땀샘과 피지샘의 반응도 둔하다는 것이다.

사지에 장애가 있는 환자에게 들었는데 마비된 근육을 무리하게 움직일 때는 골수를 짜는 듯한 둔하고 무지근한 통증이 엄습한다고 한다. 내 경우에는 표피를 피하조직에서 강제로 벗겨 내는 듯한 날카로운 통증이 느껴진다. 뇌에 직통으로 전기충격이 가해지는 듯한 통증이다. 비교하려는 건 아니지만 어차피 겪는다면 둔한 쪽이 조금이나마 낫지 않을까 생각한다. 마비 환자 입장에서는 노발대발할 이야기지만 그런 생각이 드는 건 어쩔 수 없다.

어느 정도 걷는 데 익숙해지자 보행차 대신 목발을 쓰게 되었다. 목발 보행에는 두 가지 원칙이 있는데, 하나는 반드시 정면을 향할 것, 다른 하나는 슬리퍼 절대 금지다. 운동화로 갈아 신는 데는 불만이 없지만 문제는 계속 정면을 향하는 것이었다. 앞에서 걸어오는 사람에게 눈썹이며 솜털까지 죄다 잃은 내 얼굴을 적나라하게 내보이기가 치욕스러웠다.

훈련 외에도 괴로운 일은 있었다. 예고된 것이었지만 상처 세척과 그에 따른 붕대 교체는 상상 이상의 통증을 가져다주었다. 이식 수술이 성공리에 끝나 봉합 자국도 깨끗하지만 접합면이 완전히 유착되지 않는 한 감염 위험이 있어 늘 약품으로 세척해 줘야 한다. 세척할 때는 당연히 아프다. 상처에 약제가 스며들면서 통증이 퍼지고 그때마다 접합면이 얼마나 많은지를 새삼 깨닫는다. 그 통증을 가라앉히기 위해 진통제를 맞았다. 이름은 자연히 외워졌다. 펜타조신이다. 또 세척할 때가 아니더라도 피부밑에서 욱신거리는 통증이 만성적으로 솟아올랐다. 통증의 강도가 피부 두께에 따라 다르므로 나는 피부의 두꺼운 부위와 얇은 부위를 몸소 배웠다. 그리고 통증을 가라앉히기 위해 이때도 역시 펜타닐이라는 또 다른 진통제를 맞았다. 게다가 감염 예방을 위해 정기적으로 항생제도 투여 받는다. 요컨대 하루 종일 약에 절어 있는 상태라 당연히 부작용이 생겼다. 내 경우에는 원래 적었던 머리숱이 더 휑해졌다. 눈썹은 도무지 짙어질 줄을 몰랐다. 거울을 보면 헤이안 시대* 여자처럼 눈썹을 싹 밀어 버린 여자가 항상 원망스럽게 노려보고 있었다.

그런 얼굴을 보기도 달갑지 않아 거울을 들여다보는 건 오직 표정 재활 훈련을 할 때뿐이었다. 옥죄는 통증을 견디며 억지로 표정을 만들었다. 화난 표정, 우는 표정, 웃는 표정, 슬픈 표정. 과거의 습관을 재현하려고 거울 속에서 고개를 오른쪽으로 갸웃해 본다. 해 보면 알겠지만 화나거나 언짢은 표정을 짓는 데는 별다른 노력이 필요 없다. 웃거나 까불거나 장난스러운 표정을 지으려면 얼굴의 표정 근육을 총동원해야 하기에 꽤 애를 먹었다. 말하자면 불행한 표정은 짓기쉽지만 행복한 표정을 짓는 데는 노력이 필요하다.

아침에 일어나서 잠들 때까지 고통의 연속. 그게 내 하루하루였다. 몇 번을 그만두려 했던지. 몇 번을 도망가려 했던지. 그런데도 겨우겨우 그런 나날을 계속할 수 있었던 건 늘 그 사람이 지켜보고 있었기 때문이다.

그 사람, 신조 선생님은 어느덧 그곳에 있었다. 걷다가 지쳐서 멈춰 섰을 때. 휘청이다 넘어졌을 때. 아프고 비참해서 울고 싶어졌을 때. 곁에 없었으면 싶을 때만 골라서 그는 날

---

* 794~1185년. 이 시대에 귀족들 사이에서 눈썹을 모두 뽑고 새로 그리는 화장법이 유행했다.

지켜보고 있었다. 말을 건네 오거나 부축해 주지도 않고 그냥 가만히 안경 너머로 나를 주시하고 있었다. 게으름도 나약함도 용서치 않겠다고 그 눈빛은 말하고 있었다.

피붙이를 잃은 직후인데 왜 나만 이렇게 괴로운 일을 당해야 하는 걸까. 그 부조리함에 화가 나서 견딜 수 없었다. 재활 훈련에서 아픔을 느낄 때마다, 투여제의 부작용에 시달릴 때마다 누군가를 저주하고 싶어졌다. 그래도 신조 선생님의 눈은 그런 비뚤어진 마음을 꿰뚫듯이 나를 지켜봤다. 말없이, 마치 나무라듯. 그래서 나는 울면서도 일어설 수밖에 없었다.

몇 번이고 몇 번이고.

몇 번이고 몇 번이고.

2

4월 둘째 주에 나는 열여섯 살이 되었다. 그리고 퇴원하는 날을 맞이했다. 화재가 일어난 이후로 거의 두 달 이상 입원해 있었다.

정면 현관에 신조 선생님이 일부러 배웅하러 나와 주었다. "조금이라도 이상한 조짐이 생기면 즉시 연락해라" 하고 여전히 무뚝뚝한 얼굴로 명령했다. 정말이지 아직 보내고 싶지 않다는 태도가 훤히 보였지만, 원장은 목발로 걸을 수 있게 되었으니 자택 요양으로 전환해도 좋다고 판단했다. 요즘 병원 사정으로는 장기 입원을 쉽게 용인하지 못한다는 이유도 있는 듯하다. 따라서 집에 돌아가도 일상생활에 변화는 없다. 자고 일어나는 장소가 달라질 뿐이다.

퇴원할 때 챙이 큰 모자를 선물 받았다. 이식받은 피부와 새로 생성된 피부는 햇빛이나 냉각 자극에 몹시 민감하다.

모자를 받으면서 나는 "고마워" 하고 겨우 한 마디 했다. 그날 내 잠긴 목소리를 들은 이후 나는 최대한 입을 열지 않았다. 그런 목소리를 누가 듣고 싶어 할까. 하고 싶은 말도 없이 소중한 두 사람에게도 "아빠", "엄마" 하고 짧게 부르는 것이 고작이었다.

두 달 만에 보는 집은 싹 바뀌어 있었다. 현관에는 마룻귀틀 대신 슬로프가 설치되어 있고, 현관에서 복도, 그리고 계단까지 벽에는 손잡이가 설치되어 있었다. 요컨대 내 편의에 맞춰 집을 개조한 것이다.

"욕실하고 화장실에도 손잡이를 달았어. 급히 만들긴 했는데 없는 것보다 훨씬 낫지."

아무렇지도 않은 그 말투에서도 재활 치료에 임해야 하는 나에 대한 배려가 느껴졌다. 하지만 고맙게 느낄 여유는 별채를 본 순간 깨끗이 사라졌다.

별채가 서 있던 곳이 휑한 공터로 변한 것이다.

타다 남은 약간의 잔디밭이 그곳에 화재가 있었음을 나타낼 뿐 그 외에는 까맣게 탄 잔해 하나, 기둥 하나도 남아 있지 않았다. 사정을 모르는 사람이 본다면 여기에 집이 있었으리라고는 상상도 못할 것이다. 전소했다는 말은 들었어도 설마 이렇게 흔적도 없이 사라졌을 줄이야.

"소방차가 늦게 도착했어. 신고 자체는 빨랐는데, 좁은 도로마다 노상 주차가 되어 있었잖니. 그 탓에 소방차가 진입하지도 못하고……."

할아버지가 생전에 차 사고가 줄어드는 데 노상 주차가 일조한다고 했었는데 반대로 그게 불행을 초래했다.

세상은 참 얄궂게 돌아간다.

"장례식은?"

"화재 이틀 후에 치렀다. 사건성도 없고 해서 두 사람의 시신은 바로 화장했지. 그 무렵 너는 의식 불명의 중태였다."

나는 두 사람이 타 죽어 가는 모습을 눈앞에서 봤다. 이른바 두 사람의 임종을 지켜본 셈이다. 그렇더라도 장례식에 참석해 죽은 이를 떠나보내지 못한 것이 몹시 마음에 걸렸다.

의기소침해서 집에 들어가니 거실에는 겐조 삼촌과 미치코 씨, 그리고 처음 보는 머리가 희끗희끗한 오십 대의 성실해 보이는 아저씨가 기다리고 있었다.

"미치코 씨는 말이야. 할아버지는 변을 당하셨지만 이번에는 하루카, 네가 보살핌이 필요하잖니? 그래서 계약을 갱신했단다. 미치코 씨라면 우리 집 사정에 훤하기도 하고."

새로이 인사를 하려는지 미치코 씨가 공손하게 허리를 숙였다.

그리고 정체불명의 성실해 보이는 아저씨가 나를 보자마자, "아아. 당신이 하루카 양이군요" 하고 말을 걸어 왔다.

이 사람, 누구야? 하고 내가 도움을 청하자, "하루카는 오늘 처음 뵙는구나? 고즈키 일가의 고문 변호사인 가노 선생님이셔."

"잘 부탁합니다." 가노 변호사가 가볍게 인사했다. 나도 답하려 하는데 그가 바로 "아, 괜찮아요, 괜찮아" 하고 말렸다. 아무래도 내 몸 상태를 잘 알고 있는 모양이다.

잠시 애도의 말이 이어졌다. 대화를 듣던 중에 알게 되었는데, 가노 변호사는 원래 할아버지 회사의 고문으로 일하다가 실력을 인정받아 할아버지 개인의 재산 관리까지 맡게 되었다고 한다.

"오늘 찾아뵌 건 돌아가신 고즈키 겐타로 씨의 유산상속 관련해서입니다."

유산상속, 이라는 말이 나온 순간 분위기가 얼어붙었다. 가장 눈에 띈 반응을 보인 사람은 겐조 삼촌이다. 매사에 강 건너 불구경하듯 무관심한 척하면서 늘 포커페이스를 고수하는 주제에 소리가 나도록 침을 꿀꺽 삼킨 것을 나는 놓치지 않았다.

"겐타로 씨와 루시아 양을 한꺼번에 잃으시고 또 하루카 양까지 사고를 당해 가족분들의 상심이 매우 크실 줄 압니다만, 이것도 직무이니 부디 용서를 바랍니다. 그럼 우선 겐타로 씨가 오너로 계시는 회사의 재산 관련해서입니다만, 회사는 추후 임시 임원회를 소집해 후임 인사를 선임하기로 했습니다. 어쨌든 법인 자산에서 고즈키 일가와 직접 관련된 사항은 고인의 주식 상속에 한해서지만, 이건 개인 자산에 포함해야겠지요. 자, 그럼 그 개인 자산을 말씀드리자면……."

가노 변호사가 마침내 두꺼운 서류를 살펴보기 시작했다. 모두의 시선도 서류에 못 박혔다. 나로 말할 것 같으면 솔직히 별 관심이 없었다. 상속이란 결국 유품을 나눠 갖는 것이나 마찬가지인데 할아버지의 소지품 중에 내가 갖고 싶은 물건은 없기 때문이다.

"우선 부동산부터 시작하겠습니다. 고인은 시내에 여섯 군데, 군부郡部에 세 군데의 부동산을 소유하고 있었습니다. 그중 일곱 군데에는 아파트를 건설해 세를 주고 있고 나머지 두 군데는 매물로 나온 상태인데요, 평가액으로 총 6억 9천만 엔, 공시지가로 환산하면 대략 70퍼센트쯤 될 겁니다. 다음으로 아까 언급한 자사주를 포함한 유가증권류, 이건 지난 주말 종가終價로 1억 5천 6백만 엔. 은행에 개설된 계좌 예금액이 합계 1억 6천만 엔. 그리고 아까 그 아파트의 임대 수입이 월 단위로 3천 4백만 엔. 여기까지 전부해서 10억 4천만 엔. 아, 물론 이 저택의 토지와 건물도 당연히 고인의 자산입니다. 토지 감정사가 낸 견적에 따르면 토지와 건물을 합해서 2억 3천만 엔이라는 평가가 나왔습니다. 즉 전부 합하면 12억 7천만 엔. 이것이 고인의 총자산입니다."

12억 — 하고 어디선가 쉰 목소리가 새어 나왔다. 큰돈이리라. 하지만 내게는 전혀 현실감 없는 금액이었다.

"이제 상속 문제입니다. 고인은 이미 부인을 떠나보낸 까닭에 원래는 남은 법정상속인인 두 아드님, 즉 데쓰야 씨와 겐조 씨에게 똑같이 유산이 분배되어야 하지만 고인은 생전에 유서를 남기셨습니다."

"유서? 그런 이야기는 못 들었는데."

"재작년에 뇌경색으로 쓰러진 직후 작성하셨습니다. 본인이 돌아가신 후가 걱정되신 게지요. 유서에는 레이코 씨의 이름도 올라와 있습니다만, 상속권은 그녀가 사망함으로써 소멸되었습니다. 자, 그 내용입니다. 총자산의 2분의 1은 하루카 양, 나머지 2분의 1을 데쓰야 씨와 겐조 씨에게 균분상속하게 됩니다. 아, 그리고 간병인 쓰즈키 미치코 씨에게는 평소 헌신적인 봉사의 대가로 현금 3백만 엔이 유증됩니다."

"어머나."

"그, 그런."

어?

나?

모두의 시선이 일제히 내게 쏠렸다.

"이 중 하루카 양과 겐조 씨의 상속분은 신탁재산으로 설정하도록 지정되었습니다. 또 이 저택의 토지와 건물은 데쓰야 씨에게 상속됩니다. 평가액이 2억 3천만 엔이니 총자산의 4분의 1로 계산하면 금액도 딱 맞는군요."

"신탁재산?"

"일본에서 개인 유산을 이런 식으로 처리하는 일은 드물지요. 이번에 고인이 택하신 방법은 정식으로는 정지 조건부 유언 신탁, 그중에서도 재량 신탁이라고 불리는 제도입니다. 대략적인 설명을 드리자면, 자산 소유권을 일단 수탁자에게 이전하여 그 수탁자가 친족의 상황에 따라 재산의 용도와 처분 방법을 정합니다. 고인이 수탁자로 본인의 회사를 지정하였습니다. 단 실제 수탁 업무는 고문 변호사인 제가 수행합니다."

"자, 잠깐만요." 겐조 삼촌이 황급히 끼어들었다. "우, 우선 말이죠, 손녀 한 사람에게 재산의 절반을, 나머지를 자식들에게 나눠 준다는 이야기가 법률상 인정되는 건가요? 왠지 상당히 비상식적인 것 같은데."

"유언에 제시된 피상속인의 의사는 우선적으로 존중됩니다. 그리고 자식들에게 2분의 1이라는 비율은 민법에서 유류분으로 보장하는 최저한도의 상속분이니 충분히 적법하다고 봅니다."

"그, 그럼 신탁은 결국 이런 건가요? 나와 하루카가 유산상속을 받긴 하지만 멋대로 처분할 수 없다는 뜻?"

"대놓고 말하면 그 말이 맞습니다."

"왜 그렇게 번거롭게 하죠? 부동산이든 주식이든 냉큼 현금화해서 넘겨주면 그만인데."

"첫째는 상속세 대책입니다. 우선 이 저택의 토지, 건물은 유족분들의 생활 거점이니 세대주인 데쓰야 씨에게 상속된 건 지극히 타당한 판단이라 볼 수 있겠지요. 상속세는 예적금에서 찾아서 낼 필요가 있지만요. 그 밖에 사업용 부동산과 유가증권에도 거액의 상속세가 부과됩니다. 과세가격에서 기초공제액을 뺀다 할지라도 총액이 워낙 어마어마해서 일반적인 방법으로 상속받는다면 절반 이상을 국세로 빼앗깁니다. 따라서 수익성 있는 자산을 법인으로 이전하고, 겐조 씨와 하루카 양을 회사 임원으로 올려서 자산에서 얻어지는 수익을 임원 보수로 지불, 소득의 분산을 도모하려는 겁니다. 또한 현재는 자산평가액이 높아도 부동산이나 유가증권은 늘 리스크를 안고 있습니다. 그걸 법인에서 보유하고 운용함으로써 가령 손실이 생긴다 해도 법인에서는 어떤 수익과도 상쇄가 가능하므로 리스크 경감을 기대할 수 있습니다. 그뿐만 아니라 리스크 있는 자산을 보유함으로써 자사주 평가 때 미실현이익을 42퍼센트 감액할 수 있는 이점도 있습니다. 과연 고즈키 겐타로 씨답게 탁월한 선택을 하셨습니다."

"하루카를 아버님 회사 임원으로 올린다고요? 이 아이는 아직 열여섯 살이에요."

"법정대리인을 세우면 법률상 아무런 문제도 없습니다. 무엇보다 그 임원 보수 내지 급여는 전액 신탁재산이므로 두 분은 등기상 임원에 불과합니다. 또 유산을 신탁하는 데는 중요한 이유가 하나 더 있습니다."

가노 변호사는 일단 말을 멈추더니 서류를 덮고 나를 향해 몸을 틀었다. 그 눈빛이 진지하기 그지없기에 나도 모르게 자세를 고쳐 앉았다.

"겐타로 씨는 두 분의 장래를 몹시 염려하셨습니다. 겐조 씨는 나이와 성격 문제로, 하루카 양은 진로 문제로 필시 평범한 직업을 얻지 못할 거라고 말입니다. 특히 하루카 양. 당신은 음악으로 성공하기를 바란다고 들었습니다만, 이 나라는 클래식 연주가에 대한 환경이 유럽이나 미국만큼 좋지 못합니다. 당신이 아무리 연주 기술을 향상시킨다 할지라도 당분간은 가시밭길이 이어지겠지요. 그렇다고 지금 재산을 처분해서 고스란히 물려주기에는 문제가 있습니다. 당신은 아직 열여섯 살인 데다 사악한 자들이 유산을 노리고 달려들 것으로 예상되기 때문이죠. 원래 자손을 위해 기름진 땅을 사지 않는다는 것이 고인의 지론이었으니까요. 그렇게 고민한 끝에 내린 유언 신탁입니다. 고인은 본인의 의사를 신탁이라는 형태로 표현했습니다. 따라서 신탁재산의 처분에 관해 고인이 정하신 조건이 있습니다. 하루카 양의 경우, 그 재산은 음악 교육에만 사용됩니다. 음악 학교의 입학금과 수업료, 기타 제반 비용을 전부 부담하는 거죠. 그리고 정식 연주가로 데뷔한 후에도 음악 활동에 필요한 자금이라면 사용할 수 있습니다. 다음으로 겐조 씨의 경우입니다. 첫 번째 조건은 우선 독립하는 겁니다. 이 저택을 나가 집을 마련하고 취직 활동을 하거나 스스로 창업을 할 때 필요 자금으로 제공됩니다. 단 창업을 할 때에는 사업계획서를 제출해 수탁자 대리인 제 인가를 받는 것이 필요조건입니다."

"그럼…… 만약 하루카가 음악의 길에서 좌절하거나 내가 죽도 밥도 안 되면 그 신탁재산은 어떻게 되는데요?"

"그때 신탁재산은 수탁자인 법인의 자산으로 귀속됩니다. 정지 조건부라는 건 그런 의미입니다. 그리고 그때의 양도소득세는 법인이 전액 부담합니다. 자, 이상 고인의 유언을 대강 말씀드렸습니다만, 혹시 더 궁금하신 게 있습니까?"

그 뒤로 겐조 삼촌은 입을 꾹 다물었다. 아무도 입을 열려하지 않는 어색한 분위기가 흘렀다. 그리고 나로 말할 것 같으면 영문도 모른 채 모두의 눈치를 살피는 수밖에 없었다. 정작 가노 변호사는 아무 일도 없었다는 듯이 서류 일체를 보자기에 넣고 말했다.

"어쨌든 축하한다, 하루카 양. 오랫동안 유언 집행 일을 해왔는데 어린 소녀에게 이토록 거액의 유산이 상속된 적은 처음이구나. 결국 6억 엔의 신데렐라인 셈인가. 나는 유언집행자인 동시에 할아버지의 유지를 이어받은 자이기도 하다. 곧

란한 일이 생기면 언제든지 연락하렴."

비슷한 말을 아까 다른 사람에게 들은 직후였다. 곤란한 일이 생기면? 그럼 나는 지금 당장에라도 의논하고 싶다.

가노 변호사가 떠난 후 거실에 험악한 분위기가 감돌았다.

"우리 형, 경사 났네." 겐조 삼촌이 못마땅한 듯이 말했다. "하루카 몫과 합하면 4분의 3, 게다가 형 몫은 신탁재산에 들어 있지도 않고. 얼씨구나, 하고 어깨춤이 절로 나겠어. 그렇다고 오늘 당장 날 쫓아내진 말아 줘. 나도 집 찾을 시간은 필요하니까."

"말도 안 되는 소리 그만해. 농담이라도 화낸다. 뭣 때문에 네 심사가 뒤틀렸는지는 몰라도 너도 4분의 1은 상속받았잖아."

"그래 봤자 조건부인데? 창업하지 않는 이상 지갑이 열리지 않는다잖아."

"아버지는 너와 하루카에게 꿈을 거신 거다. 유언의 행간을 읽어. 사업 자금을 제공한다고 명기되어 있는 대신 실패했을 경우 반환하라는 말은 쓰여 있지 않았다. 모험을 해도 밑에는 안전망이 깔려 있어. 이런 꿈 같은 이야기가 또 어디 있겠어?"

"형이나 행간 좀 똑바로 읽어. 자금을 제공받으려면 사업 계획서 제출과 가노 변호사의 인가가 필요해. 그 자식 성격 알지? 고문 변호사 주제에 회계감사까지 참견하고 아버지 회사가 확대 노선에 주력할 때도 혼자서 신중론을 주장했다고. 여자의 누드 사진보다 장부를 들여다보는 게 더 즐겁다는 자식이야. 돌다리도 구멍 뚫릴 때까지 두들기는 사람이 사업계획을 쉽게 오케이 해 줄 것 같아? 어차피 세상 물정 모르는 헛소리 말라고 하면서 트집이나 잡고 퇴짜 놓을 게 뻔하지. 게다가 내 몫을 회사 자산으로 돌려서 임원들이랑 같이 덕이나 보려는 심산이야. 하루카 몫도 마찬가지라고. 아까는 법정대리인을 세우면 된다고 하던데 법정대리인이란 건 친권자 아니면 변호사니까."

"……어떻게 그렇게까지 부정적으로 생각할 수 있지?"

"부정적으로 될 만도 하지. 올해로 삼십 대 중반, 하루카보다 나이를 갑절은 더 먹었는데 그 절반도 날 믿어 주지 않았잖아."

"도련님, 무슨 말을 그렇게."

"미안해요, 형수. 딱히 하루카한테 감정은 없어요. 아무리 내가 못났어도 귀여운 조카한테 화풀이할 만큼 유치하진 않다고요. 그냥 내가 너무 한심해서 그러니 못 들은 척해 줘요…… 그럼 난 이만 방으로 들어가야겠다. 내가 여기 있을수록 공기를 오염시키는 것 같아서 말이야. 이 집 상속세가 어마어마하겠지만, 힘내."

그리고 자리에서 일어나더니 내 머리를 가볍게 쓰다듬고 말했다.

"현대판 신데렐라는 제약이 많아 힘들겠네. 옛날에는 12시까지 돌아오기만 하면 장땡이었는데."

입학식 당일에는 분명히 꽃이 활짝 피어 있었을 것이다. 교정에는 엷은 분홍빛 꽃잎의 카펫이 여기저기 깔려 있었다. 교장실 창문 너머로 보이는 벚나무마다 꽃이 절반 가까이 떨어져 있었다.

"1학년 2반, 출석 번호 12번, 음악과, 고즈키 하루카. 위 사람의 입학을 허가한다. 아사히가오카니시 고등학교 교장 모모야마 미사."

교장 선생님이 소리 내어 읽고 나서 입학 허가증을 내밀었다. 나는 목발로 왼쪽 반신을 지탱하며 오른손을 뻗었다.

"저, 혹시 괜찮다면 제가 대신."

"아뇨, 어머님. 허가증 수령은 본인의 최소한의 의무입니다. 괴로우시겠지만 참아 주십시오."

가까스로 허가증을 받아 들자 옆에 서 있던 교감 선생님과 담임인 구도 선생님이 요란하게 박수를 쳤다.

이렇게 해서 나 혼자만의 입학식이 무사히 끝났다.

교장 선생님이 우리만 남기고 두 선생님을 내보냈다. 두 사람의 표정이 순간 안도하는 것을 나는 놓치지 않았다. 두 사람은 내내 입으로는 웃으면서 눈을 이리저리 굴리며 난감해 했다. 이유는 뚜렷하다. 얼굴을 제외하고 온몸이 붕대로 휘감긴 사람을 똑바로 보기가 싫은 것이다.

"이번 일로 상심이 매우 크시겠습니다. 그런데 다친 곳은 좀 어떻습니까?"

"아아, 네. 순조롭게 회복하고 있어요."

"그렇군요. 다행입니다."

두 사람의 대화를 들으면서 그 부자연스러움에 웃음이 터져 나올 것만 같았다. 미라 같은 꼴을 하고 있는데 '순조롭게 회복'은 무슨 얼어 죽을.

"등교는 언제부터 할 예정입니까?"

"어쨌든 최대한 빨리 하고 싶긴 하지만 몸 상태가 따라 줘야 말이지요."

그러자 교장 선생님이 책상 위로 손깍지를 끼고 순간 눈을 내리떴다. 그것만으로 알 수 있었다. 어른이 이 자세를 취할 때는 대체로 불편한 이야기를 꺼낼 때다.

"재활 치료에 힘쓰고 있는 하루카에게 가혹하다는 것은 알지만 규칙인 만큼 말씀드리겠습니다. 하루카는 실기 시험 때 저희 앞에서 뛰어난 연주를 선보여 시험관 전원이 특대생 자격 취득을 인정했습니다. 그만큼 훌륭한 연주였거든요. 그런데 미리 설명드렸다시피 특대생 자격은 3년 사이에 변동되기도 합니다. 특대생에는 세 가지 등급이 있는데, 본인의 성적 또는 외부 포상에 따라 오르내리는 시스템입니다. 현재 하루카의 특대생 등급은 시작 지점인 C등급입니다. 예를 들어 콩쿠르에서 상위 입상하면 등급이 오르고, 반대로 교내 성적이 떨어지면 등급도 떨어져 최악의 경우에는 자격을 박탈당합니다. 물론 음악의 길을 목표로 해도 학생이라는 사실에는 변함이 없으니 출석 일수가 모자라면 당연히 유급될 가능성도 있습니다."

교장 선생님의 시선이 아주 잠깐 내 손끝에 머물렀다. 마치 차에 치인 고양이를 보는 눈빛. 붕대에 감긴 통통하고 둥근 열 손가락. 누가 봐도 쇼팽이나 모차르트를 연주할 만한 손가락은 아니었다.

"재활 치료와 건강 회복을 우선하는 것은 당연합니다. 그런데 한편으로 교내 규정상 예외를 인정할 수 없습니다. 예외를 하나 허락하면 더 이상 예외가 아니게 되며 규정의 의미가 없어지기 때문입니다. 죄송하지만 하루카와 어머님께서 그 점을 이해해 주셨으면 합니다."

첫 삼자 면담은 불과 5분 만에 끝났다.

교장실에서 현관으로 향하는 길에 나는 호기심에 찬 눈초리를 수없이 감당해야 했다. 특히 여학생들은 내 몸에 구멍이 뚫리는 게 아닌가 싶을 만큼 노골적으로 쳐다봤다. 병원에서도 수많은 사람과 스쳤지만 그곳에서의 붕대 감은 모습은 캄캄한 밤의 까마귀 같은 존재였다. 하지만 이곳에서의 나는 새하얀 시트에 떨어진 잉크 한 방울이다.

"어쩜! 무슨 말을 그렇게 하는지! 안 그러니, 하루카? 해도 해도 너무하잖아! 융통성이 없는 것도 정도가 있어야지. 지금은 영화관에도 장애인 할인이 있는데. 도대체가 말이야, 공립에 비해 얼마나 비싼 등록금을 내는지 알기나 하고 말하는 건지, 원."

"엄마……."

"하루카. 내일부터 통학 시작해. 엄마가 매일 바래다주고 데리러 올게."

"어?"

"출석 일수 때문에 등급이 내려간다잖아. 그건 너도 싫지? 괜찮아, 체육 같은 건 견학하면 된단다."

"그래도……."

"지금 당장 오니즈카 선생님한테 가자."

"어? 거긴 왜?"

"왜냐니, 당연히 레슨 받으러 가야지. 이제 손가락도 움직이잖니."

그 말대로 붕대를 얇게 감긴 했지만 움직일 수 있게 되었다. 단 젓가락질을 하거나 입학 허가증을 받는 정도일 뿐 도저히 피아노 운운할 수 있는 수준이 아니었다.

"피아노는 아직 무리야……."

"무리? 아니, 그렇지 않아. 너라면 할 수 있어. 넌 옛날부터 노력가였잖니. 게다가 신조 선생님도 말씀하셨잖니. 퇴원해서도 손가락 재활 훈련을 계속하라고. 엄마가 곰곰이 생각해 봤는데 피아노 연습이 재활 훈련에 안성맞춤이더구나."

곰곰이 생각해 봤다고? 조금만 생각해도 말이 안 되는 논리잖아.

"담임인, 그…… 구도 선생님이었나? 그 선생님이 추천해 주시면 콩쿠르에 나갈 수 있어. 하루카, 열심히 하자. 교장 선생님 코를 납작하게 해 주자."

"엄마, 뭘 그렇게 서둘러? 신조 선생님이 재활 훈련이 중요하긴 해도 조급해하지 말고 느긋하게 하라고 하셨잖아."

"조급해하지 말고 느긋하게? 너, 가노 변호사 말 못 들었니? 네가 할아버지 유산을 상속하려면 피아니스트가 되는 수밖에 없다잖아!"

그렇게 말하고 나를 노려보는 눈빛에는 지금껏 본 적 없는 기색이 깃들어 있었다. 할아버지 유산을 상속하기 위해 피아노를 치라고? 그럼 본말전도잖아. 할아버지는 음악의 길을 걷는 손녀를 지원하기 위해 돈을 남겨 주셨다. 가노 변호사가 그렇게 말했건만.

내 팔을 붙들려던 손이 멈칫하더니 셔츠 자락을 붙잡았다.

나는 예약도 하지 않고 거의 강제로 쳐들어갔는데도 오니즈카 선생님은 흔쾌히 문을 열어 주었다. 평소보다 7할은 더 활짝 피어난 미소가 수상했지만 그 이유는 레슨실에 들어가

서야 판명되었다.

미사키 요스케 씨가 그곳에 있었다. 미사키 씨가 내 얼굴을 알아보는지 웃으며 가볍게 인사해 주었다. 과연 그 앞에 서라면 무뚝뚝한 얼굴을 보이지 못하는 것도 수긍이 간다.

하지만 오니즈카 선생님의 웃는 얼굴도 우리가 찾아온 목적을 알기 전까지였다.

"재활 훈련으로 피아노를…… 말인가요?" 묻기도 불쾌하다고 선생님은 표정으로 말했다. "물론 음악요법이라는 게 있긴 한데 여기서는 가르치지 않습니다. 연주를 가르치는 것만으로 벅차서요."

"하지만 선생님, 이 아이는 다섯 살 때부터 건반을 만져 왔어요. 손가락 움직임을 되살아나게 하는 방법은 피아노밖에 없다는 생각이 들지 않으세요?"

오니즈카 선생님은 반론하지 않았다. 아니, 반론하려 하지 않았다. 더 이상 설명해도 소용없다고, 이번에도 표정으로 말했다. 나도 알아차릴 만큼 노골적인 표정이었다.

설명해도 소용없다면 보여 주는 수밖에 없다고 생각했을 것이 뻔하다. 나도 같은 생각이다.

"회복이라는 건 요컨대 예전과 같은 수준까지, 라고 해석해도 될까요?"

"그럼요."

오니즈카 선생님이 들으라는 듯이 한숨을 쉬더니 내게 손짓해 피아노 앞에 앉혔다. 손목부터 손끝까지 붕대는 이미 푼 상태였다. 햇볕을 쬐지 않아 색소가 부족한 허여멀건 손가락. 전에는 마디마다 울퉁불퉁했는데 지금은 툭 불거진 데 없이 유선형에 가까웠다. 오니즈카 선생님이 내 손가락을 힐끔거렸다. 그 눈빛은 아까 교장 선생님이 보인 것과 똑같았다.

"그럼 한 번 쳐 보려무나."

"……."

"갑자기 에튀드*를 치라고는 안 해. 아무거나 좋으니 칠 수 있을 만한 걸 쳐 봐. 어서."

정 뭐하면 〈고양이 왈츠〉도 괜찮아, 하고 덧붙일 기세였다.

벽을 등진 세 사람의 시선이 내 손가락에 집중되었다. 청중이 셋밖에 안 되는데도 심장이 쿵쾅거렸다.

나는 고민 끝에 곡을 정했다. 부르크뮐러의 연습곡 〈아라베스크〉.

손끝을 건반에 올려놓자 순간 놀랐다. 지독한 위화감이 느껴졌기 때문이다. 마치 맛없다는 걸 알면서 굳이 혀 위에 올려놓는 감촉.

불안은 적중했다.

타건이 제대로 되지 않았다. 건반이 엄청나게 무거웠다. 건반 밑에 뭐가 잔뜩 껴 있는 것 같았다. 분명히 힘껏 내리쳤는

---

*   étude. 연주 기교의 연습용으로 작곡된 곡.

데도 해머*는 맥없이 줄을 토닥이기만 한다. 운지運指는 더 가관이었다. 보이지 않는 실에 묶이기라도 한 듯 손가락이 뜻대로 벌어지지 않았다. 쳐야 할 건반에 닿지 못하고 자꾸만 바로 옆 건반을 치며 실수하기 일쑤였다. 겨우 닿았어도 손가락 힘은 이미 빠진 후라 건반을 누르는 힘은 더 약해졌다. 운지가 제대로 되지 않으니 당연히 리듬은 엉망진창이었다. 도저히 연주라고 할 만한 것이 아니었다. 잡음조차 되지 못한다. 듣기 거북한 소음일 뿐이었다.

두 소절 만에 손가락 밑동이 굳기 시작했다. 마치 흐물흐물 녹은 납이 금세 딱딱해지는 것처럼. 이제 관절도 굽혀지지 않는다. 기억에 새겨진 〈아라베스크〉가 부슬부슬 손가락 사이로 빠져나간다. 손끝을 구속하고 있던 실이 손목에서 팔, 팔에서 어깨로 뻗어 올라가 상반신을 꽁꽁 동여맸다.

이제 그만 놔 줘.

이건 연주가 아니다.

재활 훈련도 아니다.

그저 고문일 뿐이다.

견디다 못해 건반에서 손가락을 뗀 순간, "자, 거기까지" 하는 소리가 들렸다.

어느새 오니즈카 선생님이 팔짱을 낀 채 나를 내려다보고

---

* 피아노 건반을 누르면 건반과 연결된 펠트 해머가 피아노 줄을 때리고 그 줄이 진동해 소리가 난다.

있었다.

"지금 하루카가 친, 아니 치려고 한 건 초급자용 연습곡입니다. 그 의사 선생님이 어떤 진단을 내리셨는지는 몰라도 이 수준을 과거의 수준까지 끌어올리려면 반드시 최첨단 의료 기술이 필요하겠죠. 적어도 이 레슨실에서는 무리한 상담입니다. 잘 아시겠지요, 어머님?"

"참 매정하게 말씀하시네요."

"매정한 게 아니라 애초에 피아노 교실과는 동떨어진 문제이니까요."

두 여자의 가시 돋친 시선이 나를 사이에 두고 뒤엉켰다.

이런 거 싫어.

도와줘.

구해줘.

"저어."

뜬금없이 말끝을 늘어뜨린 목소리가 두 사람 사이에 끼어들었다.

"왜? 미사키 군."

"하루카 본인만 괜찮다면 제가 그 레슨을 맡아도 되겠습니까?"

나와 단둘이 이야기하고 싶다는 미사키 씨의 요청에 두 사람이 레슨실에서 나갔다.

자, 하고 말하면서 나를 들여다보는 그의 눈빛에 나는 어쩔 줄을 몰랐다. 바로 코앞에 닥친 미사키 씨의 홍채는 초록빛을 띤 다갈색이었다. 그 깊이 있는 색깔에서 깊은 지혜가 연상되었다. 할아버지가 이 사람을 아름다운 청년이라고 표현한 이유를 어쩐지 알 것 같았다.

"어머니가 레슨에 심히 적극적이시던데 정작 너는 어떠니? 재활 훈련에 도움이 될지는 제쳐 놓더라도 피아노를 다시 하고 싶은 거야? 네가 전부터 피아니스트를 꿈꿨다는 것도, 그 때문에 아사히가오카니시 고등학교의 음악과에 진학했다는 것도 들어서 알고 있어. 너도 알다시피 여기까지 온 이상 취미나 교양 수준에서 끝나는 게 아닌, 인생의 진로나 삶의 방식에 직접 연관된 문제가 될 거다. 피아니스트가 된다는 건 단지 피아노를 치며 즐기는 게 아니야. 피아노쟁이와 피아니스트라는 말이 있는데, 이 두 가지는 비슷하면서도 전혀 달라. 피아노쟁이는 악보대로 건반을 치기만 할 뿐이지. 반면 피아니스트는 작곡가의 정신을 이어받아 연주에 스스로 생명을 불어넣어야 해. 물론 그렇게 하기 위해서는 피나는 노력이 필요하지. 지금의 너라면 더더욱 그래야 하고. 고작 두 소절을 쳤을 뿐인데 통증으로 얼굴을 수시로 찌푸리더구나. 하지만 병에 걸렸든 심하게 다쳤든 그런 건 관계없어. 아무리 괴롭고 몸이 부서질 듯 아파도 일단 무대에 오르면 그걸 핑계로 연주를 중단해서는 안 돼. 그런데도 너는 아직도 피아니스트가 되고 싶니?"

미사키 씨의 말은 부드러웠지만 회피를 허락하지 않는 압박이 느껴졌다. 나를 쳐다보는 눈동자도 그랬다. 상냥한 눈빛인데도 상대방의 약한 부분을 가차 없이 찔러 왔다.

나는 스스로에게 질문을 해 봤다. 난 정말 지금도 피아니스트가 되고 싶은 걸까. 그걸 위해 혹독한(그럴 게 뻔하다) 시련을 견딜 수 있을까. 달리 선택의 여지는 없는 걸까.

혹독한 시련. 그런데 생각해 보면 이런 몸이 된 것 자체가 시련인 셈이다. 원래대로 돌아가려면 어차피 통증과 괴로움에서 도망갈 수 없다.

머릿속에 지금은 고인이 된 사람들 모습이 되살아났다. 모두 내가 피아니스트가 되기를 응원해 주었다. 지금 도망가는 길을 선택한다면 그들을 볼 낯이 없다. 그리고 무엇보다 나자신에게 떳떳하고 싶다.

그래서 결심했다.

"저, 할 거예요. 피아니스트가 되고 싶어요."

"그래……."

미사키 씨가 안도인지 단념인지 모를 한숨을 쉬더니, "그럼 우선 앉아 볼까?" 하고 말했다.

"네?"

"처음에는 자신의 포지션, 자리를 정해야 해. 모든 것은 거기서부터 시작되지. 자, 앉아, 앉아." 그의 말대로 나는 피아노 앞에 걸터앉았다. "앉았으면 두 손을 뻗어서 건반에 손가락을 올려놓고…… 음. 역시 높군."

"네? 아까 조절했는데요?"

"그래도 높아."

단호하게 말하더니 곧바로 높이 조절 핸들을 돌렸다. 눈높이가 5센티미터쯤 낮아졌다.

―어?

"어때?"

어떠냐니, 마치 마법 같았다. 지금껏 두 팔에 가해졌던 목과 상반신의 무게가 거짓말처럼 훅 빠졌다. 시험 삼아 손가락을 움직여 보고 또다시 놀랐다. 팔이 가벼워진 덕에 손가락 관절이 아까보다 자유롭게 움직인다! 어깨에서 손끝까지의 피부가 땅기는 탓에 그 차이가 더 또렷이 느껴졌다.

"이게 도대체……."

"사람들이 흔히 착각하는 게 있지. 건반을 힘주어서 정확히 치고 싶은 나머지 손끝에 체중이 실리도록 의자를 높게 조절하거든. 그런데 건반의 무게는 고작 70그램이야. 지압하듯 센 힘은 필요 없어. 앉은 위치를 낮추면 자연히 등허리가 세워지고 팔에 실리는 체중도 줄어들지. 손끝에 힘을 주기보다는 근육을 곧게 펴서 잘못된 자세에서 벗어나는 게 중요하단다."

다시 〈아라베스크〉를 치기 시작했다. 아직 남의 손가락으로 치는 느낌을 완전히 떨치지는 못했지만 구속감은 제법 약해졌다.

손가락이 움직인다!

뜻대로 움직인다!

"오니즈카 선배의 레슨실에서 이런 말은 실례겠지만, 건반을 힘주어 누르는 건 일본의 피아노 교육자 입장에서 보면 강박관념에 가까운 거야. 손가락을 구부려 높이 쳐들고 수직으로 건반을 치는 걸 하이핑거 주법이라고 하는데 이건 원래 19세기 후반에 유럽에서 홀용 피아노가 개발되었을 때 무거운 건반을 치기 위해 고안된 주법이거든. 물론 이점도 있어. 손목을 고정시키고 손가락만 올렸다 내렸다 하면 되니까 음색에 상관하지 않으면 단기간에 실수 없이 빨리 치게 되지. 그런데 단단하게 꽂히듯 날카로운 소리는 뿔뿔이 흩어지기 쉬워서 레가토* 흐름처럼 부드럽게 연결할 수 없어. 그런데 마침 그때 일본이 피아노를 수입하는 바람에 그때부터 이 나라에서는 강한 타건이 피아노 교육의 상식으로 자리 잡았지. 그리고 신기하게도 지금도 공공연히 통용되고 있어."

"어째서요? 잘못된 건 고치면 될 텐데."

"무엇이든 맨 처음에 시작한 것과 맨 처음에 가르친 것은 권위가 되거든. 피아노 연주가 예술이 아니라 교육이 되어

---

* legato. 음과 음을 부드럽게 이어서 연주하는 기법.

버리면 그 경향은 더 두드러지겠지."

그 말은 나도 왠지 이해할 수 있었다.

"그렇다고 나도 큰소리칠 만한 자격은 없어. 지금까지 정해진 교육 방식을 이행한 적도 없거니와 애초에 수업료를 받고 제대로 학생을 가르친 적도 없거든."

"하지만 음대 강사로 초빙되었다고……."

"강사는 떠들고 싶은 대로 떠들면 되거든. 학생 하나하나를 살펴봐야 하는 게 아니라 편하다면 편한 일이지. 자, 고로 내 레슨은 기존 방식에서 벗어난 독학에 의한 거야. 분명히 오니즈카 선배나 다른 학생은 인정하지 않겠지. 그래도 상관없다면 내가 가르칠 수 있는 모든 걸 네게 쏟을 거야. 자, 어떻게 할래?"

지금 나한테 묻는 거야? 좀 전에 마법을 보여 주고 나서?

아직은 마리오네트처럼 움직일 수밖에 없는 붕대투성이 몸. 하지만 인형은 음악이 있어야 비로소 춤을 춘다. 마치 살아 숨 쉬듯이 자유롭고 경쾌하게. 만약 다시 그렇게 움직일 수만 있다면 그가 마법사든 악마든 상관없다. 그 어떤 조건이든 그와 거래하고 싶다. 설령 그 대가가 영혼일지라도.

"잘, 부탁합니다. 미사키 선생님."

3

이튿날부터 나의 학교생활이 시작되었다. 물론 교문까지만 보호자의 도움을 받을 수 있었고 거기서부터 교실까지는 혼자 목발을 짚고 걸었다.

붕대를 감은 모습에 대한 반응은 여전했다. 지나가는 학생들은 호기심에 찬 눈으로 바라보거나 불결한 것이라도 보듯고개를 돌리거나 완전히 무시했다.

주목받는 입장에서 볼 때 가장 신경 쓰이지 않는 건 호기심의 눈빛이다. 남의 장애에 호기심이 발동하는 인간은 어리석을지언정 죄는 없다. 자신과 다르게 생긴 것에 흥미를 보이는 어린아이와 똑같기 때문이다.

외면과 무시는 뿌리가 같다. 쳐다보거나 관심을 가지면 상대의 장애가 자신에게 옮을지도 모른다는 두려움이 엿보인다. 사람은 자신과 다른 종류의 사람을 구별하고 그들을 두려워하며 때로는 몹시 싫어한다.

그걸 탓할 생각은 없다. 나도 이렇게 되기 전에는 그런 사람들과 똑같았다. 장애를 가진 사람의 기분도 그들을 방관하는 내 기분도 깊이 생각한 적이 없었다. 어쩌면 그렇게 생각이 얕고 어리석었을까. 상상력을 조금만 발휘하면 금방 알수 있는데.

그런 의식은 학교에도 나타나 있다. 무거운 문, 슬로프가 없는 현관, 지나치게 많은 계단, 손잡이 하나 없는 벽, 딱딱한 의자. 마치 장애가 있는 사람은 학교에 오지 말라고 하는 듯하다. 이 또한 목발을 짚는 몸이 되어서야 비로소 깨달았다. 상상력이 결여돼도 한참 결여됐다.

음악과는 여학생이 대다수라서 그런지 수업 시간에도 대놓고 쳐다보는 시선이 끊이지 않았다. 하지만 내게는 더 걱정되는 게 있었다. 음악과의 수업 편성은 당연히 일반과와 다르게 되어 있다. 필수 5과목과 체육, 거기에 더해 음악사, 음악 이론, 연주법, 합창, 청음, 시창, 시주, 그리고 레슨 시간이 배정된다. 이론 수업은 괜찮지만 문제는 합창이었다.

합창은 다 같이 노래한다. 그것도 큰 소리로.

예상대로 결과는 최악이었다.

〈무반주 여성 합창을 위한 다섯 곡의 찬가〉. 소프라노가 부르기 시작한 순간 난데없이 탁성이 섞여 들어 하모니가 박살 났다.

사방에서 놀라움과 경멸의 목소리가 흘러나왔다.

구도 선생님이 절레절레 고개를 흔들더니 나를 코러스에서 제외했다. 나는 풀이 죽어서 단상 밑으로 내려가 단 한 명의 청중이 되었다. 그리고 종이 칠 때까지 바닥무늬만 뚫어져라 쳐다봤다. 차라리 가시 방석에 앉는 게 훨씬 낫다고 생각했다.

그러나 최악은 거기서 끝나지 않았다.

"얘, 고즈키."

교실로 향하던 중 복도에서 누군가 나를 불렀다. 뒤돌아보니 여학생 세 명이 서 있었다. 등교 첫날이라 아는 이름이 하나도 없지만 가운데 선 여학생의 얼굴은 기억한다. 자기소개를 했을 때 무모증 같은 내 얼굴을 보고 가장 먼저 비웃었던 아이.

"아까 많이 힘들었지? 구도 쌤도 너무하시지. 네 목소리가 어떤지 처음부터 알고 있으면서 노래를 시키다니. 아, 난 기미지마 유리. 얘네는 도키사카 메구미랑 스즈미야 미도리. 잘 지내보자."

나는 목례만 하고 지나가려 했다. 잘 지낼 수 있을 리 없다.

"앗, 너무해. 일부러 사이좋게 지내 주려고 했는데 무시하는 거야?"

"그럼 안 되지."

"안 되지."

"미안해……" 하고 사과의 말이 튀어나왔다. 이 자리에서 얼른 벗어나고 싶은 마음에 자연히 나온 말이었다. 왜 내가 사과를 해야 하나 싶어 눈물이 나올 것만 같았다.

"얘, 왜 미안하다고 하는 건데? 마치 우리가 널 괴롭히기라도 한 것 같잖아. 그렇게 피해자 코스프레 할 셈이야? 설마. 특대생씩이나 되는 애가 그런 비겁한 짓을 할 리는 절대로 없지."

―뭐?

"아. 방금 깜짝 놀랐지? 후훗. 고즈키, 너 완전히 유명인이
잖아. 우리가 입학 전부터 네 이름 알고 있을 정도로. 고즈키
재벌의 외동딸이자 피아노 천재, 아사히가오카니시 고교 개
교 이래 첫 심사위원 만장일치 특대생. 그 공주님과 같은 반
이 되었다는 걸 알았을 때 어찌나 영광스럽던지 밤잠까지 설
쳤다니까."

고즈키 재벌? 피아노 천재?

재벌은 무슨. 할아버지가 부동산 회사 사장일 뿐이었는데.
피아노 천재는 또 뭐야. 중학교 때 시에서 주최하는 콩쿠르
에서 상위 입상 몇 번 한 것 가지고 천재는 무슨.

잠시 생각하고 나서야 깨달았다.

거짓말이다.

아이를 음악과에 보내려 하는 부모는―거의 어머니 쪽이
지만― 허영꾼이 많다. 그리고 허영꾼은 남과 자신을 비교
하기 위해 수시로 정보를 수집하려 한다. 얼굴, 몸매, 나이,
패션 감각, 성적, 수입이나 직업, 주거 유형, 가족 구성. 이 학
교 학부모도 예외는 아니다. 아마 입학이 결정된 2월 무렵에
는 다른 합격자에 관한 정보가 여기저기 떠돌았을 것이다.
그것도 과장되고 부풀려진 상태로. 그리고 허영은 열등감의
반증이다. 허영꾼은 추락한 사람을 돕거나 동정하지 않는다.
연못에 빠진 개한테 아무렇지도 않게 돌을 던진다. 이 세 사

람이 하려는 건 바로 그런 행위다.

거기까지 생각하고 흠칫 놀랐다. 이게 웬일이람. 내가 왕따의 대상이 되다니. 게다가 눈에 빤히 보이는 수법으로. 이런 상황, 그리고 이런 아이들은 소설이나 드라마 속에만 있는 줄 알았는데.

세 사람에게 에워싸여서 오도 가도 못하고 있는데 때마침 수업 시작을 알리는 종소리가 울렸다. 세 소녀는 아깝다는 듯 포위망을 풀더니 앞다투어 교실로 뛰어갔다. 마지막 막말도 야무지게 남긴 채.

"아무튼 사이좋게 지내 줄 테니까 곤란한 일 생기면 바로 말해라."

곤란한 일이 생기면 의논하라는 말. 귀에 딱지가 앉도록 들은 말이다. 요 며칠 자꾸 들었더니 그 말이 무슨 면죄부라도 되는 것처럼 들린다. 그 한 마디만 하면 온갖 죄책감에서 벗어날 수 있다고 어쩌면 그들은 은연중에 믿고 있을지도 모른다.

그리고 떠올렸다. 단 한 사람 예외가 있다는 걸. 그 사람은 곤란할 때 도움을 청하듯 자신의 문을 두드리라고 하지 않았다. 내 문을 억지로 열고 성큼성큼 방 안에 들어와서는 "나한테 레슨 받을래?" 하고 강매 비슷한 영업을 한 것이다.

그 강인함이 지금은 매우 시원시원하게 느껴졌다.

집에 돌아가니 미치코 씨가 목욕 수건을 들고 나를 기다리고 있었다.

"목욕할 시간이에요."

지금 시간은 6시. 목욕하기에는 이른 시간이지만 내 경우에는 피부 세척과 붕대 교체를 겸하고 있으므로 지금이 딱 알맞다. 목욕은 피부 가려움을 해소하는 유일한 방법이다. 이제 슬슬 햇살이 강해지기 시작해 온종일 붕대를 싸매고 있는 부분이 정오를 지날 무렵부터 근질거려 견디기 힘들지만 생착된 지 얼마 안 된 피부를 긁는 것은 금지다. 참았다가 목욕을 하고 보습제를 바르는 수밖에 없다.

손잡이를 잡아 가며 탈의실로 향했다. 미치코 씨의 어깨를 빌리면 더 빨리 이동할 수 있지만 가급적 내 힘으로 걷고 싶었다.

교복을 벗고 붕대를 풀기까지는 미치코 씨의 도움을 받았다. 씻겨 주겠다는 그녀의 호의를 정중히 거절하고 나는 혼자 욕실로 향했다. 미치코 씨의 직업의식은 존경할 만하지만 간병인에게도, 아니 가족에게도 보이기 싫은 모습이 있다.

욕실 바닥은 기존의 타일 대신 미끄럼 방지 바닥재가 깔려 있다. L자형 손잡이에 체중을 싣고 천천히 욕조에 걸터앉아 디지털 기기에 표시된 욕조 물 온도를 확인했다. 38도. 일반인에게는 미지근한 그 온도가 내게는 딱 알맞다. 이번에는 손끝을 물속에 넣어 직접 온도를 확인했다. 치료된 상처 부위는 온도에 민감하기 때문에 저온이라도 뜨겁게 느낀다. 그래서 집요하다 싶을 만큼 수온을 확인하고 나서 들어가야지 안 그러면 큰일 난다.

알맞게 데운 물을 어깨부터 살살 끼얹었다. 피부에 들러붙어 있던 피지와 가려움이 한꺼번에 떨어져 나간다. 전신의 땅김이 잠시 느슨해졌다. 절로 한숨이 나오는 최고의 순간. 그리고 최악의 시간.

눈앞에 있는 거울이 알몸을 비춘다. 그곳에는 온몸이 패치워크처럼 기워진 프랑켄슈타인의 괴물이 있었다. 신조 선생님의 봉합 실력은 과장 하나 안 보태고 정말 훌륭하다. 눈 씻고 찾아봐도 꿰맨 자국 하나 보이지 않는다. 그러나 이식한 피부의 색소 차이만큼은 별도리가 없었다.

인간의 신체는 원래 부위에 따라 색이 조금씩 다르다. 쇄골 위의 피부는 몸통에 비해 다소 푸른빛이 돌고 다리부터 발은 누런빛이 돈다. 이걸 남의 피부로 대신하면 색소 차이는 더 명확해진다. 내 피부 중 무사했던 부분과 남의 피부를 잘라 붙인 몸이 패치워크가 되는 건 당연하다. 그때 신조 선생님은 얼굴의 수술 흉터는 걱정하지 말라고 했다. 그런데도 말투가 짜증스러웠던 건 바로 이 때문이다. 그뿐만 아니라 보기 힘든 등이나 허벅지에는 아직 그물 모양의 흔적이 남아 있다. 자가이식을 할 때 면적을 최대한 넓게 내기 위해 이식하는 피부를 그물 모양으로 늘린 흔적이다. 재상피화가 진행

되면 눈에 띄지 않게 되지만 완전히 사라지는 것은 아니다.

처음 내 몸을 마주했을 때 하마터면 졸도할 뻔했다. 지금도 낯설기는 마찬가지다. 보고 있으면 억장이 무너져 내린다. 내 남자친구나 남편이 될 사람은 무슨 봉변이람, 하고 생각했다가 그런 상대는 평생을 가도 못 만날 것임을 이내 깨닫는다. 모자이크 무늬가 된 피부 조각조각마다 나는 이름을 붙였다. 실의, 절망, 공포, 비통, 분노, 무자비, 악몽— 그리고 현실.

내 몸이 이렇게 되고 나서야 알았다. 느닷없이 닥친 재난이 괴로운 건, 몸속에 깃든 독소가 옅어지지 않는 건 나 아닌 모든 사람에게서 동정밖에 받지 못하기 때문이다.

오늘 학교에서 있었던 일을 떠올렸다. 합창했을 때의 경멸, 기미지마 유리 일행이 머금었던 냉소. 뒤에서는 나를 미라녀나 개구리녀 같은 별명으로 부를 것이 뻔하다. 차라리 지금 이 모습을 보여 줄까. 어떻게 반응할지 궁금하다.

상처가 욱신거리기 전에 얼른 욕조에서 나왔다. 미치코 씨가 몸의 물기를 닦은 뒤 이식 자국에 보습제를 충분히 바르고 새 붕대를 감아 주었다. 내게 목욕이란 하루의 피로를 푸는 치유의 시간이 아니다. 어디까지나 의료 행위의 일부다. 욕조에 몸을 담가 근육이 풀리는 사이 관절을 움직인다. 거울 앞에서 표정 근육을 움직인다. 고작 그 동작만으로 체력이 거의 바닥을 드러냈다.

탈의실에서 나와도 의료 행위는 계속된다.

"하루카. 목욕 다 했으면 얼른 저녁 먹어."

미사키 씨는 음대에서 비상근 강사로 일한다고 들었는데 학생들 사이에 인기가 높아 매일 5시까지 강의를 한다. 우리 학교도 수업이 5시에 끝나서 레슨은 매일 7시부터 하기로 했다. 그래서 저녁을 느긋하게 먹을 여유가 없다.

식사도 내게는 치료의 일부다. 가급적 단백질을 섭취해야 하므로 메뉴는 유제품과 콩 요리 중심이다. 그만큼 싫어하는 돼지고기 요리가 적어진 건 다행이지만 당연히 식구들과는 별도 메뉴다. 식구들과 다른 음식을 시간에 쫓기면서, 게다가 어설픈 젓가락질로 대화 한마디 없이 입에 쓸어 담았다.

겐조 삼촌은 유산상속 이야기가 있던 날부터 말수가 확연히 줄어들었다. 전에는 식사 중에도 재치 있는 농담을 던지곤 했는데 요즘에는 딱 끊겼다. 문득 고개를 들면 나를 관찰하는 눈으로 빤히 쳐다볼 때가 많다.

미치코 씨는 워낙 말수가 적은 편이라 간호에 필요한 최소한의 말밖에 하지 않는다.

이로써 화목한 식사 시간을 기대하는 것은 애초에 무리였다. 그런데도 부엌의 주인은 분위기를 띄워 볼 요량인지, "아, 하루카. 아까 TV에 미사키 선생님이 나오더라" 하고 흐뭇해하며 말했다.

"TV에는 왜?"

"작년에 신문사에서 주최한 피아노 콩쿠르가 있었는데, 그 대회 다큐멘터리 프로그램을 NHK 지방국에서 해 줬거든. 우승은 다른 사람이 했는데 미사키 선생님도 2위 입상이라 무대에서 연주한 장면이 나왔어. 엄마가 녹화해 뒀는데."

"볼래!"

식사 예절에 어긋나지만 시간이 별로 없기에 밥을 먹으면서 보기로 했다. 웬일로 겐조 삼촌과 미치코 씨까지 관심을 보여 뜻밖에 오랜만에 화목한 분위기가 되살아났다.

다큐멘터리는 콩쿠르 우승자의 발자취를 좇는 구성으로, 주인공은 초반에 등장했다. 우승은 당연하다고 할 수 있었다. 아닌 게 아니라 이 피아니스트는 작년에 열린 쇼팽 콩쿠르에 본선까지 올랐고 CD도 여러 장 발매했을 터였다. 그런데 미안하지만 내가 궁금한 건 이 사람이 아니다.

4배속 빨리 돌리기. 내가 보고 싶은 장면은 다큐멘터리 후반부에 있었다. 콩쿠르 당일, 객석을 가득 채운 관객 앞에 연미복 차림의 미사키 씨가 나타났다. 동시에 곡목이 자막으로 소개되었다. 〈리스트 초절기교 연습곡 제4번 마제파〉.

그걸 본 순간 가슴이 설레었다. 피아노를 치는 사람이라면 누구나 공감할 것이다.

〈리스트 초절기교 연습곡〉은 리스트가 은사인 체르니에게 헌정한 열두 곡의 연습곡집이다. 연습곡이라 불리지만 전곡 모두 리스트의 초인적인 기교를 구사한 곡으로, 발매 당시에는 작곡자 본인만 연주할 수 있는 것 아니냐는 말까지 나왔을 정도로 까다로운 곡이다. 그중에서도 제4번은 가장 어려운 곡으로 꼽힌다. 처음부터 끝까지 거의 7분 내내 건반을 온몸으로 격렬하게 쳐야 하기 때문이다. 물론 그 곡명대로 도처에 초절기교를 심어 놔서 두 손은 한순간도 쉬지 못하고 튀어 오른다. 체력과 기술이 모두 필요함은 물론 단 한 번의 실수 없이 치기가 어려운 탓에 프로도 웬만해서는 도전하지 않는다. 그런 곡을 연주회, 그것도 콩쿠르 석상에서 선보이려 하다니 제정신인가 싶은 생각이 절로 들었다.

관객도 아는 것이다. 미사키 씨가 의자에 앉은 순간 객석은 물을 끼얹은 듯 고요해졌다.

첫 소절부터 거친 선율로 내달리기 시작했다. 약동한다기보다 미쳐 날뛰는 듯하다. 현이 끊어질 듯한 타건. 친다기보다는 때려 박고 있었다. 이어서 카메라가 그의 뒷모습을 포착했다. 상반신을 상하좌우로 크게 흔드는 모습이 마치 피아노와 격투를 벌이는 것 같다. 다음으로 무대를 부감으로 훑던 카메라가 두 손에 초점을 맞췄다. 두 손이 건반 위를 어지럽게 오가고 손끝의 움직임은 눈으로 좇을 수도 없이 빨라서 잔상만 남았다. 수없이 교차하는 양손, 거침없이 오가는 손가락과 손가락. 선율이 치닫기를 반복하더니 낮게 선회한다.

중반에 들어서 곡조가 우아하게 조바꿈해도 손가락 움직임은 조금도 느슨해지지 않는다. 카메라가 연주자의 옆얼굴을 잡았다. 입술을 한일자로 굳게 다물고 미간에 주름을 잡은 모습에서 평소의 온유함은 찾아볼 수조차 없었다.

후반부에 접어들자 다시 강렬한 화음이 휘몰아치기 시작했다. 곡에 담긴 정열이 찌르는 듯한 소리와 함께 뿜어져 나왔다. 씩씩하고 압도적인 리듬.

나는 눈을 깜빡이는 것조차 잊고 있었다.

폭풍우 같은 선율이 마침내 종식을 맞이한다. 꺼져 들어가듯 소리를 낮추었나 싶은 순간 갑자기 일어나 그대로 질주해 청중의 가슴에 쐐기를 박고 그리고, 끝났다.

일순간의 정적.

이어서 환성이 터져 나왔다.

나는 꿈에서 깬 듯 한숨을 토했다.

"……굉장해" 하고 클래식과는 거리가 먼 겐조 삼촌도 한숨 섞인 말로 내뱉었다. 미치코 씨의 눈에도 흥분한 빛이 역력했다. 음악을 듣는 데는 신념도 나이도 상관없다. 그렇긴 해도 문외한인 두 사람을 이렇게까지 감동시키다니 웬만한 재능으로는 불가능한 일이다. TV 화면으로 봤을 때 이 정도 박력이면 라이브 연주로 들었을 때는 도대체 어떻다는 걸까. 그리고 화면 속에서 기분 좋은 피로감을 드러낸 피아니스트는 매일 이곳에 찾아오는 나의 선생님이다.

정말 엄청난 사람을 선택하고 말았다.

마법사는 기적을 일으키고 악마는 사람의 마음을 조종하

고 유혹한다.

일전에 미사키 씨를 마법사와 악마에 비유한 적이 있는데 틀린 생각이었다.

비유할 일이 아니었다.

피아노에 관한 한 그는 진짜 마법사이자 악마였다.

그 악마는 평소대로 7시 정각에 찾아왔다. 마중 나간 미치코 씨가 다소 긴장한 얼굴로 그를 1층 레슨실로 안내했다.

"자. 오늘은 건반 치는 법부터 시작할까."

연주 자세부터 시작된 레슨은 아직 체르니에도 이르지 못했지만 손가락 상태를 생각하면 결코 더딘 것도 아니다. 오히려 미사키 씨에게 처음부터 다시 배울 수 있어 다행이었다. 그 첫걸음은 신선했고 이론도 내가 이해할 수 있게 눈높이에 맞춰 설명해 준 덕에 전혀 지루하지 않았다.

"우선 건반 위에 손가락을 올려 봐. 가만히 올려놓기만 하는 거야. 힘을 줄 필요는 없어."

지시에 따라 손가락을 올려놓는다. 퇴원할 때 느낀 위화감은 지금은 말끔히 사라졌다.

"천천히 눌러 봐. 그럼 손가락에서 뭔가 느껴질 거야."

천천히 눌렀더니 손끝에 건반의 반동이 느껴졌다.

"이제 짧은 간격으로 세 번 치는 거야. 그다음에 한 번 치고 손가락을 계속 누르고 있어."

이번에도 지시에 따랐다. 연달아 세 번. 튀어 오른 세 개의 소리가 끊김 없이 허공을 떠돈다. 다음으로 한 번, 건반을 친 상태로 손가락을 떼지 않았다. 소리가 날개를 갖지 못한 채 여운이 남기 전에 끊어지고 말았다. 소리가— 죽어 버렸다.

"알겠어? 건반을 치는 건 북을 치는 것과 같아. 북 가죽을 칠 때마다 북채가 되돌아오고 그걸 반복함으로써 가죽도 계속 진동하는 거지. 피아노도 마찬가지야. 손가락을 계속 누르고 있으면 소리가 뭉개지고 말아. 뭉개지 않으려면 끊임없이 손가락을 움직여야 해. 손가락을 북채라고 생각해 봐. 꾹 눌러 치기보다 연달아 치기를 염두에 두는 거지."

알기 쉬운 비유. 걸릴 것 없이 머리에 쏙쏙 들어오는 설명.

"자, 음이 연속해서 나면 드디어 연주의 기본 요소가 갖추어진 셈이야. 기본 요소는 세 가지인데 첫째 리듬, 둘째 음, 그리고 셋째 스타일. 리듬은 작품의 짜임새인 만큼 무조건 정확해야 할 것. 또 연속해서 내되 각각의 끝소리가 다음 소리와 붙어 버리면 안 돼. 리듬이 애매해지거든. 따라서 소리가 사라질 때까지의 시간을 가늠할 필요가 있어. 소리가 사라질 때까지의 시간은 오롯이 음절의 울림을 나타내는 셈이니까, 여기서도 너무 강하게 쳐서 울리지 않게 하는 건 마이너스야."

설명하면서 미사키 씨의 손가락이 건반 위를 미끄러지듯 움직였다. 설명대로 손가락을 놀리자 설명대로 소리가 났다.

역시 마법 같았다. 매끄럽고 경쾌하게 뛰어오르는 손가락. 그에 비하면 내 손가락은 마치 애벌레처럼 둔하고 느리다. 건반 위를 기어가듯 꼬물거리는 게 고작이다.

갑자기 납덩이가 내려앉은 듯 가슴이 답답해졌다.

"다음으로 음. 음은 곡을 구성하는 소재야. 우선 주의해야 할 점은 저음을 다루는 법인데, 피아노의 경우, 저음이 고음을 덮어 버리거든. 따라서 저음을 너무 크게 내면 선율부가 묻혀…… 어? 왜 그러니?"

이야기를 하는 도중 그는 내 집중력이 흐트러진 것을 놓치지 않았다.

"설명이 알아듣기 어려운가?"

"그게 아니라…… 기가 죽어서……."

"무슨 뚱딴지같은 소리야?"

"아까 TV를 봤거든요. 콩쿠르에서 선생님이 리스트를 치신 거요."

"아아, 작년에…… 지금 방송되고 있구나. 그런데 왜 그것 때문에 기가 죽는다는 거지? 난 우승을 놓쳤는데."

"그래서, 예요."

"흐음, 설명을 좀 해 줄래?"

"〈마제파〉굉장하던데요. 탄식이 나올 만큼 감동했어요. 저만 그런 게 아니에요. 엄마는 물론 피아노를 제대로 들어 본 적 없는 겐조 삼촌이랑 미치코 씨까지 가위눌린 사람처럼 숨도 못 쉬고 감상했어요."

"그거 고마운 소리구나."

"그런데…… 일등이 아니었어요."

"그래."

"그렇게 훌륭한 연주를 했는데도 우승하지 못했어요. 심사위원이 최고라고 평가하지 않았어요. 수준 차이는 있어도 그런 연주로도 소용이 없다면 나 같은 건 뭘 해도……."

"으음. 그런 뜻이었구나. ……난감하네."

미사키 씨는 정말 난감한 듯 머리를 긁적였다.

"잘 들어, 떨어진 이유는 나도 알아. 연주 내용이야 어쨌든 두 군데 실수를 했거든. 심사위원은 그런 걸 놓치는 법이 없으니까. 원래 그런 심사는 기술 점수와 예술 점수로 채점하는데, 기술을 중시하는 사람이 있는가 하면 예술을 우선시하는 사람도 있어…… 아아, 이런, 어느새 자기변호를 하고 있네."

"그게 아니라…… 모르시겠어요?"

"그러니까, 뭘?"

그걸 내 입으로 말하게 하다니, 하고 생각한 순간 자제심이 홀랑 날아가 버렸다. 목소리가 흉하든 말든, 그리고 나쁜 인상을 주리라는 걱정도 이미 머릿속에 없었다.

"저는 장애인이란 말이에요!"

"그건…… 그렇지 않아."

"장애인이 아니라면 온몸을 누덕누덕 기운 괴물이에요! 목발 없이는 한 걸음도 못 걷고, 모자 없이는 외출도 못하고, 손가락도 얼굴도 빳빳하게 굳어서 마음껏 움직이지도 못한다고요. 평범한 구석이라곤 하나도 없어요. 이런 손가락으로 아무리 재활 훈련을 한들 피아노를 잘 칠 수 있을 리가 없잖아요. 콩쿠르 입상이라니 그림의 떡에 불과하잖아요!"

말을 쏟아 내면서 수치스러웠다. 나는 그야말로 분풀이를 하고 있었다. 스스로 결심해 놓고 길의 험난함을 알고 투정하는 어린아이나 다름없다. 하지만 이미 내뱉은 말을 주워 담을 수는 없다.

"나한테 피아니스트가 되고 싶다며? 오로지 콩쿠르에서 입상하기 위해 피아노를 치려는 것이었어?"

"아니, 아니야, 아니라고요! 그건 엄마하고 주변 사람들의 바람이에요. 저는 어쨌든 이 손가락을 자유롭게 움직이고 싶어요! 목적이나 이유 같은, 그런 어려운 거 모른다고요. 그래도 피아노를 치고 싶어! 미사키 선생님처럼 굉장한 곡을 연주하고 싶단 말이에요!"

"그런데도 콩쿠르 입상 같은 실적을 쌓지 않으면 피아노를 계속할 수 없다는 건가. 딜레마네. 넌 네 몸이 보통 사람과 달라서 훌륭한 연주가 불가능하다고 했어. 하지만 레이 찰스나 스티비 원더 같은 사람도 있지."

"그 사람들은 특별하잖아요. 게다가 두 사람 다 앞만 볼 수 없을 뿐 손가락은 움직여요. 하지만 난."

"손가락이 움직이니까 피아니스트에게 치명적이지 않다고? 세상에는 한 손 피아니스트도 존재해. 왼손만으로 연주하는 곡도 있을 정도지. 난청에 시달리면서도 작곡을 한 베토벤은? 난청이 작곡가에게 치명적이지 않다는 건가?"

"교과서에 나오는 위인이잖아요! 위인하고 비교하는 건 말도 안 돼요."

"베토벤은 난청의 작곡가라서 위인이 된 게 아니야. 훌륭한 곡을 만든 인물이라 그렇게 일컬어지는 거지. 중요한 건 그 인물이 어떤 사람이냐가 아니라 뭘 이루었느냐가 아닐까? 넌 장애가 있고 없고로 사람을 양분하려 하는데 내 생각에 그건 잘못된 태도야. 사람은 누구나 결함이 있게 마련이야. 다만 그 결함이 무엇인지, 또 눈에 보이는 결함인지 그렇지 않은지의 차이뿐이다. 그래서 다들 결함을 고치거나 다른 장점으로 보완하려 애쓰지."

어른의 설교구나 싶었다. 바른말이라는 건 인정한다. 하지만 듣는 이의 처지에 따라 바른말이 늘 옳은 건 아니다. 게다가 미사키 씨처럼 완벽한 사람이 하는 말은 아무런 설득력이 없다. 그의 아버지는 방송계에 연줄이 있다고 들었다. 아무리 일본이 클래식에 대한 이해가 부족하다 해도 연줄과 실력이 있으면 그 세계를 거침없이 헤엄쳐 나갈 수 있다. 그런 사람이 하는 말은 현실과 동떨어진 나머지 가슴에 와닿지 않는다.

나는 말하기도 지쳐 피아노를 향해 몸을 틀었다. 지금 상황에서 이 피아노는 내게 악기가 아닌 재활 훈련용 도구다. 삐걱거리든 쇳소리가 나든 움직여야 한다. 미사키 씨는 말없이 내 손가락 움직임을 바라보고 있었다.

레슨이 끝날 즈음에 그는 내일부터 클레멘티 연습곡을 시작하겠다고 말했다.

"악보집 갖고 있니? 없으면 내가 가져올게."

"잠깐 기다리세요."

책장에 클레멘티가 있었나? 바로 생각나지 않는다. 2층에 가서 직접 찾아보는 수밖에 없다.

전에는 2층 방을 사용했는데 몸이 이렇게 되고 나서는 침대와 짐을 1층 방으로 옮겼다. 워낙 급하게 옮기는 바람에 CD와 악보집은 아직 예전 방에 남아 있는 상태다.

미치코 씨는 이미 퇴근했지만 2층에는 겐조 삼촌이 있다. 하지만 고작 악보집 한 권 찾기 위해 다른 사람을 번거롭게 하기는 싫었다. 나는 오른손으로 목발을, 왼손으로 손잡이를 붙잡고 계단을 오르기 시작했다. 사소한 일을 혼자 소화하는 것도 재활 훈련의 일부다. 미사키 씨는 그걸 알아서인지 도와줄 생각이라고는 눈곱만큼도 없어 보였다.

두 발로 걸을 때는 체중이 좌우의 두 발로만 이동하지만 목발을 짚거나 손잡이를 붙잡으면 그만큼 체중의 이동 지점이 많아진다. 자칫하면 한쪽 팔에 온몸의 체중이 쏠리는 순간도 있다.

신중하게.

한 걸음, 다시 한 걸음.

그렇게 열두 번째 계단을 올랐을 때였다.

손잡이를 붙잡은 왼손에서 계단의 미끄럼 방지 부분을 밟은 왼발로 체중을 이동한 순간.

왼발 밑에 아무것도 밟히지 않았다.

미끄러지겠다 싶은 순간에는 이미 늦었다.

왼발이 허공을 짚는다.

순간적으로 체중이 쏠린 양손이 부하를 감당하지 못하고 잡은 것을 놓친다.

지지대를 잃은 몸이 허공에 내던져진다.

일 초도 되지 않는 짧은 시간에 부딪칠 거라는 두려움과 피부가 손상된다는 걱정이 스쳤다. 여기서 굴러떨어지면 틀림없이 무사하지 못할 것이다.

틀렸어!

머리 한구석에서 충격을 각오한 순간.

뜻밖의 가벼운 충격과 함께 몸이 붕 떴다.

어느새 미사키 씨가 나를 받아 주고 있었다.

"하마터면 위험할 뻔했구나."

그렇게 말하고 나를 안은 채 계단을 내려가 바닥에 살포시 내려 주었다. 45킬로그램인 내 몸을 거뜬히 안아 올리다니

보기보다 힘이 센 모양이다. 그가 날렵하게 받아 준 덕분에 몸은 다친 곳 하나 없이 멀쩡했다. 다만 충격이 채 가시지 않아 등골에 식은땀이 흐르고 뒤늦은 공포심에 온몸의 피부가 여느 때보다 더 빳빳하게 굳었다.

떨어지기 직전에 비명을 질렀는지 가족들이 내 다급한 소리를 듣고 급히 달려왔다.

"하루카!"

"엄마……."

눈앞에 내밀어진 손에 매달리자, 그 따뜻한 두 팔로 나를 안아 주었다. 피부에 압박이 가해질까 걱정해서인지 꼭 껴안지는 못했다.

"계단에서 뭐가 떨어지…… 거기! 어떻게 된 거야!"

"미끄러져서 떨어질 뻔했습니다."

"다친 데는…… 다친 데는 없습니까?"

식구들이 동요하는 가운데 미사키 씨만 혼자 냉정했다.

"부딪힌 곳은 없지만 혹시 모르니 나중에 한번 확인해 보십시오."

미사키 씨는 내 발이 미끄러진 곳까지 기어가듯 계단을 오르더니 처음에는 손잡이를, 다음으로 계단코를 살펴봤다.

"아아, 이거 심한데."

"선생님? 무슨 일이신가요?"

"이것 때문에 발이 미끄러진 겁니다."

그가 불쑥 손을 내밀었다. 손에는 완전히 떨어진 미끄럼 방지 고무가 덜렁 매달려 있었다.

"접착 부분이 깨끗하게 떨어졌습니다. 접착제 양이 적었거나 오래돼서 접착력이 약해졌나 보군요. 미끄럼 방지재가 떨어진 곳에 발을 디뎠던 겁니다. 놔두면 위험하니 이대로 떼어 놓겠습니다."

모두들 나를 보고 있었기에 아무도 눈치채지 못했지만, 미사키 씨는 떼어 낸 미끄럼 방지 고무의 뒷면을 잠시 쳐다보고 있었다.

그 눈빛을 보고 흠칫 놀랐다. 이야기할 때의 온유한 눈빛도 아닐뿐더러 건반을 마주할 때의 매서운 눈빛도 아니었다. 감정이 느껴지지 않는 눈동자. 무서울 만큼 냉정한 눈빛이었다. 단 그 눈빛은 금세 사라졌다.

현관에서 일단 미사키 씨를 배웅한 뒤 나는 참지 못하고 뒤에서 그를 슬쩍 불렀다.

"왜 그러니?"

"아까 미끄럼 방지재를 유심히 관찰하시던데요?"

뒤돌아본 미사키 씨는 장난을 들킨 어린아이처럼 눈썹 위를 긁적였다.

"으음, 봤구나. 너도 관찰을 잘하기는 마찬가지네."

"뭐 발견한 거라도 있나요?"

그렇게 묻자 미사키 씨는 잠시 생각한 뒤 대답했다.

"역시 너한테는 가르쳐 주는 게 좋겠구나."

미사키 씨는 그렇게 말하더니 내게 귀엣말을 했다.

"아까 그거 거짓말이었어. 미안."

"네?"

"그 미끄럼 방지재, 저절로 떨어진 것치고는 부자연스러웠거든. 접착제도 골고루 발라져 있고 변색이 없는 걸로 봐서는 오래된 것 같지 않아. 게다가 접착제가 고르게 떨어지지도 않았어. 계단코에 단단히 붙어 있던 곳도 있었으니 말이야. 미끄럼 방지재 뒷면에는 접착제가 아닌 다른 냄새도 남아 있었고."

"아, 그거 혹시."

"박리제라는 건데 특별한 물건은 아니고 홈센터*에 가면 쉽게 구할 수 있지. 완전히 굳은 접착제를 떼어 내기 위한 용제야. 시간이 없었는지 접착제를 반쯤 녹인 후에 억지로 떼어 낸 걸로 보여. 그리고 떼어 낸 후에 몰래 돌려놓은 거지. 미끄럼 방지재가 계단코에 떠 있는 상태이니 그곳에 발을 디디면 당연히 미끄러지고."

"……누가 그런 심한 장난을."

"장난? 아니. 겁주는 것 같아 미안한데 이건 그리 깜찍한 종류의 일이 아니란다. 잘 들어. 보통 사람이라면 발을 헛디

---

* 각종 자재, 인테리어 제품을 전문적으로 취급하는 대형 판매점.

더도 균형을 잃은 순간 손잡이를 붙잡을 수 있으니 무릎을 부딪히거나 허리를 받히거나 어느 쪽이든 가벼운 타박으로 끝나겠지. 그런데 너라면 어떻게 되겠어?"

왼발이 허공을 짚은 순간이 떠올랐다.

그때 나는 크게 다칠 것을 각오했다. 체중을 버티지 못하는 팔과 다리. 충격에 약한 피부. 미사키 씨가 받아 내지 못했더라면 바닥까지 굴러떨어져 타박이나 출혈로는 끝나지 않았을 것이다.

다시 엄습하는 두려움에 등골이 오싹해졌다.

"뭔가 걸렸다거나 해서 미끄럼 방지재가 저절로 떨어졌다면 딱히 문제될 것 없지. 그런데 만약 너한테 뜻밖의 사태가 벌어지기를 노린 거라면? 그런 최악의 가능성도 있다는 말이야. 그래서 너한테만은 말해 주는 거다. 확실치도 않은 이야기를 어른들에게 해 봤자 큰 소란이 일 게 뻔하니까. 특히 어머니. 어머니에게 쓸데없는 걱정은 끼치고 싶지 않을 거 아냐."

"네……."

"그러니 당분간은 우리 둘만의 비밀로 하자. 단순한 우연이라면 더할 나위 없이 좋겠지만. 어쨌든 조심해."

뭘?

누구를?

내 머리로 생각하기가 두려웠다. 미사키 씨에게 물으면 당연하다는 듯이 명쾌한 대답이 돌아올 것 같아 더 두려웠다.

그러나 알고 있었다.

집의 중심에 있는 계단. 미끄럼 방지재를 몰래 떼었다가 다시 되돌려놓는 일.

그게 가능한 사람은 우리 집 사람뿐이다.

우연이라면 더할 나위 없이 좋겠다는 말. 나는 억지로라도 그 말을 믿으려 애썼다. 이런 우발사고는 단 한 번으로 끝날 거라고.

하지만 그렇게는 되지 않았다.

4

4월 말에 접어들자 미사키 요스케 마법사설은 더 이상 나만의 지론이 아니었다.

퇴원 당시에는 두 소절도 제대로 치지 못했던 부르크뮐러의 〈아라베스크〉. 그걸 구도 선생님이 지켜보는 앞에서 그럭저럭 완주했을 때는 누구보다 내가 가장 놀랐다. 눈앞에 갑자기 호박 마차가 나타나도 이만큼 놀라지는 않으리라. 물론 완벽하지는 않았다. 두 번의 미스터치와 건반 리듬이 흐트러져서 속상하긴 했지만 그래도 마지막 한 음까지 연주해 냈을 때는 꿈을 꾸는 것만 같았다. 손가락은 여전히 땅기고 3분이나 연주하고 있자니 갈수록 힘이 빠지긴 했지만 그래도 손가락은 뜻대로 잘 움직여 주었다. 왼손은 화음을 탄탄히 받쳐 주었다. 다른 학생과 비교해도 그런대로 손색이 없을 정도였다.

그런 연주를 손과 얼굴을 제외한 온몸이 붕대투성이인 사람이 해냈으니 주변에서는 복잡한 반응을 보였다.

"정말 손가락 피부를 이식한 거냐?" 구도 선생님이 내 손가락을 말끄러미 쳐다보며 물었다. "겨우 2주간의 치료로 실력이 눈에 띄게 향상되다니 놀랍고도 기쁘구나. 아주 뛰어난 재활 훈련을 받아서일까, 아니면 고즈키, 네 자질이 원래 우수해서일까?"

그건 틀림없이 전자일 것이다. 살짝 속상하긴 하지만.

"소질만으로 이렇게까지 회복하는 건 불가능하지. 그야말로 피나는 노력을 했을 거야. 너를 만장일치로 특대생으로 인정한 우리 판단이 틀리지 않았구나. 부디 이 상태로 매진해 주길 바란다. 자, 여러분, 온몸에 심한 화상을 입은 사람이 이렇게까지 했단다. 몸이 온전한 너희들도 질 수야 없겠지?"

칭찬은 고맙지만 마지막 한 마디를 굳이 해야 했을까? 몸이 이렇게 된 탓인지 민감한 피부는 주변 분위기도 민감하게 포착했다. 나를 바라보는 눈에는 칭찬도 있지만 질투도 있다. 흥분도 있지만 냉소도 있다.

칭찬과 흥분은 한순간에 가라앉아도 질투와 냉소는 언제까지나 지속된다.

수업을 마친 나를 기다리고 있던 것은 또 그 세 사람이었다. 그 아이들은 목발을 짚은 나를 에워싸듯 같은 속도로 걸었다. 이 세 사람이 나를 건드리는 방법은 참으로 교묘한데 결코 몸에는 손가락 하나 닿으려 하지 않는다. 건드리는 건 자존심과 수치심뿐이다.

"고즈키, 굉장해! 혼신의 부르크뮐러 연주에 완전 감동했다니까. 역시 최고의 병원에서 최고의 의사 선생님이 주치의를 맡았겠지. 좋겠다, 부자는 운명까지 살 수 있구나."

유리가 웃음을 터뜨리자 다른 두 사람도 따라 웃었다. 이 세 사람도 음악과 학생이니 미사키 씨의 이름 정도는 알고 있을 터. 내 또 다른 주치의가 실은 미사키 요스케, 그 사람임을 알린다면 그녀들은 도대체 어떤 표정을 지을까.

그러자 도키사카 메구미가 악의 넘치는 미소로 말했다.

"그런데 얘들아, 이거 생각하기에 따라서는 효과 만점인 연출 아니니? 전신에 화상을 입은 소녀가 피나는 노력으로 재활 치료를 견디고 피아노를 마주한다, 눈물 없이는 못 듣는 사연이잖아. 그만큼 감동은 두 배가 되는 거지. 설령 연주 완성도가 그저 그래도."

"아, 맞아, 맞아. 거기까지 생각하다니 고즈키, 너 진짜 똑똑하구나? 이걸로 구도 쌤하고 반 아이들 마음까지 확 사로잡고 여왕님으로 등극하셨네!"

"혹시 붕대 자체가 연출인 거 아냐? 부르크뮐러는 초급자용이니까 우리 반에 들어올 만한 아이라면 그 정도는 당연히 치는데, 처음에 일부러."

"아앗, 미도리, 그 말은 좀 심하다."

"잘 생각해 봐. 실제로 저 붕대 속을 본 사람은 아무도 없잖아. 안경을 벗으면 미소녀가 짠 나타나는 안경 소녀 효과처럼, 저 붕대를 풀었을 때 우유 빛깔의 고운 살결이 나타나면 완전 극적이겠다."

"얘, 고즈키. 딱 한 번만, 우리한테 붕대 속을 살짝 보여 주면 안 될까? 우정의 표시로 말이야."

이렇게 많은 사람들 앞에서?

그 흉한 몸을?

분노와 수치심으로 얼굴이 화끈거렸다.

귀를 틀어막고 싶어도 양손은 목발을 짚고 있었다. 시선을 피하고 싶어도 세 명이 가로막고 있었다. 억수같이 쏟아지는 빗속을 우산도 없이 걷는 기분. 도망갈 곳을 막아선 상태에서 이 아이들은 내가 자발적으로 붕대를 풀기만을 기다리고 있다. 만약 소원대로 맨살을 내보이면 세 명은 소스라치게 놀라 꼬리가 빠지게 도망갈지도 모른다. 그만큼 충격적이다. 하지만 그 대신 내일부터 괴물 취급을 당할 것이 불 보듯 뻔하다.

그래서 아무 대답도 못하고 부지런히 걸었다. 붕대에 목발을 짚었으니 아무리 반감을 품어도 나를 건드린 순간 세 사람은 나쁜 사람이 된다. 교문을 나가면 내 승리다. 세 사람도 그걸 알고 있기에 걸음을 옮길수록 야유와 도발의 말이 심해졌다. 나는 귀를 닫고 마음도 꽁꽁 닫은 채 교문을 향해 서둘렀다.

드디어 교문에 도착하자 어금니가 뻐근하다는 걸 알아차렸다. 내내 이를 악물고 있었나 보다.

등하교에는 택시를 이용한다. 그 자체로 놀림거리가 된다는 걸 알지만 매일매일 가족이 바래다줄 수도 없는 노릇이다. 뒷좌석에 충격을 가하지 않고 안전운전을 한다는 점에서도 택시를 이용하는 수밖에 없었다.

집으로 가기 전에 병원에 들렀다. 항생제를 투여하는 것 말고도 다른 목적이 있었다. 신조 선생님에게 재활 훈련의 진척 상황을 한시라도 빨리 알리고 싶었던 것이다.

병원 휴게실에 놓인 오르간으로 〈아라베스크〉를 연주하자 신조 선생님이 의자에서 굴러떨어질 만큼 놀라워했다. 통쾌하다는 게 이런 기분이구나 싶었다. 점잔 빼던 선생님의 표정이 무너지는 게 재밌어 죽을 지경이었다.

"너는 입원했을 때도 퇴원한 후에도 나를 놀라게 하는구나…… 도대체 무슨 마법을 부렸지?"

나는 미사키 씨와의 레슨을 설명했다. 당연히 선생님은 미사키 씨의 이름은 모르는 듯했지만 건반을 치는 법이나 운지에 대해 들은 이야기를 고스란히 전했더니 몹시 감탄했다.

"쓸데없이 체중을 싣지 않는 이론적인 자세…… 힘에 의지하지 않는 손놀림…… 손끝에 힘을 주기보다 근육을 곧게 펴야 한다고…… 흠. 효과적인 재활 훈련의 기본 개념이기도 하지. 우연의 일치일지 몰라도 만약 그걸 안 상태에서 가르쳤다면 미사키라는 남자, 보통내기가 아니구나. 피아니스트라고? 유명한 사람인가?"

"아는 사람은 다 알아요."

"어떤 연주를 하지?"

"TV로만 봤는데 시간 가는 줄 모르고 봤을 정도예요."

"흥미롭구나. 한 번 만나 보고 싶은데." 그 말을 듣자 왠지 가족이 칭찬받는 것처럼 자랑스러웠다. "연주를 들으니 회복 상태가 일목요연, 아니 일청요연하구나. 손가락 움직임은 물론 강약을 주는 법까지 소리로 뚜렷하게 나타나니 말이다. 얼마나 지속할 수 있지?"

"겨우 3분 만에 지쳐요……."

"피하조직과 진피가 완전히 유착되지 않아서 지치는 거다. 그런데 시작한 지 2주 만에 그만큼 버티면 훌륭하지. 참으로 놀랍구나. 음악요법의 일종으로 보고할 가치가 있겠어. 더 놀라운 건 연주하고 있을 때의 표정이야. 긴장과 이완의 반복이 명확히 표출되었지. 손가락 움직임과 무관하지 않을 터. 앞으로도 그 사람이 레슨해 주는 건가?"

"그렇겠죠……."

"그럼 안심이구나."

무뚝뚝하던 선생님의 얼굴에 안도한 빛이 떠올랐다. 어쩐지 의외였다.

"걱정해 주신 거예요?"

"현관에서 널 배웅했을 때는 거의 제정신이 아니었다. 걱정 때문이라기보다 두려움 때문이었지. 이제 와서 말하는데 다음에는 들것에 실려 오는 널 만나거나 신문 사회면에 실린 널 만날지도 모른다고 각오했거든."

블랙유머라는 생각에 흘려들으려 했다.

"농담이 아니라 정말 그렇게 생각했다. 실제로 피부이식수술 후 목숨을 끊는 여성 환자가 꽤 많거든. 그 기분은 너도 알겠지."

나는 순순히 고개를 끄덕였다. 알고도 남는다. 미사키 씨의 마법이 있는 지금도 문득 절망감에 사로잡힐 때가 있다.

"간혹 내가 보살핀 환자가 자살했다는 소식을 들으면 견딜 수 없는 무력감에 빠지곤 해. 수술이 성공한 것 같아도 실은 실패한 거나 다름없어. 절차탁마…… 같은 소리는 나오지도 않지. 마치 내 존재 가치를 전면 부인당한 기분이거든. 의학이라는 건 기초든 임상이든 사람의 생명을 구하는 학문인데, 그 결과 환자가 제 손으로 목숨을 끊다니 최악 중 최악이지. 물론 가장 최악인 건 환자 본인이지. 프랑스 속담에 '여성은 아름답다는 이유만으로 행복의 절반을 손에 넣었다'라는 말이 있어. 요즘 세상에 여성 차별적인 발언이 되려나? 절반이라는 말을 다시 살펴보면 요컨대 절반이나 차지했다는 뜻이 돼. 겉모습이 무슨 상관이냐는 사람도 있지만 여성에게 미모는 역시 인생을 좌우할 수밖에 없는 문제이니까. 얼굴에 남은 흉터는 마음에도 남지. 마음에 남은 흉터가 낫지 않으면 아무리 훌륭하게 봉합해도 의미가 없어. 그래서 오늘 널 보고 안심했다. 완전하지는 않아도 입원했을 때에 비하면 네가 많이 달라졌거든. 그것도 좋은 방향으로. 알고 있었니?"

그 말대로 나도 자각하고 있었다. 전에는 시커먼 어둠 속에 있었다. 지금도 어둠 속에 있기는 마찬가지지만 딱 한 줄기, 아주 눈부신 빛이 비쳐 들고 있다.

"사람의 외면과 내면은 서로 연관되어 있지. 외면이 바뀌면 내면도 바뀌게 마련이거든. 반대의 경우도 마찬가지고. 그래서 성형외과 의사는 환자의 상처받은 마음을 꿰매기 위해 실과 바늘을 들어. 설령 외도 소리를 들어도 말이야."

"외도라뇨? 뭐가 외도인데요?"

"일본사 시간에 안 배웠나? 일본 의학은 스기타 겐파쿠가 『해체신서』를 저술하기 전까지 약학 중심이었다. 칼을 대는 것 자체가 부정한 행위인데 하물며 환자의 육체를 갈랐다가 꿰매기까지 하다니 당시에 외도의 의학이라고 치부되었지. 심지어 외과라고 할 정도로 말이다. 그 외도에 거듭 외도를 한 분야가 우리 성형외과다. 환부도 아닌 멀쩡한 부분에 메스를 대다니 이게 웬일이냐며 여태 따돌림을 당하고 있지."

"세상에. 선생님 수술이 얼마나 깔끔한데요."

"편들어 줘서 고맙구나. 성형외과는 전통이 없는 새로운 의학이라 경시당해도 어쩔 수 없다. 끌, 망치, 때로는 톱까지 사용하니 다른 과에서는 우리더러 목공이라며 흉을 보는 형편이지. 기억해 둬라. 권위가 있는 세계에는 반드시 엄격한 계급이 존재한다."

"미용성형은 TV에서 광고도 많이 하고 모르는 사람이 없는걸요."

"광고를 대량으로 내보내니 모르는 사람이 없을 수밖에. 대량 광고를 하는 이유는 그렇게 하지 않으면 사람들이 알지 못하기 때문이다. 대부업체처럼 말이지."

신조 선생님이 자조적인 미소를 머금었다.

"사람들은 질병이나 부상 같은 불행한 일로 병원을 찾지. 내과든 외과든 정신과든 죄다 사람의 불행으로 먹고사니 어차피 다 고약한 장사라고 할 수 있어. 그래도 환자가 회복하면 기쁘고 너처럼 밝아지면 내가 한 일에 큰 보람을 느끼지. 내가 한 일로 환자의 운명이 좋게 바뀌었다면 자부심도 생기고 말이다."

선생님이 자조의 빛을 거두고 나를 향해 돌아섰다. 안경 너머에서 화살처럼 예리한 시선이 날아들었다.

"피아니스트가 되려는 거니?"

순간 나는 말문이 막혔다. 음악과에서 피아노를 전공하는 학생이라면 품어 마땅한 꿈. 하지만 그걸 천진하게 말할 수 있는 순수함은 이미 티끌만큼도 남아 있지 않았다. 아까 세 사람이 내뱉은 말은 속상하지만 진실이다. 아무리 장애를 극복했어도 내가 연주한 곡은 초급자용 연습곡이다. 미사키 씨처럼 말하자면 청중이 음악회에 오는 목적은 장애의 극복을 보기 위해서가 아니다. 돈을 지불할 가치가 있는 음악을 들으러 발걸음하는 것이다. 연주자가 원하는 건 칭찬의 박수다. 결코 동정이나 연민이 아니다.

미사키 씨의 마법은 확실히 굉장하다고 생각한다. 하지만 그 마법은 이론에 기초한 것이다. 이론은 가능성을 나타내지만 동시에 한계도 규정한다. 장애를 지닌 자에게 무한한 가능성을 약속하는 마법이 아니다. 콩쿠르에 입상할 만한 피아니스트에게는 역시 남다른 소질과 누구에게도 지지 않을 연습량이 필요하다. 소질도, 연습량도 남보다 뛰어나지 못한 나로서는 꿈도 못 꾼다.

따라서 이렇게 대답하는 수밖에 없었다.

"……모르겠어요."

"그렇구나."

신조 선생님은 나를 탓하지도, 안타까워하지도 않고 담담하게 말했다. 과도하게 기대하지 않거니와 무리하게 부담을 주지도 않는, 그런 태도였다.

다만 눈빛만큼은 달랐다.

"다음 투여 일에도 연주해 주렴. 회복 상황을 확인해야 하니까."

평소의 무뚝뚝한 얼굴로 돌아왔지만 말투만은 어쩐지 쑥스러움을 감추려는 것처럼 들려서 살짝 기뻤다. 여기서 연주를 선보이는 것이 공통의 즐거움이 되면 좋겠다고 생각했다.

인사를 하고 오른쪽 겨드랑이에 목발을 끼고 의자에서 일어섰다.

그 순간.

휘청하더니 겨드랑이를 받치는 지지대가 없어졌다.

오른쪽 어깨부터 몸이 기울어졌다. 순간 목발 끝이 바닥으로 빨려 들어가는 것이 보였다.

갑작스러운 일이라 눈을 감을 새도 없었다.

눈앞으로 병원의 바닥무늬가 닥쳐온다.

"어이쿠!"

바닥은 코앞 3센티미터에서 멈췄다. 얼얼한 통증이 느껴져 그곳을 쳐다보자 신조 선생님이 내 왼쪽 어깨를 꽉 움켜쥐고 있었다.

"괜찮니?"

기시감이 엄습했다. 장소와 구해 준 사람만 다를 뿐 며칠 전과 완전히 똑같은 상황이 벌어진 것이다.

목발을 살펴본 뒤 끝부분이 바닥으로 빨려 들어간 것은 내 착각이었음을 알게 되었다. 목발 길이가 확 짧아진 것이다.

목발은 길이를 조절하기 위해 피스톤 구조로 되어 있는데 용수철식 탭이 실린더 구멍에 돌출되어 있다. 그 탭이 완전히 속으로 들어가 버린 바람에 실린더를 고정하지 못하게 된 것이다.

신조 선생님이 목발을 흔들자 속에서 달그락 소리가 났다.

"고정쇠가 고장 났군. 다른 하나는 멀쩡한데. 금속피로 때문인가. 겉보기에는 그리 험하게 다룬 것 같지 않은데⋯⋯ 곧바로 새것을 가져다 달라고 하마."

"앗, 잠깐만요. 망가진 것도 집에 가져갈래요."

"그래? 상관은 없다만."

이런저런 이유를 붙여 망가진 목발을 들고 택시에 올라탔다. 내가 가져가겠다고 했으면서 그걸 무릎 위에 두고 싶지는 않았다. 조금 전까지만 해도 몸의 일부였는데 지금은 몹시 꺼림칙한 물건으로 보였다. 건드리기조차 찝찝했다.

집에 도착해서도 목발 이야기는 아무에게도 하지 않았다. 알려야 할 상대가 따로 있기 때문이다.

미사키 씨가 레슨실에 들어오자 곧바로 사정을 이야기하고 목발을 보여 주었다.

"이거 참⋯⋯ 꺼림칙한 사태로군."

목발에서 실린더부를 뽑아내 거꾸로 흔들자 속에서 막대 모양의 부품이 굴러 나왔다.

"잘 봐. 탭에는 용수철이 감겨 있어서 그 힘으로 늘어나는 건데 용수철이 끊어졌잖아. 탭의 끄트머리가 툭 튀어나와 있어서 어떤 계기로 인해 속으로 움푹 들어가면 다시는 나올 수 없어. 그리고 용수철은 저절로 끊어진 게 아니야. 누가 일부러 끊어 놓은 거야. 절단면이 평평하잖아. 펜치 같은 걸로 자른 흔적이지. 다른 한쪽은?"

"멀쩡해요."

"······더 불길한데."

"왜요?"

"한쪽만 장난질을 해 놓은 것 말이야. 심상치 않은 악의가 느껴져. 생각해 봐. 만약 좌우 양쪽에 같은 장난질이 되어 있다면 목발 길이가 동시에 줄어들 가능성도 있어. 그 경우, 몸은 무릎부터 수직으로 넘어지겠지. 무릎이나 어깻죽지 정도만 다치는 걸로 끝나. 그런데 한쪽만 지지대가 없으면 몸은 어깨부터 비스듬히 넘어져서 훨씬 크게 다친단 말이지. 마룻바닥 위라면 그나마 괜찮은데, 만약 길거리나 요전번처럼 계단 중간에서 탭이 빠졌다면?"

등골에 오스스 소름이 돋았다.

"불길한 게 하나 더 있어. 이번에도 전과 마찬가지로 장난질이 대담하지 않다는 점이다. 저절로 떨어진 미끄럼 방지재, 저절로 망가진 목발. 네가 사고를 당해도 누군가 눈치채지 않는 한 불의의 사고로밖에 보이지 않아. 사고가 언제 어디서 일어나도 상관없다는 뜻이지. 아니, 사고가 일어나지 않아도 전혀 상관없다는 뜻이기도 해. 그만큼 불확실성에 기댄 계획이라 오히려 범인이 드러날 가능성도 적어. 정말 교활하기 짝이 없는 계략이구나."

미사키 씨는 거기까지 말했다.

나머지는 굳이 듣지 않아도 알 수 있었다. 내가 목발을 손에서 놓는 틈을 타 실린더 속에 펜치를 집어넣고 용수철을 자른 것이다. 내가 목발을 손에서 놓을 기회는 뻔하다. 앉아 있거나 자고 있을 때, 아니면 화장실에 가거나 목욕할 때 정도다. 그런 기회는 학교에 있을 때보다 집에 있을 때가 훨씬 많다.

계단의 미끄럼 방지재를 뗀 것도 우리 집 사람이 아니면 불가능한 일이다.

이 집의 누군가가 나를 노리고 있다.

"아무튼 한 번이라면 모를까 두 번이나 일이 벌어진 이상 우연으로 볼 수는 없어."

미사키 씨가 절단된 용수철을 응시했다. 그 눈빛에서는 계단 사고 때와 마찬가지로 감정이 전혀 느껴지지 않았다. 그것은 붙임성 좋은 선생님은 물론 열정적인 피아니스트도 아닌, 시험관을 보는 화학자의 눈빛이었다.

"실린더 지름이 2센티미터도 안 돼. 속에 집어넣으려면 라디오펜치를 사용하는 것 말고는 방법이 없어. 혹시 집에 라디오펜치 있니? 끝이 새 부리처럼 뾰족하게 생겼고 공작하거나 전자 제품을 수리할 때 사용하는 건데."

"그거라면 분명히 있어요. 할아버지가 프라모델을 만드셨거든요."

"그래? 그럼 나중에 찾아봐 줄래? 좀 알아볼 게 있어서. 아, 그리고 오늘 일을 집안 어른들한테는?"

"아직 아무한테도……."

"잘했다. 일단 가만히 있는 편이 현명할 테니."

"왜요?"

"네게 장난질을 들켰다는 걸 모르는 한 그 녀석은 언젠가 네가 불의의 사고를 당하기를 기다리겠지. 그사이 당분간은 새로운 행동에 나서지 않을 테니 말이다."

"그럼 범인은 역시 이 집 사람……."

"단정할 수는 없어. 그래도 조심하는 게 좋겠구나."

"그런데 왜 날 노리는 걸까요?"

"신데렐라나 동화 속 여주인공은 대체로 악당에게 괴롭힘 당하는 운명이니까."

나를 배려해서인지 미사키 씨는 일부러 재치 있게 넘어가며 가족 중 누가 범인인지 밝히기를 피하려는 것 같았다. 그렇다고 그 사실이 달라지지는 않는다.

한 지붕 아래 날 노리는 사람이 있다.

잠시 후 배가 저릿하더니 차가워졌다.

Ⅲ　*Con duolo gemendo*
　비탄에 잠겨 괴로운 듯

I

5월에 들어서자 내 손가락은 체르니를 연주할 만큼 회복되었다. 물론 큰 실수를 하지 않는 수준에서. 미사키 씨 입회하에 부모님 앞에서 체르니를 연주하자 두 사람은 난리가 났다.

"하루카, 예전 실력이 돌아왔구나!"

"어머, 이이 좀 봐. 당신은 하루카의 피아노를 오랫동안 듣지 않아 모르겠지만 전에 비하면 아직 멀었어. 그래도…… 대단하구나. 본격적으로 재활 훈련을 시작한 지 아직 두 달밖에 안 지났는데 말이야. 게다가 왠지 같은 체르니라도 감정이 풍부하게 들렸단다."

"미사키 선생님의 레슨 덕분에 손가락이 아주 빨라졌구나. 그런데 손가락에 비해 발 회복이 더딘 건 왜 그럴까."

"제가 부족한 탓입니다. 연주 중에 페달을 밟긴 하지만 자주 쓰지 않아 훈련이 되지 않는 듯합니다."

미사키 씨가 미안해하며 말했지만 그건 레슨 내용과는 다른 이유로 어쩔 수 없는 일이었다. 허벅지 바깥 부분은 피부가 두꺼워 구축 가능성이 적은 대신 피부가 복원하는 데 시간이 걸린다.

"아이고, 아닙니다. 저도 모르게 염치없는 말씀을 드렸군요. 부디 잊어 주십시오……그런데 하루카, 아까 격렬하게 움직이던데 손가락은 괜찮은 거냐? 힘들지 않아? 아직 완전히 유착되지 않았을 텐데."

"힘들지. 그래도 요즘은 5분 연속으로 칠 수 있게 되었어."

"5분이라…… 그럼 한 곡은 완주할 수 있는 건가? 기특하구나. 단기간에 이렇게까지 회복할 줄이야. 아빠는 현장에서 구출된 네 손을 처음 봤을 때 솔직히 이제 틀렸다고 생각했단다. 피아노는커녕 젓가락질도 못하는 거 아닌가 싶어 거의 단념했었지. 미사키 선생님, 진심으로 감사드립니다. 선생님이 맡아 주시지 않았더라면 제 딸아이와 저희는 여전히 절망의 구렁에서 괴로워하고 있었을 겁니다. 이게 다 선생님 덕분입니다."

두 사람이 머리를 깊이 숙이자 미사키 씨는 우스꽝스러울 만큼 당황해했다. 남에게 감사 인사를 받는 일에 어지간히 익숙하지 않은 모양이다.

"과, 과찬이십니다. 저는 단지 제 방식대로 가르쳤을 뿐인데요. 그보다 하루카의 노력을 칭찬해 주십시오. 레슨과 재활 훈련 모두 하루카가 한결같이 최선을 다한 결과입니다."

세 사람의 시선이 나를 향했다. 내 노력을 부인할 생각은 없지만 쑥스러워서 고개를 갸우뚱하며 얼버무렸다.

두 사람이 나간 뒤 다시 레슨이 시작되었다.

"부모님께는 일단 그렇게 말씀드렸지만 나는 재활 훈련을 지도할 생각은 요만큼도 없어. 내가 의사도 아니고 어디까지나 레슨을 할 뿐이다. 두 분을 괜히 기대하게 만든 것 같아 미안하네."

"괜찮아요. 저도 레슨만 받는다는 마음가짐이거든요."

"그래. 너하고 난 생각이 같구나. 그럼 문제없지."

미사키 씨가 눈가에 주름을 잡고 흡족해하며 말했다. 요즘 들어 알게 되었는데 미사키 씨는 자신의 의사가 상대에게 정확히 전달되면 곧잘 이런 표정을 짓는다. 굳이 말이 아니더라도 이 사람에게는 피아노라는 최고의 전달 수단이 있건만.

"자, 암보*는 완벽히 해낸 것 같고. 그럼 오늘은 실기에 앞서 간단히 강의를 하지. 피아노 연주에서 소프트웨어와 하드웨어가 뭔지 아니? 예를 들어 CD는 소프트웨어, CD플레이어는 하드웨어라고 할 수 있어. 사실 악기 연주도 마찬가지

---

* 暗譜, 악보를 외워서 연주하는 것.

인데 이 경우 소프트웨어는 악보, 하드웨어는 연주자가 되는
거다. 요컨대 CD에 기록된 정보를 플레이어가 읽어 내 전기
신호로 변환하는 것처럼 연주자는 악보에 기록된 작곡가의
지시와 의도를 읽어 내 소리로 변환하는 거야."

악보는 소프트, 연주자는 하드. 그런 설명은 처음이었기에
신선하게 들렸다.

"그럼 변환할 때 가장 중요한 게 뭘까? 당연히 소프트에 담
긴 정보를 충실히 재생하는 거지. 실수해서는 안 돼. 왜곡해
서도 안 되고. 이제부터 모차르트와 쇼팽의 곡에 들어갈 텐
데 지금껏 해 온 것보다 훨씬 더 정확하게 쳐야 해. 음정, 리
듬, 스타카토, 뭐 하나 틀려서는 안 돼."

"저기……."

나는 조심스럽게 입을 열었다. 단 하나의 실수도 용납되지
않는다는 설명에 당황했기 때문이다.

"운지법도 말인가요?"

"아아, 같은 소리가 나온다면 지정대로 복잡한 운지법이
아니어도 좋지 않을까 하는 뜻에서 묻는 거구나? 그래, 물론
그것도 합리적인 생각이지. 그런데 말이다, 작곡가가 일부러
복잡한 운지법을 지정한 이유가 뭐라고 생각해? 그건 음정
이라는 것이 손끝만으로 만들 수 있는 게 아니기 때문이야.
손끝에 닿는 건반의 감촉, 연주하면서 흔드는 팔, 손목과 어
깨에 전해지는 진동, 그리고 실제로 울려 퍼지는 소리, 그런

것이 몸속에서 공명되어 형태로 나타난 게 바로 음정이야. 훌륭한 곡일수록 작곡가의 의도가 명확하게 드러나 있지. 작곡가의 의도는 당연히 운지법에도 반영되었으니 연주자도 그 운지법을 재현해 내지 않으면 의미가 없어."

"결국…… 기계처럼 정확히 쳐야 한다는 뜻인가요?"

"으음, 약간 다른데. 기계에는 신체감각이 없으니 말이야. 가령 레시피대로 만든 음식이 꼭 맛있으란 법은 없잖아. 그 거랑 똑같은 거지. 중요한 건 작곡가의 의도를 이해하는 거야. 호로비츠라는 위대한 피아니스트가 있는데, 이 사람이 노년에 한 연주는 듣기에도 딱할 정도로 음의 3분의 1이 미스터치였지. 그런데 그 미스터치로 가득한 연주가 콩쿠르 출신인 젊은 피아니스트의 연주보다 훨씬 정교하게 들렸어. 그건 호로비츠가 작곡가의 의도를 충분히 이해한 다음 퇴보한 기교를 연출로 보완했기 때문이야."

"그런 요술 같은 연주를 제가 어떻게 하겠어요?"

마법사도 모자라 요술사. 도대체 피아니스트들이 사는 세계는 어떤 별세계일까.

"갑자기 호로비츠 같은 천재를 들먹여서 미안한데, 요점은 악보에서 뭘 어떻게 읽어 내느냐 하는 거다. 이것도 내 지론에 가깝지만 수많은 선생님들이 권하는 반복 연습은 효과적이지 않아. 결과는 횟수와 무관해. 반복보다는 고찰이지. 악보가 의도하는 바와 작곡가가 추구하는 걸 고민해야 해. 따라서 앞으로는 연주에 관련된 감각을 갈고닦는 레슨으로 이행할 거다. 부모님의 기대에는 어긋날지도 모르지만."

미사키 씨가 내 의사를 확인하듯 내 얼굴을 들여다봤다. 생각할 새도 없이 나는 고개를 끄덕였다. 마법사의 제자에게 거부권은 없다.

"오케이. 그럼 시작할까?"

그리고 이내 나는 승낙한 것을 후회했다.

"붕대 교체할 시간이에요."

기가 막히게 알차고 내실 있는 레슨을 하느라 우리 둘은 미치코 씨가 오기 전까지 시간 가는 줄도 모르고 있었다. 미사키 씨는 허둥지둥 집에서 나갔고, 나는 나대로 미치코 씨에게 연행되듯 탈의실로 붙들려 갔다.

"시간을 정해 놨으면 지켜야지요."

"죄송해요……."

레슨이 끝나자마자 평소와 달리 두 팔이 몹시 부었다는 걸 알아차렸다. 평소에는 거의 쓰지 않는 근육을 썼다는 증거다. 붕대를 풀자 구속에서 벗어난 근육이 순식간에 이완되었다. 앞으로는 누더기 같은 살이 드러나더라도 연주할 때만큼은 붕대를 감지 말아야겠다. 보습제를 바르자 그 부분에 열이 난다는 것도 알게 되었다.

훤히 드러난 팔을 쳐다봤다. 퇴원했을 때에 비해 근육이 붙어 조금 굵어진 것 같다.

"나, 팔이 좀 굵어진 것 같지 않아요?"

"글쎄요. 잘 모르겠네요."

미치코 씨가 심드렁하게 대답하더니 새 붕대를 기계적으로 감기 시작했다. 손놀림은 신중하고도 신속했지만 어쩐지 온기가 느껴지지 않았다.

환자를 대하는 방식이 할아버지를 간호하던 때와 완전히 달랐다. 여전히 신중하고 정확하기는 하다. 그러나 할아버지를 간호할 무렵의 미치코 씨는 이따금 미소를 머금곤 했다. 그런데 화재 사건 이후 미치코 씨는 한 번도 웃는 얼굴을 보인 적이 없다. 유언장 발표 자리에서 할아버지가 자신에게 재산을 유증했다는 걸 알게 되었을 때조차 미치코 씨는 부담스럽다는 듯 눈살을 찌푸릴 뿐이었다.

이제 와 생각해 보면 할아버지와 미치코 씨는 누구보다도 찰떡궁합이었다. 미치코 씨는 할아버지의 생트집이나 갑작스러운 역정도 웃으면서 받아넘겼다. 두 사람은 부부가 아니라 마치 엄마와 아들 같은 사이였다.

그런 사이였건만 할아버지는 현금을 남기는 것으로 감사의 마음을 전하려 했다. 유산을 고루 분배하는 입장에서야 지극히 당연한 행동이었겠지만 미치코 씨 입장에서는 서운하지 않았을까.

미치코 씨의 무표정을 내려다보고 있자니 어떤 광경이 떠올랐다. 계단 미끄럼 방지재를 떼어 내고 목발에 작업을 하는 미치코 씨. 영상을 떨치려 머리를 흔들었다. 말도 안 되는 상상이다. 미치코 씨는 유산상속과 아무 상관이 없다. 그러니 나를 노릴 이유도 없다.

그 순간 심장이 점점 빨리 뛰었다.

그럼 상속과 관련 있는 두 사람 중 범인이 있다는 건가?

계단의 미끄럼 방지재를 떼어 내는 상속인의 뒷모습.

목발 속에 라디오펜치를 집어넣는 또 다른 상속인.

썩어 문드러진 시체보다 더 역겨운 상상에 구역질을 할 뻔했지만 발뒤꿈치에서 날카로운 통증이 느껴져 퍼뜩 정신이 들었다. 미치코 씨가 붕대를 다 감은 참이었다.

"고마워요" 하고 말한 순간 미치코 씨와 눈이 마주쳤다.

절로 숨이 멈춰졌다.

여전히 무표정이었지만 눈빛만은 아니었다.

마치 더러운 것을 보는 눈빛이었다.

오늘 아침도 택시를 타고 학교에 갔다. 5월의 바람을 온몸으로 맞으며 마음껏 즐기지 못해 안타깝지만 점점 강하게 내리쬐는 햇볕을 생각하면 참는 수밖에 없다. 아직 내 피부는 장시간의 직사광선을 견디지 못한다.

나는 택시로 통학하고 나서부터 습관처럼 거리를 관찰하게 되었다. 통행로를 바꾸지 않는 한 창밖에 흐르는 풍경은 매일 똑같이 길게 늘어선 점포나 길 가는 사람에게 절로 눈길이 갔다. 다만 길 가는 사람 중에서도 내 비뚤어진 관심은 비장애인을 제외한 사람들에게 향했다.

자신이 불행하다고 믿는 사람이 슬퍼하며 탄식한 뒤에 문득 생각해 내는 것은 자신보다 더 불행한 사람을 발견해 그 불행의 크기를 확인하는 일이다. 비열하다는 건 인정한다. 누구보다 잘 알면서도 무의식중에 몸에 붕대를 감고 있거나 휠체어에 앉은 사람을 찾곤 했다. 동병상련을 느끼고 싶어서가 아니라 내가 안심하고 싶어서라는 보잘 것 없는 동기에서다.

그런 눈길로 찾으면 통학하는 길을 왕복하기만 해도 장애를 지닌 사람이 꽤 눈에 띄었다. 의외로 보행이 불편한 사람이 많았는데 그 원인도 눈이나 다리가 불편한 사람, 연령대도 노인에서 젊은 사람까지 아주 다양했다. 며칠 전에는 웃음이 빵 터지기도 했는데, 느릿느릿 달리는 휠체어 뒤에 초보운전을 뜻하는 새싹 모양 스티커가 붙어 있었기 때문이다. 분명히 자신의 처지를 너털웃음으로 넘길 수 있는 사람이겠지만, 그렇다면 이 사람이 초보인 건 전동식 휠체어 운전일까, 아니면 그런 몸이 된 걸까.

몸이 이렇게 되지 않았더라면 세상에 장애를 지닌 사람이 이토록 많다는 사실을 알아차리지 못했을 것이다. 바로 코앞을 지나가는데도 못 본 척했을지도 모른다. 그리고 일반 도로가 장애를 지닌 사람에게 얼마나 배려 없는 곳인지도.

한동안 달리다가 길이 막히기 시작했다. 저 앞의 입간판을 보니 공사로 인한 교통 규제라고 한다. 통행금지가 아니므로 길어야 10분이면 뚫릴 것이다.

택시가 멈추고 아무 생각 없이 양옆 창밖을 내다보는데 그 모습이 눈에 들어왔다.

오른쪽 창밖의 맞은편 포장도로에서 시각장애인이 흰 지팡이를 짚고 걷고 있었다. 큰 몸집에 머리가 희끗희끗한 아저씨는 얼굴의 윤곽이 유난히 뚜렷했다. 선글라스를 끼지 않아 진지한 표정이 훤히 드러났다. 익숙한 길인지 아니면 처음 가는 길인지는 몰라도 지팡이 끝으로 점자블록의 위치를 확인하면서 짧은 보폭으로 걸었다. 질끈 감은 눈에서 시각 이외의 감각을 총동원하고 있음이 느껴졌다.

불과 두세 걸음 앞 포장도로 옆에 자전거 여러 대가 세워져 있었다. 불법 주차임은 말할 것도 없고 위험하게도 점자블록에 닿을락 말락하게 세워져 있어 아저씨는 자전거가 있다는 걸 알아차리지 못할 것이 뻔했다. 저렇게 좁은 곳을 몸집이 큰 사람이 지나갔다가는.

얼른 창문을 열었다.

입을 열고 외치려 했다.

하지만― 목소리가 나오지 않았다.

내 손으로 입을 막고 있었다.

눈도 깜빡이지 못했다. 눈앞에서 아저씨가 자전거 핸들에

옷자락이 걸려 넘어지고 그 위로 자전거 여러 대가 쓰러졌다. 차량 주행음과 경적 소리, 그리고 건설 장비의 소음이 뒤엉켜 소란스러운 와중에도 우당탕 쓰러지는 소리는 또렷이 들렸다.

정체가 풀려 택시가 다시 움직였다. 겹겹이 쌓인 자전거 더미가 뒤로 지나간다. 밑에 깔린 아저씨가 어떻게 되었는지 이제 확인할 방도가 없다.

나는 입을 막은 채 떨고 있었다. 꾹 다문 입속에서 '죄송해요' 하고 수없이 되뇌었다.

저런 소음 속에서는 설령 위험하다고 외쳤다 해도 아저씨에게 들릴지는 알 수 없다.

그러나 외쳤어야 했다.

날 주저하게 만든 건 알량한 수치심이었다. 퇴원하고 나서 말도 많이 하고 괜찮아진 줄 알았는데 순간 소리를 지를 수 없었다. 길거리에서 추하고 탁한 목소리를 내기가 겁이 났다.

아무것도 할 수 없었다.

심연의 가장자리를 걷듯이 위태로운 사람에게도 조심하라는 말 한 마디 건네지 못했다. 똑같은 고민, 똑같은 공포를 품은 사람이었는데도 그에게 닥친 위험보다 내 체면을 먼저 챙기고 말았다. 어차피 방관할 수밖에 없었다는 건 핑계일 뿐이다. 방관자가 될지 어떨지는 상황에 따라 정해지는 게 아니라 그 상황을 대처하는 태도에 따라 정해진다. 방관자를 자처한 사람은 그 순간부터 처벌받지 않는 죄인이 된다. 그리고 책임이 없는 만큼 때로 방관자는 가해자보다 훨씬 비겁하다.

나는 무력한 데다 비겁하기까지 하다.

기분은 최악이었지만 내 연주는 기분이 좋고 나쁨에 따라 결과가 달라질 만한 수준이 아직 못된다. 학과 레슨 시간에 과제로 나온 체르니 곡을 어려움 없이 소화해 냈다. 웬일로 교장 선생님이 수업을 참관하러 왔지만 손톱만큼도 긴장되지 않았다. 최근에는 피아노 앞에 앉자마자 건반에 집중할 수 있게 되었다.

연주 시간 2분 30초. 나는 미사키 씨가 가르쳐 준 대로 손끝만이 아닌 팔 전체를 사용했다. 옆에서 봤을 때는 유별나고 요란한 몸짓으로 보였을 것이다. 구도 선생님을 비롯한 구경꾼들이 눈을 동그랗게 뜨고 나를 쳐다봤다. 다행히 요란하게 움직인 만큼 약동감을 느끼게 하는 데 성공했다. 그것은 연주자인 나 자신이 가장 생생하게 실감했다. 한창 연주하던 중에 몸이 춤을 추는 듯한 착각에 빠졌기 때문이다.

연주를 마치자 자연스레 박수가 일었다. 다른 아이가 연주를 마쳤을 때는 박수가 없었기 때문에 나는 어깨가 살짝 올라갔다.

한 명당 주어진 시간은 5분. 나에게 아직 시간이 꽤 많이 남았다. 손가락도 2분쯤은 더 움직일 수 있을 것 같았다. 교장 선생님이 참관한 것도 거들어 문득 짓궂은 마음이 고개를 들었다.

"선생님, 죄송하지만 한 곡 더 쳐도 될까요? 과제랑 상관없이 연습한 곡이 또 있거든요."

"어, 그러니? 괜찮아, 연주하려무나."

구도 선생님은 그렇게 말한 뒤 교장 선생님의 안색을 살폈다. 교장 선생님은 흔쾌히 고개를 끄덕였다.

부르크뮐러, 체르니로 단계를 거치는 한편 미사키 씨는 매우 특이한 곡을 내 레퍼토리에 추가하려 했다. 초절기교를 구사해야 하는 난곡이지만 연주자와 청중 모두에게 흥분과 긴장을 안겨 주는 유명한 그 곡.

은근히 술렁이는 구경꾼들.

똑똑히 봐 둬. 이게 마법사의 제자가 익힌 첫 마법이다.

곡명도 밝히지 않은 채 갑자기 치기 시작했다.

포르티시모*로 비상하는 선율. 날갯짓의 진동을 연상케 하는 잘디 잔 16분음표가 상승과 하강을 반복한다. 열 손가락이 단 한 순간도 멈추지 않는 극한에 가까운 손가락 놀림. 주변 분위기가 긴장되는 것이 피부로 느껴진다.

림스키 코르사코프 작곡 〈왕벌의 비행〉. 제목 그대로 벌이

---

* fortissimo, 매우 세게 연주.

붕붕거리며 나는 모습을 고스란히 선율에 담은 듯한 부양감과 질주감을 지닌 곡이다. 짧은 시간이긴 해도 상당한 체력과 고도의 기교가 요구되는 난곡이다. 비행 중인 벌이 날갯짓을 잠시도 쉬지 않듯이 곡에도 정지와 휴지가 전혀 없다. 잇달아 쓰이는 레가토, 빠르게 치닫는 패시지*. 벌이 선회하며 위아래로 움직이듯이 곡은 시종 긴장감을 동반하며 바삐 뛰어다닌다.

곡의 연주 시간은 1분 20초. 내 손가락은 5분간 유지되니 충분히 완주할 수 있을 터였다. 후반부에 접어들어 오른쪽 검지와 중지의 둘째 마디가 저려 왔다. 같은 1분 20초라도 손가락을 중노동 시키는 곡인 만큼 예상보다 체력 소모가 심했던 것이다.

그렇다고 여기서 중단할 수도 없는 노릇이다. 운지가 오래 가지 못하는 건 미사키 씨와 가족, 그리고 신조 선생님 외에는 아무도 모른다. 알리고 싶지도 않다. 이 사람들에게 약점을 보이는 것만큼은 죽어도 싫다.

이제 남은 것은 세 소절.

벌이 드디어 착지할 지점을 찾아낸다.

손가락 저림이 통증으로 바뀐다.

마지막 날갯짓. 고음계에서 음이 두 번 뛰어오른다.

---

*   passage, 선율 사이를 높거나 낮은 방향으로 급하게 진행하는 부분.

그리고 벌이 멈췄다.

마지막 한 음. 하지만 그 음은 여운을 끄는 일 없이 허공의 한 점에서 멈춘다. 열 손가락이 튕겨 오르듯이 건반에서 멀어졌다.

정적이 감돈다.

침을 꿀꺽 삼키는 소리가 났다.

멈춰 세웠던 음이 여전히 허공의 한 점으로 남아 있다.

이윽고 그제야 생각났다는 듯이 짝짝 박수가 일었다. 박수를 친 사람은 교장 선생님으로 곧바로 구도 선생님이 뒤쫓듯이 박수를 치기 시작하자 반 아이들도 하나둘 손뼉을 쳤다. 기미지마 유리 일행도 마지못해 박수를 쳤다.

욱신거리는 양 손가락을 축 늘어뜨리면서도 나는 가슴이 벅차고 뭉클했다. 이 감미로운 허탈감은 백 미터를 전력 질주한 후의 상쾌한 피로감과 비슷했다. 덕분에 아침부터 시달리던 자기혐오가 조금은 잦아들었다.

"브라보!" 하고 교장 선생님이 외쳤다.

"초급자용 연습곡을 겨우 소화했다는 보고를 불과 며칠 전에 들었는데…… 하루카, 넌 도대체 정체가 뭐니?"

마법사의 제자예요, 하고 대답하려다 말았다. 여기서 미사키 씨의 이름을 대면 유쾌함과 불쾌함이 동시에 다가온다. 그리고 틀림없이 불쾌함만 남을 것이다.

"과연 우리 학교 특대생답구나. 사고 소식을 들었을 때 일

말의 불안감은 있었지만 기우에 불과했어. 할 말이 있으니 수업 끝나고 교장실로 오도록."

어느새 상반신에 땀이 배어 있었다. 끈적거릴 정도는 아니더라도 냄새를 맡아 보면 분명히 땀내가 났다. 팔등은 피부가 얇아 회복이 빠르므로 땀샘이 원래대로 돌아오고 있는 것이다. 물론 요즘 상반신 운동이 격렬한 만큼 회복도 빨라지고 있다.

드디어 머리카락도 나기 시작했다. 항생제 부작용으로 잘 나지 않던 것이 최근 겨우 3센티미터쯤 자랐다. 아직 몬치치* 처럼 밤톨 같지만 빡빡머리보다는 훨씬 낫다.

반면 하반신은 회복이 더디었다. 왼발이야 어쨌든 오른발은 체중을 싣자마자 극심한 통증이 느껴진다. 걸을 때는 한 쪽, 계단을 오르내릴 때는 양쪽 목발이 필요하다. 그뿐만 아니라 목발을 사용해도 계단에서는 세심한 주의가 필요한데, 계단 열 단을 내려가는 데 3분이나 걸린다. 그런 몸이 피아노 앞에만 앉으면 비장애인보다 더 활기차게 움직인다. 서면 장애인이지만 앉으면 비장애인보다 더 활동적이 되어 자연히 나는 앉는 것으로 안심하게 되었다.

교장실로 들어가자 교장 선생님은 세심하게 의자부터 권

---

* 일본의 원숭이 캐릭터 인형으로 온몸이 짧은 털로 뒤덮여 있다.

해 주었다.

"아까 연주는 매우 훌륭하더구나. 오랫동안 학생들 연주를 들어 왔지만 그중 최상위에 들 만했단다. 집에서도 레슨 선생님을 따로 두고 있니?"

나는 순순히 고개를 끄덕였다.

"분명히 유명한 선생님이겠구나. 한번 뵙고 싶을 정도란다. 그런데 하루카. 아까 구도 선생님과도 의논한 일인데 혹시 콩쿠르에 나가 보면 어떻겠니?"

"콩쿠르요?"

"6월에 아사히나 피아노 콩쿠르가 열리거든. 알지? 학생 참가로는 최대 규모 콩쿠르이니. 참가 대상은 주부中部 지역 3개 현의 학생으로 초등학생부터 대학원생까지란다. 물론 아무나 나갈 수 있는 건 아니고 학교 추천을 받은 사람만 참가할수 있지. 우리 학교에서는 하루카, 널 추천할 거란다."

말도 안 돼.

내가?

"3학년을 제치고 1학년인 네가 선발된 걸 영광으로 생각하렴. 하지만 학교 추천을 받는다는 건 곧 아사히가오카니시 고교의 명예를 짊어지고 출전하는 셈이란다. 명심하도록."

그 말을 듣고 잠시 멍했지만 바로 정신이 들었다.

"안 돼요! 전 못해요."

"왜지? 아까 말했다시피 네 연주는 탁월했단다. 주위 반응이 어땠는지 못 느꼈니? 다들 네 피아노에 흠뻑 빠져 미동도 않고 들었지. 물론 이 콩쿠르는 수준이 높아서 1차 예선에서 열에 아홉은 떨어지지만 그만큼 출전자 수가 많아 옥석이 섞여 있기 때문이야. 네 실력이라면 1차는 문제없어."

"그게 아니라 남들 앞에…… 그것도 무대 위로 올라가기가…… 그……."

그렇게 말하면 납득할 줄 알았는데 교장 선생님의 반응은 뜻밖이었다.

"피아노는 발로 치는 게 아니잖니? 아까도 페달은 거의 쓰지 않더구나."

"목발이 없으면 못 걸어요. 다리 전체에 감은 붕대도 아직 못 풀고요."

"그게 뭐가 어때서? 걷기 대회나 미인 대회도 아닌데. 게다가 이런 말하긴 좀 그렇지만 네 모습은 보는 사람에게 용기와 감동을 준단다. 연주와 직접 관계가 있지는 않지만 적어도 심사에 마이너스가 되는 요소는 아니잖니?"

보는 사람에게 용기와 감동을 준다. 기가 막히고 코가 막히는 미사여구라고 생각했다. 요컨대 내 장애를 구경거리 삼아 점수를 따라는 소리가 아닌가. 그것도 나를 위해서가 아니라 학교의 명예를 위해서.

짐짓 점잔을 빼고 있는 교장 선생님 얼굴이 갑자기 끔찍해 보였다. 목발을 짚은 여학생이 무대에서 피아노 연주를 선보인다는, 이런 종류의 이야기는 세상 사람들 마음에 쉽게 가 닿는다. 신문 지방판이나 사회면에서 다룰 만한 '감동적이고' '좋은 이야기'인 데다, 장애를 지닌 학생을 선발한 학교도 비난보다는 칭찬의 대상이 된다. 그야말로 내 연주와 무관하게 홍보가 된다.

생각이 표정에 드러났는지 교장 선생님이 내 얼굴을 슬쩍 봤다.

"잘 알겠지만 교내에서 아무리 좋은 연주를 선보여도 특대생 심사에는 고려되지 않는단다. 규정에는 교외에서 좋은 평가를 받아야 한다고 나와 있지. 긴급 입원이라는 부득이한 사정 때문이었지만 이미 넌 수업을 2주나 결석했잖니. 그걸 만회하기에 마침 좋은 기회라고 생각하는데."

완곡하고 상냥한 말투가 오히려 내 심기를 건드렸다. 이건 제안이 아니다. 협박이다.

그런데도 마지막 발악을 한번 시도해 봤다.

"거절……해도 되나요?"

"물론 해도 되지. 학교에서 억지로 내보낼 수는 없으니 말이다. 그런데 재능 있는 학생이 그걸 키울 수 있는 노력을 저버리다니, 주위 기대를 배신하는 것이나 다름없잖니? 무엇보다 우리 학교의 교육 방침은 모든 학생의 가능성을 끌어올리는 거란다."

목구멍까지 차올랐다가 간신히 삼킨 말이 두 가지 있었다.

주위 기대를 배신하는 게 그렇게 죄스러운 일일까.

본인의 의사를 무시하면서까지 가능성을 끌어올리는 게 그렇게 대단한 일일까.

재능을 인정받은 동시에 업신여김까지 당한 복잡한 심정을 질질 끌고 집에 갔다. 집에 도착하자마자 오늘 있었던 일을 털어놓았다.

"학교 추천으로 콩쿠르? 해냈구나, 하루카! 이렇게 빨리 교장 선생님 코를 납작하게 하다니, 어쩜. 엄마는 가슴이 후련해졌단다. 아참, 물론 출전한다고 대답했겠지?"

"응……."

교장 선생님이 특대생 자격을 넌지시 언급했다는 말은 꺼내지 못했다. 말하면 불같이 화낼뿐더러 내게 분발하라며 부담을 줄 것이 뻔하기 때문이다.

"교장 선생님이 목발을 짚든 붕대 차림이든 상관없다면서……."

아이러니하게도 그 소리를 듣고 화를 내길 바랐다. 자기 딸을 구경거리 삼아서 부끄러운 줄도 모르는 자들에게 맹렬히 항의하길 바랐다.

하지만 그 기대는 보기 좋게 배신당했다.

"하긴. 그런 모습으로 등장해 연주를 완벽하게 해내면 다들 놀라 자빠질 테니. 우레 같은 박수가 터져 나올 것도 뻔하고. 정말 근사하겠구나! 장하다, 하루카, 역시 내 딸이야."

그렇게 말하고 나를 꽉 끌어안았다. 그러고는 갑자기 아차 싶었는지 팔에 힘을 빼고 순간 불안한 눈빛을 보내 왔다.

"아무튼 아빠하고 미사키 선생님한테도 알려야겠다. 아, 그 렇지. 오니즈카 선생님한테도 말이야. 선생님의 제자였던 아 이는 역시 우수했다고 알려 드려야지. 안 그러면 실례잖니."

들떠서 콧노래를 부르는 모습을 보고 어떻게 대하면 좋을 지 몰라 내가 무심코 고개를 갸우뚱하자, 허둥지둥 방에서 나가고 말았다.

나는 허탕을 친 기분이 들어 잠시 우두커니 서 있었다.

저녁이 되어 미사키 씨가 왔다. 벌써 소식을 들었는지 내 얼굴을 보자마자 어이없어하는 표정으로 말했다.

"〈왕벌의 비행〉 쳤구나? 누가 도발이라도 한 거야?"

"오늘따라 교장 선생님이 참관하러 오셔서."

"아아, 그랬구나." 그렇다면 어쩔 수 없다는 듯 어깨를 으쓱 했다. "속도만으로 연주 효과 만점인 곡이니까. 그래서 나가 겠다고 대답했고?"

"명령이나 마찬가지였어요."

"남의 의사는 상관없어. 너한테 그럴 마음이 있는지 묻는 거다."

"학교는 절 구경거리 삼을 작정이에요."

"너 자신이 구경거리가 될 생각이면 그렇게 되겠지. 하지만 네가 그걸 거부한다면 결코 구경거리는 되지 않아. 스스로 존엄성을 버리지 않는 한 사람은 그리 쉽게 타락하지 않는 법이거든."

"보란 듯이 훌륭하게 연주하라는 건가요?"

"아니. 마음먹기 나름이라는 뜻이지. 네가 어떤 자신을 믿고 있는지, 어떤 자신이 되고 싶은지. 모든 건 거기에 달리지 않았나 싶은데. 다만 그 콩쿠르는 교장 선생님의 말대로 상당히 수준이 높아. 주부 지역에 한정된 대회이긴 해도 여하튼 우승자는 나고야 필하모닉 교향악단에 초청되어 협주곡을 연주하는 특전이 있을 정도이니. 그런 대회에 나가 자신의 실력을 확인해서 나쁠 건 없는 데다 명확한 목표를 설정하는 건 레슨에 좋은 자극이 되지."

미사키 씨의 입꼬리가 올라가 있다.

"방금 그거 거짓말이죠!" 하고 지적하자 미사키 씨가 활짝 웃었다.

"미안. 한 번쯤은 보통 선생님처럼 모범적인 말을 해 보고 싶었거든."

"진짜 하시고 싶은 말은 뭔데요?"

"시작하기도 전에 핑계부터 대는 사람치고 제대로 된 인간이 없지. 자기 실력을 확인하려는 목적만으로 콩쿠르에 나가겠다고 생각한 시점에서 이미 진 거나 다름없어. 명확한 목표를 설정하는 건 좋은 자극이 아니라 자신을 몰아붙일 뿐이다.

게다가 콩쿠르라는 건 담력을 시험하는 자리가 아니야. 어엿한 전쟁터다. 그러니 내 제자 손에 무기도 쥐여 주지 않은 채 전쟁터에 내보낼 수야 없지. 출전하겠다면 반드시 우승시킬 거다. 물론 더 혹독한 레슨이 되리란 건 말할 것도 없고. 문제는 네 전투 의욕인데, 죽어도 구경거리가 되지 않겠다는 자존심 같은 거 말고 기필코 우승해야겠다는 탐욕이 없으면 뭘 해도 무의미해. 내가 너한테 물은 건 바로 그런 거다."

탐욕.

나한테 그런 게 있을까? 어렸을 때부터 원하는 건 다 부모님이 사 주셨다. 그래서 남의 것이 탐났던 적은 한 번도 없다. 하지만 그 사건 때문에 나는 많은 걸 잃었다. 그래서 억울해하며 되찾기를 갈망하는 나날이 이어졌다. 이제 한번 손에 넣은 것은 두 번 다시 놓치고 싶지 않다. 그걸 과연 탐욕이라 부를 수 있을까. 나도 잘 모르겠다.

내가 아는 건 오늘처럼 온 힘을 다해 곡을 연주한 끝에 맛본 성취감, 그리고 청중에게 박수 세례를 받았을 때의 황홀감이다. 한번 맛 들이면 헤어날 수 없는 중독성 강한 느낌들. 그건 분명 청중의 수에 비례할 것이다. 청중이 많을수록 더 크고 달콤하리라.

나는 고개를 들어 미사키 씨를 봤다.

"저도 우승하러 가겠어요. 그러니 누구에게도 지지 않을 무기를 주세요."

2

5월의 황금연휴 첫날은 비가 내리면서 시작되었다. 간밤에 추적추적 내리던 가랑비는 낮이 되자 장맛비라는 이름에 걸맞게 하늘에 언제 그칠지 모르는 잿빛 커튼을 드리웠다.

세상 사람들에게는 모처럼의 황금연휴에 찬물을 끼얹은 꼴이지만 내게는 쾌적한 환경이었다. 생착된 지 얼마 되지 않은 피부에 비 오는 날의 습기는 매우 이롭다. 늘 신경 쓰이던 건조함이 느껴지지 않아 보습제를 바르는 걸 깜빡 잊어버릴 정도다. 해가 숨어 있어 햇볕을 걱정할 필요도 없다. 사람들이 싫어하는 날씨가 내게는 천국 같다. 마치 민달팽이의 친구가 된 기분이다.

그리고 조용했다. 비가 오는데도 이웃 사람들은 대부분 아침 일찍 집을 비워 말소리와 TV 소리조차 들리지 않는다. 긴 연휴를 집에서 보내는 사람들은 우리 가족뿐이었다. 덕분에 그랜드피아노 뚜껑을 활짝 열고 쳐도 이웃에 폐가 되지 않는다. 나는 고삐 풀린 망아지처럼 건반을 마음껏 두드렸다. 그랜드피아노는 뚜껑이 활짝 열린 상태에서 제 소리가 나오게끔 조율되어 있다. 낮에는 반만 열고 밤에는 아예 닫아 놓고 치다 보면 아무래도 욕구 불만이 쌓인다. 마침 부모님 중 한 명은 휴일 출근, 또 한 명은 장 보러 갔기 때문에 집에는 나와 방에 틀어박힌 겐조 삼촌밖에 없어 괜히 조심조심 칠 필요가 없었다.

5분 연주하고 20분 휴식. 이것이 지금의 연습 스타일이다. 미사키 씨는 반복하기만 하는 연습은 효과적이지 않다고 했지만 지속 시간을 늘리기 위해서는 역시 반복 연습밖에 없었다. 물론 휴식을 취하긴 해도 20분간 아무것도 안 하는 것이 아니라, 악보를 들여다보고 주의할 점을 적어 넣거나 곡의 느낌을 상상한다. 손가락이 쉬는 동안에는 상상력을 쓰는 것이다. 이 방법도 미사키 씨가 지시했다. 연주, 휴식, 연주, 휴식. 나는 세 시간 남짓이나 그걸 반복했다. 방에서 나온 건 딱 한 번이었다.

그리고 3시 반이 넘었을 무렵 초인종이 울렸다.

모르는 사람 앞에 나서기가 아직 불편해 그냥 모른 척할 생각이었다. 방문판매나 종교 권유라면 금방 포기하고 돌아갈 것이기 때문이다.

그러나 방문객은 포기할 줄을 몰랐다. 초인종이 두 번, 세 번 끊임없이 울렸다. 겐조 삼촌은 방에 틀어박혀 도무지 내려올 기미가 안 보였다.

다섯 번째 울렸을 때 나는 하는 수 없이 인터폰 수화기를 들었다.

상대는 이쪽 응답도 기다리지 않았다.

―고즈키 씨의 가족 되십니까?

이쪽을 염려하듯 감정을 억누른 목소리였다.

"네⋯⋯."

─나카 경찰서에서 나왔습니다. 어머니가, 고즈키 에쓰코 씨가 사고를 당하셨습니다.

이루 말할 수 없는 불안이 온몸을 관통했다.

서둘러 문을 열자 제복 차림의 젊은 순경 아저씨가 서 있었다.

"엄마가⋯⋯ 사고를 당했다고요?"

순경 아저씨가 목발을 짚은 나를 보고 더욱 미안해하며 말했다.

"요 앞 아라나기 신사의 돌층계에서 떨어지셨는데⋯⋯ 사무소에 있던 사람이 발견해 구급차에 실려 갔지만 병원에 도착했을 때는 이미⋯⋯ 정말 안됐구나."

나는 현관 앞에서 무너지듯 웅크려 앉았다.

겐조 삼촌의 연락을 받고 외근 장소에서 곧장 병원으로 가겠다며 울부짖는 소리가 전화기 너머로 들렸다. 우리는 선바람으로 부랴부랴 병원으로 향했다. 차 안에서 겐조 삼촌은 기도하듯 손을 맞잡고 아무 말도 없었다. 나는 무릎을 달달 떨었다. 가족 중 한 사람이 죽었다는 실감이 나지 않았다. 불과 얼마 전에 할아버지와 사촌 자매를 잃었건만.

우리가 도착한 곳은 내가 다니는 대학 병원이었다. 집에서 가장 가까운 응급의료 지정병원이므로 두 사람이 같은 병원에 실려 가는 것도 당연하다면 당연하지만 어떤 운명 같은 것이 느껴졌다.

접수대에서 꽤 낯익은 간호사를 발견했을 때 뒤에서 나를 부르는 소리가 났다.

"하루카!"

"아빠."

동시에 도착한 모양이다. 만사 제쳐 놓고 왔는지 양복 재킷도 걸치지 않고 넥타이는 엉뚱한 방향으로 돌아가 있었다. 표정도 얼어붙었다.

우리를 보는 간호사의 얼굴이 몹시 괴로워 보였다. 그런데도 병실을 물으려 하자 이번에는 바로 옆에서 누군가 말을 걸어 왔다.

"고즈키 씨의 유가족 되시죠?"

고개를 돌리자 한 남자가 서 있었다. 마음씨 좋아 보이는 푸근한 인상의 뚱뚱한 아저씨였다. 나이는 마흔쯤 되었을까.

"나카 경찰서에서 나온 사카키마입니다. 이번 일로 심려가 크시겠습니다. 부인의 시신은 아까 집중 치료실에서 나와 이동되었습니다."

"이동이요?"

"이쪽으로."

그가 우리를 이끌고 입원실과는 다른 방향으로 걸음을 옮겼다. 나를 배려해서인지 내 옆에 서서 보조를 맞춰 걸었다.

나란히 걷다 보니 키가 나와 비슷하다는 걸 알게 되었다. 경찰서에 근무하는데 사복 차림인 걸 보면 형사인가 보다. 별로 형사답지 않은 형사이지만.

약국 앞을 지나 엘리베이터를 타고 지하로 내려갔다. 나는 두 달을 이 병원에서 지냈다. 어디로 향하는지는 이미 알 것 같았다.

지하 영안실.

어두침침한 그곳은 푸르스름한 형광등 불빛을 받아 몹시 춥게 느껴졌다.

"신사 사무소에 있던 무녀*가 비명 소리를 듣고 부인을 발견한 것이 2시 반. 구급 대원이 신고 병원으로 가던 중인 3시 4분에 부인의 사망을 확인했습니다. 돌층계에서 뒤로 넘어져 후두부를 세게 부딪친 듯합니다. 뇌좌상이었습니다."

시신은 영안실 구석에 안치되어 있었다.

창백한 얼굴.

감긴 두 눈.

생명 없는 마네킹.

심장이 옥죄어 온다.

"에쓰코!"

이름으로 부르는 걸 처음 들었다. 거칠고 투박한 손가락이

---

* 巫女, 신사에 근무하며 제사 음악과 춤을 담당하는 여성.

매끄러운 뺨을 쓸어내린다. 이마를, 콧날을 천천히 쓸어내린다. 이윽고 더는 못 참겠다는 듯 나직한 오열이 터져 나왔다.

나는 다시 그 자리에 웅크려 앉았다.

겐조 삼촌은 합장하고 고개를 숙인 채 입을 꾹 다물었다. 그런데도 경악과 비통함이 고스란히 전해졌다.

한동안 흐느낌은 멈추지 않았다.

영안실에서 나오자 사카키마 형사가 어색하게 입을 열었다.

"이런 상황에서 할 만한 이야기는 아닙니다만…… 부인의 시신을 사법해부로 돌렸으면 합니다."

"사법해부라뇨?"

"가능하면 오늘 중으로. 시신은 내일이라도 돌려 드리겠습니다."

"왜입니까?" 하고 의문을 제기한 사람은 겐조 삼촌이었다.

"이거, 사고 아니었나요? 왜 해부를 해야 한다는 겁니까?"

"아직 사고로 단정한 건 아닙니다. 경찰에서는 사고와 사건 두 방면에서 수사하고 있습니다."

"사건이라니……."

"듣기로는 2월에도 상을 당하셨더군요. 화재로 두 분을 잃으셨다고요."

"네. 아버지와 조카딸을 잃었습니다."

"이번에는 부인을. 짧은 기간에 한 지붕 밑에서 세 식구나 목숨을 잃다니…… 단순히 불행의 연속이라고 하기엔 너무 빈번하군요. 돌아가신 부친 고즈키 겐타로 씨가 막대한 유산을 남겼다고 들었습니다. 평범한 노인이면 또 모를까 재산가가 돌아가셨다면 그 죽음에는 다양한 의혹이 얽히기 마련입니다."

"하, 하지만 그 화재는 완전히 사고였습니다. 난롯불이 시너에 튄 다음 도료가 연소 촉진제로 작용했다고, 당신들 경찰이 그러지 않았습니까."

"지금에 와서는 그 판단도 좀 성급하지 않았나 하는 의견이 있습니다. 어쨌든 화재로 목숨을 잃은 두 분을 왜 사법해부하지 않나 후회됩니다. 거의 탄화되다시피 해 해부를 했어도 성과는 그다지…… 아이고, 실례했습니다. 다만 방화 가능성을 아예 배제해서는 안 되는 거였습니다."

나는 흠칫 놀라 사카키마 형사를 쳐다봤다. 여전히 마음씨 좋아 보이긴 하나 그의 말은 어울리지 않게 냉철했다.

"형사님 말씀을 듣고 있자니 우리 집을 덮친 일련의 불행이 전부 아버지 유산을 노린 범죄라는 말처럼 들리는군요."

"아이고, 아닙니다. 어디까지나 사건으로 가정했을 때의 이야기입니다. 사고로 확정하기 전까지는 모든 가능성을 검토해야 하는 저희 사정도 좀 이해해 주십시오. 작년에 있었던 일입니다만, 스모 선수 지망생이 훈련장에서 기합을 받다가 죽은 사건이 있었습니다. 당시 관할서는 초동수사 때 '사건성 없음'으로 결론을 내리고 사법해부도 하지 않았지요. 미심쩍게 여긴 부친의 요청으로 재조사가 이루어지면서 스모 선배들이 사건을 은폐했다는 사실이 드러났습니다. 당시의 성급한 판단에 온갖 비난이 쏟아졌지요. 그 일을 교훈 삼아 수사에 더욱 신중을 기한다고 생각해 주십시오."

"그렇군요. 그러고 보니 그런 사건이 있었지요. 그런데 유감스럽게도 제 아내는 상속인이 아닙니다."

"호오. 그럼 상속인은 어느 분입니까?"

"자세한 건 고문 변호사를 통해 들으시면 좋겠지만, 상속인은 여기 있는 세 사람입니다."

"……따님도 말입니까?"

"'따님도'가 아니라 '따님이'라고 말해야 더 적절하지만요" 하고 겐조 삼촌이 덧붙였다.

"그 상처는 어쩌다 생긴 겁니까?"

"저도 화재 때문에 큰 화상을……."

"아. 요컨대 최근에 생긴 건 아니라는 거군요. 정말 재난의 연속이군요…… 최근 주변에 수상한 일은 없었습니까?"

그 질문에 나는 그만 시선을 회피하고 말았다. 그 순간을 사카키마 형사는 놓치지 않았다.

"있었군요?"

온화한 표정과 상냥한 말투. 하지만 날 들여다본 눈빛만큼은 인정사정없는 사냥꾼의 눈빛이었다. 모조리 털어놓지 않으면 내가 죄인 취급을 받을 것만 같은 두려움이 솟구쳤다.

"두 번…… 있었어요. 처음에는 계단 미끄럼 방지재가 떨어져 있었고, 두 번째는 목발 고정쇠가 망가졌어요……."

신문을 받으면 이런 기분일까. 자진해서 술술 부는데도 왠지 강요에 의해 말하는 듯한 착각이 들었다. 나는 조종을 당하는 것처럼 사카키마 형사에게 사건의 개요를 털어놓았다.

이야기가 끝나자 사카키마 형사는 "그걸 우연으로 치부하다니 안 될 일이군요" 하고 말했다.

"따님의 이야기를 들었더니 처음 발생한 화재가 단순한 재난이 아니었다는 생각이 더더욱 강해지는군요. 부인의 사법 해부가 끝나는 대로 자세한 이야기를 해 주셨으면 합니다. 아, 그 미끄럼 방지재와 목발은 사람을 보낼 테니 그 편에 전달 바랍니다. 그럼 전 이만."

사카키마 형사가 그 말을 남기고 냉큼 자리를 뜨는 바람에 우리 셋만 남았다.

가슴이 짓눌릴 듯한 무거운 분위기가 감돌았다.

"왜 아빠한테 말 안 했니?"

"아빠……."

"계단도 그렇고 목발까지, 신변의 위험을 느꼈으면서 왜 아빠나 엄마한테 의논하지 않은 거냐?"

"미사키 선생님한테는…… 말했어."

"생판 남한테 의논할 일이 아니잖아! 혹시 이 아빠가 미사키 선생보다 미덥지 못하다는 거냐? 부모나 가족보다 임시로 고용한 피아노 선생을 더 신뢰한다는 거냐?"

"형, 그게 아니잖아." 내 팔까지 붙들고 흥분하자 겐조 삼촌이 끼어들었다. "신뢰 운운하기 전에 하루카는 무서웠던 거라고."

"무서웠다고? 그럼 더더욱 가족 중 누군가에게 의논을."

"그 가족이 무서웠던 거잖아. 계단은 물론 목발도 외부보다는 내부 소행이니까. 의논? 하면 좋지. 그런데 만약 그 사람이 범인이면 더 위험해질 거 아냐."

"말도 안 돼. 이럴 때일수록 가장 의지해야 할 가족을 믿지 못하다니."

"형, 그거 알아? 살인사건의 80퍼센트는 가족이 범인이래."

"시끄러워, 닥쳐! 아는 척 좀 그만해. 어떤 부모가 돈 때문에 제 자식 목숨을 노리겠어? 그런 비열한은 나이깨나 먹고 제대로 된 직장 하나 없는 너 같은……."

아차 싶었는지 도중에 말을 그쳤지만 이미 늦었다.

"흐흥, 형도 드디어 본색을 드러내는구나. 여태껏 그렇게 생각했지? 잘됐네. 이제야 좀 솔직하게 이야기할 수 있겠어. 만날 다 안다는 얼굴로 날 무시하는 말투가 마음에 안 들었어. 장남이 그렇게 대단해? 형이 해 온 건 아랫사람이 과거에 한 실패를 비난하는 거랑 안녕이나 평온을 우러러 받드는 것뿐이잖아. 그게 장남다운 태도라고 생각해? 착각도 유분수지."

"겐조…… 너."

"아버지는 패기 없는 형한테도, 생활력 없는 나한테도 완전히 실망하신 거야. 아버지가 유일하게 아낀 사람은 레이코 누나였지. 여장부 스타일에 재기발랄하고 아버지 상대로 하고 싶은 말도 다 하고. 하루 빨리 부모 품을 떠나 독립하겠다면서 아무런 상의도 없이 혼자 취직을 해 버렸지. 아버지는 섭섭해 하셨지만 내심 그렇게 자라난 누나를 자랑스러워하셨어. 그러니까 매형하고 둘이 짝짜꿍해서 인도네시아로 떠났을 때 그렇게 억울해하신 거지. 이제 알겠어? 아버지한테 우리 둘은 결국 못난 자식이었다고. 아버지가 유산의 절반을 하루카한테 남긴 것도 그래서야."

"아까 닥치라고 말했을 텐데. 벌써 두 번째다. 자꾸 쓸데없는 소리 하면 가만 안 둬."

"오오, 가만 안 두면 어쩔 건데? 형수님 시신 앞에서 주먹다짐이라도 벌일 거야? 이런, 딸 앞이기도 하네. 아버지의 위엄인지 뭔지를 걸어 볼 테야? 그런데 형은 결코 그런 짓을 하지 않아. 왜냐, 안녕과 평온을 사랑하는 남자니까. 만약 주먹다짐도 마다않는 남자였다면 내가 조금은 존경해 줬을 텐데. 형이 장남인 건 호적에서만이야. 고즈키 일가의 장남은 말이지, 언제나 아버지였다고. 형은 그 호랑이의 위세를 빌려 호기를 부린 여우에 지나지 않았어."

"꺼져." 지금껏 들어 본 적 없는 극심한 분노가 깃든 목소리였다. "날 어떻게 생각하든 네 자유다. 얼마든지 경멸하고 비난해. 그런데 넌 하루카의 삼촌이기도 하다. 아직 열여섯인 조카 앞에서 형제의 수치를 드러내며 슬프게 하고 싶어? 설마 유산에 눈이 멀어 하루카마저 미워하게 된 건가?"

겐조 삼촌이 잠시 나를 쳐다보더니 이윽고 겸연쩍은 듯 쓴 웃음을 지었다. 이마에 미안하다고 쓰여 있었다.

"……그런 식으로 늘 어른의 도리를 들먹이며 회피하지. 그래서 형이 교활하다는 거야."

"어른이 어른스러운 태도를 취하는 게 뭐가 나쁜지?"

"대체로 어른스러운 태도라는 건 정면 대결을 피하기 위한 궤변이거든. 하긴, 나도 너무 흥분하긴 했어. 형수님 앞에서 버릇없이 굴었네. 어디서 머리 좀 식히고 올게."

그리고 겐조 삼촌까지 가 버렸다.

영안실 공기가 새어 나오기라도 하듯 사방이 으스스하다.

고개를 떨구고 있자 머리에 큼직한 손이 톡 얹혔다.

"이런 모습 보여 미안하다…… 아빠 자격 실격이네. 할아버지와 엄마가 봤다면 혼났을 텐데."

"아니야! 잘못은 내가 한걸."

"아니다. 네가 우리한테 말하지 않은 것에 대해서는 겐조 삼촌의 주장이 어느 정도 맞아. 만약 알렸더라면 분명히 서로 의심하고 경계하면서 가족 간에 말다툼이 벌어졌겠지. 하루카, 넌 그게 두려웠던 거지? 딸에게 그런 걱정까지 시키다니, 아빠 자격이 없어도 한참 없구나. 그에 비해 미사키 선생님은 현명하구나. 식구들에게 말하지 말라고 시킨 건 미사키 선생님이지?"

"응. 아직 확실하지 않다면서."

"말하면 이렇게 될 걸 예상한 거군. 어느새 우리 형제간의 불화까지 꿰뚫어 보다니. 아까는 그런 소리를 했지만, 하루카. 그 선생님은 통찰력이 뛰어난 데다 사려까지 깊구나. 그 사람에게 의논한 너도 현명했단다."

"아빠, 미안해. 아빠, 정말 미안……."

넓은 가슴이 나를 감싸 안았다. 그대로 가만히 있자 불안감이 썰물 빠지듯 누그러졌다. 하지만 이윽고 그 가슴은 소리 죽인 오열과 함께 떨리기 시작했다.

우리 두 사람은 그렇게 영안실 앞에 오랫동안 서 있었다.

3

사법해부를 마치고 시신은 바로 집으로 보내져 왔다. 사카키마 형사에 따르면 일부러 해부를 했는데도 뇌좌상과 아홉 군데의 타박상 외에 수상한 점은 발견되지 않았다고 한다. 특히 치명상이 된 후두부의 상처가 돌층계 모양과 정확히 일치하며 다른 흉기가 가해졌을 가능성은 몹시 적다는 것이었다.

"저희 쪽에서는 역시 사고가 아닐까 하는 의견이 점점 많아지고 있습니다." 사카키마 형사가 우리를 안심시키려는 듯 말했지만 그렇다고 고즈키 일가의 불안이 완전히 해소될 일은 없었다.

장례는 아라나기 신사에서 치러졌다. 신관의 설명에 따르면 죽은 사람은 모두 하늘로 올라가서 신이 된다고 한다. 아아, 그래서 일본에는 신이 엄청나게 많구나 하고 나는 묘하게 납득이 갔다.

어제부터 내리던 비는 그칠 기미는커녕 되레 장대비가 되어 거세게 쏟아졌다. 연휴 중인 데다 날씨까지 거들어 장례식에는 소수의 조문객만이 찾아왔고 그 대부분도 할아버지 회사에 관련된 사람들이었다. 미치코 씨와 가노 변호사가 일찌감치 조문하러 와 유족 측에 합류했는데도 쓸쓸한 장례식이라는 인상은 지울 길이 없었다. 아니, 정확히 말하면 장례식장 밖은 오히려 북적거렸다. 조문객 외에 취재진이 몰려들어 장례식장을 겹겹이 에워싼 것이다. 어제오늘 신문이며 TV를 볼 새도 없이 바빠서 몰랐는데 자산가인 할아버지에 이은 고즈키 일가의 불행은 지역 언론에서는 꽤 큰 뉴스거리였던 모양이다.

고요히, 몹시 고요히 시간이 흐른다. 죽은 자에 대한 추억과 애도가 평온한 분위기 속에 녹아든다. 우는 사람은 나 혼자였지만 그 울음소리조차 정적에 지워지는 것 같았다.

"실감이 안 나네." 겐조 삼촌이 불쑥 내뱉었다.

"눈물은 나는데 몸의 반응에 마음이 따라가질 못해. 작년에는 레이코 누나네 부부. 2월에는 아버지랑 루시아. 그리고 이번에는 형수님…… 불행을 연달아 겪었더니 감각이 마비되었나 봐. 전쟁터에서 사람들이 픽픽 쓰러지는 걸 목격한 사람도 이런 기분이었을까? 네 아빠 좀 봐. 눈물만 안 흘릴 뿐 자기가 미아가 된 걸 이제야 깨달은 꼬마 같은 얼굴로 우두커니 서 있잖아."

장례식이 끝나자 시신은 곧장 화장터에서 태워졌다. 밖으로 나와 굴뚝을 올려다보니 연기는 생각만큼 많이 나지 않고 하얗고 옅게 피어올라 빗속을 너풀거릴 뿐이었다.

장례식에 참석하는 건 태어나서 처음이었다. 슬픈 기분은 물론 그 이상으로 어찌할 수 없는 상실감과 공포가 가슴을 짓눌렀다. 어제까지만 해도 존재했던 사람, 바로 옆에서 살아 숨 쉬던 사람이 지금은 한 줌의 재가 되었다는 말도 안 되는 현실에 감각이 따라가질 못했다. 사람의 육체가 이토록 나약하다니. 사람의 목숨이 이토록 덧없다니.

그 나약함에 겁이 난다.

그 덧없음에 가슴이 떨린다.

내가 할 수 있는 건 그저 떨면서 기도하는 것뿐이었다.

납골을 마치고 집으로 돌아오자 기다렸다는 듯이 사카키마 형사가 찾아왔다.

"원래 상을 벗기를 기다려야 하지만 마침 관계자가 모두 모였으니"하고 저자세로 나왔다. 하지만 그 겸허함과 정중한 말투가 겉치레라는 것은 나를 포함해 가족 모두가 이미 알고 있었다.

"이 댁 고문 변호사로서 장례식 당일에는 사정 청취를 사양하고 싶습니다."

"아, 아닙니다, 선생님. 사정 청취라니요, 당치도 않습니다. 현재 사고와 사건 두 방면에서 수사하는 중이라 그저 형식상 몇 가지 질문을 드리려는 겁니다."

"검시 결과로는 사건 가능성을 시사하는 것은 나오지 않은 걸로 압니다만."

"사인은 후두부 타박, 그 밖에 수상한 외상은 없음. 장 보고 오는 길이라 한 손에 우산, 다른 한 손에는 3킬로그램의 식재료를 들고 긴 돌층계를 올라가는 도중 추락한 것이 아닌가 하는 의견이 대부분입니다. 자세는 불안정했고 비 때문에 돌층계가 미끄러웠겠지요. 하지만 현장 상황으로는 발을 헛디뎠을 가능성도 혹은 누군가에게 떠밀려 떨어졌을 가능성도 있다고 판단됩니다. 따라서 이것도 형식상 절차입니다만…… 우선 하루카 양. 사고 당일 2시 반쯤 어디에 있었습니까?"

"집에서 피아노 연습을 하고 있었어요."

"호오. 집에는 누가 같이 있었습니까?"

"납니다." 겐조 삼촌이 손을 들었다. "그날은 하루 종일 2층에 있었어요. 정오부터 3시 반까지 계속 피아노 소리가 나더군요. 평소보다 소리가 커서 기억합니다."

"그렇게 큰 소리로 세 시간 반 동안 쭉 말입니까?"

"저, 소리가 크게 났던 건 피아노 뚜껑을 올려서 그런 거고, 세 시간 반 동안 쉬지 않고 친 건 아니에요. 5분 동안 치고 20분 휴식을 취하는 식이었거든요."

"5분 동안 치고 20분을? 휴식이 꽤 길군요."

"아직 화상이 완전히 치료되지 않아서……."

사카키마 형사가 내 손가락을 훑어보더니 황급히 손을 내저었다.

"아아, 실례했습니다. 그럼 그 시간대에 집에서 한 번도 나오지 않았고요?"

"네."

"겐조 씨도 계속 집에 있었습니까?"

나는 말문이 막혔다. 한창 피아노를 치고 있을 때는 집중하는 탓도 있지만 눈앞에서 튀어나오는 소리에 가려 다른 소리를 듣지 못하곤 한다. 그래서 겐조 삼촌이 계속 방에 틀어박혀 있었다고 단언할 수 없었다.

내가 난감해하는 걸 보고 겐조 삼촌이 거들어 줬다.

"연주 중에는 내가 계단을 오르내려도 모를 겁니다. 다만 만약 내가 동네를 어슬렁거렸다면 반드시 본 사람이 있을 거예요. 내가 워낙 낮에는 외출하지 않는 사람이라."

"사실 그날은 아시다시피 연휴 첫날이라 많은 가정이 집을 비운 상태였습니다. 게다가 사고 발생 시에는 비가 억수같이 쏟아져 밖에 나와 있던 사람도 지금으로서는 없습니다."

"없다니…… 당신, 벌써 이 동네에서 탐문 수사까지 마친 거요?"

"순식간에 끝나더군요. 이 주택가를 한 바퀴 돌았는데, 밖에 나와 있던 사람은 아무도 없었습니다."

"즉 이런 겁니까? 내가 하루카의 알리바이를 증명할 수는 있어도, 정작 내 알리바이를 입증하지 못하는 이상 의미가 없다?"

알리바이라는 단어가 귀에 거슬렸다. 알리바이 — 범죄 용어. 음악이 흐르는 집에는 이질적인 데다 어울리지 않는 단어. 그 말이 지금 여기서 버젓이 오가고 있다는 사실에 큰 위화감이 느껴졌다.

"물론 나한테 알리바이가 없을지 몰라도 형수님을 죽일 동기도 없는데요?"

"하긴, 그렇군요. 동기가 없기는 하루카 양도 마찬가지이지만……. 자, 쓰즈키 미치코 씨라고 했죠? 그날 어디 계셨습니까?"

"그날은 휴가를 받아서 집에서 쉬었어요." 미치코 씨는 형사 앞인데도 겁을 먹거나 긴장하지도 않았다. "일주일에 한 번은 쉽니다. 안 그랬다가는 제가 골병이 들 것 같거든요."

"그건 당신이 소속된 간병 서비스 회사에 이미 확인을 마쳤습니다. 요일 상관없이 주 1회 휴무라더군요. 그런데 혼자 사신다고요? 그날 자택에서 쉬었다는 걸 증명해 줄 분이 계십니까?"

"그런 사람이 있다면 혼자 사는 게 아니잖아요." 미치코 씨가 웃으며 대답했다.

"……맞는 말이군요. 그런데 당신이 휴가를 받기 시작한 것이 최근 들어서라고 하던데요. 전에 겐타로 씨를 간호하셨을 때는 거의 쉬지 않았다고 들었는데요."

"그분은 아가씨보다 훨씬 손이 많이 갔거든요. 잠시 한눈이라도 팔았다가는 어디서 뭘 할지 몰라 마음 놓고 쉴 수 없었습니다. 그 영감님은 몸만 불편한 게 아니라 심보도 고약했다니까요. 딱 한 번 급한 일로 며칠 다른 사람에게 간호를 부탁한 적이 있었는데 그때는 난리도 그런 난리가 없더군요. 휠체어를 거칠게 민다든가 부축할 때 성의가 없다든가 하면서 울화통을 터뜨리더니 주변에 있는 장식품이며 창문까지 때려 부수는 바람에 간병인은 그 나이 먹고 울음까지 터뜨리고. 제가 서둘러 돌아왔더니 1층 거실이 태풍이 지나간 자리처럼 엉망이 되어 있었다니까요. 어린이집에 맡긴 아이가 보채며 길길이 날뛰는 거나 마찬가지였지요. 성질이 어쩜 그리 급한지, 이건 자랑은 아니지만 저 말고 다른 사람에게는 그분을 돌보는 일이 고역이었습니다."

"고인과 호흡이 잘 맞았나 보군요."

"이 나이가 되면 말이죠, 서로에게 맞추는 요령을 익힌답니다. 하긴, 겐타로 씨는 상대를 가려 가면서 맞추었지만요. 그분은 자신과 비슷한 사람만 가까이 오도록 허락했습니다."

"자신과 비슷한 사람이라면?"

"고집쟁이."

뒤에서 겐조 삼촌이 쓴웃음을 지었다.

듣고 보니 그 말이 맞았다. 할아버지가 마음에 들어 하는 사람은 대체로 그런 사람들이었다. 미치코 씨도 그렇고 미사키 씨도 타입은 전혀 달라도 완고함이라는 점에서는 닮은꼴이었다.

"고집이 보통이 아닌 분이셨나 보군요."

"형사 양반은 올해로 나이가 몇이요?"

"저 말입니까? 올해로 벌써 마흔둘입니다."

"마흔둘이라, 액년*인데 보기보다 젊군요. 그럼 형사 양반의 아버지뻘이었겠네요. 그 시절에는 지금과 달리 고집 센 사람이 많았지요. 남들과 맞추려 하지 않으니 당연히 사람들이 싫어했어요. 그래도 경멸하는 사람은 없었답니다. 요즘에는 말과 행동을 수시로 바꾸는 사람이 많더군요. 옛날 사람

---

*   운수가 사나운 해. 속설에서 남자는 25·42·50세, 여자는 19·33·37세가 이에 해당한다.

입장에서 보면 싫어하진 않아도 존경은 못하겠습디다."

사카키마 형사가 뭐라고 웅얼거리면서 질문의 화살을 다음 사람에게 돌렸다.

"그럼 데쓰야 씨. 당신은 그날 휴일인데도 은행에 계셨다고 들었습니다."

"조사하면 금방 알게 될 테니 미리 말씀드리지요. 하루 종일 은행에 있었던 건 아닙니다. 점심 식사 후에 거래처를 돌기 위해 외출했습니다. 차 안에서 사고 소식을 접했습니다."

"누가 동행을 했었습니까?"

"아뇨, 혼자였습니다. 목적지가 지모쿠지 지역이라 집과는 방향이 다르지만, 상대방을 만나지 못하는 바람에 제 행동을 증명할 사람이 없습니다."

"거래처 사람을 만나지 못했다니 이상하군요. 보통 약속을 잡고 만나는 거 아닙니까?"

"그 사람이 도망갔거든요. 거래처이긴 해도 채권이 회수 불능 상태가 되었으니까요. 요컨대 채권 회수 업무를 하러 간 거였습니다."

"호오, 채권 회수라. 그런데 데쓰야 씨는 지점장 대리가 아닙니까? 은행 일을 잘 모르긴 해도 채권 회수 같은 업무는 신입이나 중견 간부 선에서 맡는 줄 알았는데요."

사카키마 형사가 수상쩍어하며 말했다. 외모도 채권 회수를 할 것 같지 않게 생겼다. 그건 나도 동감이었다. 하는 일이 회수 업무임을 듣고 뜻밖이었다.

"신입이나 중견 간부만 움직여서는 때를 못 맞추니까요. 형사님, 저희 은행에 관한 소문은 들으셨지요?"

"네, 저도 신문 경제면 정도는 읽으니까요."

"어쨌든 9월 중간 결산까지는 불량 채권을 30퍼센트나 감소해야 합니다. 총괄 본부에서 내려온 지시라 무조건 달성해야 하지요. 직책에 상관없이 모두 달려들어도 될까 말까한데 휴일이 다 뭡니까? 사람들은 은행원을 세련된 직업으로 아는 모양인데 실제로는 이런 우울한 일의 연속입니다. 도망갈 게 빤히 보이는 사람인데도 약속을 잡지요. 회수 불능 채권임을 알면서도 추가 담보를 요구해야 합니다. 주말에는 저희 지점뿐만 아니라 전 지점이 이런 상태입니다."

"은행원은 업무가 고되다고 들었습니다만 실상은 훨씬 심하군요. 저희와 막상막하일 것 같습니다."

"아뇨, 등급이 확 떨어진 저희만 하겠습니까?"

"그런데 현재 지점장 대리라면 가령 합병된다 할지라도 나름의 직책이 보장되는 거 아닙니까?"

"은행 합병은 그리 만만한 일이 아닙니다. 게다가 처음부터 나고야에 거주하던 은행맨에게는 트라우마에 가까운 공포심이 있습니다."

"공포심이라뇨?"

"지금이야 대기업 은행 간의 합병이 당연시되고 있지만 그

발단은 간사이계 후타와은행과 나고야에 기반을 둔 히가시
야마은행의 합병이었지요. 거액의 불량 채권을 떠안고 있던
히가시야마은행은 점포 통폐합의 명목 아래 지점이 축소되
고 그만큼 히가시야마은행 출신의 지점장이 자리를 잃었습니
다. 지점장뿐만 아니라 간사이 기풍을 강요받아 그에 적응
하지 못하는 히가시야마은행 출신자가 잇달아 그만두었습니
다. 인사는 또 얼마나 노골적이던지, ATM을 비롯해 시스
템은 히가시야마은행의 것을 그대로 계승하면서 새 은행의
인사는 은행장 이하 거의 대부분이 후타와은행 출신자로 채
워졌지요. 흡수합병보다 더한 탈취에 가까운 합병이었습니
다. 히가시야마은행을 그만둔 사람의 말로는 비참했습니다.
젊은 은행원이야 그렇다 치더라도 금융 세계에 몸담은 지 10
년, 20년 된 사람이 이제 와서 어떻게 다른 업계에서 살아가
겠습니까? 타 은행에 거둬진 사람은 그나마 다행이고 개중
에는 사채 추심에 나선 사람까지 있었습니다. 그 잔혹한 이
야기를 알기 때문에 저희 은행맨은 합병을 두려워하고 그 현
실을 회피하려는 겁니다."

"과연. 그럼 지점장 대리도 안심할 수 없다는 겁니까?"

"그렇습니다."

"실제로 합병이 진행되면 당신이 직장을 잃을 가능성도 있
다는 거군요."

"네, 뭐……."

"그렇다면 여기 토지 가옥을 상속한다 해도 고정자산세를 지불하기가 위태로워지겠군요."

"그래서 제가 하루카를 노리고 에쓰코를 해쳤다는 말입니까?"

별안간 언성이 높아지자 사카키마 형사가 손사래를 치며 부인했다.

"아이고, 죄송합니다. 형사라는 게 워낙 모든 걸 의심해야만 하는 직업인지라."

"병원에서도 말씀드렸지만 에쓰코는 유산상속과는 관계가 없습니다. 제게 알리바이는 없지만 동기도 없습니다. 겐조처럼 말입니다."

"네, 압니다. 충분히 알고 있습니다. 그럼 마지막으로 가노 선생님."

"공교롭게도 먼저 제출한 예정표대로 당일 그 시간에 저는 계쟁 중인 안건 관계로 나고야 지방법원의 법정에 서 있었습니다. 서기관은 물론 재판장이 그 사실을 증명해 줄 수 있는데 그 정도 증인으로는 부족합니까?"

"아뇨, 선생님. 그 건은 이미 확인이 끝났습니다. 여쭙고 싶은 건 부인의 사고 당일이 아니라 이 집의 화재 전후에 관해서입니다."

"화재…… 전후라면?"

"과연 변호사회 간사를 지내셔서 그런지 선생님의 다망한

스케줄을 사무국에서 실로 빈틈없이 관리하고 있더군요. 방금 말씀하신 지법 건도 그 스케줄을 보고 알았지만, 연기되거나 취소된 일정도 있었지요. 예를 들어 화재 발생 이튿날 선생님은 겐타로 씨와 만날 예정이었습니다."

으음, 하고 가노 변호사가 못마땅하다는 듯 소리를 냈다.

"사무국에서 꽤 오래전 일정표까지 제출했을 줄이야. 당일에 한해서라고 들었는데요."

"부디 언짢아하지 마시길 바랍니다. 제가 추가로 부탁드렸습니다. 제 요청에 응해 준 여사원이 아직 업무에 익숙지 않아 보이던데 선생님께 깜빡 잊고 보고를 못 했나 봅니다."

거짓말, 하고 순간 생각했다. 여사원이 업무에 서툴다는 걸 눈치채고 그 자리에서 생각해 냈을 것이다. 이 사람이라면 그러고도 남는다.

"면담 상대가 화재에 희생되었으니 당연히 그 일정은 취소되었습니다. 그렇다면 무엇 때문에 면담하기로 한 것이었습니까?"

"비밀 유지 의무가 있어 대답하지 않겠습니다."

"의뢰인은 이미 고인입니다. 선생님께 비밀 유지 의무는 없습니다."

"그건 개인정보보호법의 사고방식이지요. 변호사의 윤리로는 설령 고인이라도 비밀을 지켜야 합니다."

"면담 목적이 살아생전의 친족에 관련된, 요컨대 유산상속에 얽힌 내용이라서입니까?"

으음, 하고 가노 변호사가 다시 신음했다.

"의뢰인과 그 가족의 이익을 최우선으로 생각하시는 자세는 훌륭합니다만, 그렇다면 더더욱 수사 관계 사항 조회서의 제출 없이 가르쳐 주시는 편이 좋을 듯합니다. 아시다시피 심증이라는 건 좋든 나쁘든 수사에 반영하니까요."

"협박하는 겁니까?"

"당치도 않습니다. 평소 존경해 온 선생님께 외람되게나마 드리는 권고입니다."

가노 변호사가 형사를 떠보듯이 노려보더니 이윽고 흥 하고 콧방귀를 뀌었다.

"하긴, 그 타이밍에 돌아가셨으니 현행 집행 절차에 차질이 생기는 것도 아니로군. 좋아, 가르쳐 드리지요. 고즈키 겐타로 씨의 유언에 관해서는 이미 알고 있겠지요?"

"대강은 압니다."

"유언장은 재작년 9월에 작성했습니다. 그런데 올해 2월 겐타로 씨가 유언장을 수정해야겠다고 말씀하셨습니다."

"유언장을 수정한다고요?"

"그렇습니다. 화재가 발생한 이튿날에 겐타로 씨로부터 상세한 내용을 들은 후에 곧바로 수정 작업에 착수할 예정이었습니다."

"어떤 내용으로 수정하기로 한 겁니까?"

"상속인에 가타기리 루시아 양의 이름이 추가될 예정이었습니다."

"루시아를?" 목소리를 낸 사람은 겐초 삼촌이었으나 그 자리에 있는 모두가 놀라워했다.

"겐타로 씨는 수마트라섬 지진으로 부모를 잃은 루시아 양을 몹시 가엽게 여기셨던 게지요. 루시아 양을 양녀로 들이려 하신다는 이야기도 전해 들었습니다. 아마도 하루카 양과 동등하게 대할 생각이셨겠지요. 따라서 분할 비율도 변경됩니다. 하루카 양은 6분의 2. 루시아 양 역시 6분의 2. 데쓰야 씨와 겐조 씨는 각각 6분의 1씩. 또한 루시아 양의 상속분은 하루카 양과 마찬가지로 신탁재산으로 관리될 예정이었습니다."

"4분의 1에서 6분의 1이라…… 우리가 얼마나 밉보였으면. 안 그래, 형? 게다가 유류분을 쪼개다니."

겐조 삼촌이 자조하듯 말했지만 아무도 대꾸하지 않았다.

작성되지 않은 유언장의 두 번째 페이지. 그것이 고즈키 일가에게 어떤 의미인지는 나도 안다. 모두 그걸 알기 때문에 망연자실한 것이다.

그리고 나도 생각해 낼 수 있는 걸 사카키마 형사가 놓칠 리 없었다.

"그건…… 상당히 중요한 내용이군요. 가노 선생님, 그런데 새 유언을 겐타로 씨와 선생님을 제외하고 또 알고 있는 사람이 있습니까?"

"아직 구두로 들은 단계라 따로 메모를 남기지도 않았고 물론 입 밖에 내지도 않았습니다."

"겐타로 씨 본인이 직접 발설했을 가능성은 있습니까?"

"부정도 긍정도 할 수 없지요. 이제 와서 확인할 수도 없는 노릇이라."

"만약 겐타로 씨가 누군가에게 그 내용을 전했다고 가정하면 2월에 발생한 화재도 다른 의미를 띠게 됩니다."

사카키마 형사는 누구에게랄 것도 없이 말했다. 하지만 그 말은 모두의 가슴에 와서 꽂혔다.

"하루카 양과 루시아 양의 유산 비율이 무려 6분의 4…… 약 60퍼센트 이상이군요. 이 두 사람이 사라지면 당연히 재산 배분도 완전히 달라지겠군요."

"이번에는 우리에게 방화 혐의까지 씌울 작정입니까?"

살얼음판을 걷는 듯한 말투. 그러나 사카키마 형사는 태연히 대답했다.

"아뇨, 누구 특정한 사람을 의심하는 게 아닙니다. 다만 그 화재를 사고로 판단하는 게 아니었습니다. 후회가 될 정도로 성급한 판단이었다는 생각이 듭니다."

그렇게 말하고 그는 모두의 얼굴을 훑어봤다. 온화한 표정 속에서 눈빛만은 우리를 구석구석 살피듯이 어둡게 빛났다. 뱀의 눈이다, 하고 나는 생각했다.

그날 밤은 좀처럼 잠들지 못했다. 눈을 감아도 화장터 정경이 떠올랐다. 사카키마 형사의 어두운 눈빛이 떠올랐다.

유산상속을 둘러싼 다툼.

가족 간의 갈등.

죽은 자에게 돌아가야 했을 몫.

안 되겠다. 역시 잠이 오지 않는다. 게다가 심하게 갈증이 났다.

참다못해 물을 마시러 부엌에 가자 먼저 온 사람이 있었다.

"어서 와, 너도 잠이 안 오는가 보구나."

"아빠…… 술 마시는 거야?"

테이블 위에는 브랜디와 유리잔이 놓여 있었다. 둘 다 평소에는 이 집에서 못 보던 것들이다.

"그래. 술이라도 마시면 잠이 올 줄 알았는데…… 글렀네. 괜히 정신만 더 또렷해졌구나. 평소에는 한 잔만 마셔도 취하더니."

"아빠가 술 마시는 거 처음 봐."

"별로 좋아하지도 않고 잘 못 마시거든. 술자리에서도 그냥 분위기나 맞추는 정도고 이 브랜디도 서재 장식품 같은 거였지. 술은 묵혀 두면 맛있어진다던데 거짓말이었구나. 그래도 뭔가를 잊으려고 마시는 술은 쓰다더니 그건 정말이었네. 아빠한테는 전혀 맛있지 않구나."

맛도 없는 걸 왜 마셔야 하는지는 몰라도 알코올임에는 분명하다. 어슴푸레한 다운라이트 조명 아래서도 얼굴이 붉게 물들어 있음을 알 수 있었기 때문이다. 본인은 아는지 모르는지 혀가 꼬부라진 것도 티가 났다.

"하루카. 겐조 삼촌 좋아하니?"

"응."

"아빠도 좋아한단다. 어렸을 때부터 개구쟁이이긴 해도 정의감이 넘쳐서 늘 약한 사람 편이었거든. 말로 표현한 적은 없지만 자랑스러운 동생이었지. 그런데 아빠가 마음을 전하는 데 워낙 서툴러서 결국 녀석에게 상처를 주고 말았구나. 형편없는 형이지."

그러고는 손짓을 하기에 나는 테이블 맞은편에 앉았다. 눈꺼풀이 반쯤 감긴 눈도 뻘겋게 충혈되어 있다.

"그래도 다른 집에 비하면 우애 깊은 형제인 줄 알았는데 아버지가 돌아가시자마자 이 모양이라니. 꼴사나운 모습까지 보이고 너한테는 미안하게 생각하지만 솔직히 이렇게 될 줄은 상상도 못 했단다. 돈 때문에 고생해 본 적이 없어서 가족 모두가 금전에는 비교적 무관심하겠거니 했는데 엄청난 착각이었다. 아무리 억 단위이긴 해도 돈에 눈이 멀어 어린 너까지 노리다니."

"아빠는…… 삼촌을 의심하는 거야?"

"아니, 아빠는 아무도 의심하고 싶지 않단다. 그러나 아비로서 널 보호해야 할 의무가 있어. 그러니 누가 범인인지 예의 주시해야 해."

그러고는 잔에 남아 있던 액체를 단숨에 비우더니 두 번 콜록거렸다.

"……어쨌든 상대가 누구든 단둘이 있지 마라. 내일부터는 아빠도 저녁 먹기 전에 돌아올 테니 항상 세 명 이상의 사람들과 함께 있도록 해라……후우……왜 이렇게 되었을까. 형제를 의심하며 지내야 하다니……아아, 일이 한꺼번에 터져서 깜빡 잊고 있었는데, 콩쿠르 연습은 잘돼 가냐?"

"……응."

"다행이구나. 네 엄마가 참 좋아했는데…… 얘야, 하루카. 혹시 엄마가 학교 다닐 때 피아니스트가 되고 싶어 했던 거, 아니?"

처음 듣는 이야기였다.

"초등학생 때부터 동네 피아노 학원에 다니기 시작해서 중학교를 졸업할 무렵에는 수준이 상당했다고 하더구나. 본인은 피아니스트가 되려고 음악과가 있는 고등학교에 진학하길 희망했는데 안타깝게도 집에 여유가 없었지. 하는 수 없이 고향에 있는 상업고등학교에 입학하면서 꿈이 무너진 거야. 그때 처음으로 부모를 원망했다더구나. 네가 초등학교에 들어가기 전부터 피아노를 시킨 것도 아마 그래서였을 거다. 부모가 제 꿈을 자식에게 강요하는 게 과연 옳을까 싶지만, 열성을 다하는 모습을 곁에서 지켜보면 도저히 반대할 수 없었단다. 엄마 입장에서는 너와 이인삼각을 하는 심정이었을 거다. 이제 너도 열여섯 살이니 엄마의 그런 행동이 부담스러웠을지도 모르겠구나. 다만 부모라면 크건 작건 자신이 못다 이룬 꿈이나 희망을 자식이 대신 이루어 주길 바라게 마련이거든. 그러니 하루카, 다소 강압적이었을지라도 피아노 때문에 엄마를 원망하진 말아 다오."

말하는 도중 그 말끝이 점점 흐려지더니 고개까지 떨구어졌다. 나는 뭐라 대답해야 할지 몰라 그저 고개를 끄덕이기만 했다.

"그리고 보니 에쓰코와 처음 만난 것도 피아노 때문이었구나. 언젠가 너한테도 말했던가? 그 무렵 아빠는 지금 다니는 은행에 갓 입사한 참이었고 엄마는 사무기기 제조사의 사무원이었는데……."

두 사람이 만나게 된 이야기를 시작했지만 갈수록 웅얼거리더니 이마가 테이블에 떨어졌을 때는 이미 이야기는 멈춰 있었다. 나는 이마 밑에 쿠션을 대고 어깨에 카디건을 덮어 주었다. 내가 할 수 있는 건 고작 그 정도였다.

그리고 방으로 돌아와 천장을 올려다보면서 울었다.

상중에는 함부로 외출해서는 안 되며 손님을 불러서도 안 된다. 그렇게 들었지만 피아노나 재활 훈련을 이틀이나 쉬면 원래 상태로 되돌리기까지 일주일이나 걸린다고 해 학교에서 상고 공결로 처리되는 이틀이 끝나자마자 곧바로 미사키 씨를 불렀다.

가족에게는 의논하지 못하는 일을 가족이 아닌 사람에게 털어놓는다는 죄책감은 있었지만 미사키 씨라면 왠지 용납될 것 같았다. 나는 미사키 씨에게 사카키마 형사의 방문과 수정될 예정이었던 유언장에 대해 이야기했다. 그리고 형사가 왜 상속인도 아닌 사람의 죽음을 사건으로 의심하는지 물었다.

"그건 순서를 바꾸려는 의도 같은데."

"무슨 순서요?"

"사람을 죽이는 순서."

망설임이라고는 전혀 없는 그 대답에 순간 머릿속이 멍해졌다.

"분명히 현시점에서 어머니는 상속인이 아니지. 그런데 만약 너나 아버지가 돌아가시면 유산상속권은 일촌 관계인 어머니에게 발생해. 따라서 유산을 독차지하려면 언젠가 어머니마저 없애야 하는 거다. 그럼 순서에 상관없이 지금 어머니를 처리해도 효과는 똑같은 거지."

독차지. 즉 자신을 제외한 모든 상속인을 없애버리겠다는 뜻이다.

"그렇게 생각하면 널 노리는 자가 반드시 이 집 사람이라고만은 할 수 없어. 왜냐하면 고즈키 일가의 직계가족이 사라지면 다음은 방계, 먼 일가친척이 새로운 상속인이 되거든. 아무리 멀어도 친인척 관계에 있는 사람은 전부 용의자가 될 수 있다는 말이야."

"세상에…… 돈 때문에 사람을 몇이나 죽이다니요!"

"경찰로서는 지극히 타당한 접근 방식이야. 아니, 일반적으로 생각해도 그럴 것 같은데."

"현실적이지 않잖아요!"

"아니, 구역질이 날 만큼 현실적이야. 겐타로 씨의 유산이 12억 7천만 엔이었지? 일본 월급쟁이가 평생 일해야 벌 수 있는 돈이 약 2억 엔. 즉 겐타로 씨의 유산을 독차지한다는 건 여섯 명 분의 평생 수입을 가진다는 뜻이야. 여섯 명 분의 평생 수입을 소유하다니, 그런 꿈을 실현할 수만 있다면 사람은 귀신이든 악마든 될 수 있어. 사람을 죽이는 정도는 별 문제가 안 되는 거지."

"사람의…… 목숨인데."

"슬픈 현실이지. 사람 목숨값은 때와 장소에 따라 비싸지거나 싸지기도 해. 동남아시아의 한 나라에서는 사람을 차로 치어 죽여도 시신 위에 몇 장의 지폐를 두면 죄를 묻지 않는다고 하더라. 아무리 그래도 12억 7천만 엔의 가치를 지닌 인간은 별로 없어. 사람 하나 해치는 건 확실히 위험 부담이 크긴 해도 거액의 이익은 그걸 보충하고도 남지. 도박에 나서는 사람이 있어도 이상할 것 없어. 실제로 승부에 나선 사람이 있잖아. 그래서 네가 위험했던 거고."

"살벌하네요……."

"현실은 언제 어디서든 살벌한 법이야. 그리고 살벌하기 때문에 사람은 음악을 통해 구원받길 원하지. 자, 이제 본론으로 들어갈까?"

미사키 씨가 가방에서 악보를 꺼냈다.

"콩쿠르 개요를 들었다. 예선 과제곡은 쇼팽의 에튀드 열두 곡에서 두 곡, 본선 과제곡은 드뷔시 〈달빛〉과 자유곡 하나. 예선과 본선 다 공개 형식으로 열린다고 하더구나."

공개 형식이면 많은 사람 앞에서 목발로 걷는 모습을 드러내야 한다는 것이다. 그것만으로 마음이 무거워졌다.

"그나저나 예선에서 에튀드라니. 좋건 나쁘건 너한테는 안성맞춤인 선곡이네."

"어째서요?"

"이 곡은 손바닥을 순식간에 쫙 펴주는 운동이 계속되거든. 손끝만이 아니라 손 전체를 펴주기 때문에 재활 훈련에 제격이지. 쳐 본 적 있니?"

"에튀드 열두 곡은 대강……."

"에튀드만? 그럼 본선곡인 드뷔시 〈달빛〉은 안 쳐 봤구나? 의지가 너무 약한데. 설마 처음부터 본선 진출을 단념한 건 아니겠지? 그랬다가는 실컷 반성하게 해 줄 테다. 그래서 소감은?"

"운지가 굉장히 어려웠어요."

"이 곡도 난곡으로 유명하거든. 발표 당시에는 혁명적인 피아노 서법으로 동시대 사람들을 경탄하게 한 곡집이었어. 악보를 보면 단일 음형을 반복하는 심플한 곡이지만 처음 듣는 사람은 반드시 놀라움과 일종의 긴장감을 느끼지. 잠깐 피아노 좀 빌리 마."

말이 끝나기도 전에 미사키 씨의 손가락은 이미 건반을 짚고 있었다. 그가 연주하기 시작한 곡은 에튀드 작품 10-1.

"들으면서 보렴. 첫 소절에서는 오른손 움직임이 상향에서 시작하는데 제2박에 들어서면 두 번째 16분음표에서 이 상하 진행이 한순간에 밑으로 되돌아와. 이 부분을 실제로 쳐 보면 손바닥을 좌우로 기울여 중심을 이동하면서 우선 제2박의 첫머리를 다섯 손가락으로 잡아 줘. 그런 다음 마지막 음을 잡은 다섯 손가락을 지점으로 해서 손바닥을 재빨리 오므려 다음 음을 한 손가락으로 잡아. 이어지는 상하 진행을 위해 오므렸던 손바닥을 순식간에 펼치는 거야."

손가락 움직임을 눈으로 좇는데도 너무 빨라 잔상만 남길 뿐 포착할 수 없었다. 손바닥이 미묘하게 기운 상태에서 손가락이 끊임없이 얽힌다. 빠르면서도 관능적인 손놀림을 응시하고 있자니 현기증이 날 것만 같았다.

"두 번째 소절은 하향 패턴이 반복되지만 박자가 바뀌는 부분에서 손바닥을 오므려야 해. 이런 두 소절의 패턴으로 상하향 아르페지오*를 반복하는데 배치 장소를 바꿔 가며 손바닥을 폈다 오므렸다 하는 것으로 청중에게 놀라움과 긴장감을 선사하지. 그리고 연주자에게는 손이 건반에 붙어 다니는 감각을 느끼게 해. 게다가 주선율을 다성으로 처리하려 할 때, 장식 부분이 휘감기니 손가락은 더욱 건반에 들러붙는 모양새가 되지. 이 감각이 연주자의 손끝을 강하게 자극해. 같은 동작을 반복하는 것 같으면서도 교묘하게 변화해서 섬세하고 관능적인 촉감을 가져오지. 연주할수록 소리는 점점 굽이치는데 신기하게도 손은 건반에서 떨어지질 않아. 마치 손가락이 건반에 저절로 끌어당겨진 것처럼."

내 눈도 미사키 씨의 손가락에 끌어당겨졌다. 그 말대로 손이 건반에 붙어 다닌다. 건반은 마치 호수에 산들바람이 불어온 듯 손가락을 따라 올랑거렸다. 다른 사람의 연주를 눈앞에서 직접 보자 쇼팽이 얼마나 어려운지 새삼 깨달았다. 쇼팽의 곡은 단순히 손가락이 바쁘기만 한 것이 아니라 변칙적인 운지 때문에 양손이 끊임없이 긴장해야 한다. 그 난곡을 미사키 씨의 손가락은 아주 쉽게 연주하고 있다. 손을 오므렸다 폈다 하면서. 테니스공만큼 작아진 손이 다음 순간 배구공만큼 커졌다. 어지러운 포지션 이동으로 음형 패턴이 소절마다 달라져 소리가 통통 튀어 오른다. 이따금 양손이

---

* arpeggio, 화음을 동시에 연주하지 않고 아래에서 위로 또는 위에서 아래로 연주하는 기법.

교차해 좌우 손가락까지 뒤엉킬 듯 스쳤다.

유려하고 관능적이다. 그리고 무엇보다 짜릿했다. 이 곡은 리듬 하나, 운지 한 번만 틀려도 망한다. 끊기거나 느려서도 안 되는, 빠른 속도를 유지한 상태의 변칙 운지. 한 번이라도 실수하면 연주자는 헤어날 수 없는 구렁텅이에 빠지고 만다.

마치 줄타기 같다.

숨 쉬는 것도 잊은 채 손가락 움직임을 좇는 사이 곡이 끝났다. 나는 그제야 주술의 속박에서 풀려났다.

어느새 꽉 쥔 주먹에 땀이 배어 있었다.

"뭐, 대충 이런 거지."

"그렇게 대단한 연주를 해 놓고 대충이라고 하지 마세요."

"칭찬해 줘서 고맙지만 이 정도로는 감히 티켓값을 받을 수 없구나."

"얼마 전 TV에서 본 리스트의 〈초절기교 연습곡〉 못지않게 훌륭한걸요."

"그래, 확실히 느낌은 비슷해. 그것도 에튀드인 데다 같은 다장조이니까. 곳곳에 심어 놓은 기교로 청중을 압도하는 작풍도 비슷하지. 다만 내용은 상당히 달라. 리스트도 초절기교를 요구하긴 하지만 기본적으로는 하나의 포지션으로 운지하거든. 그걸로 모자라면 포지션을 평행이동하거나 힘으로 밀어붙여서 단숨에 이동해야 해. 그런데 쇼팽은 음을 섬세하고도 미묘하게 움직이거든. 그런 의미에서는 쇼팽이 더 신경질적이야. 아마 심사위원은 바로 그 신경질적인 부분을 평가 대상으로 삼을 거야. 지역 대회이긴 해도 아사히나 피아노 콩쿠르가 예선과 본선 두 번밖에 없는 건 그 부분의 평가에 따라 참가자 대부분이 예선에서 사라지기 때문이야."

예선 단계에서 이런 어려운 곡으로 평가를 받다니. 콩쿠르 수준이 높다는 건 그런 이유에서였다.

"자, 연주해 보렴."

미사키 씨가 곧바로 자리를 비켜 주었다. 이 선생님은 상냥하고 겸손한 데다 더없이 정중하다. 거기까진 좋은데 간혹 이렇게 무신경한 면을 보일 때가 있다. 자신의 기량을 과소평가하는 건지, 자신이 연주한 직후에 피아노 앞에 앉아야 할 사람이 주눅 들어 있다는 생각을 요만큼도 못한다.

"네가 선택한 곡은 몇 번과 몇 번이니?"

"아직 못 정했는데…… 일단 선생님이랑 똑같이 10-1을 칠게요."

떠밀리는 기분으로 피아노 앞에 앉았다. 제1번 다장조. 알레그로, 4분의 4박자. 2분이 채 안 되는 짧은 곡이지만 난이도는 방금 확인한 그대로다.

그리고 돌연 깨달았다. 신사에서의 사건 이후 건반에 손도 대지 않았다는 것을!

갑자기 심장이 방망이질하듯 뛰기 시작했다. 심장 소리가 귀에까지 들린다. 교장 선생님 앞에서도 긴장하지 않았는데 지금은 팔부터 손끝이 보이지 않는 실로 묶인 듯 뻣뻣하게 굳었다.

이유는 알고 있다. 눈앞에서 더할 나위 없는 모범 연주를 최고의 연주자가 선보인 탓이다. 정말이지 엄청난 사람이 내 레슨을 해 주고 있다는 생각이 다시금 들었다.

심호흡을 한 번 한다. 그리고 팔을 쭉 뻗어 근육의 이완을 확인한다.

좋아!

마음을 다잡고 첫 음을 쳤다.

두 소절 주기로 돌아오는 상하향 패턴. 그걸 한 단위로 묶어 되풀이하는 것으로 이 곡은 구성되어 있다.

첫 번째 소절, 잘 소화했다.

두 번째 소절도 무사히 통과. 미스터치도 하지 않았다.

연주는 미사키 씨의 스톱 지시 없이 순조롭게 이어졌다. 이대로 마지막까지 실수하지 않고 갈 수 있을지도, 그렇게 생각한 순간.

아무런 예고도 없이 손끝의 감각이 사라졌다.

평소처럼 피부가 땅기는 듯한 통증이나 저림도 없이 그저 건반의 단단함이나 탄력이 전혀 느껴지지 않았다.

2분은커녕 아직 1분도 지나지 않았건만.

내 의지와 상관없이 손가락이 멈췄다.

음악도 멈췄다.

시간이 얼어붙었다.

나도 얼어붙었다.

머릿속이 새하얘졌다.

이유는 모른다. 하지만 이대로 손이 움직이지 않는다면.

"왜 그러니?!" 이변을 알아차린 미사키 씨가 즉시 손목을 잡았다.

"손가락이, 안 움직여요." 전원이 차단된 기계처럼 손가락이 구부러진 채 굳어 있다. "갑자기 감각이 없어지더니······."

"아파? 병원에 갈래?"

"아프진 않아요. 그냥 감각이 없을 뿐 저리지도 않아요."

미사키 씨가 잠시 내 손을 자신의 손 위에 올려놓고 살펴봤다.

그러는 사이 손가락에 미사키 씨의 체온이 서서히 느껴지기 시작했다. 시험 삼아 손가락을 움직여 보니.

움직였다!

조금 전에 손가락이 경직되었던 게 거짓말인 것처럼 구부릴 수도 뻗을 수도 있었다.

"일시적인 증상이었나 보구나."

나는 안도하면서 고개를 끄덕끄덕했다. 원인이 뭔지 모른다는 불안은 있지만 지금은 회복되었다는 기쁨이 먼저였다.

하지만 불안은 거기서 끝나지 않았다.

잠깐 쉬고 나서 레슨을 재개하자 같은 일이 일어났다. 초반에는 자유롭게 움직이던 손가락이 1분이 지나자 갑자기 멈췄다. 그런데 잠시 후 마비가 풀렸다. 몇 번을 쳐도 똑같은 일이 거듭되었다. 도무지 영문을 알 수 없었다. 모르기는 미사키 씨도 마찬가지라 낮게 신음하며 곰곰 생각에 잠겼다.

"역시 병원에 가서 진찰을 받아 보는 게 좋겠구나."

어쩔 수 없다. 손가락의 지속 시간이 1분밖에 유지되지 않아서는 연습이 되지 않는다. 어쨌든 내일 학교가 끝나면 신조 선생님을 찾아가 진찰을 받기로 했다.

느닷없이 닥쳐온 불안. 원인을 모르기에 공포마저 느껴진다. 두려움이 얼굴에 고스란히 나타났는지 미사키 씨가 내내 나를 걱정스러운 눈길로 들여다봤다.

상을 벗고 등교하는 날 아침, 교문 앞에 사람들이 새카맣게 모여 있었다. 멀리서 봐도 그들이 카메라와 마이크를 든 취재진이라는 걸 알 수 있었다. 무슨 일인가 싶었지만 이내 상황 파악이 됐다. 그들이 택시 안에 탄 나를 알아보자마자 구름 떼같이 몰려들었기 때문이다.

"고즈키 하루카 양 맞죠? 할아버지에 이어 곧바로 어머니까지 여읜 심정이 어떻습니까?"

"6억 엔을 어디에 쓸지는 정했나요?"

"일련의 사건이 상속 다툼 때문이 아닐까 하는 억측도 있는데요."

"현대판 신데렐라가 된 소감을 말씀해 주세요!"

차에 치이는 게 무섭지도 않은지 그들은 창문에 얼굴을 갖다 붙일 기세로 따라왔다. 평소 TV에서는 카메라가 피사체를 촬영하고 있어서 몰랐는데 피사체 입장에서 그들을 보니 얼굴이 하나같이 짐승처럼 보였다. 호기심과 천박함과 졸렬함이 확연히 들여다보였다. 감정을 여과 없이 드러내는 사람들이 처음이라 나는 갑자기 무서운 생각이 들었다. 마치 늑대 소굴에 떨어진 토끼가 된 심정이었다. 교문을 통과하면 더는 따라오지 않을 줄 알았는데 착각이었다. 택시가 현관옆에 바싹 섰는데도 물러나는 사람이 한 명도 없었다. 택시기사도 이런 사태가 처음인지 정차한 채 꼼짝 못하고 있었다. 그들은 순식간에 택시마저 포위했다.

일제히 카메라 플래시가 터졌다. 눈부시다. 나는 얼굴을 가리고 몸을 움츠렸다. 잠시 후 현관에서 구도 선생님을 비롯해 선생님 세 명이 나타났다. 선생님이 뭐라고 소리치는데도 취재진의 고함 소리에 묻혀 잘 들리지가 않았다.

구도 선생님이 택시 문을 급하게 열고 손을 내밀었다.

"자, 이쪽으로!"

"하루카 양, 한 마디만 하시지요!"

"교내는 관계자 외 출입 금지입니다! 자꾸 이러면 경찰을 부를 겁니다!"

"당신이야말로 보도의 자유를 방해할 셈인가!"

선생님들이 나를 온몸으로 보호하며 현관까지 데려가는데도 밀치락달치락하는 바람에 좀처럼 갈 수가 없었다. 겨우겨우 현관 안으로 들어가자 더 이상 침입하면 문제가 되리라 판단했는지 들러붙었던 수많은 손이 하나둘 떨어져 나갔다.

아니, 딱 하나 남아 있었다. 쇼트 보브 스타일의 한 여자가 마이크를 쥐고 내 앞을 가로막아 섰다. 본 기억이 있는 얼굴이다. 최근 예능 프로그램을 통해 유명해진 리포터로, 아마 이름이 미야자토일 것이다.

"하루카 양, 피아노 콩쿠르에 출전한다고 들었는데요, 목발을 짚고 무대 위로 올라갈 건가요?"

내가 입을 꾹 다물고 있자 미야자토가 엷은 미소를 유지한 채 다시 물었다.

"이래저래 동정표를 받을 테니 입상은 확실하다던데요?"

"당신, 적당히 좀 해! 다친 사람을 배려할 줄도 모르나?"

"장애인을 판다처럼 손님 끌기에 이용하는 교육자가 할 소리는 아닌 것 같은데요?"

"그게 무슨……."

"그보다 하루카 양. 그런 몸으로 무대에 올라가는 건 돌아가신 할아버지의 뜻인가요? 아니면 어머니의?"

이 여자가 지금 무슨 소리를 하는 걸까. 나는 내 의지로 출전을 결정한 건데. 무엇보다.

"저는 장애인이 아니에요."

"네?" 탁한 목소리를 듣자마자 미야자토가 눈살을 찌푸렸다. "화재로 화상을 입었을 뿐이에요. 진짜 장애인들은 저보다 훨씬 고생하며 지낸다고요."

"그런데 하루카 양, 목소리도 그렇고 제대로 걷지도 못하잖아요. 어디에 내놔도 손색없는 장애인인데요? 오해하지 말아요. 우리는 하루카 양의 씩씩한 모습을 전국의 장애인에게 보여 주려는 거예요. 하루카 양의 용기를 모두에게 나눠 줬으면 좋겠거든요."

눈과 입이 다른 말을 하고 있다. 고작 열여섯 소녀의 눈에도 빤히 보인다는 걸 정말 모르는 걸까. 아니면 알면서도 시치미를 떼는 걸까.

"이건 용기가 아니에요. 피아노를 치는 사람이라면 누구나 다른 사람이 들어 주길 바란다고요. 그만 돌아가세요."

순간 미야자토가 내 뒤를 쳐다봤다. 돌아보니 교장 선생님이 씩씩거리며 성큼성큼 오고 있었다. 미야자토가 혀 차는 소리가 여기까지 들린다.

"그럼 오늘은 이만 실례. 또 만나요, 신데렐라."

그녀는 그 말을 남기고 휙 돌아서 나갔다. 뒷모습을 지켜보면서 나는 기가 찼다. 저렇게 뻔뻔스러운 사람은 허구의 세계에만 존재하는 줄 알았는데 실제로 있다니.

방송계에서는 그녀에 대한 칭찬이 자자하다고 한다. 사실이라면 방송계도 피아니스트 세계 못지않게 어지간히 별세계인 걸까.

아니, 그게 아니다.

세상은 오래 전부터 비열하고 저열하며 뻔뻔스러웠던 것이다. 그저 내가 몰랐을 뿐이다. 절망의 구렁텅이에 빠져 밑바닥에서 올려다본 세상은 지금까지와는 전혀 다른 얼굴을 하고 있었다. 알고 보면 그 모습이야말로 진짜였던 것이다.

수업이 끝난 뒤 병원에 전화를 걸었다. 잠시 후 전화를 바꾼 신조 선생님은 "예약된 환자 죄다 건너뛰고 진찰할 테니 당장 오너라!" 하고 소리쳤다.

병원에 도착하자 신조 선생님의 말대로 대기 시간 없이 곧장 진찰실로 안내되었다.

촉진, 엑스레이, MRI. 검사가 하나 끝날 때마다 선생님의 미간에 연필이 끼일 만큼 주름이 깊게 팼다. 그 표정으로 보아 내 손가락 상태가 예상과 다르다는 걸 알 수 있었다.

"성형외과 입장에서는 원인 불명이라고밖에 못하겠구나."

신조 선생님이 평소의 언짢은 표정으로 말했다.

"필요한 검사는 대강 마쳤는데 전혀 짐작이 가지 않아. 진피는 피하조직과 순조롭게 유착되는 중이고 조직과 표피에도 이상이 없어. 손가락 구축도 거의 보이지 않고. 혹시 몰라 건초염일 가능성도 의심해 봤는데 징후조차 없더구나. 무엇보다 통증이나 저림이라면 모를까 마비가 와서 감각이 없어지는 증상은 성형수술 때문이라고 보기에는 어렵고, 시간이 지나면 원래대로 돌아온다는 것도 영 이상해. 적어도 육체적인 외상으로는 설명이 안 된다."

"그, 그렇지만 기분 탓일 리는 없어요."

"기분 탓이라고 한 적 없다. 원인이 있다면 정신적인 요인일 거라는 뜻이야. 정신과 의사가 아니라 즉단할 수는 없지만…… PTSD라고 아니?"

"잘 모르지만 들어 본 적은 있어요."

"정식 병명은 심적 외상 후 스트레스 장애인데, 유럽과 미국에서는 주로 퇴역 군인이 증상을 호소하면서 널리 알려졌고, 일본에서는 한신·아와지 대지진 이후 많이 보고되었지. 사고나 재해를 겪어 충격을 받으면 정신이 쇼크 상태에 빠져 패닉을 일으키는 경우가 있어. 그걸 자기방어하기 위해 뇌 스스로가 뇌 기능의 일부를 마비시켜 일시적으로 회피하려 하지. 뇌 기능의 일부가 정지되면서 이상 신호를 발신하고 그로 인해 감정의 위축, 수면 장애, 두통, 복통, 심지어 사지 마비까지 유발하는 거야."

"사지…… 마비."

"손가락이 움직이지 않게 된 것이 어젯밤부터라고 했지? 그럼 손가락이 제대로 움직인 건 언제까지지?"

"엄마가 신사 돌층계에서 떨어져서…… 돌아가셨다고 듣기 전까지, 예요."

그렇다. 그전까지는 20분 휴식하면 5분 동안 계속 연주할 수 있었다. 경찰이 소식을 전하러 오기 직전까지 연습을 하고 있었으니.

"어떤 사건이 PTSD의 원인이 되는지는 아직 해명되지 않았어. 그런데 어머니가 너무 갑작스럽게 돌아가셨잖아. 네 나이 정도면 당연히 충격을 받지. 게다가 너 역시 위험한 일을 두 번이나 겪었다. 그 충격과 공포가 심적 외상이 되었을 가능성은 충분해. 물론 가능성일 뿐이지만, 신체적 이상이 확인되지 않는 한 정신적인 측면에서 그 원인을 찾는 수밖에 없어."

"제가 만약 PTSD라면 어떻게 해야 나을 수 있어요?"

"생화학 메커니즘에 의한 증상인 만큼 의식한다고 해서 제어할 수 있는 문제가 아니야. 보통 약물요법과 정신요법을 병행하는데, 네 경우에는 이미 항생제와 진통제를 투여 중이라 더 이상 약물을 늘리는 데 동의할 수 없구나. 현재로서는 심리 상담을 받는 수밖에 없겠어. 나중에 대학 심리상담사를 소개해 주마."

"정말 제 의지로는 어떻게 할 수 없는 거예요?"

"일반적으로는 그렇다고 볼 수 있지. 그런데 꼭 그렇게만 볼 수 없다는 의견도 있다. 심리 상담이라는 외부적인 작용이 효과가 있다면 환자 스스로의 의지와 노력도 효과가 있지 않을까 하고 말이야. 환자 스스로의 노력을 응원하는 의사에게는 쌍수 들고 찬성할 만한 의견이지."

"환자 스스로의 의지와 노력이라면……."

"어머니를 여읜 슬픔에서 벗어날 것. 자신을 노리는 자에 대한 공포를 극복할 것. 덧붙이자면 벗어남과 극복은 재활 치료의 과제이기도 해."

"제가…… 할 수 있을까요?"

"식상한 데다 한심하기 짝이 없는 질문이군." 신조 선생님이 코웃음을 쳤다.

"가능성이 있으면 하고 없으면 말 문제가 아니다. 도대체 네 몸을 누구의 몸이라고 생각하지? 도대체 몇 만 명의 환자가 장애를 극복하려고 바닷가 모래를 한 알씩 주워 모으는 노력을 하고 있다고 생각해? 그걸 정신론으로 치부하는 건 간단하지만, 최종적으로 병을 낫게 하는 건 의료 기술도 약물도 아니다. 그건 반드시 낫고야 말겠다는 환자 본인의 의지야. 진부하게 들릴지 모르겠지만 어차피 의사가 할 수 있는 일은 정해져 있어. 환자의 의사意思야말로 의사醫師보다 강한 법이거든."

신조 선생님도 말장난을 다 하는구나 싶어 웃어 주긴 했지만, 선생님의 시무룩한 얼굴은 여전했다.

"무엇보다 네게는 다른 환자에게는 없는 무기가 있잖아."

"무기라뇨?"

"네 피아노 선생님. 미사키 요스케라고 했던가? 네가 마법사라고 떠벌리고 다닌다던데. 지나가다 간호사들 이야기를 얼핏 들었지."

"아, 그건."

"괜찮다. 그가 마법사라는 데는 나도 동의하니까. 지난번에 거의 기적적인 모습을 보여 줬으니. 그럼 다시 한번 해 보면 어떨까? 심적 외상을 의지의 힘으로 박살 내는 거다. 너라면, 아니 너와 그 마법사 콤비라면 할 수 있을지도 몰라."

"선생님, 그건 너무 무모해요!"

"이제 와서 무슨 소리지? 석 달 전만 해도 심각한 화상을 입고 실려 온 네가 피아노 콩쿠르에 나가겠다고 하는 자체가 훨씬 더 무모하다."

신조 선생님은 대답에 궁해 머뭇거리는 나를 똑바로 쳐다봤다.

"그런데 나는 그런 무모한 환자를 좋아하거든. 성공하는 사람은 반드시 무모한 행동을 하는 법이지. 평탄한 길과 무난한 장소에 연연하는 녀석은 산에 오르지도 못할뿐더러 절대로 하늘을 날 수도 없다."

흠칫 놀랐다. 비슷한 말을 누군가에게 들은 기억이 있다.

"저는 새가 아닌걸요."

"너 자신은 그렇지. 그런데 네가 연주하는 음악에는 날개가 있더구나. 그날 휴게실에서 네가 연주한 오르간을 많은 환자들이 들었단다. 그중 사고로 한쪽 다리를 크게 다친 아이도 있었는데, 그 아이의 꿈은 안타깝게도 축구 선수였어. 수술을 했어도 자유롭게 움직이지 못하는 다리에 실망해서 재활 훈련도 하는 둥 마는 둥이었지. 그런데 불과 몇 달 전까지 손 하나 까딱하지 못했던 소녀가 그 곡을 연주했다는 소리를 듣고 그날로 눈빛이 달라지더니 재활 훈련에 열심히 임하더구나. 네가 연주한 곡이 날개를 펼치고 같은 처지에 놓인 환자의 마음에까지 날아간 거다. 네 연주를 듣고 싶어 하는 사람이 나 하나라고 생각하면 큰 오산이다."

"선생님…… 치사해요."

"어른은 원래 치사하단다. 이것도 기억해 두렴."

진찰을 마치고 정면 현관을 나오자 어느덧 해가 뉘엿뉘엿 저물고 있었다. 나흘간 줄기차게 내리던 장맛비도 이제야 걷히고 흐린 하늘 저편에서 어슴푸레한 주홍빛 노을이 비친다. 습기를 담뿍 머금은 공기가 살갗을 부드럽게 감싼다.

현관 앞 로터리에 낯익은 동상이 광장을 굽어본다. 2미터 높이의 성모 마리아상. 병원의 모체 대학이 카톨릭계라서 이 상이 선택되었으리라.

마리아상이 두 손을 모으고 기도하고 있다. 저 기도는 병고에 시달리는 자들에 대한 연민일까, 아니면 이미 죽은 자들에 대한 애도일까.

문득 할아버지가 떠올랐다. 아마 신조 선생님이 그런 말을 해서일 것이다.

기도는 거룩한 행위다. 분명히 내게도 기도해야 할 때가 찾아올 것이다. 기도하지 않고서는 버틸 수 없는 순간이 올 것이다. 하지만 지금은 아니다. 기도란 그 사람이 할 수 있는 모든 것을 다한 뒤에 남아 있는 마지막 행위니까. 할아버지라면 그렇게 말씀하실 것이 틀림없다.

신기하다. 할아버지는 석 달 전에 화재로 돌아가셨는데 아직도 살아 계신 것 같다. 살아서 날 격려해 주는 것 같다. 비교하는 건 잔혹할지도 모르지만, 밤중에 거실에서 눈물을 글썽이며 혼자 술을 들이켜는 사람보다 존재감이 훨씬 크게 느껴진다.

산 자보다 더 생생하게 살아 있는 죽은 자.

죽은 자보다 더 스러지듯 죽어 있는 산 자.

그 두 가지를 구분하는 것은 대체 뭘까.

그것은 내 속에도 있는 걸까.

주택가로 향하는 언덕 어귀에 약국이 있다. 보습제가 떨어졌다는 미치코 씨의 말에 거기서 택시를 세우고 보습제를 산 뒤 집까지 걸어가기로 했다. 완만한 비탈길이라 보통 사람이 걸으면 5분. 불편한 다리로도 그리 험난한 길은 아니다.

취학아동이 적은 동네라 저녁때가 되어도 아이들의 떠들썩한 소리는 들리지 않는다. 나 말고 비탈길을 걷는 사람도 없다. 가로등은 충분히 밝지만 비에 젖은 아스팔트가 빛을 흡수하기 때문에 발치가 어두컴컴하다.

문득 내게 눈과 귀가 없다는 상상을 해 봤다. 가령 삼중고를 겪은 헬렌 켈러처럼. 그녀는 눈도 보이지 않고 귀도 들리지 않았다. 말도 하지 못했다. 그런데도 밤낮을 구별해 냈다고 한다. 피부가 그걸 가르쳐 주었기 때문이다.

몸이 이렇게 되고 보니 그녀의 말이 진실이었음을 실감한다. 남보다 두 배는 더 피부가 민감한 탓인지 공기의 변화를 그야말로 손바닥 보듯이 훤히 알게 되었다. 기온이나 습도에 관계없이 아침 공기는 수런거린다. 알갱이 하나하나가 경쾌하게 튀어 오르고 끊임없이 흘러 움직인다. 그 반면 밤공기는 입자끼리 단단히 결합해 장마철 비구름처럼 묵직하게 멈춰 있다. 그뿐만 아니라 마음속에 있는 어두운 부분을 거울처럼 비춰 낸다. 불안, 증오, 사심邪心. 사람이 어둠을 두려워하는 건 분명히 그 어둠 속에서 자기 자신의 어두운 면을 보기 때문이다. 나도 예외는 아니다.

이윽고 우리 집 문등이 보이기 시작했다.

동시에 뒤에서 자동차 소리가 들려왔다. 소리로 짐작건대 일반 승용차 같았다. 동네 주민이 운전하는지 과속하는 것 같지는 않았다. 오른쪽 갓길로 걷고 있던 나는 안전을 위해 길섶으로 더 바싹 붙었다.

헤드라이트가 저 앞에 있는 전봇대와 표지판을 비춘다.

엔진 소리가 가까워진다.

그때였다.

바로 옆에서 누군가 내 오른쪽 어깨를 세게 밀쳤다.

무방비 상태였던 나는 잠시도 버티지 못했다.

눈 깜짝할 새도 없이 도로 한가운데에 나동그라졌다.

왼쪽 어깨에 격통을 느꼈지만 한순간이었다.

온 신경이 차 소리가 다가오는 방향에 쏠렸다.

반사적으로 그쪽으로 고개를 향하자 헤드라이트 불빛에 눈이 부셨다.

타이어의 비명 소리.

치인다! 그렇게 생각한 다음 순간, 나와 헤드라이트 사이에 누군가 뛰어들었다.

요란한 경적 소리.

급브레이크.

고함.

얼마간의 시간이 지나고 겨우 정신이 돌아왔다.

"다친 데 없어?!"

날 끌어안은 목소리가 귀에 익다.

"미사키, 선생님……."

"다친 데 없느냐고?!"

두 번 묻기에 겨우 냉정을 되찾았다.

"어깨를 부딪쳐서 좀 아파요. 다른 데는 괜찮은 것 같아요."

미사키 씨의 어깨에서 힘이 쑥 빠지는 게 느껴졌다. 미사키 씨는 나를 갓길로 데려다 놓고 자동차 쪽으로 걸어갔다. 운전자와 두세 마디 주고받더니 별 분쟁 없이 해결되었는지 차가 느릿느릿 눈앞을 가로질러 떠났다.

살았음을 확인한 순간 귓전에 딱딱 소리가 들렸다. 무슨 소린가 했더니 내 이가 부딪치는 소리였다.

"괜찮아?"

다시 달려온 미사키 씨에게 나도 모르게 매달렸다. 이뿐만 아니라 어깨도 와들와들 떨렸다.

"마침 강의도 일찍 끝났고 손가락도 걱정이고 해서 평소보다 일찌감치 왔더니."

"선생님, 무서워요! 무서워서 죽는 줄 알았어요……."

"운이 좋은지 나쁜지 네가 위험할 때는 대체로 내가 근처에 있구나. 자, 일단 집으로 갔다가 검사를 받도록 하자. 크게 다쳤으면 안 되는데. 그나저나 어둡고 젖은 길이라 미끄러진 거니?"

"누가, 누가 밀쳤어요!"

아까 걷던 곳을 손으로 가리켰다. 미사키 씨가 그쪽을 재빨리 훑어봤지만 어둠 속에는 이미 아무도 없었다.

하지만 분명히 누군가 있었고 나를 밀쳤다.

"두 번 있는 일은 세 번 있는 법이라더니. 심지어 이번에는 살의와 범행 모두 노골적이었어. 이제 우연에 맡기는 한가로운 수법은 쓰지 않기로 했나 보군. 상대는 진심이다."

"진심이라뇨……?"

"진심으로 널 죽일 작정이라는 뜻이지."

감정을 숨긴 목소리. 그런데도 내 가슴을 꿰뚫기에는 충분했다. 아스팔트에는 젖은 부분을 긁어낸 듯한 급브레이크 자국이 남아 있었다. 희미하게 고무 타는 냄새도 풍겼다.

온몸의 떨림이 도무지 멈추지를 않는다.

죽음이 내 곁에 바싹 다가와 있었던 것이다.

"손가락 검사 결과는 어땠어?"

나는 신조 선생님에게 들은 설명을 그대로 전했다.

"PTSD…… 아, 그 생각을 미처 못 했군. 그래, 의사 선생님 지적이 맞을지도 모르겠어."

미사키 씨는 자신이 차도 쪽에 서서 걸었다.

"충격과 공포라. 충격이야 어쨌든 공포를 누그러뜨리는 방법이 아주 없는 건 아닌데. 공포의 근원이 뭔지 아니?"

"글쎄요, 잘……."

"정체를 알 수 없다는 거다. 어둠에 몸을 숨긴 맹수든 지하에 숨어든 테러리스트든 얼굴과 신원이 밝혀지면 위협이 될 수는 있어도 공포심은 수그러들지. 귀신인가 하고 봤더니 마른 참억새더라는 속담도 있잖아. 그러니 네 증상도 범인을 알아내면 공포가 누그러져서 차도가 보일지도 몰라."

"저, 그거 혹시."

"네 손가락이 회복되지 않는 이상 나도 피아노를 가르치는

건 불가능해. 나는 수술을 할 수도 처방전을 쓸 수도 없다. 하
지만 범인이 누군지 알아내는 정도는 가능할 거다."

IV *Vivo altisonante*
소리 높여 생동감 넘치게

I

CD를 넣고 재생 버튼을 누른다.

〈드뷔시 피아노 명곡집〉, 수록곡은 〈전주곡집 제1권〉과 〈베르가마스크 모음곡〉 외. 어제 구도 선생님에게 빌려 왔는데 케이스는 색이 바래고 손때가 묻어 있다. CD 본체도 라벨면은 여기저기 긁힌 자국으로 가득한 반면 거울처럼 깨끗한 기록면을 보고 탄성을 질렀다.

피아노를 배운 지 오래되었는데도 드뷔시를 제대로 들어본 적이 거의 없다. 물론 〈달빛〉이나 〈아마빛 머리의 소녀〉 같은 대중적인 곡은 들어서 알고 있지만 진지하게 감상한 적이 없다. 듣기도 전에 싫어서 그런 게 아니라 그냥 기회가 없었을 뿐이다.

과제곡인 〈달빛〉을 듣는 순간 먼저 아름다운 화음에 놀랐

다. 화음의 기본인 도미솔에 음을 더하여 울림이 더욱 깊어
졌다.

영롱한 음 하나에 달빛 한 줄기가 오롯이 담겨 있다. 음이
빛이 되어 마음속에 비쳐 든다. 눈꺼풀이 절로 감기더니 이
내 정경이 떠올라 또 한 번 놀랐다. 미사키 씨에 따르면 드뷔
시는 음과 영상의 관계를 중시했다고 하던데, 정말이었다.
달빛이 호수에 살포시 내려앉는다. 교교한 달빛 아래 한 쌍
의 남녀가 한가로이 왈츠를 춘다. 시간마저 느릿느릿 흘러가
고 부드러운 바람이 불어온다. 달빛을 받아 반짝이는 잔물결
위로 퇴락한 고성이 또렷이 떠오른다. 한 음이 끊어지기 전
에 다음 음이 이어진다. 곡이 끝나자 나는 무척 후회했다. 왜
이런 곡을 그동안 허투루 들었을까. 선율이 아름답다는 생각
은 했지만, 진지하게 들으면 이토록 상상력을 자극하는 곡이
었건만.

놀라움의 여운이 채 가시기도 전에 이어서 곡을 듣다가 또
다시 충격을 받았다. 〈아라베스크 제1번〉. 이 곡도 첫 음을
듣는 순간 눈꺼풀 너머로 영상이 떠올랐다. 놀랍게도 이번에
는 영상뿐만 아니라 색채까지 보였다. 원색이 아닌 파스텔
톤 색채였다.

정적이 감도는 사막, 싸늘한 바람이 부는 가운데를 한 나
그네가 걸어간다. 어둠 속에 도사리던 짐승도 숨을 죽이고
달을 올려다본다. 음은 마치 사락사락 흐르는 비단 같다. 그

비단이 겹겹이 겹쳐 고운 빛깔을 만들어 가듯 음도 서로 얽히고설켜 복잡한 음색을 빚어낸다. 셋잇단음표를 즐겨 쓴, 물 흐르는 듯한 아르페지오. 음이 줄줄이 포개어지는 자취를 쫓다 보니 어느덧 영혼이 육체보다 앞서 걷고 있었다. 그리고 달콤한 꿈을 꾼 듯한 4분간은 순식간에 끝나 버렸다. 분명히 음악을 들었는데 마치 한 장의 그림과 한 편의 시를 감상한 듯한 여운이 남았다.

미사키 씨의 설명에 따르면 아라베스크란 아라비아 문양, 즉 덩굴무늬를 뜻한다고 한다. 그 말대로 음이 서로 복잡하게 얽히며 우아한 곡선을 그리는 곡조가 흡사 덩굴무늬 같다. 덩굴무늬를 오래 쳐다보면 현기증이 나듯이 이 곡 또한 듣는 이에게 환각 작용을 일으키는 걸까. 나는 CD를 멈춰 놓고 잠시 꿈꾸는 기분을 맛보았다.

이것도 음악이라는 이름의 마법이다. 음 하나하나는 물리적인 음파인데 겹치고 얽히고 튀어 오름으로써 그림이 되었다가 시가 되기도 한다. 현실을 뛰어넘은 정경을 보여 주거나 천만 개의 단어보다 더 서정적인 표현을 한다.

문득 발칙한 생각이 고개를 쳐들었다. 듣는 것만으로 이렇게 쾌락을 주는 곡을 내 손가락으로 직접 연주해 낸다면 기분이 어떨까. 그에 걸맞은 환성과 박수를 받는다면 얼마나 행복할까.

물론 연주한다는 것이 그저 악보대로 건반을 쳐서 되는 게 아님을 잘 알고 있다. 이제 겨우 중급자용 연습곡을 소화해낸 내가 도전하기에는 무모하다는 것도 충분히 안다. 손가락과 팔이 마비될 만큼 연습해도 한참 부족할 것이다. 그런데도 이 곡을 쳐야겠다는 생각이 들었다. 내가 살짝 엿본 아름다운 정경을 다른 사람에게도 꼭 보여 주고 싶었다. 게다가 성공하는 사람은 반드시 무모한 행동을 하는 법이라고 신조 선생님이 말하지 않았던가.

한바탕 고민하고 있자니 미치코 씨가 미사키 씨가 왔음을 알려 주었다. 오늘은 토요일이라 대학 강의가 일찍 끝나는 날이다. 그래도 아직 오후 3시밖에 안 되어 레슨을 하기에는 이른 시간이다. 고개를 갸웃거리며 현관으로 나가자 미사키 씨가 평소의 붙임성 좋은 미소로 "지금 같이 신사로 가자" 하고 말했다.

범인이 누구인지 알아내겠다는 말은 농담도, 대충 둘러댄 말도 아니었나 보다. 걷는 것은 재활 훈련 대신이라 상관없지만 현장에 가는 것은 마음이 무거웠다. 그런 마음을 아는지 모르는지 미사키 씨는 나를 신사까지 데려가는 것에 거듭 사과하면서 사건 당일 가족 모두의 알리바이를 빈틈없이 물었다.

"결국 관련된 사람은 모두 알리바이가 없는 셈이구나."

온종일 음악 생각만 할 것 같은 사람의 입에서 알리바이라는 단어가 나오자 기분이 묘했다.

10분쯤 걸어서 아라나기 신사의 위에 도착했다. 오랜만에 쾌청한 날씨라 하늘을 올려다보니 눈이 아프도록 쨍한 파란 색이 펼쳐졌다. 그런데 눈 아래에는 한 사람의 피를 머금은 돌층계가 끝없이 이어져 있다. 마치 고약한 농담 같지만 틀림없는 사실이기도 하다. 여름 나라의 낙원이든 안락한 내 방이든 신사의 경내든 죽음은 어디에나 도사리고 있다.

목발을 짚고 돌층계를 내려갈 수도 없는 노릇이라 빙 돌아서 도리이로 들어가기로 했다. 원래 이쪽이 입구이긴 하지만. 여기서 사람이 죽었다는 이유 때문은 아니겠지만, 오후의 경내에는 사람의 모습도 말소리도 없이 이따금 머리 위 나뭇가지 끝에서 새의 지저귐이 들려올 뿐이었다.

"어머니 시신은 위를 향해 누운 상태로 돌층계 맨 밑에 있었지?"

직접 보지 못해서 모르겠다고 대답하려는 순간 "네, 맞습니다"하고 뒤에서 누군가 대신 대답해 주었다.

깜짝 놀라 뒤돌아보니 사카키마 형사가 서 있었다.

"바로 그 근처에 쓰러져 있었습니다. 돌층계 중간과 시신 주위에는 장바구니에서 쏟아진 식재료가 광범위하게 흩어져 있었지요. 피해자가 돌층계 위에서 떨어졌다는 근거 가운데 하나가 바로 그겁니다. 안녕하세요, 하루카 양. 옆에 계신 분은?"

"아, 제 피아노 선생님이에요."

"장례식에 참석했습니다만, 이 근처에서 돌아가셨다고 하셔서 합장을 하러 왔습니다."

미사키 씨가 머리 숙여 인사하자 선수를 빼앗긴 듯이 사카키마 형사도 "아, 네" 하고 덩달아 머리를 숙였다.

"그나저나 저렇게 높은 곳에서…… 고인의 의식이 없었던 것이 차라리 다행이라 여기고 싶군요."

"실은 그게. 무녀가 비명을 듣고 달려왔을 때까지만 해도 의식이 있었나 봅니다……. 병원에 실려 가는 도중에 사망 확인을 했으니까요. 대부분의 증거가 빗물에 씻겨 내려갔지만 돌층계 하부에서 피해자의 모발과 혈흔이 검출되었습니다. 시신의 타박상으로 판단하건대 맨 밑에 도달하기 전까지 팔다리를 수차례 부딪치고 마지막에 후두부를 세게 부딪쳤을 겁니다. 결코 편안한 죽음은…… 아이고, 이런. 하루카 양 앞에서 할 소리는 아니었는데."

죄다 말해 놓고 웬 뒷북이람. 게다가 표정에는 그리 미안해하는 기색도 없다. 문득 확신이 들었다. 방금 설명은 미사키 씨가 아니라 내게 한 것이었다. 이 형사는 내게 좋은 인상을 품고 있지 않은 듯하다.

"형사님은 왜 여기 오셨어요? 그것도 혼자서." 나는 앙칼지게 쏘아붙였다.

"도무지 납득이 되어야 말이지. 경찰 내부에서는 사건으로 다루기에는 동기가 안 보인다는 이유로 사고설을 밀고 있긴 한데. 며칠 전에 들은 대로 어머니는 겐타로 씨의 상속인에서 제외되었으니까. 그런데 그건 근시안적인 견해거든. 어머니가 고즈키 일가 사람인 이상 언젠가는 반드시 상속 문제에 휘말리게 되어 있어. 누군가가 살해했다고 가정하면 범인은 그 사람의 죽음에 웃는 누군가겠지. 그런데 웃는 것은 딱히 그때가 아니어도 상관없거든."

그걸 듣고 가슴이 철렁했다. 방금 설명은 미사키 씨가 예상한 대로가 아닌가. 흘끗 미사키 씨를 살폈지만 정작 본인은 시치미를 떼고 이렇게 물었다.

"여러 차례 부딪쳤다고 말씀하셨는데, 얼굴이나 이마에는 외상이 없었던 거군요?"

"네, 얼굴은 깨끗했습니다만 그걸 왜?"

"그 역시 사건성을 뒷받침하는 근거이겠군요."

사카키마 형사가 허를 찔린 듯이 눈을 크게 떴다.

"당신, 도대체 무슨 소리를."

"에쓰코 씨가 변을 당한 날에는 비가 많이 내렸습니다. 장을 보고 오는 길이라 당연히 돌층계를 올라갔을 테지요. 게다가 여기는 손잡이도 없습니다. 한 손에 우산, 다른 한 손에는 3킬로그램 정도 되는 장바구니, 그리고 비. 그런 조건에서 돌층계를 올라가면 당연히 몸을 앞으로 숙이는 자세가 됩니다. 그 상태에서 발을 헛디디면 어떻게 될까요? 두 손이 자유롭지 못한 상태라 앞으로 고꾸라지는 것이 보통입니다. 맨 밑까지 구르는 도중에 후두부도 부딪쳤겠지만, 이마나 얼굴에 상처가 전혀 없는 것은 부자연스럽습니다. 그런데 누군가에게 떠밀려 떨어지거나 누군가가 뒤에서 잡아당겨 떨어졌을 경우에는 얼굴 앞면에 상처가 없어도 납득이 가지요. 따라서 사건성이 농후하다는 겁니다."

사카키마 형사는 어안이 벙벙한 표정을 숨기는 것조차 잊은 듯하다. 평소의 푸근하고 순한 척하던 가면이 홀랑 벗겨지고 말았다. 샅샅이 훑는 듯한 시선으로 미사키 씨를 쳐다봤다.

"그러고 보니 아직 이름도 듣지 못했군요. 실례지만……."

"미사키라고 합니다. 지금은 음대의 임시 강사로 입에 풀칠을 하고 있습니다."

"미사키?" 이름을 듣더니 수상쩍어하는 표정을 지었다. "아까 피아노 선생님이라고……. 혹시 미사키 요스케 씨가 아니십니까?"

"맞습니다. 보잘것없는 피아노쟁이 이름을 다 아시고 영광입니다."

미사키 씨가 싱긋 웃으며 인사를 하자 사카키마 형사가 냉큼 적의와 불손한 태도를 벗어던지고 환하게 웃었다.

"아이고, 이거 실례했습니다. 소문은 익히 들었습니다."

도대체 이 짧은 시간에 태도를 몇 번을 바꾸는지. 전에 이 형사의 눈을 뱀눈에 비유한 적이 있었는데 실은 카멜레온이었던 거다.

"그럼 미사키 씨도 같은 의견입니까?"

"글쎄요, 저 같은 문외한이 뭘 안다고요."

"일부러 현장까지 와서 조사를 하지 않았습니까?"

"아까도 말씀드렸다시피 합장을 하러 왔을 뿐입니다. 제가 사는 곳 집주인이 돌아가신 겐타로 씨였거든요. 그런 인연도 있고 해서."

"아, 그렇군요."

말은 그렇게 하면서 얼굴은 전혀 납득하지 않은 듯했다.

"어쨌든 정황증거에 불과합니다. 의심스럽긴 해도 당장 사건성이 있다고 보고 수사원을 대거 투입할 수도 없는 노릇이고. 사건 당일이 연휴였던 데다 폭우 탓에 아직껏 목격자로 나서는 사람도 없고, 아무리 넓기로서니 신사 경내는 공원과 달리 늘 인적이 드물지 않습니까. 게다가 울창한 벚나무에 가려 주위에서는 경내 상황이 보이지도 않습니다. 피해자의 비명 소리도 빗소리에 묻혀 무녀 한 명이 겨우 들었지요. 팔방이 다 막혀 속수무책이라는 말은 이런 걸 뜻하나 봅니다."

"그래도 일단 사건으로 방향을 잡고 수사하기 시작하면 진전이 빠르겠지요. 그러니 더더욱 물적 증거를 발견해 수사 방향을 확정해야 할 텐데요."

"왜 진전이 빠르다고 생각합니까?"

"만약 살인 사건일 경우 괴한의 충동적인 범행일 가능성이 적으니까요. 벚나무에 둘러싸인 신사에 들어가지 않는 한, 여기는 주택가로 이어지는 전망 좋은 외길입니다. 그런 위치에서, 게다가 은행에서 현금을 찾아 돌아오는 노인이라면 또 모를까 장 보고 오는 주부를 노릴 만한 강도는 거의 없을 겁니다. 변변한 흉기도 없이 우연히 그 자리에 있던 사람을 돌층계에서 밀어 떨어뜨렸으니 괴한도 아니라는 생각이 드는군요. 그럼 계획적이든 충동적이든 범인은 에쓰코 씨 주변에 있는 인물일 가능성이 커집니다. 주변 인물의 동기와 알리바이를 파고들면 용의자도 자연히 좁혀질 겁니다."

미사키 씨의 설명을 듣고 사카키마 형사가 못마땅한 표정으로 고개를 두세 번 가로저었다.

"저 같은 제삼자가 간섭할 일은 아니지만 당신은 길을 잘못 선택했군요. 이쪽 사람이 되었다면 지금쯤 분명히 훌륭한 경력을 쌓았을 텐데 말입니다."

"과대평가이십니다."

"아니, 겸손하기까지 하군요. 현장을 흘끗 봤을 뿐인데 그만 한 판단을 즉각 내릴 수 있는 건 경찰관의 자질이 있어서입니다."

"직업 적성은 자질만으로 결정되는 게 아닐 텐데요."

"그야 그렇지만…… 미사키 씨, 이건 연장자의 넋두리 같은 건데 말입니다. 일이란 게 전부 그렇겠지만, 어떤 애송이든 배우면 어느 정도는 할 수 있게 됩니다. 그런데 그 수준에서 더 발전할 수 있느냐는 자질의 문제거든요. 노력해서 될 일이 아닙니다. 사람의 거짓말이나 숨은 진실을 파헤치는 재능은 분명히 존재합니다. 그런데 그걸 갖추지 못한 상태로 계속 형사 일을 하는 녀석이 수두룩하답니다. 통찰력 꽝인 형사, 사람을 성선설로밖에 판단할 줄 모르는 형사가 발에 차이도록 널렸다 이 말입니다. 그런 형사는 공을 안 차는 축구 선수나 다름없지요."

"어디든 안 그렇겠습니까. 다만 저도 음대에 들어가서 알았는데 피아노든 바이올린이든 악기 연주에 엄청난 재능을 가진 사람은 꽤 많습니다. 기교면에서는 프로 연주자와 겨루어도 손색없을 만큼 뛰어나죠. 그런데 그들이 전부 화려하게 데뷔를 하느냐 하면 그렇지도 않거든요. 대부분은 중퇴해서 집에서 썩거나 졸업했어도 악기점 점원이 된다든가, 아르바이트하면서 거리의 악사로 나서는 수밖에 없어요. 경찰과 음악가는 사정이 딴판일지도 모르겠지만, 자질만으로는 성공하지 못한다는 점에서 마찬가지라는 생각이 듭니다. 발명왕의 말과는 좀 다르지만, 노력하지 않으면 모처럼의 재능도 점점 녹슬겠지요."

옆에서 이야기를 듣는 사이 슬쩍 당황했다. 언뜻 듣기에는 사카키마 형사에게 하는 이야기 같지만 내게 하는 이야기처럼 들리기도 했기 때문이다.

"결국 적성에 맞고 안 맞고는 그 사람에게 달린 것이 아닌가 싶을 때가 있습니다. 형사든 음악가든 처음부터 프로였을 리는 없으니까요. 일을 계속하다 보면 형사의 머리가 되고, 음악가의 귀와 손가락이 되어 가는 게 아닐까요? 중요한 건일단 되고 나면 자질이 있네 없네 하며 징징댈 수 없습니다. 직업을 선택한 시점에서 그 길의 프로가 되도록 노력하는 것이야말로 최소한의 의무라고 생각합니다."

"방금 그 말, 우리 서署 젊은이들에게 해 주고 싶군요. 요즘형사는 경찰수첩을 지닌 월급쟁이일 뿐이거든요. 현장백회*라는 말을 입 밖에 냈다가는 천연기념물 취급을 당하기 일쑤입니다."

"저도 다를 바 없습니다. 사람을 의심할 때도 있지만 우선믿어 보려 하고, 세상에는 애정과 신의도 있다고 믿는 한 사람이거든요. 아무리 애써도 형사님 같은 프로 경찰관은 못될 겁니다."

"역시 겸손, 이라기보다는 거짓말이군요. 당신은 그런 선량한 사람이 아닐뿐더러 이상주의자도 아닙니다…… 어이쿠. 선량하지도 이상주의자도 아닌 사람이 또 왔군요."

사카키마 형사가 올려다본 방향, 돌층계 맨 위에서 우리를 내려다보는 사람이 있었다.

---

* 現場百回, 사건 현장에 해결의 실마리가 숨겨져 있으니 백 번 찾아가서 신중히 조사해야 한다는 뜻.

겐조 삼촌이었다.

겐조 삼촌은 긴 돌층계를 가뿐히 내려와 "이야, 여기 다 모였네요" 하고 말했다. 그러고는 들고 있던 헌화를 돌계단 밑에 두고 잠시 합장을 했다. 나는 어떻게 해야 할지 몰랐다. 명색이 딸인데 꽃을 준비할 생각조차 못했기 때문이다.

겐조 삼촌의 표정은 온순했지만 이쪽을 돌아봤을 때는 평상시의 비아냥대는 미소를 머금고 있었다.

"그나저나 형사님하고 하루카는 그렇다 쳐도 미사키 선생님까지 있네요. 형사님, 뭐 찾아낸 거라도 있습니까?"

"아뇨, 뭔가 남았더라도 그날 비에 씻겨 내려갔겠지요. 그런데 여긴 웬일로?"

"형수님한테 꽃을 바치려고…… 왔다고 하면 안 믿으시겠죠. 짐작하신 대로 저도 사고 현장, 아니 범행 현장이 영 마음에 걸려서 말입니다. 어쨌든 용의자 중 한 명이기도 하고요."

"어이쿠, 저는 단 한 번도 그렇게 말한 적이 없습니다."

"말씀은 안 하셔도 분위기로 몰고 가고 있잖아요. 형사님에게서 혐의를 벗으려면 죽어서 상속권을 잃는 수밖에 없는 거 아닙니까? 당신, 고즈키 일가 사람뿐만 아니라 아버지의 먼 친척까지 전부 의심하고 다닌다던데?"

"아뇨, 이번 일만큼은 사고라는 의견이 많거든요."

"시치미 떼지 마쇼. 어젯밤 니가타에 사는 숙부님한테 전화가 왔다고요. 멀리 아이치 현경에서 경찰이 찾아왔다던데요? 아버지와는 20년 가까이 왕래가 끊겼는데 왜 이제 와서 터무니없이 의심을 받아야 하느냐면서 노발대발하십디다."

요컨대 미사키 씨의 말대로 되었다는 거다. 재산을 노린다는 관점에서 보면 용의자의 범위는 가족뿐만 아니라 멀리 사는 친척에까지 확대된다. 12억 엔이라는 돈은 그 범위를 확대할 만한 액수인 것이다.

"어쨌든 가장 유력한 용의자가 직계가족인 건 분명하겠지. 내가 아무리 멍청하기로서니 그 정도도 모를까 봐서요? 현장에 관심을 가질 수밖에 없다고요. 내가 형수님을 떠밀었다는 증거가 남아 있을지도 모르니. 그렇게 생각했더니 불안해서 가만히 있을 수 있어야지."

"그것참 안됐군요. 그럼 전 이만 가야겠습니다."

사카키마 형사가 그렇게 말하고 자리를 떠나려 했다. 나는 문득 마음에 걸리는 게 있어서 다급히 입을 열었다.

"선생님, 잠깐만요."

"어, 그래. 난 사무소 쪽에 가 있으마."

미사키 씨가 사무소 쪽으로 향하는 걸 곁눈질하며 나는 사카키마 형사를 쫓았다. 목발 소리를 들었는지 그가 금방 멈춰 섰다.

"오, 하루카 양. 무슨 일로?"

"저, 별로 중요한 건 아닌데 뜻밖이어서요…… 형사님, 취미가 클래식 듣기인가 봐요."

"으음?"

"아까 미사키 선생님 이름을 알고 계셨잖아요. 선생님이 음악계에서 한창 뜨고 있긴 한데 그래도 전문지라도 읽지 않는 한 이름까지 외우기는 쉽지 않죠."

"잠깐, 잠깐만. 하루카 양, 뭔가 잘못 알고 있는 것 같은데. 미안하지만 나는 그런 고상한 음악과는 인연이 없어. 아는 클래식이라고는 연말에 나오는 〈제9번〉* 정도 뿐이란다."

"그럼 미사키 선생님 이름은 어떻게 아셨어요?"

"정확히 말하면, 네 선생님이 아니라 그 사람 아버지가 경찰 사이에서 유명하거든. 나고야 검찰청 하면 그가 생각날 만큼 실력이 뛰어나기로 유명한 검사장이라 현경이 늘 신세를 지고 있지. 그야말로 추상열일을 체현한 사람이야. 청렴결백하고 심신이 강건할 뿐 아니라 범죄를 다룰 때는 악귀처럼 잔혹하고 부패한 정치를 추궁할 때는 악마처럼 집요하지. 검찰 엘리트는 보통 거북하기만 한 족속인데 그 사람은 다르다며 열렬히 존경하는 녀석들이 수두룩할 정도야. 그런데 한 6년쯤 전인가. 그 검사장 외아들이 사법시험에 수석 합격했다는 이야기가 퍼졌어. 미사키 요스케의 이름은 그때 처음 들었지. 그도 그럴 것이 유명 검사의 아들이 일본에서 가장 어려운 시험에서 수석을 기록했단 말이지. 당연히 주목할 수밖에. 그

---

* 베토벤 교향곡 제9번.

런데…… 연수를 마친 사법연수생은 법원이나 검찰청 근무, 혹은 변호사가 될지를 선택하는데 미사키 요스케의 선택은 생뚱맞게도 피아니스트였어. 이에 관계자 모두 뒤집어졌지. 선거에 갓 당선된 신참 의원이 갑자기 아이돌 가수로 전향하는 것이나 마찬가지거든. 이후 미사키 요스케는 경찰 관계자 사이에서 거의 전설처럼 전해지는 존재가 되었지."

"거짓말……."

"일 년의 연수 기간에는 세 개의 부서에 차례로 배치되는데, 그는 모든 부서에서 우수했지만 특히 검찰의 평판이 좋았어. 당장 현장에 투입해도 될 만큼 뛰어났거든. 본인뿐만 아니라 아버지에게도 물밑 작업이 가해졌던 모양이야. 그래서 행여나 변호사만은 되지 않았으면 하는 희망을 품었는데 설마 제4의 선택을 할 줄이야. 미사키 요스케를 만난 건 오늘이 처음이지만, 검찰청 녀석들의 기대가 얼마나 컸는지 알 만하군. 저 정도 수준이라면 우리 경찰에서도 탐나는 재목이야. 피아노쟁이로는 아까워."

"아깝다뇨, 절대 아니거든요?"

나는 발끈하고 나섰다.

"미사키 선생님 연주가 얼마나 훌륭한데요. 그 손가락에서는 마법이 피어난다고요. 선생님 음악에는 듣는 이를 천상으로 이끄는 힘이 있어요. 저는 미사키 선생님이 피아노를 선택한 게 정답이었다고 생각해요. 만약 형사나 경찰관이 되었으면 지금처럼 사람들을 행복하게 할 수는 없었을 거예요."

"그렇게 볼 수도 있겠구나. 그런데 말이다, 우수한 형사나 검사가 늘어나는 건 명피아니스트가 한 곡 연주하는 것보다 더 의의가 있단다. 성실히 수사해서 무고한 사람이 죄를 뒤집어쓰는 일이 없도록 하고, 흉악 범죄를 밝혀내서 죄인을 속죄시킬 수 있지. 그야말로 질서 회복과 치안 안정, 더 나아가서는 법치국가의 과제를 해결하는 길이야. 한 곡만큼의 위로보다 일상의 안녕이 더 중요하지 않겠니? 아무튼 사건에 관여할 거면 우리 쪽에 협조해 달라고 전해 주렴."

사람 편에 뭔가를 부탁하는 건 그 사람에게 대놓고 부탁하기 어려워서다. 내가 입을 꾹 다물고 있자 사카키마 형사는 평소의 거짓 웃음을 남기고 사라졌다. 얄밉게도 사라진 후에도 그 미소는 가면처럼 응고된 채 기억에 남았다. 마치 체셔 고양이*처럼.

피아노 선생님의 통찰력이 어디서 왔는지 이해한 것이 반, 뭔가 배신당한 듯 쾌씸한 기분 반인 채 원래 장소로 돌아가자 겐조 삼촌이 돌층계를 올려다보고 있었다. 그 옆얼굴을 보고 차마 말을 걸 수 없었다. 복받쳐 오르는 감정을 애써 참는 모습이었기 때문이다.

"⋯⋯높다."

---

* 『이상한 나라의 앨리스』에 등장하는 고양이로, 앨리스 앞에서 사라질 때 꼬리부터 사라지더니 씩 웃는 모습이 마지막까지 남아 있었다는 대목이 있다.

표정에 어울리지 않게 담담한 말투. 그래서 더 가슴이 아팠다.

"방금 세어 봤어. 흔히들 말하는 150단이 아니라 157단이네. 저렇게 높은데 디딤바닥이 20센티미터밖에 안 돼서 더 가팔라. 저 꼭대기에서 여기까지 거꾸로 떨어지면서 아홉 군데나 부딪혔어. 전부 뼈에 영향이 갔다더라. 하긴, 당연하지. 돌층계 모서리에 꽝 부딪혔으니. 그런데도 의식이 말짱해서 많이 아팠을 거야. 고통에 몸부림치다 구급차 안에서 숨이 끊겼지. 얼마나 원통했을까…… 착한 사람이었는데. 형한테는 아까울 만큼. 하루카, 너한테도 착한 엄마였지?"

나는 작게 고개를 끄덕였다.

"형수님이 우리 집에 처음 왔을 때가 생각나. 형이 귀띔조차 안 해 줬는지 으리으리한 저택을 보고 깜짝 놀라더라. 평범한 집에서 자란, 평범한 회사원이었으니 놀랄 만도 해. 그런데도 우리 집 가풍에 금방 적응했지. 내가 아버지나 형과 티격태격하면 항상 말려 주고 화해도 시켜 주었어. 아버지의 고약한 성깔에도 잘 견뎌 주었는데. 신혼 때는 애써 저녁상을 차려 놓으면 기름지다면서 아버지한테 타박도 많이 받았지. 그런데도 불평 한마디 없더라. 내가 이렇게 생겨 먹어서 방에 틀어박혔을 때도 밥은 제대로 먹는지, 잠은 잘 자는지 챙겨 줬어. 꼭 엄마처럼 말이야. 화재 후에는 좀 히스테릭할 때도 있었지만, 딸이 화상을 입었으니 엄마 입장에서는 충분히 그럴 수 있어. 그런 착한 아내이자 착한 엄마가 왜 이렇게 참혹하게 죽어야 하지? 심지어 가족이 한 짓이라고?"

이쪽을 향한 얼굴에 평상시의 비아냥대는 기색은 눈곱만큼도 없었다.

"나도 돈이 필요해. 없는 놈은 당연히 원하고 있는 놈은 더 많이 원하는 게 돈이야. 금전욕이란 게 원래 끝이 없거든. 그런데 개인차는 있어. 그리고 우리 고즈키 일가 사람들은 비교적 돈에 욕심이 없어. 안 그래? 어렸을 때부터 입는 거, 먹는 거 뭐 하나 부족함 없이 자랐으니까. 남들 눈에는 호화 저택에서 풍족하게 사는 걸로 보였을 테지. 우리 식구 중 유일하게 돈에 집착한 사람은 아버지뿐이었고 나머지는 돈에 별 관심 없이 살았어. 그런 사람이 막상 눈앞에 거금이 아른거린다는 이유로 살인자로 돌변할 수가 있나? 난 도저히 납득이 안 가. 생명을 위협받은 네 입장에서는 누구 놀리느냐는 말이 튀어나오겠지만, 일련의 사건이 전부 돈 때문에 일어난 일이라니 도저히 믿기지 않아. 유산을 독차지하기 위해 순서에 상관없이 가족을 제거해 나가다니…… 머리로는 무슨 소린지 알겠는데 가슴이 따라 주질 않아. 형은 쉽게 납득할지 몰라도 나한테는 너무 뜻밖이라 현실성이 없는 것 같아. 애초에 나도 그렇고 하루카, 네 입장에서도 유산 배분이 늘어나 봤자 신탁 재산에 편입되느라 바로 마음대로 할 수 있는 것도 아니잖아. 이게 다 유산 때문이라니 도저히 믿기지 않아."

"돈을 노리는 게 아니라면 뭔데? 나랑 엄마는 남한테 원망 받을 짓은 하지 않았어."

"내 말이 그 말이야. 그래서 당최 모르겠는 거라고. 아는 거 라곤 아무리 유산 때문이라도 먼 니가타에서 군이 계단 미끄 럼 방지재와 목발에 잔꾀를 부리러 올 친척은 없다는 거야. 그거, 아직 경찰에서 보관하고 있지?"

"응."

"그럼 조만간 그쪽 방면으로 진전이 있겠네. 마음이 너무 복잡해. 이런 걸 이율배반이라고 하나. 너하고 형수님을 노 린 사람이 누구인지 밝혀내고 싶은 한편 알고 싶지 않기도 해. 어쨌든 사건은 해결되겠지만 어떤 형태로 해결돼도 예전 의 고즈키 일가는 두 번 다시 돌아오지 않겠지."

겐조 삼촌이 쓸쓸하게 웃었다.

"그래도 꽃 고마워. 난 까맣게 잊고 있었어."

"신경 쓰지 마. 나도 오는 길에 생각나서 사 왔으니까. 솔직 히 말하면 살짝 우울했거든. 사람은 이럴 때 상냥해지나 봐."

나도 모르게 뜻밖이라는 표정을 지었나 보다. 겐조 삼촌이 날 보더니 쑥스러워했다.

"실은 마루노우치에 갔었거든. 가노 변호사의 사무실이 있 는 곳인데, 알고 있었어?"

알고 있었다. 그리고 마루노우치는 나고야의 관공서가 모 인 구역이라 시내에서 제일가는 오피스가衙이기도 하다.

"상속 때문에 물어볼 게 있어서 다녀오는 길이야. 거기 지나가는 놈들은 죄다 넥타이 차림이더라. 스무 살쯤 돼 보이는 새파랗게 젊은 놈부터 머리가 희끗희끗한 노인까지. 대충 입은 사람은 나밖에 없었어. 직장인이랍시고 갖춰 입은 모양새가 어쩌나 눈에 거슬리던지. 지금껏 그들을 경멸하기만 했는데, 오늘 그 넥타이 부대를 멍하니 보다가 문득 깨달았어. 내가 양복을 경멸해 왔던 건 직장인을 깔봄으로써 나 스스로를 안심시키고 싶었던 게 아닐까 하고. 남들과 다른 길을 걷는 건, 남들과 함께 걷는 게 두려워서가 아니었을까. 아티스트니 크리에이터니 나는 일반 대중과 다르다고 거드름 피웠지만 결국 싸움에서 도망친 겁쟁이가 아닐까 생각했어. 잘 생각해 보면…… 아니, 생각하고 자시고 할 것도 없이 누구나 꿈이란 게 있잖아. 어렸을 때 그린 꿈이나 장래 희망 같은 거. 그런데 성장할수록 꿈을 이룰 가능성은 점점 좁아져. 누구나 스포트라이트를 받는 게 아니란 걸 깨닫지. 그 사실을 깨달은 사람은 현실과 타협한 다음 이내 넥타이를 매고 만원 전철에 뛰어들어. 그리고 현실을 알면서도 포기하지 않고 싸우는 것이 어른의 용기지. 그걸 못하니까 애송이인 거야. 아버지는 그 말이 하고 싶었던 거야."

그러고는 나를 봤다.

"타인과 다른 길을 걸으면 다른 풍경을 볼 수 있어. 하지만 그 길은 꼬불꼬불한 비포장 길이야. 진창에 발이 빠지기도 하고 어디에 도달하는지 알려 주는 이정표도 없어. 내 앞가림도 못하면서 이런 말 하는 게 좀 비겁해 보이겠지만……만약 하루카, 네가 피아니스트가 된다면 그 사실만으로 주변 사람들에게 용기를 줄 수 있어. 그러니 포기하지 마.”

겐조 삼촌은 그 말을 남긴 뒤 돌층계를 올라 아까 왔던 길로 돌아갔다.

나 혼자 남았다.

불편한 마음이 가시질 않았다. 겐조 삼촌의 말이 틀렸다고 생각했기 때문이다. 남들과 같은 길이라고 해서 꼭 한 갈래 길만 있는 것은 아니다. 길은 한 사람 앞에 하나씩 있다. 다만 그것이 군데군데 겹친 까닭에 멀리서 보면 한 갈래로 보일 뿐이다. 자신만이 특별한 존재라는 생각은 오만하며 겁쟁이의 허세에 지나지 않는다. 나는 지난 몇 달 동안 그것을 깨달았다. 어떤 길을 가든 어차피 다다르는 곳은 모두 관 속이며, 훌륭한 길을 걸어 공을 이루고 명성을 얻은 정치가와 관료가 언론 앞에서 추태를 보이는 건 어제오늘 일이 아니다. 중요한 건 어떤 길을 걷느냐가 아니라 어떻게 걷느냐.

요즘 들어 애늙은이처럼 생각할 때가 많다. 이유는 아마도 지난 몇 달간 숱한 불행을 봐 와서일 것이다. 내 일이든 남의 일이든 슬픔을 보면 사람은 생각이 깊어진다. 어른이 된다, 라는 건 분명히 슬픔을 알아 가는 것이리라.

겐조 삼촌이 두고 간 헌화 앞으로 가서 다시 두 손을 모았다. 코앞이 간선도로인데 자동차 소리도 사람 소리도 멀리서 밖에 들리지 않는다. 새도 어느덧 지저귐을 멈췄나 보다. 귀를 기울이면 습기를 살짝 머금은 바람이 불어오는 소리가 들린다. 돌아보니 신사의 본전 건너편에 묘비 일부가 보인다. 저기에는 우지코들의 유해도 잠들어 있다. 그렇다면 이 고요함은 죽은 자의 고요함일지도 모른다.

그런데도 내 안에 살아 있는 죽은 자는 뭔가를 말하고 싶어 하는 걸까.

눈을 감고 죽은 사람들의 목소리를 들으려 했지만 바람 소리 말고는 아무것도 들리지 않았다. 잠시 그대로 가만히 있었다.

"저기요!" 하고 나를 현실로 불러들이는 소리가 들렸다.

눈을 뜨자 무녀가 새파랗게 질린 얼굴로 달려오고 있었다.

"좀 전에 사무소로 오신 남자분 일행인가요?"

"네?"

"당장 와 주세요! 그 사람, 갑자기, 갑자기 쓰러졌어요!"

서둘러 사무소로 달려가자 미사키 씨가 다다미 바닥에 누워 있었다. 그 곁을 궁사*가 지키고 있다. 나는 무슨 일인지도 모른 채 황급히 미사키 씨 왼쪽으로 달려들었다.

* 宮司. 신사의 제사를 맡은 최고위 신관.

"그날 일을 이야기하던 중 갑자기 쓰러지더구나. 마치 빈 혈처럼 쓰러지던데 이 사람에게 지병이 있느냐?"

"아뇨, 저…… 그런 이야기는 전혀 못 들었어요."

얼굴빛은 그대로였다. 힘없이 고개를 젓는 것으로 보아 의식도 있는 듯하다.

"선생님! 선생님!"

"아, 흔들지 않는 게 좋겠구나. 뇌진탕이면 괜히 더 위험해진단다."

궁사가 몸에 손을 뻗으려 한 순간 미사키 씨가 눈을 살짝 떴다.

"오. 정신이 든 모양이군."

"제가 왜…… 아, 또 쓰러졌나 보군요. 폐를 끼쳐 죄송합니다. 이, 이제 괜찮습니다."

미사키 씨가 천천히 상체를 일으켰다. 말과는 달리 아직 머리가 어지러운 듯하다.

"선생님, 무슨 일이에요? 어디 아프세요?"

내가 왼쪽에서 그렇게 물었지만 미사키 씨는 아무 반응도 없이 멍하니 정면의 궁사만 보고 있었다.

"선생님! 선생니임!"

큰 소리를 내자 그제야 알아차렸는지 내쪽으로 고개를 돌렸다. 표정에 당혹과 후회가 뒤섞여 있었다.

"아, 아아. 미안. 방금 뭐라고 했니?"

"정말 괜찮으십니까? 혹시 빈혈기가 있으면 좀 더 쉬시는 편이……."

"아뇨, 아뇨! 빈혈은 아닙니다. 잠시 현기증이 났을 뿐입니다. 최근 자주 이러거든요. 역시 혼자 살면 안 되나 봐요. 골고루 챙겨 먹지 못해 영양이 부족했나 봅니다. 얼른 장가라도 가야지 원."

미사키 씨가 궁사에게 고개를 돌리더니 쾌활하게 대답했다. 아마 내게만 부자연스럽게 들렸을 것이다. 평소 미사키 씨답지 않게 억지로 꾸며 낸 듯한 명랑함이었기 때문이다.

"그러고 보니 이야기를 하던 중이었군요…… 무녀님이 비명이나 외침 소리를 듣고 달려갔을 때 고즈키 씨가 아직 의식이 있었다는 거네요?"

"네. 고통에 신음하고 있었어요."

"뭔가 의미 있는 말을 하진 않았습니까? 이름이라든가."

"아뇨. 끙끙거리기만 했어요. 제가 괜찮은지 물어도 대답도 못 할 정도로요. 곧바로 구급차를 부르고 계속 곁을 지켰는데 그 사이에도 의미 있는 말은 한 마디도 없었어요. 출혈이 별로 없어 보여 설마 그대로 돌아가실 줄은 몰랐습니다."

"근처에, 특히 돌층계 부근에 다른 사람도 없었다는 거죠?"

"거기는 벚나무가 우거져서 만약 있었다 해도 보지 못했을 겁니다."

미사키 씨는 잠시 생각에 잠긴 뒤 말했다.

"알겠습니다. 정말 죄송합니다. 괜한 일로 업무를 방해하고 말았습니다."

그렇게 말하고 사무소를 뒤로했다.

아까와 마찬가지로 신사 경내에는 우리 말고는 아무도 없었다.

나는 선생님 왼쪽에서 나란히 걸으며 순간 떠오른 말도 안 되는 가설에 정신을 빼앗겼다. 미사키 씨는 고개를 약간 왼쪽으로 기울이고 귓불에 손을 대고 있다. 아까 내가 말을 건 쪽도 왼쪽이었다.

설마, 그럴 리 없다.

하지만 아까 그 반응은 뭐였지?

그때 내 안에서 확인해야 한다는 목소리가 들려왔다. 훗날 생각하면 순전히 호기심에서 한 행동이었다. 부끄러운 줄도 모르고 그런 짓을 하다니.

침을 꿀꺽 삼키고 그 왼쪽 귀에 대고 "선생님" 하고 말했다.

반응이 없었다.

나는 놀라서 그 자리에 멈춰 섰다.

계속 걸어가던 미사키 씨가 알아차리고 천천히 뒤를 돌아봤다.

그리고 쓸쓸하게 웃었다.

"……알아 버렸구나."

"선생님……선생님 설마."

"그래. 가끔 왼쪽 귀가 전혀 안 들리곤 해. 금방 회복되긴 하지만. 의사 친구에 따르면 명백한 장애라고 하더구나."

"병이에요?"

"그래. 선천적인 건 아니고, 고등학교 입학할 무렵부터 안 들리기 시작했어. 돌발성 난청이라고 들어 봤니?"

처음 들었기에 고개를 가로저었다.

"난청의 한 종류인데, 아무런 징후 없이 갑자기 귀가 안 들리는 질환이지. 소음이나 헤드폰이 원인인 난청과는 달라. 내이(內耳) 장애 또는 바이러스 감염이라는 의견이 있는데 원인은 아직 밝혀지지 않았어. 연간 3만 5천 명이나 진료를 받고 있는데 연구는 거의 진행되지 않고 있지."

원인을 모른다는 것은.

"짐작대로 확실한 치료법이 없어서 130개나 되는 특정 질환의 하나로 지정되어 있어. 증상에도 개인차가 있어서 소리가 울리고 깨지고 뒤틀리기도 해. 부차적인 증상으로 메스꺼움이나 어지럼증을 느끼는 사람도 있어 오진하기 쉽지. 청력이 좀 떨어져도 대화가 들리면 정상으로 진단해 버리니까. 그래서 치료가 늦어지는 경우도 많아. 원래 조기 치료와 안정이 필요한 질환인데 발견이 늦어서 치유 확률도 대폭 낮아졌지. 일반적으로는 발병 후 2주 이내가 치료 골든타임이라고 하는데, 내 경우에는 처음에 진찰해 준 의사가 전문의가 아니었거든. 운이 없었지. 처음에는 귀에 물이 들어간 느낌이었는데 그게 없어졌다 나타났다 하더구나. 점점 발병 간격이 짧아지더니 하루는 음악 시간에 합창을 하는데 갑자기 어지럽고 왼쪽 귀가 안 들리게 된 거야. 그때는 이미 늦었지."

"……그럼 못 고쳐요?"

"스테로이드제를 투여하거나 내이 혈류를 개선하는 등 치료법이 몇 가지 있긴 한데 효과가 확실하지 않아. 완치될 확률이 3분의 1쯤 되려나? 특히 고음부 청감이 잘 낫지 않아서 관현악기 소리가 제대로 들리지 않아. 특정 음정 이상이 싹둑 잘려 나간 것처럼 아예 안 들리거든."

"그, 그럼 피아노 소리도."

"그래. 콩쿠르에서 한창 연주할 때 발병한 적이 있었지. 생각만 해도 끔찍하구나. 피아노 좀 친다고 우쭐대던 녀석이 무대 한가운데서 꼼짝없이 얼어붙은 거야. 그리고 주어진 시간이 경과해서 그대로 퇴장. 아주 볼 만했겠지. 그날을 계기로 반 아이들이 악의를 노골적으로 드러내더구나. 몰랐는데 그동안 내가 꽤 반감을 샀나 보더라고. 일부러 내 앞에서 입을 뻥긋거리는 고약한 녀석도 있었지. 처음부터 목소리를 내지 않고 말이야. 그런데 나는 양쪽 귀가 다 먹은 줄 알고 마구 허둥댄 거야. 녀석들은 그런 날 보고 킥킥대더구나. 난청이 도중에 생겨서 남들 입장에서는 그게 장애라는 인식이 희박했던 거지. 그때 믿었던 친구도 많이 잃었다."

나는 무슨 말을 해야 좋을지 몰랐다. 귀가 들리지 않는 연주가는 눈이 보이지 않는 화가와 똑같다. 자신의 존재 가치가 근본부터 붕괴되는 불안, 작품과 관객을 마주해야 하는 공포. 아티스트라면 누구나 쉽게 상상할 수 있다. 늘 초연하던 미사키 씨가 그런 공포를 겪었을 줄은 꿈에도 몰랐다. 지금 와서 생각하니 미사키 씨가 자신의 의사가 상대에게 전달되었다고 기뻐하던 것도 확실히 의사소통이 되었다는 안도 때문인 것이다.

그제야 나는 내가 얼마나 어리석었는지 깨달았다. 신체에 장애가 있어서 피아노 연주를 못 하겠다고 투정 부렸을 때 미사키 씨는 귀가 들리지 않는 음악가를 예로 들어 나를 타이르려 했다. "중요한 건 그 인물이 어떤 사람이냐가 아니라 뭘 이루었느냐가 아닐까" 하고 말했다. 하지만 그것은 자신을 돌이켜본 말이었다.

"그런 치명적인 실패가 거듭된 탓에 한때는 음악의 길을 포기해야 했어. 원래 아버지는 음악으로 성공한다는 말을 세상 물정 모르는 허튼소리라고 일축하셨거든. 그래서 험악한 사이였던 아버지에 대한 화해의 뜻을 담아 대학은 법학부에 진학했지. 이미 그 형사한테 들었지? 그 길로 계속 갔으면 아마 법률가 나부랭이가 되었겠지."

그리고 또 나의 멍청한 착각을 깨달았다. 처음 소개받았을 때 오니즈카 선생님이 "아버지가 방송계에 연줄이 있으니"라고 하는 말을 듣고 '방송계'로 착각했는데 사실은 그게 아니라 '법조계'*였던 것이다.

"그런데 도저히 포기가 안 되더구나. 건반의 감촉, 음을 자아내는 기쁨, 선율을 새기는 흥분. 그에 비하면 법리론 구축과 법정투쟁은 모래를 씹는 듯한 작업에 불과했지. 법질서를 유지하거나 약자의 편에 서서 그들의 권리를 보호하는 것도 의의 있는 일이지만, 나한테는 피아노 멜로디와 리듬의 유혹에 비할 바가 아니었어. 실제로 음악은 마물이야. 무대에 서는 건 마약이지. 한 번 그 쾌락을 맛보면 다른 건 전부 볼품없어 보이거든. 일종의 중독 같은 거야. 물론 난청은 그 후에도 발병했으니 연주를 실패하면 어쩌나 하는 공포는 여전해. 하지만 그럴 때 나는 귀가 들리지 않는 작곡가를 떠올린단다."

"누구요?"

"악성 루트비히 판 베토벤. 물론 그의 음악은 예전부터 알고 있었지만, 그도 서른이 되기 전부터 난청으로 고통받아서 남 일 같지가 않았거든. 뒤늦게 그의 인생을 더듬어 봤지. 지금과 달리 치료법과 약이 부족하던 시대였고 음악 말고는 출세할 방도를 몰랐던 베토벤 입장에서는 난청은 곧 죽을병이나 다름없었을 거야. 게다가 귀 안 들리면 의사소통이 원활하지 못하니까 걸핏하면 화를 내고 그래서 더 사람들과 멀어지게 되지. 그가 괴팍하다고 소문 난 이유 중 하나가 난청

---

* 일본어로 '방송'과 '법조'는 발음이 같다.

때문이었을 거다. 일은 물론 사생활까지 실의와 절망의 연속. 사실 한계까지 내몰렸겠지. 그는 요양하러 간 하일리겐슈타트에서 유서까지 썼어."

"유서……."

"그래. 다만 그게 전혀 유서답지 않은 유서였거든. 요약하자면 이래. '나는 기꺼이 죽음을 향해 서두른다. 다른 사람에게 들리는 목동의 노랫소리가 내게는 들리지 않았을 때 자살하고 싶었던 적도 있다. 하지만 나의 예술이 그런 생각에서 나를 구원해 주었다'. 어때? 고뇌가 담겨 있지만 세상에 이별을 고하는 내용은 아니지? 오히려 절망을 딛고 일어서 고난을 극복하겠다는 결의를 표명한 거야. 실제로 베토벤은 이듬해 〈교향곡 제3번 영웅〉이라는 위풍당당한 대작을 발표했어. 벼랑 끝에 세워진 인간의 무시무시한 저항 정신. 그 의지가 만들어 내는 힘찬 음악. 물론 그의 작곡 활동은 일반인의 상식을 뛰어넘었지. 일설에 따르면 지휘봉을 입에 문 채 피아노에 접촉해 음의 진동을 느끼면서 작곡했다고 하더구나. 곁에서 보면 꼴사납게 보였겠지. 미련이 많아 보이기도 했을 거야. 하지만 같은 고민을 겪은 나로서는 그의 행동이 더할 나위 없이 용감해 보였어. 하일리겐슈타트의 유서 이후 만들어진 수많은 악곡이 절망에 허덕이는 베토벤 자신에 대한 응원가처럼 들리기까지 했지. 그 무렵의 나는 원치 않는 사법연수 탓에 속으로 악다구니를 일삼는 한편 음악을 외면하려

한 겁쟁이였거든. 가령 전철 안에서 악기 케이스를 맨 음대생을 보기만 해도 견딜 수 없었지. 부럽고 창피해서 차마 케이스를 쳐다볼 수도 없었어. 길거리나 가게 안에서 클래식이 흘러나오면 도망치듯 그 자리를 떠났지. 음악이 무서워서 도망 다닌 거야. 그런데도 손가락이 건반을 원한다는 건 알고 있었어. 어쩌다 멜로디가 귀에 들어오면 무의식중에 손가락이 허공의 건반을 짚더구나."

나는 고개를 숙인 채 이야기를 듣고 있었다. 결함이라고는 없이 구름 위를 떠다니는 완전무결한 사람인 줄 알았는데 엄청난 착각이었다. 이 사람은 구름 위는커녕 땅바닥을 기어 다니는 심정으로 살아온 것이다.

"결국 미칠 것 같아서 한 콩쿠르에 응모했지. 본선 두 달 전에. 사법시험 때와는 비교도 안 될 만큼 죽도록 연습해서…… 아아, 지금 생각해도 그때처럼 열심히 연습한 적은 없구나. 연습하다가 현이 다섯 개나 끊어졌다니까. 운 좋게도 1위로 입상했지. 딱 이맘때였구나. 이튿날 피아니스트가 되겠다고 선언해 아버지께 의절을 당했지만, 그때 올려다본 하늘이 쪽빛 물감을 풀어놓은 듯 파랗더구나. 몸을 옭아맨 사슬이 풀리고 마음이 그 파랑 속에 빨려 들어갔다. 그 후 꾸준히 건반을 두드려서 지금 이렇게 피아노 강사로 네 앞에 서 있단다."

미사키 씨가 돌층계에 앉았다. 옆얼굴은 장애 때문에 고생한 사람답지 않게 구김살 하나 없었다.

"제 레슨을 맡겠다고 하신 건…… 제 몸이 이렇게 되어서 예요? 선생님처럼 장애가 있는 절 동정하신 건가요?"

"아니. 그때 분명히 물었을 텐데. 병에 걸렸든 심하게 다쳤 든 상관없다고. 괴롭고 몸이 부서질 듯 아파도 일단 무대에 오르면 그걸 핑계로 연주를 중단해서는 안 된다고. 그런데도 피아니스트가 되고 싶으냐고. 그렇게 물었을 때 넌 분명히 예스라고 대답했지. 너의 그 절대로 지지 않겠다는, 좌절하 지 않겠다는 마음을 격려하고 싶었어. 그게 레슨을 맡은 이 유다. 동정은 하기도, 받기도 싫거든."

"치료는 받고 계세요?"

그렇게 묻자 미사키 씨가 주머니에서 필름 통을 꺼냈다. 뚜껑을 열자 알약이 가득 들어 있었다.

"스테로이드제하고 혈류 개선제, 대사 촉진제에 이뇨제까 지…… 이 통 하나가 딱 하루치 약이지. 복용량은 너 못지않 은 것 같구나. 수술해서 낫는 병이 아니라 우선 약물요법을 쓰는 중인데 치료 가능성이 아예 없진 않아서 그야말로 지 푸라기라도 잡는 심정이야. 그런데 나는 이렇게 발버둥 치는 게 좋단다. 깨끗이 포기하거나 운명을 비관하는 것보다 훨씬 긍정적이라고 생각하거든. 남들 눈에 꼴사납든 미련이 많아 보이든 뭔 상관이야. 이쯤에서 다시 베토벤 이야기로 돌아가 야겠구나. 귀가 안 들려도 지휘봉을 입에 물고 피아노와 씨름하는 모습. 진흙투성이에 얼굴은 눈물과 땀으로 범벅이 되어도 앞으로 나아가려는 의지. 어쩌면 인간에게는 오래 사는 것보다 끊임없이 싸우려는 의지가 더 중요한 게 아닐까? 하일리겐슈타트의 유서는 그런 질문을 담고 있다고 생각해."

이야기를 듣고 나는 그제야 이해했다. 미사키 씨의 피아노에 넘쳐흐르는 강인함과 열렬함. 그것은 연주자 자신의 의지를 반영한 것이 틀림없다. 봄 햇살처럼 온유한 외면 속에 이토록 장렬한 영혼이 숨어 있던 것이다. 할아버지의 눈은 역시 정확했다.

"남들은 다 괜찮은데 불행이 나한테만 닥쳐오더구나. 왜 하필 나일까. 아무리 생각해도 알 수 없어. 너도 그렇지? 그렇다고 슬퍼하거나 계속 당하고만 있을 수는 없잖아. 저항해야 자신을 지킬 수 있지. 게다가 대부분의 재난은 운명 같은 거거든. 그 운명인지 뭔지에 반격하면 통쾌하잖아."

장애를 지닌 연주자들. 하지만 미사키 씨와 나 사이에는 큰 차이가 있다. 절망의 깊이, 그리고 의지의 강도. 무엇 하나 비교가 안 된다. 미사키 씨는 그저 무대에 오르기만 하는 것이 아니다. 언제 또 난청이 닥쳐올지도 모른다는 불안과 마주하면서 청중 앞에 나가는 것이다. 더 이상 구름 위를 떠다닌다느니 하는 생각은 하지 않겠다. 그러나 역시 미사키 씨는 고고한 사람이다. 다치고 진흙투성이가 되어도 고독과 공포와 싸워 가며 높이 올라가려는 의지. 나는 그 눈부신 의지를 경외한다. 나로서는 도저히 흉내 낼 수 없고, 나는 그만큼 강인하지 못하기에.

내가 풀 죽어 있자 미사키 씨가 내 눈앞에 종잇조각 하나를 내밀었다. 음악회 티켓이었다.

"다음 주에 아이치현 예술극장에서 자선 음악회가 열려. 복지협의회가 일 년에 한 번 주최하는 정기 공연으로, 수익은 시설 및 장애인 교육에 기부하지. 유명한 아마추어 연주가도 참가하는데 나도 말석에 초대받았거든. 시간 나면 들으러 오렴."

간다, 안 간다 대꾸도 하지 않은 채 나는 기계적으로 티켓을 받아 들었다. 그러고 보니 영화든 음악회든 꽤 오랜만에 티켓을 받는 것이었다. 화상을 입고 나서 사람들이 북적대는 곳에 갈 기회가 한 번도 없었기 때문이다.

"그럼 집에 가서 레슨할까?"

"네? 벌써요?"

"그래. 이제 곧 레슨 시간이고, 나도 얼른 연습해야지."

"현장검증은 이게 끝이에요?"

"그래, 끝이다. 확인할 건 다 확인했으니 충분해."

"충분하다니……."

"대략 알아낸 것 같아. 역시 이건 명백한 살인이야. 그런데 이제 유산 때문에 사람이 죽는 일은 없을 거다."

나도 모르게 미사키 씨의 얼굴을 빤히 쳐다봤다. 미사키 씨가 신사에 와서 한 일이라곤 돌층계를 바라보고 무녀와 잠시 이야기를 나눈 것뿐이다. 그런데 벌써 범인을 알아낸 듯이 말하고 있다. 그런 생각이 얼굴에 묻어났는지 미사키 씨가 머쓱하게 웃으며 말했다.

"정말인데."

"그럼 저도 이제 안전하겠네요?"

"음, 그건 좀 미묘한데. 그래도 안심해도 돼. 내가 액막이 주문을 알고 있거든."

"액막이 주문이요?"

갈수록 마법사 같은 소리를 한다.

"안 믿는 것 같은데, 이거 꽤 효력이 있어. 자, 가자. 학생."

집으로 돌아오자 응접실에 가노 변호사가 와 있었다. 상속된 토지 및 건물의 명의변경을 위해 서류를 가지고 왔다고 한다. 상속세 시산이니 고정자산세니 하며 설명이 장시간 이어지더니 내 레슨이 끝날 무렵에서야 서류가 완성되었다. 벌써 날이 저물어 미치코 씨가 가노 변호사와 미사키 씨에게 저녁을 먹고 가라고 권했다. 화재 전에는 여섯 식구가 둘러앉았던 대가족 식탁이 미치코 씨를 포함해 오랜만에 자리가 다 차게 되었다.

첫인사를 할 때 가노 변호사가 "아, 미사키 검사장의 아드님이시군요" 하고 말했다. 자리에 있던 가족들이 깜짝 놀란 건 말할 것도 없다. 변호사들 사이에서도 미사키 씨 아버지는 유명 인사인 모양이다. 그런데 그 순간 미사키 씨 입술이 살짝 일그러진 것을 나는 놓치지 않았다. 그것만으로 미사키 씨와 아버지의 관계가 쉽게 상상이 갔다.

저녁 메뉴는 산나물 크림 파스타와 봄채소 샐러드. 가정적이면서 흠잡을 데 없는 맛으로, 가노 변호사와 미사키 씨는 입맛까지 다셔 가며 먹느라 여념이 없었다. 식전에 마신 셰리 와인*의 취기가 뒤늦게 돌았는지 가노 변호사는 말수가 많아졌다.

"그나저나 왜 하필 피아니스트로 전향한 건가? 이런. 하필이라니 말실수였네. 자네가 연수생이었을 당시 변호사들 사이에서도 늘 화젯거리였거든. 10년에 한 번 나올까 말까 한 인재라며 모쪼록 훌륭한 변호사 밑으로 들어가 주면 좋겠다고 말일세. 판사라도 돼서 아버님과 팀을 짜면 당해 낼 재간이 없지 않은가."

"그럼 결과적으로 잘되지 않았습니까. 적어도 지금 제 직업이라면 선생님을 번거롭게 하지는 않을 테니 말입니다."

"아깝다는 생각이 들어서 말일세. 법조계는 어느 직종이든 가치가 있는 일이라네. 남자의 몇 안 되는 평생 직업이라 해도 과언이 아니지."

---

* 스페인에서 생산되는 백포도주로 식전에 식욕을 돋우기 위해 마신다.

그럼 다른 직업은 남자의 평생 직업이 아니란 말인가? 자기 직업을 자랑스러워하는 건 상관없지만 그렇게까지 말하는 건 교만이다.

"아버지도 자주 그렇게 말씀하셨습니다. 집안의 가장이 어떻게 일하는지 웬만해서는 가족들이 보지 못하니 말입니다. 스스로라도 그렇게 알리지 않으면 가족들에게 이해받지 못할 거라고 생각하셨나 봅니다."

그렇고말고, 하고 옆에서 집안의 가장이 맞장구를 친다.

"실제로 어느 가정이든 그렇겠죠. 저희 은행원도 잔업이 많은 직업이라 신혼 때는 아내들이 안쓰러워해 주다가 차츰 오밤중에 집에 오는 걸 당연하게 받아들이고 급기야 식탁에 냉동식품을 꺼내 놓은 채 먼저 잠자리에 들거든요. 남편의 고생을 정말 이해할 수 있는 아내는 사내 결혼한 여성밖에 없습니다."

"아뇨, 어린 마음에도 아버지 말씀이 이해되었습니다. 재판이라는 제도, 사람이 사람을 판가름하는 시스템이 얼마나 어렵고 중요한지 오랜 세월에 걸쳐 가르침 받았으니까요. 다만 흔히 그렇듯이 저한테도 반항심이라는 게 있었거든요."

"아버님께?"

"그보다는 주변에 말입니다. 아버지는 물론 동네 아저씨, 아주머니, 심지어 같은 반 아이들과 담임선생님까지 제가 장차 법조계에 입문할 거라고 굳게 믿더군요. 당사자인 저는 피아노 말고는 전혀 관심도 없는데 말입니다. 별로 기분이 좋지는 않았습니다. 저는 무대에서 연미복을 입고 싶은데 사람들은 제가 법정에서 법복을 입길 바랐거든요."

"기대가 커서 그런 것 아니겠나? 소질과 장래성을 높이 평가한 거지. 다 자네 잘되라고 그런 거네."

"아무리 근사한 옷이라도 취향과 체형에 맞지 않으면 고통스러울 뿐입니다. 그런 걸 오시키세*라고 하죠. 제 지인 중에도 실제로 있는데요, 주변의 기대와 착각 때문에 본래 자신과는 다른 존재로 인식되는 건 비극입니다. 인간은 물이 아니라서 준비된 그릇에 강제로 집어넣으면 뼈가 뒤틀리고 피멍도 생기지요. 그런데도 주변의 기대에 부응하려고 무리를 거듭합니다. 그건 남의 인생을 사는 빈껍데기 같은 삶입니다. 그 괴로움과 허무함을 생각하니 암담한 기분이 드는군요."

이번에는 겐조 삼촌이 고개를 끄덕였다.

"사람은 원래 보고 싶은 것만 보고 듣고 싶은 것만 듣잖습니까. 그게 온갖 오해와 불화를 낳는 원흉이죠. 본인이 정말 그렇게 되길 원하는지, 다시 한번 잘 살펴봤으면 좋겠는데 말입니다. 순수한 눈으로 보면 그 사람의 됨됨이가 보이는 법이거든요."

"딱히 그런 뜻으로 한 말은 아니네만." 가노 변호사가 불편

---

* 주인이 고용인에게 철마다 해 입히는 의복을 뜻하는 말.

한 듯 허리를 뒤척였다.

미사키 씨는 평소처럼 미소를 지으며 남은 음식을 먹어 치웠다.

그리고 저녁 식사가 끝난 뒤 나를 불러 세웠다.

"뜬금없지만 5분만 더 레슨할까?"

내키지 않았지만 내게는 거부권이 없었다. 아까 레슨했을 때 손가락이 1분도 되지 않아 굳어 버린 탓에 연습을 제대로 못했기 때문이다.

지시대로 피아노 앞에 앉았다. 연주곡은 에튀드 10-1, 연주 시간은 1분 30초. 소용없다, 어차피 또 중간에 멈출 것이 뻔하다. 그런데도 미사키 씨가 지켜보는 가운데 조심스럽게 건반을 두드리기 시작했다. 아직 능숙하게 연주하는 수준은 아니지만 악보대로 손가락을 움직인다.

한 소절.

두 소절.

곡과 운지만 생각한다.

나를 노리는 누군가도, 할아버지의 유산도, 주변의 의혹도 아무래도 좋다. 지금은 이 곡을 마지막까지 치고 싶다.

연주하는 사이 깨달았다. 1분이 진작 지났는데 손가락이 아직도 움직인다.

설마!

나는 놀라면서 내달리기 시작했다. 리듬은 그대로 둔 채 마음만 달음질쳤다.

마지막 한 음.

그 음은 방 안에, 그리고 내 마음에 오래도록 울려 퍼졌다.

드디어 한 곡을 완주해 냈다.

저도 모르게 두 손가락을 찬찬히 살펴봤다.

"오케이. 아직 브라보를 외칠 정도는 아니지만 어쨌든 마지막까지는 갔구나."

"어째서, 어째서 손가락이 멈추지 않은 거예요?"

"마법 주문이라고 했을 텐데. 그건 말이지, 액막이 외에 기능 회복에도 효력이 있거든."

주문? 그걸 언제 외웠다는 거야?

그런데 확실히 효과는 있었다. 연주 중에 멈추지 않은 손가락. 그리고 내 마음에 도사린 어둡고 묵직한 것이 한결 가벼워진 느낌이 들었다.

도대체 이 사람은 정체가 뭘까. 이 말은 이제 비유가 아니다. 이 사람은 말 그대로 마법사다.

"콩쿠르에서 무슨 곡을 칠지는 정했니?"

"쇼팽은 에튀드 2번과 4번. 본선에 진출하면 〈달빛〉과, 마찬가지로 드뷔시의 〈아라베스크 제1번〉이요."

"호오, 본선은 두 곡 전부 드뷔시를 선택했군. 어지간히 마음에 들었나 보구나."

"네. 듣는 순간 머릿속에 영상이 쫙 펼쳐졌거든요. 무척 아름다운 광경이었어요. 피아노 소리로 그런 일이 가능할 줄은 상상도 못 했어요. 제 실력으로는 무모하겠지만 해 보고 싶어요. 드뷔시를 연주하고 싶어요. 연주해서, 제가 본 걸 청중에게도 보여 주고 싶어요!"

"흠. 예선에서는 난곡으로 유명한 쇼팽의 두 곡으로 기교를 발휘하고 본선에서는 드뷔시로 예술성을 선보이겠다는 건가. 재미있는 연출이군. 무엇보다 스스로 무모하다는 걸 알면서 도전하겠다는 자세가 마음에 드는구나. 성공하는 사람은 반드시 무모한 행동을 하는 법이지."

아아. 미사키 선생님도 신조 선생님과 똑같은 소리를 한다. 생각해 보면 두 선생님은 표정과 말투는 정반대인데 말하는 내용은 아주 비슷하다.

"좋아, 해 보렴. 단 한 가지 조건이 있어. 지금 신기하고 궁금한 것이 산더미처럼 많겠지만 그걸 전부 잊는 거다. 아무튼 지금은 쇼팽과 드뷔시에 집중하렴. 다른 건 아무것도 생각하지 마. 잘 들으렴. 손가락이 도중에 안 멈춘다 해도 예전대로라면 5분밖에 못 가. 쇼팽의 에튀드 2번과 4번은 총 3분 30초. 이건 그럭저럭 될 것 같구나. 그런데 드뷔시의 〈달빛〉과 〈아라베스크 제1번〉은 총 10분이나 돼. 지금 이대로는 손가락이 도저히 못 버텨. 따라서 본선 전까지 그 시간만큼 손가락이 움직이게끔 만들어 놔야 해. 그러려면 모든 잡념을 버리고 연습에 집중해야 하지. 어때, 할 수 있겠어?"

올 것이 왔다, 는 생각이 들었다. 마법사가 소원을 들어주기 전에 반드시 입에 담는 약속. 두 다리의 대가로 아름다운 목소리를 바칠 것, 반드시 12시 종이 울리기 전에 돌아올 것. 그에 비하면 연주에 집중하는 것쯤은 아무것도 아니다. 무엇보다 내 목소리는 이미 오래전에 빼앗겼다.

"알겠어요. 약속, 반드시 지킬게요."

미사키 씨가 아빠 같은 얼굴로 웃었다. 그리고 신기하게도 그날을 계기로 나를 노리던 그림자는 홀연히 사라졌다.

2

자선 음악회 날이 다가왔다. 입장은 오후 5시, 음악회 시작은 6시. 사람들로 북적이는 곳이 오랜만이라 한껏 멋을 내고 긴장이라는 옷까지 걸치고 택시에 올라탔다. 아무리 멋을 내 봤자 목발 때문에 말짱 도루묵이겠지만.

음악회가 열리는 아이치현 예술극장의 콘서트홀은 국내외 유명 연주가가 나고야에 올 때 주로 사용하는, 현에서 제일가는 콘서트홀이다. 따라서 이 예술극장에서 가장 규모가 큰 대공연장은 아니더라도 이 콘서트홀을 사용한다는 사실만으로 연주 내용이 보장된다.

음악회장에 도착하니 벌써 접수대 앞에 사람들이 줄을 서고 있었다. 자연스레 맨 뒷줄에 서는 나를 보고 여성 안내 직원이 다가왔다.

"저, 이쪽으로 오시면 됩니다."

그렇게 말하더니 사람들이 줄 서 있는 곳과는 다른 열로 데려가려 했다. 그쪽에는 휠체어에 앉은 사람들이 차례를 기다리고 있었다. 복지협의회에서 주최한 음악회라 시설에 있는 사람들이 초대된 모양이다. 나는 안내 직원이 착각했음을 알아차리고 말없이 티켓을 내밀었다. 초대권이 아니라 일반 예매권이었다.

티켓을 본 직원이 얼굴을 붉히고 즉시 사과하고는 원래 자리로 달려갔다.

나는 접수대에서 받은 팸플릿을 훑어봤다. 지휘자야 어쨌든 연주자에 아는 이름이 없는 건 미사키 씨의 말대로 아마추어 연주자가 출연하기 때문이다. 곡명은 멘델스존의 〈바이올린 협주곡 마단조〉와 모차르트의 〈아이네 클라이네 나흐트무지크〉, 마지막으로 베토벤의 〈피아노 협주곡 제5번 내림마장조 황제〉, 피아노 연주자는 미사키 요스케.

이 곡이 만들어진 건 1809년, 베토벤이 하일리겐슈타트의 유서를 남긴 지 7년 후의 일이다. 당시 베토벤이 살던 오스트리아 빈은 나폴레옹이 이끄는 프랑스군에 점령당해, 주요 음악 애호가들이 떠나고 베토벤도 동생 칼이 사는 라우엔슈타인가세로 피난했다고 한다. 이렇게 이중으로 겹쳐 힘든 시기였을 텐데 완성된 곡에서는 절박했던 당시 상황이 조금도 느껴지지 않는다. 마침 미사키 씨에게 베토벤이 난청과 싸우며 작곡했다는 이야기를 들은 뒤라 〈황제〉의 곡조가 작곡자의 강인한 정신력을 표현해 냈다는 느낌이 들었다.

그나저나 베토벤의 이야기를 들은 직후 실제로 듣게 되었다. 어쩌면 미사키 씨는 이 곡을 들려주기 위한 밑그림으로 그 이야기를 한 걸지도 모른다. 아무튼 들어봐야겠다. 연주를 들으면 해답은 자연히 나올 것이다.

4층 콘서트홀은 관람석 수 1,800석 규모의, 발코니 형에 아레나 형을 병용한 콘서트 전용 홀이다. 천장은 고개를 한껏 젖혀야 할 만큼 높다. 1층부터 3층까지의 관람석에 빙 둘러싸인 무대가 휘황한 조명을 받아 두둥실 떠올라 보인다. 관람석을 죽 훑어 자리를 찾아내고는 가슴이 설레었다. 1층석 5열 15번, 피아노에서 살짝 대각선 뒤. 이 위치라면 피아니스트의 손가락이 보이기 때문이다. 미사키 씨의 얼굴을 보는 것도 심심하진 않겠지만 얼굴보다 손가락이 보고 싶었다. 어쩌면 자신의 손가락을 보여 주기 위해 이 자리를 마련해 준 게 아닐까.

공연 시작 시간이 다가올수록 관객석이 메워져 갔다. 기대에 찬 나직한 웅성거림이 홀에 가득 찼다. 나 역시 기대감에 부풀었다. 이렇게 큰 콘서트홀에서 오케스트라를 라이브 연주로 듣는 것은 처음이었다. 그리고 미사키 씨가 본격적으로 연주하는 피아노를 가까이서 보는 것도.

팸플릿을 훑어보고 있는데 머리 위에서 "실례합니다" 하는 소리가 들려왔다. 고개를 들자 흰 지팡이를 짚은 몸집이 큰 아저씨가 안내 직원에게 도움을 받고 있었다.

"5열 16번 좌석은 이쪽입니다."

"아아, 고맙습니다."

그 아저씨를 보고 나는 깜짝 놀랐다. 희끗희끗한 머리에 윤곽이 뚜렷한 얼굴. 그날 내가 위험을 알리려다 주저하는 바람에 자전거에 걸려 넘어진 그 아저씨였다.

"실례합니다." 아저씨가 말했다. 나는 마치 장난을 하다 걸린 어린아이처럼 조그맣게 대답할 수밖에 없었다.

아저씨 이마와 왼쪽 뺨에 반창고가 붙어 있다. 그때 생긴 상처인 것이다. 나도 모르게 눈을 딴 데로 돌렸다. 내 손으로 낸 상처도 아닌데 죄책감이 등골을 타고 올라왔다. 땀샘이 완전히 회복되었다면 겨드랑이에 식은땀이 줄줄 흘렀을 것이다.

"학생인가요?"

나직하고 상냥한 목소리. 그런데도 나는 꾸지람을 들은 것처럼 어깨를 움찔했다.

"아, 네."

"몇 학년?"

"네. 고등학교 1학년이에요."

"1학년이라. 부모님하고 같이 왔니?"

"아뇨, 혼자 왔어요."

"호. 그 나이에 혼자 올 정도면 악기 같은 걸 배우는가 보구나."

"학교에서 피아노를 배우거든요."

"어쩐지. 귀가 젊을 때 좋은 연주를 듣는 건 좋은 경험이지. 이런 공연을 더 많이 찾아다니려무나."

"아저씨는 자주 오세요?"

"그래. 보다시피 눈이 이래서 말이다. 남은 즐거움은 맛있는 걸 먹고 좋은 음악을 듣는 정도거든."

가족 없이 혼자 온 것 같았다. 혼자 사는 걸까, 아니면 본인이 도움을 거절한 걸까. 눈을 감은 온화한 표정과 평온한 말투. 하지만 아저씨의 일상은 투쟁의 연속이다. 목격한 나는 알고 있다. 눈에 보이지 않는 장애와의 싸움, 주위 무관심과의 싸움, 암흑에 대한 공포와의 싸움. 그런데도 아저씨는 웃고 있다. 그 강인함은 도대체 어디서 오는 걸까.

이윽고 조명이 어두워지고 공연 시작을 알리는 멘트가 흘러나왔다. 차분한 박수를 받으며 오케스트라와 솔리스트, 지휘자가 등장했다. 풍모가 노련한 지휘자에 비해 갓 서른을 넘긴 듯 젊어 보이는 솔리스트의 얼굴에는 긴장한 기색이 역력했다. 첫 번째 곡은 멘델스존의 〈바이올린 협주곡〉. 나는 같은 바이올린 협주곡이라도 스케일이 큰 차이콥스키를 선호하지만, 이 곡은 멘델스존의 작품 중에서는 물론 수많은 바이올린 협주곡 중에서도 특히 유명하다. 멘델스존의 콘체르토*를 줄여서 '멘콘'이라는 애칭까지 있을 정도다. 우수에 찬 우미한 멜로디와 로맨틱하고 격조 높은 이미지. 나는 자세를 가다듬고 첫 음을 기다렸다.

도입부부터 바이올린의 애절한 선율이 흘러나온다. 칼끝처럼 날카로운 소리가 허공을 가르고 침울한 멜로디를 새긴다. 오케스트라 반주는 처음에는 바이올린이 연주하는 주선율 뒤에서 아른거리더니 드디어 힘차게 출렁이며 주선율을 집어삼키고 웅장하게 노래했다.

바이올린의 고음이 하늘을 찌른다. 팀파니의 호방한 저음이 배에 진동한다. 역시 라이브 연주는 굉장하다. 플루트의 경쾌함, 오보에의 부드러움, 호른의 깊은 울림. 모든 소리가 또렷한 윤곽을 지닌 채 나에게 날아든다. 방에서 CD를 들을 때와는 차원이 달랐다. 음악회는 소리를 듣는 것이 아니라 소리의 세례를 맞으러 오는 자리구나 싶었다.

그러나 오케스트라 반주가 다시 잔잔해지면서 미흡한 점이 드러났다. 귀가 생음악 연주를 반기긴 하지만 TV에서 미사키 씨가 연주한 〈마제파〉를 들었을 때처럼 전율에 휩싸이게 하는 박력은 느껴지지 않았다. 감탄스럽긴 해도 감동이 없다. 내 음악 감상력이 어설프게 높아졌나 싶어 살며시 옆

* 협주곡의 이탈리아어.

자리 아저씨를 살폈더니 혀로 맛을 꼼꼼히 따지는 듯한 표정일 뿐 결코 즐기는 것처럼 보이지는 않았다. 아저씨도 나처럼 느끼나 보다.

미사키 씨가 설명해 준 하드웨어와 소프트웨어 이야기가 떠올랐다. 악보는 CD, 연주자는 CD플레이어. 같은 CD라도 재생하는 플레이어의 성능에 따라 소리에서 하늘과 땅 차이가 난다. 마찬가지로 같은 악보를 읽어도 연주자의 역량에 따라 자아내는 소리는 천차만별이다. 고급 오디오와 CD 라디오카세트의 차이. 잔혹하지만 지금도 그 차이가 느껴지고 있었다.

일단 그렇게 생각했더니 더는 감상할 수 없었다. 아무리 섬세한 소리도, 아무리 웅장한 오케스트라도 그저 예쁘장하게만 들렸다. 귀에는 들려도 가슴에는 와닿지 않았다. 끝나고 나서 성대한 박수가 일었지만 내게는 시들하게 들렸다. 옆자리 아저씨도 예의상 박수를 치는 것 같았다.

두 번째 곡은 〈아이네 클라이네 나흐트무지크〉. 이 곡도 모차르트의 세레나데 중 가장 유명하다. 오늘 프로그램에서는 현악사중주에 콘트라베이스를 더한 오중주로 구성되었다. 원래 실내악 사중주인 것을 40명 편성으로 늘려 연주하려는 것이다.

제1악장, 그야말로 궁정음악다운 선율로 시작되었다. 누구나 아는 친근한 멜로디 라인. 식사하는 귀족들 뒤로 현악기를 켜는 궁정 악사가 떠올랐다. 바이올린, 비올라, 첼로, 그리고 콘트라베이스. 네 종류의 악기를 40대로 편성해 연주하는 현악합주는 경쾌하면서도 중층적이라 듣는 맛이 있었다. 하지만 도중에 깨달았다. 비올라는 고음의 바이올린과 저음의 첼로를 잇는 중음 부분을 담당하는데 많은 인원으로 편성되다 보니 하모니 속에 파묻혀 잘 분간이 되지 않았다.

제2악장은 음량이 한결 낮아져 애잔한 화음이 잔잔하게 흘렀지만 여기서도 비올라는 존재감이 희박했다. 한마디로 밍밍하다는 이야기다. 사중주의 묘미는 다른 종류의 현악기 소리가 섬세하고 촘촘하게 얽혀 하나가 되는 부분인데 이러면 만끽할 수 없다. 이 곡과 멜로디가 유명한 것이 되레 불리하게 작용한 듯했다. 아마 클래식 애호가라면 그 엉성함을 대번에 알아차렸을 것이다. 옆을 보니 역시나 아저씨는 곤혹스러운 얼굴이고, 주변 관객들도 충분히 즐기지 못하는 모습이었다.

"가엾군." 아저씨가 쉬는 시간에 누구에게랄 것도 없이 중얼거렸다.

"누가 가여우세요?"

"들렸나 보구나, 미안하다. 방금 연주자들 말이다. 여기는 제법 설비가 훌륭한 홀이지 않느냐? 나는 잔향음이 오래 가서 넓은 공간이라는 것밖에 모르지만."

"네."

"그런 홀의 음악회에 초빙될 정도면 유명하진 않아도 장래가 촉망되는 유능한 연주가들이겠지. 한데 이런 자선 음악회에서는 출연료에 많은 비용을 쓸 수 없어서 저명한 연주가 대신 유능하긴 해도 저들처럼 거의 무명인 연주가를 부른단다. 게다가 클래식 붐이 일어 애호가가 늘긴 했어도 이런 종류의 음악회에서는 대중적인 프로그램을 구성하지. 멘델스존, 모차르트, 베토벤. 곡도 열이면 열 다 아는 유명한 곡들뿐이고. 아마 주최 측에서 요청한 선곡일 게다. 그러니 출연자가 의욕이 충만한 상태로 무대에 섰다고는 볼 수 없겠지. 그리고 방금 연주한 〈아이네 클라이네 나흐트무지크〉의 대편성은 몇 년 전 체코 프라하 관현악단이 여기서 연주한 구성을 그대로 재현하고 싶었겠지만 안타깝게도 급하게 준비한 것 같구나. 아무리 자선 음악회라도 청중 앞에서 내키지 않는 연주를 억지로 하는 음악가만큼 비참한 것도 없지. 가능성을 가진 원석도 연마를 잘못하면 한낱 돌멩이가 되니 말이다."

온화한 말투에 어울리지 않는 신랄한 의견이었다. 하지만 신랄한 비판이야말로 온정 넘치는 칭찬보다 더 정확하고 솔직한 법이다.

아저씨의 판단이 옳다면 미사키 씨가 연주할 〈황제〉는 주최 측에서 요청한 곡이다. 미사키 씨가 베토벤의 정신과 자세에 깊이 공감했더라도 연습 시간이 충분히 주어지지 않은 채 장대한 협주곡을 연주하는 건 다른 문제다.

쉬는 시간이 끝나고 드디어 세 번째 곡을 연주할 오케스트라가 등장했다. 악기 구성은 플루트 2, 오보에 2, 클라리넷 2, 바순 2, 호른 2, 트럼펫 2, 그리고 팀파니, 현악합주. 단원들이 자리에 앉자 세 번째로 조명이 어두워졌다. 무대 오른쪽에서 미사키 씨와 지휘자가 나란히 등장했다. 미사키 씨는 연미복을 입어서인지 평소보다 키가 더 커 보였다. 아니, 달라 보이는 건 키뿐만이 아니었다. 용모와 분위기가 완전히 딴사람 같았다. 평소의 온화한 표정은 온데간데없었다. 입술은 굳게 다물고 눈빛은 열의에 차 있었다. 피아노에 가까워질수록 긴장한 기색이 짙어졌다. 이미 피아니스트의 얼굴이 아닌 전쟁터로 나가는 병사의 얼굴이었다. 피아노 뒤에 대기하고 있던 콘서트마스터*가 그걸 보고 허리를 곧게 폈다.

그 예사롭지 않은 분위기는 무대 위 단원들은 물론 청중에까지 전해졌다. 몇몇 청중이 조용히 술렁이기 시작했다. 앞선 두 곡 때와는 명백히 다른 공기가 콘서트홀을 감싼다.

박수가 잔물결처럼 일다가 갑자기 쏟아졌다. 명확한 이유도 모른 채 뭔가 대단한 일이 일어날 것 같은 낌새를 모두가 어렴풋이 눈치챈 것이다. 아저씨도 귀와 피부로 주위 변화를 감지했는지 당황하면서도 그들을 박수로 맞이했다.

"어떻게 된 게냐? 이런 분위기는 처음인데."

---

* 제1바이올린 수석 연주자가 맡으며 오케스트라 전체의 지도적 역할을 한다.

아, 아저씨는 그렇겠구나. 하지만 나는 벌써 몇 번이나 이 독특한 공기를 맛보아서 안다. 이건 마법이 시작될 전조다.

지휘자가 어떤 동작을 한 것도 아닌데 미사키 씨가 피아노 앞에 앉은 순간 장내가 물을 끼얹은 듯 조용해졌다. 그 순간 콘서트홀에 있는 모두가 깨달았다. 이 협주곡의 진정한 지휘자는 저 피아니스트임을.

제1악장 알레그로, 내림마장조. 돌연 풀 오케스트라의 주화음이 홀을 뒤흔들었다. 곧바로 유려한 피아노 독주가 피어오르고 서주가 이루어졌다. 힘차게 춤추는 타건. 고작 하나의 음이 콘서트홀 벽을 뚫을 듯한 기세로 날아들었다. 그 음은 당연히 청중과 내 가슴에 날아와 깊숙이 꽂혔다. 숨이 멎는 줄 알았다. 투명하고도 용맹스러운 선율. 단 몇 소절 만에 내 영혼은 사로잡혀 옴짝달싹도 하지 못했다.

순식간에 온몸에 소름이 돋았다.

이어서 오케스트라만의 제시부가 시작되며 팡파르가 울려 퍼졌다. 군대 행진곡처럼 웅대하고 힘차지만 도입부의 피아노 독주에 이끌려 왔다고밖에 생각되지 않았다. 군대 선두에 선 단 한 명의 피아니스트가 바람을 가르고 힘차게 전진했다.

오케스트라가 잠잠해졌다. 바이올린의 속삭임을 부드럽게 감싸는 호른. 이어서 피아노가 말을 건네 오기 시작했다. 조용히 가볍게. 하지만 타건은 여전히 강해 약음조차 압도적이다. 피아노를 따르는 오케스트라. 경쾌하게 달려 나가는 피아노. 왼손이 폭주하듯 건반 위를 뛰어다니고 오른손이 그걸 쫓았다. 이어서 바이올린이 뒤쫓았다. 음이 튀어 올라 하늘 높이 올라갔다. 그 손놀림에 매혹되어 청중의 마음도 콘서트홀을 이리저리 뛰어다녔다.

피아노 협주곡은 피아노가 쳄발로*였을 무렵부터 이어 온 전통으로, 반드시 카덴차(독주)가 들어가 있다. 그리하여 피아노와 오케스트라가 대화하는 듯한 구성이며 〈황제〉도 예외는 아니다. 그러나 미사키 씨의 피아노는 청산유수 같은 말솜씨였고, 오케스트라의 목소리는 그걸 뒤쫓는 것이 고작이었다. 미사키 씨는 완만한 언덕을 뛰어올랐나 싶으면 이내 뛰어내렸다. 그걸 거듭하는 사이 내 심박 수도 오르내렸다. 어느덧 피아노는 산꼭대기에 도달해 발아래 펼쳐진 대평원을 여유롭게 굽어보고 있었다.

일렁이는 멜로디에 바이올린이 현을 튕겨 화답하자 오케스트라가 다시 주제를 연주했다. 재현부다. 드높은 팡파르가 콘서트홀 가득 울려 퍼졌다. 더 이상 분석하면서 들을 수 없었다. 영혼은 질주하는 선율과 약동하는 리듬에 실려 여기서 멀리 떨어진 지평으로 이끌려 갔다.

화려하게 전개되는 선율이 왕좌에 오른 자의 기품 있는 행동을 연상케 했다. 그건 피아노 소리가 슬쩍 내보이는 환영

---

* 16~18세기에 널리 쓰인 건반 악기.

에 불과했다. 하지만 더없이 생생한 환영이었다. 드뷔시 곡이 아니더라도 음으로 영상을 보여 줄 수 있는 것이다.

오케스트라가 연주하는 주제에 대해 피아노는 나단조를 제시한다. 본래 두 개의 곡조는 상반될 만큼 동떨어졌지만 대화를 시작하자 실로 조화로운 하모니를 빚어낸다. 아니, 조화가 아니다. 피아노가 오케스트라 소리를 집어삼켜 강제로 동조시킨 것이다.

바이올린이 총총거리며 상승을 거듭하고 피아노가 비장함을 드리운 채 치닫는다. 정점에 도달한 영웅의 흥분과 고독이 가슴을 파고들었다. 단 한 명의 청중도 미사키 씨에게 눈을 떼지 못했다. 〈마제파〉를 보며 내가 그랬듯이 숨죽인 채 미사키 씨의 일거수일투족, 호흡 하나까지 놓치지 않기 위해 집중하고 있었다. 시선 끝에는 폭주하는 왼손과 건반 위를 흐르는 오른손이 있을 뿐. 건반을 누른다기보다는 새기고 있었다. 두 손은 소리를 놓치지 않겠다는 듯 건반을 단단히 붙잡고 놔주지 않았다. 흡사 맹금류의 발톱이다. 크게 휘두르는 팔에 맞춰 춤을 추듯 격렬하게 흔드는 상반신. 오케스트라마저 지휘봉보다 미사키 씨를 흘끔거리며 시선을 옮겼다.

마법사가 스포트라이트를 받으며 춤추고 있었다. 춤으로 청중에게 환술을 걸었다. 미사키 씨가 연주하는 소리는 진통과 흥분을 가져다주는 마약이었다. 어떤 청중은 입을 반쯤 벌리고 황홀감에 빠져 있었다. 나약한 영혼, 소심한 마음은 어느새 멀리 내몰리고 홀에는 용맹스러운 힘과 해방감이 충만했다. 내 속에 도사렸던 불안도 감쪽같이 사라졌다.

베토벤은 이 곡을 난청이라는 어둠의 감옥에서 작곡했다. 적국에 점령당한 난리통에 완성해 낸 것이다. 절망을 딛고 일어서는 강인함, 가시밭길을 돌진하려는 만용. 그 정신에 감탄해 고개가 절로 숙여졌다. 베토벤의 그 정신은 피아노를 연주하는 미사키 씨 모습에 고스란히 포개어졌다. 언제 잃을지 모르는 청력에 의지해 연주하는 공포와, 그런 운명에 대한 저주. 그런데도 미사키 씨는 당당하게 맞서 싸우려 한다. 88개의 건반에 자신의 모든 것을 쏟아부어 누구에게나 있는 강인한 정신을 칭송하려 한다. 한때 자신이 베토벤의 음악에 격려를 받았듯이 듣는 이의 용기에 호소하려 한다.

어둠을 떨쳐라.

일어나 싸워라.

마음이 동한 이유는 그것이 미사키 씨 자신의 말이기 때문이다. 미사키 씨 자신의 음악이기 때문이다. 사람은 누구나 강해지길 원한다. 하지만 예기치 못한 불행이나 타고난 나약함 때문에 좌절하곤 한다. 그럴 때 어둠에서 빛으로 인도해 주는 건 바로 옆에서 내미는 따뜻한 손길이다. 자신처럼 나약하지만 의지의 힘으로 극복하려 발버둥 치는 인간의 뜨거운 손길이다. 미사키 씨의 음악이야말로 그 손길일지도 모른다.

처음 주제가 다시 터져 나오고 기품을 지닌 채 정점을 맞이하자 짧은 악절을 빛내고 곡이 끝난다. 미사키 씨의 두 손이 올라감과 동시에 지휘자의 팔이 내려갔다.

20분에 달하는 장대한 악장은 이렇게 끝이 났다. 악장이 일단락되었는데도 객석에서는 희미한 술렁거림은커녕 헛기침 소리 하나 들리지 않았다. TV 클래식 중계에서 봐 왔던 관객들이 느슨해지는 모습이 전혀 없었다. 뿔뿔이 흩어졌던 의식이 하나로 수렴되어 마치 예배당에 있는 듯한 기분 좋은 긴장감이 이어졌다. 어느덧 무릎 위에 놓은 두 손에 땀이 흥건했다. 주위를 둘러보니 나처럼 뒤늦게 알아차린 몇몇 사람들이 놀라워하며 손에 난 땀을 닦고 있었다.

제2악장. 아다지오, 나장조. 우선 제1바이올린의 약음이 서서히 흘러나오기 시작한다. 이어서 피아노가 천천히 하강 곡선을 그리며 주제를 변주한다. 현악기 소리가 잠시 누워 쉬는 동안 피아노는 홀로 다소곳하게 춤을 춘다. 제1악장에서 한껏 고조된 기분을 평온한 상태로 되돌리려는지 멜로디는 한없이 차분하고 시적이다.

악장을 나누지 않고 웅장하고 화려한 제1악장과는 대칭적인 곡조를 이룸으로써 듣는 이의 긴장을 누그러뜨려 주었다. 희열을 만끽하게 하는 선율이라도 고양시키기만 해서는 정신이 버티질 못한다. 긴장을 지속하기 위해서는 이완이 필요한 법. 후에 이어지는 제3악장 또한 고양감을 유도하는 곡조임을 생각하면 이 평온함은 매우 적절하다 할 수 있다.

아까와는 전혀 달라진 미사키 씨의 손가락이 건반 위를 미끄러지듯 유영한다. 손가락은 안으로 말려 들어가지 않고 건반의 반동을 확인하듯 짚고 있었다. 관능적이기까지 한 손놀림. 두드리는 것이 아니라 정성껏 어루만지는 터치. 나긋나긋하게, 그리고 레가토 느낌으로 이어지는 멜로디. 부드럽고 아련한 소리의 알갱이가 오케스트라에 파묻히는 일 없이 한 음 한 음 청중의 귀에 닿았다. 소리의 알갱이가 살갗을 지나 몸속으로 스며들어 지쳐 노그라진 세포 하나하나를 어루만지는 것이 느껴졌다. 아니, 착각이 아니었다. 조금 전까지 손에 땀을 쥐던 사람들이 의자 깊숙이 등을 기대고 앉아 온몸의 힘을 빼고 있었다. 마치 집단 최면에 걸린 관객처럼. 미사키 씨의 마법은 아직 계속되고 있다.

이윽고 아다지오가 잦아든 뒤 긴 여운을 남기고 사라졌다.

돌연 피아노가 정열적으로 노래하기 시작했다. 플루트 선율이 은은하게 깔린 가운데 피아노 독주가 이어지고 이내 바순의 조성이 나장조에서 내림나장조로 바뀌자 갑자기 피아노도 내림마장조의 윤무곡, 론도에 돌입했다.

그것이 제3악장의 시작점이었다. 제2악장에서 끊김 없이 이어진 것이나 다름없었다. 론도, 알레그로, 내림마장조. 갑자기 피아노가 경쾌하게 춤을 추었다. 잠들었던 오케스트라가 눈을 떴다. 눈을 반쯤 감고 졸고 있던 청중도 돌연 따귀라도 맞은 것처럼 허리를 곧추세웠다.

피아노가 연주하는 론도에서 압도적인 생기와 활력이 피어났다. 앞선 악장에서 평온을 얻은 몸속 세포가 열기를 띠고 또다시 수런거리기 시작했다. 그 수런거림을 재촉하듯 한바탕 피아노 독주가 이어졌고 그것은 화려한 울림을 지닌 채 내포된 정열에 불을 지폈다.

그때부터 미사키 씨의 독무대가 펼쳐졌다. 피아노의 화음 진행에 팀파니가 리듬을 새겨 넣는데도 여전히 주도권은 미사키 씨에게 있었다. 멜로디는 론도 형식을 지키면서 세차게 오르내려 어떨 때는 가파르게, 다음 순간에는 완만하게 변화한다. 거침없는 완급 조절, 협주곡인데도 오케스트라는 피아노를 따라가느라 벅차 보였다.

제1악장의 상징이 웅대함이라면 이 악장의 그것은 질주감이다. 미사키 씨의 손가락은 빨랐다. 말이 안 되는 이야기지만 나오는 음보다 더 빠르지 않을까 싶었다. 특히 왼손의 운지는 눈으로 따라갈 수 없을 지경이었다. 빠른 손가락이 선율을 더 가속화하는 착각마저 일었다. 무엇보다 미사키 씨가 연주하는 모습은 눈부시게 아름다웠다. 페달을 조작하는 발, 상반신의 움직임에 맞춰 리듬을 새기는 허리, 음악에 취한 듯 넘실대는 등, 그리고 음악을 자아내는 어깨와 팔, 건반 위에서 빠르게 미끄러지는 손가락. 호들갑일지 몰라도 그것은 음악에 홀려 충성을 맹세하고 마침내 음악의 신에게 축복받은 자가 환희에 전율하는 모습처럼 보였다.

참으로 생명력 넘치는 곡이었다. 참으로 희망에 찬 곡이었다. 절망을 떨치고 좌절한 정신을 꾸짖어 북돋우는 압도적인 힘이 여기에 있었다. 안개가 걷히고 폭풍이 멎은 다음 순간 어둠이 빛줄기로 인해 갈라졌다. 나는 순식간에 지난 몇 달간 나를 습격한 불길한 일들을 전부 긍정하게 되었다. 그것을 무력화시킬 만큼 커다란 용기를 가슴속에서 찾아낼 수 있었다.

이것이 음악의 힘이다.

이 곡을 작곡한 사람은 청력을 잃어 절망에 빠진 인간이었다. 이 곡을 연주하는 사람은 지금도 작곡가와 똑같은 공포와 절망에 맞서 싸우고 있는 인간이다. 그걸 깨달은 순간 나는 또 다른 힘의 존재를 믿지 않을 수 없었다.

사람은 이토록 강해질 수 있다. 아무리 절망하고 좌절해도 포기하지만 않으면 잿더미에서 불사조가 부활하듯 다시 씩씩하게 일어설 수 있다. 선택받은 자만이 아니라 모든 살아 있는 자에게는 그 힘이 깃들어 있다.

그래, 분명히 나 같은 인간에게도.

제3악장의 주제는 정식으로 세 번 울려 퍼진다. 처음에는 제시부에, 두 번째는 전개부에. 여기서 내림마장조는 일단 다장조로 조바꿈했다가 이어서 내림가장조, 마장조로 3도 낮은 음정으로 조바꿈한다. 어지러운 변조, 폭주하는 윤무. 그런데도 선율은 기품과 강인함을 잃지 않고 청중의 마음을 꽉 움켜쥔 채 종국을 향해 질주했다. 완만하게, 그리고 경쾌하게. 이제 누구도 거역하지 못한다. 그저 모든 것을 내맡기고 마지막 지점까지 무방비하게 있을 수밖에 없다. 대화의 주체는 점점 피아노로 넘어가고 그 선율에서 환희와 생명력이 폭발했다. 오케스트라는 음을 뒤쫓을 뿐이었다. 미사키 씨의 피아노는 웅변이자 달변이었다. 고작 한 대뿐이건만 오케스트라 못지않게 각양각색의 음색을 빚어냈다. 아니, 이제 존재감은 오케스트라를 완전히 능가했다.

깊은 색채감으로 가득한 피아노 소리가 오케스트라를 이끌고 전진한다.

음 하나하나가 오롯이 별이 되어 하늘을 수놓는다.

미사키 씨의 왼손이 여전히 격렬하게 움직였다. 어느덧 건반이 아닌, 우리 가슴을 두드리고 있었다.

문을 열어라.

밖을 향해 날아올라라.

그리고 세 번째 주제가 터져 나왔다. 오케스트라는 마침내 주제의 일부를 이어받았다. 미사키 씨는 쉬는 동안에도 팔을 내려뜨리지 않고 먹잇감을 노리는 매처럼 건반 위에서 기다렸다. 한 박자 뒤, 피아노가 마지막 질주를 보이고자 청중의 영혼을 끌고 다니며 힘닿는 데까지 노래했다. 생명력과 용장함을 칭송했다. 정점을 향해 더 높이, 더 크게 뛰라고 노래했다. 지금껏 연주한 모든 것을 집약하려는 피아노 독주로 긴 긴장감은 극에 달했다. 숨이 막혔다. 날숨을 내쉬기조차 망설여졌다. 몸은 가위에 눌린 듯 꿈적도 하지 않았다.

이윽고 템포가 느려지고, 기어드는가 싶더니 피아노가 한층 더 도약하며 마지막 악절을 장식했다.

성난 파도처럼 압도적인 최종장.

오케스트라가 강력한 마침표를 찍고 악곡은 끝났다.

미사키 씨와 지휘자의 팔이 허공에서 멎었다.

몇 초간의 정적.

뒤늦게 일어난 박수 소리가 이내 귀가 멍멍해지도록 요란하게 터져 나와 홀 전체를 뒤덮었다. 홀이 떠나갈 듯한 박수갈채라는 표현으로는 부족했다. 떠나갈 정도가 아니라 음악에 촉발된 청중들의 폭발이었다. 그칠 줄 모르는 박수와 뜨거워지는 열기. 자리를 박차고 일어나 기립 박수를 치는 사람도 많았다.

나는 압도당한 나머지 일어날 힘이 없었다. 온몸의 떨림이 멈추지 않았다. 심장이 쉴 새 없이 벌떡거렸다. 여전히 소름도 돋아 있었다. 결코 추워서가 아니다. 그 증거로 얼굴이 화끈거렸다. 가슴속도 차츰 뜨거워졌다.

문득 옆을 봤다.

아저씨도 나와 마찬가지로 앉은 채 부지런히 박수를 치고 있었다. 기쁨으로 물든 뺨에 한줄기 눈물이 흘러내리고 있었다. 그의 먼눈에는 어떤 광경이 펼쳐져 있을까. 그의 어둠속에는 얼마만큼의 광명이 비쳤을까.

그 순간 홀을 가득 메운 청중은 하나같이 날아오를 듯한 행복감과 해방감을 누렸다.

단 한 곡의 협주곡으로.

단 한 사람의 피아니스트로.

고양감에 취해 있기는 오케스트라 단원들도 마찬가지였다. 콘서트마스터를 비롯해 남녀노소를 막론하고 악기를 손에 든 사람들은 저마다 회심의 미소를 짓고 있었다.

미사키 씨와 지휘자가 환호성을 받으며 무대 가장자리로 사라졌다. 그러나 그칠 줄 모르는 박수갈채에 두 사람은 두 번, 세 번 불려 나왔다. 그들이 나타날 때마다 박수갈채가 파도처럼 밀어닥쳤다.

불현듯 깨달았다. 미사키 씨가 콩쿠르에서 〈마제파〉를 연주하고 미스터치 때문에 우승을 놓쳤을 때의 일이다. 오늘 연주에서는 단 한 번도 실수하지 않았다. 준비 기간이 부족한 데다 연주 시간은 긴 〈황제〉로 이렇게 훌륭한 연주를 선보였으면서 왜 조건이 더 유리한 〈마제파〉에서는 실수를 했을까.

이유는 한 가지밖에 없다.

연주 중에 미사키 씨의 왼쪽 귀가 발작을 일으킨 것이다. 들리지 않은 채 연주를 속행해 실수하고 만 것이다.

겨우 두 군데. 그 때문에 우승을 놓쳤다. 하지만 오늘도 미사키 씨는 무대에 섰다. 난청의 공포와 싸우면서 살아 있음이 얼마나 경이로운지, 싸우는 것이 얼마나 훌륭한지를 피아노 선율로 표현했다.

온통 축제처럼 들떠 있는 가운데 나는 자리에서 일어나지 못했다. 감동은 말할 것도 없고 충격을 제대로 먹었다.

손가락 장애 때문에 피아노를 제대로 못 치겠다고?

호기심 어린 시선에 노출될까 봐 말하기 싫다고?

역시 나는 형편없는 비겁자였다. 그런 건 싸움을 피하기 위한 핑계에 불과했다.

미사키 씨는 난청에 시달리며 다량의 약을 복용하면서도 피아노 곁을 떠나려 하지 않았다. 옆자리 아저씨도 불편하고 고통스러운 나날을 보내면서도 외출을 게을리 하지 않고 즐거움을 포기하지 않았다. 무대에 등장했을 때 미사키 씨가 왜 병사처럼 보였는지 이제야 알았다. 투쟁하는 인간은 부상을 입었을지언정 싸운다. 투쟁하는 인간에게 남들의 시선과 평가는 중요하지 않다. 그저 자신의 무기와 전쟁터가 있을 뿐이다.

나는 무기를 내팽개치고 전쟁터에서 도망치려 한 패잔병이었다. 도망치는 건 확실히 편하다. 하지만 그뿐이다. 편하게 지내면서 얻을 수 있는 건 게으름과 죽을 때까지의 시간밖에 없다.

모든 싸움은 결국 자신과의 싸움이다.

도망치는 습관이 들면 괜히 더 싸우기가 겁이 난다.

언젠가 들었던 말을 되새겨 보았다.

그 말을 가르쳐 준 사람은 할아버지, 떠올리게 한 사람은 미사키 씨.

한심한 나머지 손끝이 차가워졌다.

부끄러운 나머지 가슴이 타는 듯했다.

폭풍우 같은 갈채 속에 장내가 환희로 들끓는 가운데 나만 홀로 침울하게 가라앉았다.

3

콩쿠르 장소는 후생연금회관의 소공연장이었다. 예선과 본선 모두 공개 심사로 진행되는데 참가자의 가족이 와서인지 객석은 80퍼센트쯤 차 있었다. 조명이 약간 어두운 편이라 그나마 안심했다. 이제 와서 붕대 차림을 노출하는 걸 거부할 생각은 없지만 그래도 휘황한 조명을 받기는 부담스럽다.

"참가 번호 24번, 고즈키 하루카."

안내를 받고 나는 무대 중앙으로 목발을 짚으며 걸어갔다. 객석의 호기심 어린 시선이 일제히 내 다리에 쏟아진다. 무슨 상관이람. 다리를 선보이러 온 게 아니다.

의자에 앉아 심호흡을 한 번. 정신을 집중하자 객석의 술렁거림이 점점 멀어진다. 쇼팽의 에튀드 2번과 4번. 둘 다 기술과 정확성이 요구되는 어려운 곡이다. 단 한 번의 실수가 탈락을 초래한다.

손가락을 건반 위에 얹은 순간 엄청난 것을 깨달았다.

깜빡하고 의자 높이를 조절하지 않았다!

앞 연주자는 나보다 키가 훨씬 커서 긴 다리로 페달을 밟기 위해 의자를 꽤 높게 조절해 놓았다. 따라서 팔을 평행으로 뻗으면 손끝이 건반에 닿지 않는다.

최상의 포지션과 한참 멀다. 이러면 이상적인 건반 터치가 불가능하다. 쓸데없이 힘을 쓰느라 손가락 힘이 5분도 못 갈 것이다.

머릿속이 새하얗게 변했다.

"24번. 어서 연주하세요."

무대 바로 아래 죽 늘어앉은 심사위원이 재촉했다. 더는 시간이 없다.

어쩔 수 없다.

나는 첫 음을 눌렀다.

이미 시작된 곡. 이제 되돌릴 수 없다. 오른손 중지와, 약지, 새끼손가락으로 반음계를 연주하고 엄지와 검지로 아래 화음을 연주한다. 일상생활에서는 사용할 일이 적은 손가락을 놀리면서 나머지 두 손가락도 쉴 새 없이 움직인다. 피아노 연습이라기보다는 재활 치료처럼 격렬한 운동이다.

그런데 네 번째 소절에서 이변이 일어났다.

중지와 검지가 저려 온 것이다.

아직 1분도 채 되지 않았건만.

체중을 싣는 자세가 손끝에 부담을 준 것이 틀림없다.

알고 있었는데. 예상했었는데.

초조한 마음에 주위를 둘러봤지만 미사키 씨는 어디에도 없다. 다른 손가락도 저리기 시작해 다섯 손가락이 전부 잘 움직이지 않게 되었다.

도와줘!

비명을 지르고 싶었지만 목소리가 나오지 않았다. 나 자신이 흉한 목소리가 나오는 걸 거부하기 때문이다.

타건이 점점 약해지더니 급기야 건반을 짚고 있는지도 모를 지경이다. 나오는 음은 끊어진 실처럼 가냘팠다. 그리고 심사위원석 뒤쪽에서 유리, 메구미, 미도리, 이렇게 세 명과 미야자토 리포터가 이쪽을 향해 흐뭇하게 웃는 게 보인다.

초조함과 굴욕감에 가슴속이 부글거렸다.

뭔가 심상치 않음을 알아차리고 객석이 웅성거렸다.

여전히 손가락 힘은 회복되지 않았다. 손놀림은 눈에 띄게 둔해졌다. 이제 피아노 소리보다 객석의 웅성거림이 더 크게 들린다.

"들어가!"

"동정받을 줄 알았나!"

"그렇지 않아!"

소리침과 동시에 피아노가 침묵했다. 콩쿠르장 가득 개구리처럼 잠긴 목소리가 울려 퍼졌다.

순간 여기저기서 비웃음이 터져 나왔다.

"방금 목소리 들었어?"

"노래를 못해서 피아노 치는 거구나."

"그런데 고작 이 정도라니."

누가 욕설을 퍼부었는지 볼 생각에 목소리가 들리는 방향으로 몸을 튼 그때였다.

기우뚱, 중심을 잃고 나는 의자에서 떨어—

—지기 직전에 눈이 떠졌다.

정신을 차리고 보니 침대 맡에서 머리만 나와 있었다.

끔찍한 꿈이었다. 끔찍한 꿈일수록 구체적이기 마련이라 색깔과 소리까지 생생하게 기억난다. 어슴푸레한 조명, 눈부신 흰건반, 중단된 피아노, 관객의 야유. 목 언저리에 불쾌한 식은땀이 흥건했다. 심장은 아직 쿵쾅거린다. 어젯밤, 가슴을 뒤흔들 만큼 황홀한 연주를 들었건만 이런 꿈이나 꿔서 기분을 잡치다니.

하지만 이런 꿈을 꾼 이유는 알고 있다. 정신과 의사의 소견을 들을 것도 없다. 나는 두려운 것이다. 나와 미사키 씨의 정신력이 얼마나 차이 나는지 감탄하고 그리고 절망한 것이다.

음악회가 끝나고 집에 가는 길에도 〈황제〉는 머릿속에서 수없이 되풀이되었다. 말을 넘어선 말. 영상을 넘어선 영상. 가슴을 찌르는 듯한 피아노 소리도, 홀을 뒤흔드는 오케스트라도 방금 꾼 꿈보다 더 생생하게 재현되었다. 아직 술을 마신 적은 없지만 취한다는 건 아마도 그런 상태이리라. 불안한 발걸음으로 어떻게 집에 도착했는지도 모르겠다. 나에게는 마음이 편치만은 않은 연주였다. 감동과 함께 무력감을, 고양감과 함께 절망을 아로새겼다. 어찌 됐건 정신을 피로하게 하는 연주였다는 뜻이다. 약효가 센 약이 그만큼 센 부작용을 남기듯이.

미사키 씨의 피아노는 극약이다.

그에 비하면 내 연주는 목캔디 같은 것이다. 적당히 좋게 들리고 살짝 자극적이고. 하지만 그뿐이다. 빨아 먹고 나면 흔적도 없이 사라진다. 물론 대단한 피아니스트와 비교하는 것 자체가 오만하다는 것쯤은 충분히 알지만, 그런데도 역시 비교하고 만다.

귀가 온전히 들리지 않는 미사키 씨.

손가락이 온전히 움직이지 않는 나.

장애의 정도가 비슷해서 자꾸만 비교하는 걸지도 모른다. 손가락에서 자아내는 음은 전혀 딴판이지만.

비슷한 건 미사키 씨와 베토벤이다. 음악성이나 성격을 말하는 게 아니다. 삶에 대한 자세가 어쩐지 그런 생각이 들게 한다. 난청으로 고통받아 절망의 끝에서 유서까지 썼는데도 부활한 베토벤. 마찬가지로 난청으로 실수를 저질러 무대에서 멀어지고 일단 법조계에 몸담았지만 아버지와 그 세계에 이별을 고하고 무대로 돌아온 미사키 씨. 한 사람은 유서를 쓰는 것으로, 또 한 사람은 촉망받던 장래와 결별하는 것으로 새로운 생명을 얻었다.

그렇다면 나에게 하일리겐슈타트의 유서란 뭘까.

그날 평소와 같은 얼굴로 미사키 씨가 왔다.

나는 도저히 평소 같은 얼굴을 할 수 없었다. 이 사람이 어젯밤 〈황제〉를 연주한 사람이라고 생각하면 긴장이 돼서 안 그래도 땅기는 얼굴이 더 굳고 말았다. "어, 어, 어서 오세요" 하고 혀까지 굳었다.

"왜 그러니? 무슨 일 있어?"

"아, 아뇨. 아무것도 아니에요. 어젯밤은 감사했습니다. 〈황제〉, 정말 굉장했어요! 숨 쉬는 것도 깜빡할 만큼 흥분했다니까요."

"과장이 좀 심하구나. 그래도 고맙다."

미사키 씨는 아무렇지도 않게 대답했다. 말하고 나서 무진장 후회했다. 내가 얼마나 감동했는지 충분히 전달되지 않은 것이다. 내 인생관을 바꾼 연주였는데, 그게 얼마나 대단한 일인지 적확하게 표현하지 못 했다. 내 빈곤한 어휘력이 원망스러웠다.

어째서 생각하고 느낀 모든 걸 말로 표현하지 못할까.

"아, 저기. 저만 그런 게 아니라 옆자리 아저씨도 눈물을 흘릴 정도였어요."

"칭찬해 줘서 거듭 고맙다. 그런데 연주라는 건 녹음하지 않는 이상 일회성으로 끝나거든. 그래서 성공하든 실패하든 연연해하지 않기로 했다. 자, 그럼 바로 쇼팽부터 시작해 볼까. 그동안 쇼팽에 대해 배운 적 있니?"

"어…… 〈강아지 왈츠〉하고 〈이별의 곡〉 같은 연습곡을 조금 배웠어요."

"곡만 쳐 봤다고? 쇼팽이라는 사람에 대해서는?"

"피아니스트이자 작곡가라는 것밖에……."

"으음. 하긴, 수업이나 레슨에서는 음악에 대해 생각할 기회가 거의 없으니. 다만 그러다 보면 신체와 직감, 기술과 정신이 따로 놀게 돼. 마음에 곡의 이미지가 확립된 상태에서 손가락으로 재현할 때 지금껏 상상도 하지 못한 운지가 나오는 경우가 있어. 반대로 새로운 손가락 움직임이 이미지에 새로운 영향을 미치는 경우도 있지. 하지만 양쪽이 동떨어지면 연주는 절로 빈곤해지지. 잘 들렴. 연주의 기본 요소 중 세 번째가 스타일이라는 건 전에 설명했지? 스타일이란 곡의 건축 형태를 가리켜. 연주자가 어떻게 칠 것인지는 곡이 만들어진 시대와 작곡자의 어법을 연주자가 어떻게 인식하느냐로 결정되지. 그리고 그 인식 방법은 직감과 조예를 통해 길러져. 악보에 기록된 이음줄, 악센트, 스타카토, 강약 등의 지시 기호를 존중한 상태에서 자신의 재능과 교양과 감수성이 그 곡을 표현하기 위해 가장 적합한 걸 선택하지."

"교양이라."

"지식으로 바꿔 말해도 돼. 지식은 쌓아 올리는 거잖아. 사람은 그 지식 위에 서서 세상을 바라봐. 따라서 눈높이가 높으면 목적지와 거기에 이르는 과정이 더 잘 보이지. 뭐, 개중에는 평지에 있으면서 동물적인 감각으로 목적지를 분간해 냅다 달리는 사람도 있지만."

미사키 씨가 건반에 손가락을 뻗었다. 나의 피아노 선생님의 손과 입이 동시에 움직이는 수업이 시작되었다. 유창한 설명과 그에 연동된 손가락은 도저히 초보 선생님 같지 않았다.

"쇼팽의 선율은 이탈리아 오페라의 아리아를 본보기 삼고 있어. 그 가창법은 힘 있는 강음과 긴장감 높은 약음의 강렬한 대비가 특징이지. 따라서 연주도 음역이 극명하게 대비되게끔 표현해야 해."

그러고는 에튀드 10-2를 연주하기 시작했다. 입술과 함께 손가락이 내달린다. 반음계를 오르내리면서 중지와 약지가 끊임없이 관능적으로 얽힌다. 그 복잡함과 현묘함은 실제로 연주해 본 자만이 이해할 수 있지 않을까.

그날 레슨은 쇼팽과 시대 배경에 대한 강의로 시작해 손가락과 귀와 머리를 사정없이 부려먹는 농밀한 시간이었다. 덕분에 어젯밤 연주의 여운과 미사키 씨에게 주눅이 들었던 마음까지 깨끗이 떨칠 수 있었다. 나중에 돌이켜 보니 어쩌면 미사키 씨의 계산이었을지도 모른다는 생각이 들었다.

그런데 그걸로 하루가 끝나지는 않았다. 레슨이 끝나는 밤 9시가 다 되어 예기치 못한 손님이 찾아왔기 때문이다.

"밤늦게 실례합니다" 하고 공손한 인사와 함께 현관에 나타난 사람은 사카키마 형사였다.

"제출해 주신 계단의 미끄럼 방지재와 목발 관련해서 집 안을 좀 둘러보고 싶습니다."

하필이면 그때 현관에 나간 사람이 겐조 삼촌이라 한바탕 실랑이가 있었나 보다. 내가 그 자리에 없었기 때문에 정확한 건 모르지만, 방음 설비가 갖춰진 레슨실까지 삼촌의 고함 소리가 들렸으니 꽤 요란했을 것이다.

"네 삼촌은 그…… 가족을 끔찍이 아끼거나 경찰을 끔찍이 싫어하는 것 같구나. 요즘은 경찰에게 저렇게 대드는 사람도 흔치 않은데."

미사키 씨는 반은 난감해하고 반은 재미있어하며 말했다. 나는 겐조 삼촌의 반권력스러운 자세가 싫지 않다. 엄청나게 실례되는 말이지만 언제까지나 철없는 어린아이 같아 왠지 귀여워 보이기 때문이다.

잠시 현관에서 옥신각신했지만 사카키마 형사 혼자 온 것이 아니라 뒤에 감식반 사람들 여러 명을 데려온 까닭에 삼촌은 머릿수에 밀려 물러날 수밖에 없었다. 이윽고 현관에서 2층에 오르는 여러 사람의 발소리가 들렸다.

사카키마 형사가 레슨실 문을 열었다. 미사키 씨를 발견하더니 노골적으로 눈살을 찌푸렸다.

"어이쿠, 연습 중이셨군요. 이거 실례가 많습니다."

"아뇨, 마침 끝난 참입니다. 그런데 웬 소란인가요?"

"하루카 양이 여러 차례 신변의 위협을 받았다고 증언해서 말입니다. 당초 윗분들이 대수롭지 않게 여겼지만 파손된 목발을 감식반에서 알아본 결과 인위적인 흔적이 엿보인다는 보고가 들어온 까닭에 이제야 움직인 겁니다. 오늘은 목발을 망가뜨리는 데 사용된 도구가 저택에 남아 있는지 수색하러 왔습니다."

"하하아, 즉 형사님이 주장하신 사건설이 사고설을 밀어냈다는 거군요."

"글쎄요. 어찌 됐건 하루카 양이 증거품을 제출하고 나서 일주일 넘게 지났습니다. 계단과 목발 전부 늦은 감이 있긴 하죠. 속이 많이 탑니다. 게다가 열 받게도……."

"네?"

"지난번 제출된 증거품은 전부 당신이 이미 검사를 마친 것 같던데요. 감식반이 말하길 미끄럼 방지재의 접착제를 한

조각 벗겨 낸 흔적까지 있다고 하니. 그럼 접착제를 벗기는데 사용된 용제 및 목발 용수철을 끊은 도구가 뭔지 이미 알아낸 것 아닙니까?"

"또 과대평가를 하시는군요. 피아노의 좋고 나쁨이라면 모를까 제게 경찰 감식반을 앞지르는 안목은 없습니다."

"글쎄, 어떨지…… 일전에 수사 협조를 부탁했지만, 임의가 강제로 전환되기 전에 알아서 협조하길 기대해야겠습니다."

"감히 제가 나서지 않아도 지금 형사님이 진두지휘를 맡지 않으셨습니까. 보아하니 수사권이 형사님에게 넘어온 것 같군요."

사카키마 형사가 언짢은 표정을 지었다.

"이 방도 수사 대상에 해당합니다. 연습이 끝났다고 했으니 미안하지만 잠시 나가 주시지요."

그렇게 말하고 우리를 쫓아냈다.

감식반의 작업은 저택 구석구석까지 미쳤다. 매일 미치코 씨가 집 안을 꼼꼼히 청소하고 있어 수상한 잔류물이 발견될 가능성은 거의 없지만, 그런데도 그들은 꼬박 세 시간을 들여 온 바닥과 벽에 달라붙어 나름의 수확을 가지고 돌아갔다. 사카키마 형사는 피아노까지 가져가야 직성이 풀릴 것 같았지만 피아노의 크기와 무게 때문에 단념한 모양이다. 쌤통이다. 수확물은 각각 작은 비닐봉지에 담겼는데 내 눈에는 그냥 쓰레기로 비쳐 딱히 궁금하지도 않았다.

궁금한 건 그들이 떠날 때 우왕좌왕하는 경관들을 본체만체하고 미사키 씨가 남긴 말이었다.

"빤히 보이는군."

"네?"

"이제 와서 계단과 목발이라니. 그것도 일부러 이런 시간에. 거짓말을 하려면 좀 제대로 할 것이지. 너무 뻔하잖아."

"그게 무슨……."

"오늘 밤 저들이 방문한 목적은 사카키마 형사가 말한 목적과 달라. 저들은 다른 증거를 수색하러 온 거야. 그게 뭔지 고즈키 일가 사람들에게는 알리고 싶지 않은 거지. 그래서 일부러 가족들이 다 모인 이 시간대를 골라, 친절하게도 미끄럼 방지재와 목발에 사용된 도구를 찾으러 왔다고 강조한 거다. 진짜 목적이 그거였다면 결코 당사자에게 속셈을 밝히지 않지."

6월 콩쿠르를 앞두고 연습은 나날이 밀도가 높아졌다. 집은 물론 학교에서도 과제곡 연습이 우선시되어 자연히 나만 다른 아이들과 다른 식으로 피아노 연습에 임하게 되었다. 학교 대표로 참가한다는 대의명분을 내세운 형태라 예상대로 반 아이들에게 선망과 질투가 뒤섞인 시선을 받았지만 이제 신경 쓰지 않기로 했다.

피아노 연습만이 아니었다. 미사키 씨는 쇼팽과 드뷔시 관련 서적, 거기다 19세기 유럽 문화사를 다룬 책을 한아름 들고 왔다. 건반을 짚는 시간 외에는 책 속에 파묻혀 지내라는 명령까지 받았다. 어떤 분야의 예술이든 작자가 인간인 이상 그가 살았던 시대와 무관해서는 안 된다고 했다. 지난번 소프트웨어와 하드웨어 이야기에 빗대자면 곡이 녹음되었을 당시 시대의 분위기까지 파악해야 한다는 뜻일까. 벽돌 같은 책을 끝까지 읽느라 고생했지만 쇼팽과 드뷔시가 지금은 가장 가까운 사람으로 느껴지니 지루한 시간은 아니었다. 물론 미사키 씨가 고른 책이 절묘하기도 했다.

덕분에 요즘 내 머릿속은 19세기 유럽과 두 작곡가로 가득하다. 자나 깨나 가발을 쓴 곱상남과 수염남 얼굴이 눈에 아른거렸다. 그리고 머릿속에 재생되는 곡은 언제나 〈달빛〉과 〈아라베스크 제1번〉.

실제로 들으면 들을수록 드뷔시의 곡은 마음에 깊이 스며들었다. 어떤 연주가든 좋아하는 곡이나 잘하는 곡이 있기 마련인데 내 경우에는 드뷔시가 마음이 잘 맞는 상대였다. 모차르트의 화려함도 베토벤이 장대함도 버릴 수 없었지만 그보다 드뷔시의 서정성에 나는 강하게 이끌렸다. 영상을 떠올리게 하는 선율. 음 하나하나의 아름다움. 그중에서도 다층 구조의 화음은 마치 반짝이는 보석 같았다.

그냥 듣기만 해도 매혹적인 이 곡은 연주자에게는 더 높은 쾌락을 주게끔 만들어졌다. 저음을 넉넉히 사용한 풍성한 배음*. 온음계가 자아내는 기분 좋은 탁음. 건반을 짚고 있으면 신체가 해방된 쾌감에 사로잡힌다. 그리고 연주를 마친 순간 역시 쾌감을 동반한 탈력감이 온몸을 감싼다. 마찬가지로 영상과의 관계를 중시한 라벨의 곡을 연주해 보면 묘하게 답답해서 마치 온몸을 가는 실로 꽉 죄는 듯하니 그 차이가 극명하다.

물론 그 연주에는 쾌락뿐만 아니라 곤란과 고통도 수반된다. 쇼팽의 어려움은 이미 겪었지만 드뷔시 곡도 그에 못지않게 연주자를 애먹인다. 기술적으로 보면 〈달빛〉과 〈아라베스크 제1번〉 둘 다 연주 자체는 그리 어렵지 않다. 뛰어난 아이라면 초등학생도 연주할 수 있을 것이다. 문제는 표현력이다. 청중의 뇌리에 정경을 띄우려면 그저 악보대로 따르기만 하는 운지로는 어림도 없다. 화음의 울림을 조절하고 크레셴도(긴장)와 디미누엔도(이완)의 비율도 생각해야 한다. 한 음도 소홀히 할 수 없는 데다 소절마다 연결을 계산하면서 연주해야 한다. 요컨대 기술보다 더한 난관이 기다리고 있다는 뜻이다.

내가 그렇게 푸념하자 미사키 씨가 나무라듯 말했다.

"그렇기 때문에 도전할 가치가 있다고 생각되지 않아? 기술이 뛰어난 피아노쟁이는 얼마든지 있어. 수많은 예대와 음

---

* 倍音, 한 음을 연주해도 그 음만 울리지 않고 실제로는 여러 음이 함께 공명하는 것.

대, 동네 피아노 교실에도 득실거리지. 기술이 필요한 건 맞는데 청중은 그걸 들으러 온 게 아니야. 청중은 그 어떤 초절기교를 봐도 감탄은 할지언정 감동은 해 주지 않아. 사람이 감동하는 건 사람의 마음이 깃들었을 때거든. 그 마음을 형태로 나타낸 것이 예술성이야."

말은 그렇게 해도 일단 기술적인 난관부터 넘어야 한다. 드뷔시도 선배 음악가들과 마찬가지로 열두 곡의 에튀드를 발표했다. 그 서문에는 '나만의 운지법을 찾자!'라고 쓰여 있고 악보에는 운지법이 한 글자도 표기되어 있지 않다. 그럼 연습곡을 자유로운 운지법으로 연주할 수 있느냐 하면 전혀 그렇지도 않아서, 결국 극한에 가까운 기술을 부리지 않으면 연주하지 못하게 되어 있다. 하지만 결코 무리한 요구를 하는 게 아니라, 미사키 씨에 따르면 불가능과 가능의 경계선 상을 요구하는 거라고 한다. 그래서 운지법도 자연히 그렇게밖에 연주할 수 없도록 선택되어 결국 자유롭기는커녕 일일이 지시된 것이나 다름없다. 그 점은 〈달빛〉도 마찬가지라 악보에 숨겨진 지시를 읽어 내야 작곡자가 의도한 효과를 낼 수 있다. 어쩜 이렇게 고약한 작곡가가 다 있을까.

그런데도 나는 드뷔시에 흠뻑 빠졌다. 음악으로 영상을 보여 주다니. 그것이 내가 바라는 음악의 마법이었다. 그렇게 연주할 수만 있다면 어떤 희생을 치러도 좋다고 생각했다. 상이나 특대생 자격은 나중 문제였다. 이제 내게는 자랑할 만한 외모가 없다. 온몸은 누덕누덕 기워졌고 여전히 목발 없이는 제대로 걷지도 못한다. 성적도 고만고만하다. 단 하나 남보다 뛰어날 수 있는 것이라고는 이제 피아노밖에 없었다.

애달프고 괴롭고, 그러면서도 타는 듯이 뜨겁다. 애 태우는 마음이 바로 이런 걸까. 나중에 좋은 사람이 생겨도 나는 이렇게까지는 되지 않을지도 모른다.

그런데 그 바람을 방해하는 것이 있었다. 말할 필요도 없이 손가락 지속력이다. 그날 미사키 씨가 마법을 걸어 준 이후 갑자기 손가락이 멈추는 일은 없어졌다. 진피와 피하조직이 순조롭게 유착되어 예전보다 지속 시간이 길어졌지만 그래도 6분이 한계였다. 10분간 연주해 내야 한다. 그것이 최소한의 필요조건이다. 6분 안에 소화해 내도록 과제곡인 〈달빛〉 말고는 짧은 연습곡을 고를 수도 있지만, 〈아라베스크 제1번〉이 아닌 다른 곡은 떠오르지도 않았다.

드뷔시를 무대에서 마음껏 연주하고 싶었다. 그 마음은 나날이 집념으로 바뀌었다.

내 생활은 예전보다 더 피아노 중심이 되었다. 밥 먹을 때도 안 쓰는 왼손은 보이지 않는 건반을 쉴 새 없이 짚어 댔다. 목욕할 때는 반드시 테니스공을 갖고 들어가 욕조에 몸을 담근 채 손가락 사이에 공을 끼우고 열심히 스트레칭했다. 잘 때는 건반 위를 달리는 손놀림을 그리며 이미지트레이닝에 힘썼다.

이러한 내 집념이 전염되었는지 미사키 씨도 레슨에 열의를 보였다.

"모든 음을 정확하고 또렷하게 내면 안 돼. 음악에 음영과 입체감을 주려면 음표를 선명하게 떠오르게 하는 음, 흐릿해도 상관없는 음, 그리고 그 사이 음으로 나눠야 해. 뉘앙스의 차이를 귀와 손끝의 감촉으로 감지해. 아니야! 그렇게 하면 안 돼."

"상향하는 음형이 있어도 단순히 상향하기만 하는 게 아니야. 소절에 따라 뛰어오르는 형, 발돋움하는 형, 치닫는 형, 떠오르는 형, 기어오르는 형, 각각 신체감각으로 이해해서 표현해. 틀렸어! 방금 악절을 다시."

그 엄격함은 잔소리만 많은 오니즈카 선생님에 비할 바가 아니었다. 지적해 주는 내용도 기술보다는 감각에 관한 것이 대부분이라 구체적인 지시가 전혀 아니었다. 그런데도 신경을 곤두세워서 손끝에 의식을 집중하고 있으면 미사키 씨가 말하고자 하는 것이 머리가 아닌 감각으로 이해되었다. 가차 없긴 해도 진지하고 고개가 절로 끄덕여지는 말이었다. 상대에게 통하는 말에는 형태가 필요 없다. 따라서 나는 시키는 대로 손가락을 움직여 마음을 쏟아 냈다. 나와 미사키 씨 사이에는 남들은 이해하지 못 할 대화마저 성립되었다.

콩쿠르 예선이 3주 앞으로 다가왔을 무렵, 나는 비디오 촬영을 위해 학교 레슨실에 불려 갔다. 예선이긴 해도 희망자 전원이 무조건 참가할 수 있는 건 아니다. 사전에 예선 과제곡을 연주하는 모습을 비디오에 담아 제출해야 한다. 교장 선생님의 이야기로는 이 예비 심사에서 실력이 처참한 참가 희망자가 우수수 떨어져 콩쿠르 당일에는 적당한 인원으로 줄어 있다고 한다.

익숙한 레슨실 천장 가까이에 처음 보는 조명이 달려 있었다. 비디오카메라로 촬영하는 사람은 학교 축제 및 입학 안내용 DVD 제작을 맡은 업자, 조명 상태와 손가락이 찍히는 앵글을 확인하는 사람은 구도 선생님. 교장 선생님을 비롯해 선생님들이 비디오카메라 뒤편으로 가서 파이프 의자에 나란히 앉아 있었다.

"우선 피아노부터 고르렴."

레슨실에는 피아노 넉 대가 놓여 있는데, 그중 한 대는 늘 잠겨 있어 수업이나 연습에 사용한 적이 없다. 스타인웨이사에서 만든 피아노로, 가격이 무려 천만 엔이 넘어 초대 연주나 졸업식 등 특별한 날에만 사용한다고 한다. 그 피아노 뚜껑이 지금 열려 있다. 그것만 봐도 학교 측이 콩쿠르에 얼마나 목숨을 걸고 있는지 잘 알 수 있었다.

몇 소절을 쳐 보자 확실히 좋은 소리가 났다. 배음이 실내를 맴도는 것 같았다. 하지만 평소 사용하는 야마하에 비하면 약간 터치가 가벼운 느낌이 든다. 뭘 그리 예민하게 구냐는 사람도 있겠지만 손에 익지 않으면 필요 이상으로 강하게 건반을 칠지도 모른다. 값비싼 악기는 그만큼 좋은 소리가 난다. 때로 명기라 불리는 악기는 연주자의 기술을 비약적으로 향상시키는 힘도 간직하고 있다. 그러나 연주는 악기 등급만으로 결정되는 게 아니라고 미사키 씨는 입버릇처럼 말하곤 했다. 악기 등급보다 자신과의 궁합이 중요하다. 실제로 익숙해진 피아노는 신체의 일부처럼 느껴지는 순간도 있다. 나무와 금속 덩어리인데 그날의 날씨나 기분에 따라 소리가 금방금방 바뀐다. 마치 감정이 있는 것처럼 때로는 고분고분, 때로는 토라진 듯 내게 응답한다. 그렇게 이야기하자 미사키 씨는 악기에도 생명이 있다고 가르쳐 주었다. 연주자가 음악과 진지하게 마주하고 악기를 자신의 분신처럼 삼으면 생명이 깃든다고.

나는 잠시 망설이다가 결국 손에 익은 야마하를 선택했다.

"자, 그럼 시작할까? 얼마든지 다시 찍어도 되니 긴장하지 말거라."

구도 선생님이 그렇게 말했지만 원래 나는 요만큼도 긴장하지 않았다. 눈에 보이는 건 피아노뿐, 멀찌감치 앉아 있는 사람들은 마네킹 같은 존재였다. 교장 선생님을 제외한 다른 선생님들은 하나같이 수첩을 들고 있었다. 저들은 내 피아노를 들으러 온 게 아니다. 심사위원 대신 나를 채점하러 온 것이다. 웃기고들 있다. 지난 며칠간의 연습에서 미사키 씨는 내 실력이 어느 정도인지 알려 주었다. 따라서 이제 와서 선생님들이 어떤 평가를 하든 전전긍긍할 필요가 없다. 내 뒤에서 언제나 미사키 씨가 나를 지켜보고 있기에 불안하지 않다. 긴장하는 건 되레 관객들로, 죽 늘어앉은 선생님들은 숨쉬는 것조차 금지된 듯 가만히 내 움직임을 지켜보고 있다. 그중에는 목발로 걷는 모습을 기이하게 보는 눈빛도 섞여 있었지만 일부러 무시하기로 했다. 주변의 긴장한 얼굴을 훑어보는 것으로 나 자신은 오히려 냉정해졌다.

피아노 앞에 앉아 의자 높이를 확인했다.

쇼팽의 에튀드는 체르니나 클레멘티 연습곡처럼 기술적인 손가락 훈련뿐만 아니라 화음, 선율, 리듬, 그리고 정서를 중시한다. 타고난 피아니스트였던 쇼팽은 모든 감정을 피아노로 표현하려 한 구석이 있는데 연습곡도 예외가 아니다. 따라서 에튀드 곡집 자체도 예술성 높은 작품으로 평가받고 있다. 그렇다고 기술면을 경시하는 건 결코 아니고 미사키 씨가 선보였다시피 극히 고도의 기술이 요구된다. 당시 피아니스트들도 그 어려움에 두 손을 들었으며 음악 평론가인 렐슈타프가 '비뚤어진 손가락을 교정하기 위한 곡'이라며 비꼬았을 정도다. 그걸 책에서 읽었을 때 나는 과연 미사키 씨의 말대로 나에게 안성맞춤인 연습곡이라며 고개를 주억거렸다.

이제 손가락이 비뚤어진 자의 연주를 들려줄 차례다.

"언제든 괜찮다" 하고 구도 선생님이 말했다.

모든 것은 나의 첫 음에서 시작된다. 지금 이 순간 모든 주도권이 나한테 있다고 생각하니 살짝 신이 났다. 교장 선생님은 물론 아무도 나에게 시작하라는 신호를 낼 수 없으며 나를 정지시킬 수도 없다.

서서히 건반 위에 손가락을 얹는다.

실내는 정숙 그 자체였다. 나 자신의 숨소리와 비디오 작동음밖에 들리지 않았다. 이 정도면 집에서 연습할 때와 별 차이가 없다. 레슨실이 좀 넓어졌을 뿐이다.

손가락을 건반에 떨어뜨린다.

에튀드 10-2, 가단조, 짤막하면서도 정열적인 곡. 열 손가락을 골고루 강하게 연주해야 하는 한편 유연성도 요구된다. 오른손으로 상향 진행을 할 때 약지, 중지 또는 새끼, 약지 같은 부자연스러운 손가락 교차를 거듭하는 연주다. 미사키 씨가 시범으로 보인 것처럼 손가락이 관능적으로 얽히는 손놀림은 이 곡에서도 두드러진다. 마치 손가락의 실뜨기 같다. 그리고 정열. 걷잡을 수 없이 휘몰아치는 감정을 음표 위에 실어 나른다.

1분 30초, 마지막 한 음을 치고 손가락을 튕겨 올렸다.

잔향음이 허공에 길게 뻗어 나가고, 이윽고 사라졌다.

업자가 비디오를 일시 정지하자 그걸 신호로 관객들이 긴장을 풀고 한숨을 내뱉었다.

여기서 잠시 휴식을 취했다. 콩쿠르에서는 그럴 시간적 여유가 없지만 비디오 예비 심사라면 문제없으며 내게도 그 편이 이로웠다.

두 번째 곡. 10-4, 올림다단조. 열두 개의 연습곡 중에서 가장 어렵기로 유명하다. 두 손의 균형 잡힌 터치와 함께 경쾌함도 요구된다. 2분이 채 안 되는 짤막한 곡 안에 온갖 고도의 기교가 응축되어 있다. 79번째 소절은 특히 더 그렇다. 수많은 교본 중에는 악보를 따르기보다 더 무난한 연주법을 권하는 책도 있지만, 미사키 씨는 그런 안이함을 용납하지 않는다. 악보대로 연주해야만 쇼팽이라고 말한다. 제자는 그 가르침을 따를 뿐이다.

뛰어다니는 손가락.

공기에 조각조각 박히는 소리.

그리고 마지막 한 음이 천장에 메아리친다.

실수는 한 군데도 없었다.

정열을 음표 위에 싣는 데도 성공했다.

잠시 후 비디오 작동음이 멎자 박수가 터져 나왔다.

"브라보!" 하고 교장 선생님이 친숙한 멘트를 날렸다. 자랑스러워하는 얼굴이 마치 자신의 야심작을 선보이는 듯하다.

미안하지만 나는 교장 선생님 작품이 아니랍니다.

의외였던 건 수첩을 손에 들고 짐짓 평론가인 척하던 선생님들이 관객의 얼굴로 박수를 친 것이다. 고맙게도 비디오 촬영을 맡은 업자까지 하나가 되어 손뼉을 쳐 주었다.

겨우 열 명쯤 되는 한정된 청중. 그런데도 나는 쑥스러운 기분으로 꾸벅 인사를 했다.

그러나 좋은 일은 오래가지 않는 법이다. 레슨실에서 나오자 또 그 세 명의 소녀가 나를 기다리고 있었다. 다만 여느 때와 달리 히죽거리는 미소가 처음부터 뾰족하게 돋아 있어 등 뒤로 칼을 감추고 있는 것만 같았다.

"굉장한 열연이네. 복도까지 들리더라."

말문을 연 사람은 기미지마 유리였다.

"그나저나 왜 우리한테는 안 들려주는 걸까? 우리 학교의 대표라면서."

"내 말이. 좀 치사하지 않니?"

"그거잖아. 우리 같은 학생 나부랭이한테는 들려주기 아깝다는 거."

"그런 거 아닌데……."

"뭐 어때. 어차피 콩쿠르 당일이면 음악과 학생 전원이 공부도 할 겸 선생님 따라 콩쿠르장에 갈 건데. 거기서 고마운 마음으로 경청하도록 하자, 얘들아. 그나저나 대단하네. 입학했을 때는 부르크뮐러의 〈아라베스크〉도 제대로 못 쳤으면서. 그런데 두 달도 안 돼서 아사히나 콩쿠르에 나가다니, 역시 특대생은 다르구나?"

"그뿐이겠니? 하루카는 선생님도 장난 아니잖아."

메구미의 말에 나는 얼어붙었다.

"아, 맞아! 하루카네 선생님이 요즘 뜨고 있는 미사키 요스케라며? 그럼 그럴 만도 하네. 엄청 유명한 피아니스트가 일대일로 가르쳐 주면 나도 라흐마니노프 정도는 칠 수 있을 것 같은데."

"그걸, 누가."

"아. 비밀로 할 셈이었니? 그런 것치고는 너무 조심성이 없는 거 아냐? 요전번에 너랑 미사키 요스케가 같이 신사 쪽으로 걸어가는 걸 본 아이가 있어. 너도 참, 그런 꼴로 돌아다니면 당연히 눈에 띄잖니. 아는 애들은 다 알아."

"그런데 치사하지 않니? 전국 고교 대회를 앞둔 고등학교에서 코치로 금메달리스트를 불러오는 거나 다름없잖아."

"그렇게 생각하면 안 되지. 그건 우리 같은 서민들의 상식이잖아. 하루카는 우리랑 달리 공주님이란 말이야. 알지? 원래 바흐랑 모차르트도 귀족한테 붙어서 먹고살았다는 거."

"하긴, 그렇게 생각하면 공주님이니까 피아니스트도 자기 하인으로 고용하는 게 당연한가."

"심지어 화재에서 살아남아 붕대 차림이잖아! 다들 이런 거에 너무 약하다니까."

"애, 하루카" 하고 미도리가 내 어깨에 팔을 둘렀다. "실제로는 어때? 실은 목발 없이도 걸을 수 있는 거 아냐?"

"하여튼 이 목발이 최악의 아이템이라니까." 그러고는 메구미가 내 목발을 낚아챘다.

"돌려 줘."

손을 뻗었지만 미도리가 뒤에서 어깻죽지를 붙잡고 있어 목발까지 닿지 않았다. 보기보다 완력이 세서 내 몸을 지탱하고 있는데도 미도리는 꿈쩍도 하지 않았다.

"목발 좀 빌려 주면 어때서? 아무도 미사키 요스케를 빌려 달라고는 안 하잖아. 너 보면서 생각해 봤는데, 여자아이가 목발 짚고 걸으면 당연히 손을 내밀고 싶어지잖아. 주위 사람의 동정을 끌기에는 절호의 아이템이네."

분해서 속이 부글부글 끓었다.

좋아서 목발 신세를 지는 사람이 어디 있다고. 한 번이라도 겨드랑이에 목발을 끼어 보면 안다. 목발을 짚으면 체중이 전부 팔에 실린다. 겨드랑이에 닿는 부분을 천으로 감아도 그 상태로 걷는 건 고통일 뿐이다. 몸의 기능을 회복하는 게 목표가 아니라면 냉큼 휠체어로 바꾸는 편이 훨씬 편하다. 그런데도 목발을 짚고 아픔을 견디는 건 낫고 싶다는 일념 때문이다.

그런 내 분한 마음을 아는지 모르는지 메구미가 목발을 겨드랑이에 낀 채 보란 듯이 절뚝거리며 걸었다.

"에구구. 어라? 꽤 어렵네. 죽마 같은 건 줄 알았는데 아니었어."

메구미가 야단스럽게 좌우로 비틀거렸다. 웃는 얼굴이 꼭 장난감을 손에 든 어린아이 같다. 그러더니 1미터쯤 걷자 넘어지는 척하며 목발을 바닥에 집어던졌다.

쿠당탕 하고 메마른 소리가 복도에 울려 퍼졌다.

"안 되겠어. 연기 실패. 역시 베테랑한테는 못 당한다니까."

"메구미, 그게 아니라니까."

"뭐가?"

"목발만 잘 짚으면 소용이 없어. 화재로 가족을 잃고 자기도 큰 화상을 입는 정도는 되어야지."

"아아, 그러게. 쳇, 나도 부잣집에 태어나서 가족들이 죄다 사고 같은 걸로 죽었으면 좋았을걸."

그 말을 듣는 순간 여태껏 꾹꾹 참아 왔던 것이 폭발했다.

분노로 눈앞이 시뻘겋게 물들었다.

으아아아아악, 하고 누군가 짐승처럼 울부짖었다.

내 목소리였다.

나는 가슴에 있던 미도리의 두 팔을 붙잡고 그냥 되는대로 머리를 홱 뒤로 젖혔다.

뒤통수에 딱딱한 것이 닿았나 싶은 순간 내 몸은 미도리와 함께 뒤로 벌렁 자빠졌다. 꺅 하는 소리가 들렸지만 자빠진 순간에 끊겼다. 미도리의 몸이 쿠션이 되어 내 몸에는 충격이 느껴지지 않았다.

미도리의 팔 힘이 풀려 뿌리치자 바로 눈앞에 유리가 얼굴을 들이댔다.

"무슨 짓이야!"

그건 내가 할 소리다.

으름장을 놓는 유리의 얼굴이 부풀어 보였다.

하지만 안다. 그 으름장이 허세에 불과하다는 걸. 이 아이들은 자신보다 약한 사람이 존재하지 않으면 살아갈 수 없는 나약한 동물이다.

유리를 노려보자 손바닥이 날아왔다.

뺨이 화끈 달아올랐다. 그래서 더 부아가 치밀었다.

처음에 눈에 띈 건 유리의 코였다. 거만함을 그대로 빚은 듯한 높은 콧대. 그 코끝에 엄지와 검지를 갖다 대고 끼우자 순간 유리가 의아한 표정을 지었다.

나는 피아노 연주를 위해 늘 손톱을 짧게 자른다. 그래서 할퀴지는 못하지만 힘이라면 자신 있다.

온 힘을 다해 코를 비틀자 유리가 경악과 격통으로 흉하게 얼굴을 일그러뜨렸다.

"끼아아아악!"

유리가 돼지 멱따는 소리를 지르더니 눈앞에서 사라졌다. 손가락 감촉으로는 90도는 꺾어 준 것 같았다.

"이게 미쳤나! 뭘 잘했다고 덤벼들어?"

메구미가 욕설을 내뱉으며 일어섰다.

무기가.

몸이 축 늘어진 미도리한테서 떨어져 포복 전진을 하듯 팔꿈치 힘만으로 앞으로 나아갔다.

무기가 필요해.

"네가 그렇게 잘났어? 부자면 다 되는 줄 알고 까불다간 큰 코다칠걸!"

그런 생각은 단 한 번도 하지 않았다.

"목발 짚고 다니면 사람들이 다 친절히 대해 줄 거라는 기대도 한참 잘못됐어. 오히려 짜증난다고. 보란 듯이 재수 없는 꼴로 돌아다니는 주제에. 그렇게 주목받고 싶으면 차라리 옥상에서 뛰어내리지 그래?"

뭔가 무기가 될 만한 걸.

"부잣집에 태어났다는 것만으로도 어지간히 불공평한데, 왜 너만 TV에서 신데렐라 대접받고 콩쿠르에까지 나가는 거냐고. 이 미라녀 같으니라고."

반사적으로 뻗은 오른손에 뭔가가 닿았다.

메구미의 몸이 위에서 덮쳐 오는 것과 동시에 나는 오른손을 휘둘렀다.

퍽, 하는 기분 나쁜 소리를 내고 목발 모서리가 메구미의 뺨에 파고들었다. 메구미는 "컥" 하고 입에서 뭔가를 토해 내고 복도 바닥에 웅크렸다. 뺨이라기보다는 턱관절이었으니 어금니가 나갔을지도 모른다.

나는 벽에 기대면서 손에 든 목발로 천천히 일어섰다. 주위를 둘러보니 메구미는 입을 막은 채 아파하며 뒹굴고 있고, 유리는 얼굴을 감싼 채 복도 구석에서 끙끙 앓고 있으며, 미도리는 코피를 분수처럼 쏟으며 기절해 있었다. 자세히 보니 메구미와 유리의 손가락 사이로 피가 흐르고 있었다.

그러나 그런 모습을 봐도 나는 후회나 죄책감이 전혀 들지 않았다. 흉포한 감정의 찌꺼기가 약한 마음을 구석으로 쫓아냈다. 유리에게 가까이 가니 그녀가 히익 소리를 내며 몸을 움츠렸다.

"빨리 보건실로 가. 내버려 두면 코가 원래대로 돌아오지 않을 거야. 네가 동경하던 붕대도 감을 수 있어. 바라던 대로 됐네."

대답이 없다.

유치한 승리감도 없었다.

소란을 듣고 저쪽에서 학생들과 선생님들이 모이기 시작했다.

마음이 급속히 식어 갔다. 나 자신마저 비참해진 기분이 들어 나는 일단 유리에게 등을 돌렸다.

"이대로…… 무사할 줄……."

그 목소리에 뒤돌아보니 유리가 시뻘게진 눈으로 이쪽을 노려보고 있었다. 만약 시선에 실체가 있다면 틀림없이 그 시선은 내 몸을 관통했을 것이다.

그러나 더 이상 그런 시선 따위에 겁먹을 내가 아니었다. 되찾은 목발로 벽을 힘껏 치자 그 시선은 이내 수그러들어

겁먹은 기색을 띠었다.

"무사하니 안 하니 실컷 나불대 봐! 너만 불공평하고 남들만 우대받는다고 멋대로 착각하면서 살아. 그런 식으로 너 자신을 깎아내리고 너보다 더 약한 사람을 못살게 굴어야만 안심이 되지? 그렇게 점점 더 추악하게 살아. 점점 더 비겁하게 살아. 난 이제 알았어. 인간은 외부가 아닌 내부에서부터 썩어 간다는 걸. 그래서 너희가 겉보기엔 멀쩡해도 가까이 가면 썩은 내가 진동하는 거야. 이제 너희가 무슨 생각을 하고 무슨 말을 하든 상관없어. 난 두 번 다시 너희를 상대하지 않을 거야."

"감히 무슨 소리를……"

"날 적으로 여기는 모양인데, 너희의 적은 내가 아니야. 내 적도 너희가 아니야. 그러니 이제 날 좀 내버려 둬! 따라오지도 말고! 그런데도…… 계속 방해하면 절대로 용서하지 않을 거야. 너희 몸을 나보다 더 엉망으로 만들어 줄 거야."

유혈 사태가 벌어져—그렇긴 해도 피를 흘린 건 그 아이들뿐이었지만—즉시 어떻게 된 일인지 설명해야 했지만 유리 일행이 목발을 낚아채는 장면을 목격한 학생이 나타난 덕분에 상황은 일변해 나는 되레 피해자로 동정을 받았다. 그 아이들이 다친 건 '뒤로 젖힌 머리가 우연히 코에 부딪쳐서', '손가락을 내밀다 보니 앞사람의 코를 비틀어서', 그리고 '정신없이 휘두른 목발이 우연히 얼굴에 명중했기 때문'이라는 결론이 내려졌다. 당연히 유리 일행의 부모들이 격분하다시피 반론을 제기하고 가해자인 세 사람만 피를 흘린 건 부자연스럽지 않느냐는 의문의 목소리도 나왔지만, 이는 교장 선생님의 한 마디로 박살이 났다.

"그럼 하루카 양을 보십시오. 저 몸으로 어떻게 남에게 폭력을 휘두를 수 있다는 겁니까?"

아마 이런 것도 일종의 차별이리라. 이로 인해 그 아이들에게 더 큰 원한을 살 판이지만 신경 쓰지 않았다. 누가 날 좋아하든 싫어하든 아무래도 상관없다. 나는 드뷔시와 음악의 신에게 사랑받으면 그걸로 충분했다.

학교 안에서도 방해하는 사람이 없어졌기 때문에 나는 더더욱 피아노에 몰두할 수 있었다. 아침부터 밤까지, 중간에 휴식 시간을 제외하면 손가락은 늘 건반 위에 있었다. 피아노 뚜껑을 활짝 열어 놓아 한밤중에도 주택가에 쇼팽과 드뷔시가 울려 퍼졌다. 이웃이 참다못해 시끄럽다며 전화를 걸어왔지만 나는 그조차 흘려듣고 건반을 내리쳤다.

며칠 후 제출한 비디오가 무사히 예비 심사를 통과했다는 소식이 들어왔다. 가족과 학교 관계자는 일단 가슴을 쓸어내린 듯하지만 나와 미사키 씨는 당연하게 받아들여 아무런 감흥도 없었다.

콩쿠르가 일주일 앞으로 다가오자 미사키 씨의 레슨이 두 시간에서 네 시간으로 연장되고 내용은 더 철저하고 엄격해졌다. 온화하고 호감을 부르는 얼굴이 레슨실에 들어온 순간 백팔십도 달라졌다. 실수 지적, 더 많은 요구, 그리고 질책. 상대가 열여섯 먹은 소녀인데도 가차 없었다. 그 한마디 한마디가 날카롭긴 해도 마음에 상처를 주는 대신 되레 분발하게 했다. 두 사람의 목적과 도착지는 분명히 일치했다. 그렇게 믿어서인지 그 어떤 말도 나를 분발하게 만들었다. 무엇이 필요한지 알았다. 부족한 점도 알고 있었다. 피아노를 매개로 한 일체감. 내 손가락으로 건반을 두드리는데도 미사키 씨와 함께 연탄*하는 듯한 기분이 들었다. 내 손가락은 곧 미사키 씨의 손가락이기도 했다.

정열과 기교, 초조와 격앙, 상반되는 두 가지 요소가 교차하면서 피아노 해머를 움직였다. 흘러나오는 소리는 고뇌와 정화, 그리고 환희. 나는 부지런히 손가락을 움직였고, 미사키 씨가 설명할 때는 한 마디도 놓치지 않겠다는 일념으로 귀를 기울였다. 그 시간은 더할 나위 없이 농밀했다. 손가락이 속에서부터 몇 번이나 고통을 호소했지만 한편으로는 음악에 육체와 정신을 바치는 참으로 행복한 시간이었다. 거기에는 의심을 부추기는 유산 다툼도, 현실감 부족한 살인 사건도, 음습한 괴롭힘도 없이 그저 음악의 신에게 다가가기

---

*　連彈, 피아노 한 대를 두 사람이 함께 연주하는 것.

위한 신성한 행위만 있었다.

레슨을 계속하는 사이 손가락 지속 시간이 드디어 8분 정도까지 늘어났다. 아아, 이제 2분 남았다. 2분만 더 늘어나면 두 곡을 연달아 연주할 수 있다. 천벌 받을 소리일지 몰라도 그 2분이 주어진다면 당분간 다리가 늦게 회복되어도 좋다고 생각했다. 실제로 통각을 마비시키는 약이 없는지 신조 선생님에게 상담도 해 봤다. 선생님은 국소마취 수준에서는 조치할 수 있으나 통각을 억제하는 건 감각을 무디게 하는 것이나 다름없으므로 처치를 하면 손가락 움직임까지 무뎌진다고 했다. 그럼 의미가 없지 않은가. 결국 지휘봉을 입에 물고 작곡에 도전한 베토벤처럼 나도 보채는 손가락에 채찍질을 해 가며 건반을 두드리는 수밖에 없다.

그동안 건반과 씨름한 결과 손가락 마디마디가 툭 불거져 나와 울퉁불퉁한 모양이 되었다. 손끝도 개구리처럼 둥글고 통통해지기 시작했다. 쉰 목소리까지 더하면 그야말로 개구리 소녀가 따로 없었지만 피아노를 연주하는 몸으로 바뀌었다고 생각하면 자랑스럽기도 했다.

피아노도 거의 너덜너덜해졌다. 해머를 감싼 펠트가 심하게 마모되고 급기야 두 개의 현이 팅 소리와 함께 끊어지고 말았다. 밤늦은 시간이었는데도 미사키 씨가 친하게 지내는 조율사를 불러 현을 교체한 뒤 곧바로 레슨을 재개했다. 막 수리를 마친 조율사가 눈을 휘둥그렇게 뜨고 그 모습을 지켜봤다.

정열이라기보다는 집념. 집념이라기보다는 광기였다. 그 광기가 전해졌는지 식구들이 나를 곧 터질 듯한 종기처럼 조심스럽게 대했다.

그리고 마침내 그날이 찾아왔다.

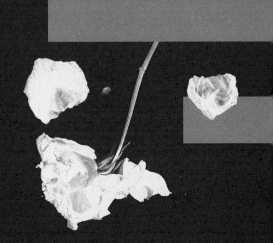

V *Ardente pregando*
열정을 담아 기도하듯

I

6월 21일, 콩쿠르 제1차 예선.

지난주부터 도카이 지역에도 장마가 찾아와 오늘도 아침부터 가랑비가 흩뿌리고 있다. TV 일기예보에서는 빨래가 마르지 않는다며 아쉬워했지만 내게는 단비였다. 오히려 콩쿠르장의 제습기가 너무 세지 않을까 걱정될 정도였다.

토요일이었지만 미사키 씨는 음대 수업을 일부러 휴강하고 내 수행원 역할을 자처해 주었다.

"선생님, 죄송합니다. 원래 제가 따라가야 하는데 은행 일 때문에……."

"아닙니다. 신경 쓰지 않으셔도 됩니다. 제가 할 수 있는 건 이제 이 정도밖에 없으니까요."

겐조 삼촌도 가노 변호사에게 볼일이 있어 결국 식구들 중 콩쿠르장에 온 사람은 미치코 씨뿐이었다.

　예선과 본선 모두 후시미의 시라카와홀에서 열린다. 콘서트홀 입구에 들어서자 나도 모르게 한숨이 나왔다. 미사키 씨의 설명에 따르면 이곳은 예술극장 콘서트홀까지는 아니더라도 관람석 수 700석, 유럽의 전통적인 홀에서 흔히 보이는 슈박스 형 콘서트홀인데 내벽재로 고급 목재인 루브라 참나무가 쓰였다고 한다. 세로로 긴 직사각형 모양의 홀은 2층 정면과 좌우에 발코니 석이 붙어 있고, 벽 윗부분에서 천장에 걸쳐 완만하게 이어진 곡선을 따라가면 중심에 매달린 거대한 샹들리에가 홀 전체를 휘황찬란하게 비추었다. 눈에 보이지 않는 실이 내 몸을 옭아매기 시작했다. 관객이 아닌 출연자로 와서 그런지 홀의 화려함은 기대보다 긴장을 불러일으켰다.

　화려한 조명 아래 질서 있게 늘어선 의자는 등받이가 높다랗고 꼭대기가 둥글었다.

　"이 의자, 귀엽게 생겼어요."

　"아, 그건 특별주문품이야. 이래 봬도 첨단 기술 덩어리지."

　"이게요?"

　"이런 홀이라면 리허설 때는 거의 공석인 반면 본 공연 때는 만석이 되거든. 당연히 음향 조건이 달라진 탓에 연주자에게 되돌아오는 소리도 달라져서 연주에 차질이 생기고 말아. 그래서 관객석 상태가 어떻든 잔향 시간차를 최소화하도록 설계된 게 바로 이 의자야."

"와……."

"그런데 공석이 눈에 띄든 만석이든 네가 명심해야 할 점은 그 소리를 누구를 향해 날릴 것인가야. 심사위원 양반들은 두 번째와 세 번째 열을 차지하고 앉아 있겠지. 네 손가락을 주시하며 흘러나오는 소리에 신경을 집중하고 있을 거야. 그런데 너는 그들이 아닌 가장 뒷좌석에 앉은 사람을 향해 연주해야 해. 잘 들으렴, 넌 시험을 치르러 온 게 아니야. 넌 너의 피아노를 들으러 멀리서 발걸음 한, 애석하게도 맨 뒷줄에 앉게 된 사람에게 네 마음을 전달하기 위해 여기 서 있는 거야. 그렇게 생각하는 거다."

아아, 또 시작됐다.

본인은 모를지 몰라도 미사키 씨가 정면에서 쳐다보며 하는 말은 최면술 그 자체. 고작 학생 피아노 콩쿠르의 참가자가 독주회로 향하는 피아니스트가 된 듯한 착각에 빠지게 한다. 나는 스스로에게 암시를 걸듯이 고개를 깊이 끄덕였다.

콩쿠르 심사 대상은 중학생 이하 부와 고등학생 이상 부, 이렇게 둘로 나뉘고 예선 심사장도 따로 마련되어 있다. 고등학생 이상 부만 해도 총 83명이 참가했다. 그중 본선에 올라가는 건 겨우 여덟 명이다.

대기실 앞에 어떤 여자가 우리를 기다리고 있었다. 알고보니 고맙게도 미사키 씨가 친하게 지내는 스타일리스트를 불러 준 것이었다. 스타일리스트는 묵직해 보이는 특대 사이즈 의상 케이스를 들고 있었다.

"세상에. 기껏 고등학생 콩쿠르인데 스타일리스트라뇨."

"아, 넌 이런 콩쿠르가 처음이었지. 들어가면 알겠지만 안은 패션쇼장 못지않게 화려하거든. 남녀 구별 없이 잔뜩 벼르고들 왔으니까. 프로 스타일리스트가 한 명쯤 섞여 들어도 아무 문제없어. 그럼, 사사히라 씨, 뒷일을 부탁해요."

그러더니 미사키 씨는 총총히 그 자리를 떠났다. 뒷모습을 보고 왠지 알 것 같았다. 미사키 씨는 대기실 안에 들어가기 싫은 것이다.

어느덧 사사히라 씨라는 사람이 나를 물끄러미 관찰하고 있었다. 자세히 보니 눈매가 시원스러운 미인이었다. 이런 사람이 내 성형한 얼굴을 찬찬히 뜯어보다니 솔직히 주눅이 들었다. 약간 짜증도 났다.

"제 얼굴에 뭐 묻었어요?"

"도전적인 눈과 앙증맞은 코와 건방진 소리를 할 것 같은 입이 묻어 있네."

"뭐라······."

"그래도 뭐, 악녀하고는 거리가 머네. 안심했어, 고즈키 하루카가 이런 아이라서."

"네?"

"너, 저 사람 동료 사이에서 좀 유명하거든. 요즘 미사키 요스케가 열 올리는 여자로 말이야. 미사키 요스케로 말할 것 같으면 그 어떤 미인 솔리스트라도 얼굴이나 가슴보다 손가락부터 보는 철벽남이거든. 반반하게 생긴 얼굴을 썩히기만 해서 혹시 게이 아니냐는 소문이 돌 만큼 여자라고는 전혀 모르고 살았는데, 얼마 전부터 입만 열면 네 이야기더라. 그래서 그의 추종자들이 고즈키 하루카가 도대체 어떤 여자길래 그러냐면서 한바탕 난리를 피웠지."

얼굴이 화끈 달아올랐다.

"오늘 와 보고 네가 마음에 안 들면 한물간 피에로처럼 만들어 줄까 싶었거든. 안심해. 실력 발휘해 줄 테니. 무엇보다 대충 했다가는 그가 날 잡아먹을 듯이 따지고 들 테니. 벌레 한 마리 못 죽일 것처럼 생겼으면서 얼렁뚱땅 일하는 사람한테는 어찌나 까다롭게 구는지. 여자든 연장자든 상관없이."

"그런데…… 저한테 뭘 입히셔도 목발 때문에."

"잠깐. 프로를 만만하게 보면 안 되지. 목발에 시선이 가기 전에 의상으로 확 사로잡아 줄게. 너, 그 사람을 마법사라고 부르고 다닌다며? 이래 봬도 나도 동족이거든. 하녀를 신데렐라로 변신시킬 정도의 마법은 부릴 수 있어."

그리고 대기실 문을 연 순간 훅 밀려드는 파우더와 향수 냄새에 나는 숨이 콱 막혔다.

연주에 방해가 될까 봐 어깨 붕대를 풀고 있었더니 누덕누덕 기운 피부가 그대로 드러났다. 사사히라 씨가 팔꿈치까지 내려오는 드레스도 준비해 왔지만 내가 거절했다. 남들이 어떻게 보든 양팔은 최대한 자유롭게 하고 싶었기 때문이다.

콩쿠르는 9시 정각에 시작되었다. 내 참가 번호는 43번. 한 명에게 주어진 시간이 약 5분이므로 내 차례는 오후에 돌아올 것이다. 연습 시간은 피아노 감촉을 확인하는 정도밖에 주어지지 않는다.

예선 채점 방식은 단순하다. 우선 열두 명의 심사위원이 본선에 올릴지 말지를 ○×로 평가한다. 동그라미가 많은 순으로 여덟 명을 선발한다.

"여기까지 온 이상 남의 연주를 봐도 참고가 안 돼" 하고 미사키 씨가 말했기에 일부러 홀에는 나가지 않고 악보를 무릎에 둔 채 보이지 않는 건반을 짚었다. 자신감과 불안감이 교차하는 가운데 서서히 긴장감이 밀려들었다. 지금까지 사람들 앞에서 연주할 기회가 있었지만 이런 콘서트홀에서 수백 명이 지켜보는 가운데 연주하는 것도 처음이고, 경쟁을 하는 것도 처음이었다. 누군가의 손이 내 목과 심장을 움켜쥐는 듯했다. 어느 순간부터 숨 쉬기가 괴로웠다. 이렇게 되면 머릿속에 나쁜 생각만 떠오른다.

만약 무대로 가는 도중에 넘어지면 어떡하지?

앉은 순간 머릿속이 새하얗게 변해서 악보를 싹 까먹으면 어떡하지?

그리고—연주 도중에 또 손가락이 멈추면?

상상했더니 심박 수가 빨라졌다. 무대 위에서 얼어붙는 내게 실소가 쏟아진다. 그런 광경이 생생하게 떠올랐다. 아니, 연주 자체에 비웃음당하는 거라면 그나마 낫다. 나한테는 그 밖에도 비웃음을 당할 만한 요소가 있다.

홀 여기저기에서 비웃음과 야유가 터져 나온다.

나는 무대에 홀로 남겨진 채 스포트라이트와 검은 목소리에 노출된다.

그곳은 이제 공개적인 집단 공격의 장소로 바뀌었다.

아무도 도와주지 않는다.

아아, 그만, 그만, 그만 생각해.

나는 머리를 세차게 흔들어 망상을 떨쳤다. 좋지 않은 사고 회로에 들어가 있다는 걸 스스로도 알 수 있었다. 이럴 때는 생각하면 할수록 나쁜 방향으로 치우친다.

기분 전환이 필요했다. 나는 대기실에서 나와 홀로 향했다. 다른 사람이 연주를 잘하든 못하든 상관없이 그거라도 보면 마음이 진정될 것 같았기 때문이다.

홀로 향하는 입구는 이중으로 되어 있다. 첫 번째 문을 열었을 때 희미하게 박수 소리가 들려왔다. 누군가의 연주가 지금 막 끝난 모양이다. 마침 잘됐다고 생각한 건 그때뿐, 나중에 생각하면 운이 나빴다고밖에 볼 수 없었다.

홀에 들어가자 빈 무대가 다음 연주자를 기다리고 있었다.

"참가 번호 32번, 시모스와 미스즈."

안내 멘트에 따라 모습을 드러낸 사람은 긴 머리를 질끈 묶은 체격이 큰 여성이었다. 대학생일까, 화장기 하나 없는 얼굴에 두껍고 일직선인 눈썹, 음험해 보이는 눈과 매부리코가 마치 마녀를 연상케 했다. 몸에 걸친 와인레드 드레스도 요란하기만 하고 소매 밑으로 나온 위팔도 우람했다. 무대보다는 링에 서는 편이 어울릴 법한 체격이었다.

미스즈美鈴라는 이름은 아름다운 방울을 뜻한다. 이름 때문에 외모가 초라해 보인다더니 딱 그짝이었다. 그런 심술궂은 생각을 하고 있는데 그녀가 무뚝뚝하게 인사를 하고 의자에 걸터앉았다.

이어서 흘러나온 첫 음을 듣는 순간 이완되었던 내 신경이 갑자기 경직되었다.

에튀드 10-5, 내림사장조. 왼손의 화음을 타고 오른손이 검은건반의 분산화음만 연주해 〈검은건반〉이라는 표제가 붙은 곡이다. 오른손 포지션에서 엄지가 간격이 넓은 검은건반을 연신 두드려야 하는 점이 난곡으로 불리는 요인이다. 자칫하면 그 포지션에 정신이 팔려 표현이 소홀해진다는 함정이 숨어 있다.

그러나 그녀의 연주는 그런 우려를 일축해 버릴 만큼 훌륭했다.

검은건반은 한 옥타브 안에 다섯 개밖에 없기 때문에 음계는 5음 음계가 되어 소박하고 원시적인 느낌이 난다. 그녀가 연주하는 음은 그야말로 약동감이 넘쳐 듣는 이의 마음을 들뜨게 했다.

음이 마치 물 위를 튕기며 미끄러지듯 질주했다. 오른손의 여섯잇단음표로 달리는 5음 분산화음에 왼손의 7음화음이 겹쳤다. 처음에는 빠르게, 이윽고 내림라장조로 조바꿈해 템포가 완만해지는데도 약동감은 그대로다.

뇌리에 연주자의 운지가 떠올랐지만, 터져 나오는 리듬이 운지를 분석하도록 가만히 내버려 두지 않았다. 도약하는 음에 지배되어 냉정을 유지할 수 없었다. 무심코 손가락을 까딱이며 박자를 맞추었다.

제3부에서 내림사장조로 돌아와 제1부를 재현한다. 여기까지 전혀 실수가 없었지만 있었더라도 곡에 농락당한 자라면 알아차리지 못했을지도 모른다. 마지막 열두 소절, 양손의 하강 음계가 포르티시모로 나와 힘차게 여운을 남기고 곡이 끝났다.

완벽한 연주였다.

그러나 한숨 돌릴 새도 없이 다음 곡이 시작되었다.

에튀드 10-12, 다단조 〈혁명〉. 느닷없이 건반을 내리치는 듯한 거친 화음이 마음을 꿰뚫었다. 격정에 사로잡혀 상하로 날아다니는 패시지가 오른손의 장렬한 옥타브 선율을 타고 절망과 분노를 노래했다. 듣는 이의 영혼을 옥죄고 마구 뒤

흔든다.

쇼팽은 1831년 파리로 향하던 길에 고국인 폴란드 바르샤바가 러시아군에 함락되었다는 소식을 듣는다. 짓밟힌 고향과 남겨 둔 가족. 이 곡은 그때의 실망과 분노를 즉흥적으로 표현한 것이다. 그래서 곡 전반에 걸쳐 쇼팽의 분노가 가득차 있다.

곡은 왼손에서 시작해 낮은 음역부터 음계적으로 진행하고 내림나장조로 바뀐다. 도입부의 거친 화음은 몇 번이나 형태를 바꿔 나타나고 그때마다 흥분이 더해진다. 분노는 가라앉을 줄 모른 채 솟구치기만 한다. 선율을 배경으로 전쟁에 쓰러져 가는 민중과 무너져 가는 건물이 보인다. 권총, 파괴음, 그리고 아비규환. 관객은 모두 마른침을 삼키고 있었다. 나도 두 손을 꼭 붙잡고 있었다.

제2부에 들어서자 곡조가 대담하게 조바꿈해 사납게 날뛰는 듯한 강한 화음이 드높이 울려 퍼진다. 패시지의 상하향 속에서 제1부가 재현되며 이때 쇼팽의 분노가 최고조에 달한다. 다단조로 시작해 조바꿈하면서 점점 고조되었다가 마침내 잠잠해진다. 잔해 더미에 겹겹이 쌓이는 시체. 이 고요함은 파괴와 살육이 벌어진 뒤 찾아오는 죽음의 정적이다. 마지막으로 쾅 내리치는 듯한 화음을 남기고 이 짧으면서도 비장감으로 가득한 서정시는 끝을 고했다.

압권이었다.

뒤늦게 정신을 차린 듯 박수가 일었다. 대부분은 콩쿠르 참가자의 가족이나 관계자일 테지만, 이 순간만큼은 그들 모두가 리사이틀의 청중으로 변해 있었다.

에튀드는 기술과 정확함이 요구된다. 그러나 그녀는 거기다 정념과 원념까지 그려 냈다. 단 한 번의 미스터치도 없는 표현력이 홀 전체를 압도했다.

내가 이런 사람과 경쟁하고 있었다니. 그렇게 생각했더니 무릎이 가늘게 떨렸다. 갑자기 내가 있어서는 안 될 곳에 서 있다는 기분이 들었다. 조금 전까지 그나마 남아 있던 자신감이 산산조각이 났다.

이 연주, 괜히 들었어.

몸이 무거워졌다. 그런 몸을 지탱하고 있는 목발이 몹시 못 미더운 도구로 여겨졌다. 반쯤 멍하니 있자 눈앞에 사람의 기척이 느껴졌다.

"저기. 좀 비켜 줄래?"

그 목소리에 고개를 들고 깜짝 놀랐다.

방금 연주를 마친 시모스와 미스즈가 서 있었기 때문이다. 이 입구는 무대 가장자리에서 내려오는 길과 바로 연결되어 있어 참가자의 통로로 이용된다. 정면에서 보는 그녀의 육체는 역시 위압감이 느껴져 나 자신이 보잘것없는 존재처럼 생각되었다.

나는 우물거리며 작게 사과하고 곧바로 길을 터 주었다.

그런데 시모스와 미스즈가 내 몸을 힐끗 쳐다보더니 그대로 멈춰 섰다.

"혹시 네가 고즈키 하루카?" 무례하고 굵은 목소리. 육체처럼 목소리까지 상대를 위축시켰다.

"내 이름을 어떻게……."

내 목소리를 들은 순간 시모스와 씨가 미간을 찌푸렸다. 이 사람에게 내 쉰 목소리는 불협화음이나 다름없으리라.

"온갖 잡지에서 호들갑을 떨어 댔으니 누구나 네 이름 정도는 외우지. 오늘도 음악잡지 말고도 기자하고 카메라맨이 홀에서 어슬렁거리던데."

"저, 저기. 연주, 정말 좋았어요."

그렇게 말하자 시모스와 씨가 나를 험악하게 노려봤다.

"아, 그거 고맙네. 그런데 누구랑 비교해서 좋았다는 거지? 설마 너랑 비교해서 말한 거면 듣기 싫은데, 그런 썩은 칭찬."

그러고는 목발을 가리키며 말했다.

"신데렐라인지 백설 공주인지 몰라도 그 꼴로 이런 데 오지 말란 말이야! 원래 부잣집 공주님이라며? 그럼 성 안에 틀어박히면 되잖아. 이런 데 어슬렁어슬렁 나타나 스포트라이트를 받고 싶은가? 그 불편한 몸으로 동정을 꼭 받아야겠어? 그럼 다른 데 가서 해. 솔직히 민폐라고."

설마, 여기 와서까지 처음 만난 사람한테 그 세 사람이 했던 말과 똑같은 말을 들을 줄은 몰랐다.

"내 목발이 당신한테 무슨 피해를 줬는데요?"

"홀에 들어올 때 어떤 방송국에서 나한테 마이크를 들이밀더라. '콩쿠르에 재활과 싸우면서 피아노를 치는 아이가 참가하는데, 어떻게 생각합니까?' '그 아이의 피아노를 들은 적이 있습니까?' 난들 아니? 안 그래도 심사를 앞두고 신경이 날카로워 죽겠는데 그런 쓸데없는 질문을 받아야겠냐! 그 사람들, 죄다 네가 데려왔지? 그게 민폐라는 소리야."

"내가 데려온 거 아냐."

"네가 원하든 원하지 않든 결과적으로는 그래. 여기 오는 사람은 말이지, 서너 살 때부터 구구단보다 트릴*을 먼저 외운 사람들이야. 하루에 최소 일곱 시간씩, 명절에도 상관없이 손톱이 갈라지고 손끝에서 피가 나도록 꾸준히 피아노를 쳐 온 사람들뿐이라고. 대기만성이 통하지 않는 세계라 대체로 열다섯 살쯤 되면 소질과 장래성이 판단돼. 그래서 콩쿠르 하나에 인생이 좌우되지. 입시 문제가 아니라 음악으로 성공하느냐 못 하느냐가 결정되는 진검승부의 장이라고. 어제오늘 체르니 연습을 시작한 아가씨가 취미 삼아, 그리고 이름을 알리러 오는 곳이 아니야."

"이름을 알리다니……."

"신문 인터뷰에서 너희 학교 교장이 그러던데. '우리 학교

---

* trill. 어떤 음을 연장하기 위해 그 음과 2도 높은 음을 교대로 빨리 연주해 물결 모양의 음을 내는 장식음.

의 교육 방침은 장애의 유무, 환경의 차이를 극복하고 모든 학생의 가능성을 키우는 겁니다'. 읽고 뿜었다니까. 연주에는 남다른 기량과 체력이 필요하고 충분히 연습할 만한 악기와 설비도 필수야. 그런 당연한 걸 알면서도 뻔뻔스럽게 대답하는 거 보면 너희 교장도 참 대단한 사람인 거지. 목발 짚은 아이를 내보낸 건 학교 홍보 차원에서입니다, 하고 얼굴에 쓰여 있잖아. 콩쿠르 실행 위원회의 의도도 훤히 보이고 말이야. 극소수의 관심사였던 학생 콩쿠르가 신데렐라의 참가로 갑자기 다방면에서 주목을 받은 거지. 이건 기회야, 모처럼 굴러들어 온 손님 끌기용 판다를 걷어찰 수야 없지, 하고 옳다구나 싶은 거야. 그러니 넌 아마 예선을 통과할 거야. 실행 위원회도 화제가 끊기는 걸 원하진 않을 테니. 잘하면 심사위원 특별상이나 장려상 정도는 줄지도 몰라. 그런데."

그녀가 나를 내려다보며 선고했다.

"제대로 된 상은 못 받을 거야. 내가 막을 거니까. 취미 수준의 실력밖에 안 되면서 여기 오는 게 얼마나 세상 물정 모르는 행위였는지 내가 똑똑히 알려 줄게."

그녀는 그렇게 할 말을 실컷 하더니 내 옆을 지나 홀 밖으로 나갔다.

그녀는 내게 반론할 기회조차 주지 않았지만 그 연주를 본 이상 어차피 변변한 항의 한마디 못했을 것이다. 그런 생각이 들게 할 만큼 그녀와 내 기량에는 큰 차이가 있었다. 학교내에서 갈채 한 번 받은 게 뭐 그리 대수라고 야단이었는지. 결국 우물 안 개구리이지 않은가.

손님 끌기용 판다라는 말이 머릿속에 맴돌았다. 내가 아무리 부정한다 해도 교장 선생님과 대회 주최자에게는 진실일지도 모른다. 겉모습으로 사람의 시선을 끄는 자는 영혼이 어떤 모양이든, 마음이 무슨 색깔이든 손님 끌기용 판다임에 틀림없다.

억울하고 비참한 마음이 느닷없이 덮쳐 왔다.

좁은 복도 구석에서 벤치에 걸터앉았다.

나를 경멸한 몇몇 얼굴이 뇌리에 되살아난다.

야유가 메아리친다.

갈라진 마음의 틈새로 그 검은 목소리가 스며든다.

눈시울이 뜨거워진다.

이윽고 무릎에 놓은 손에 뜨거운 물방울이 떨어졌다.

바보 같이 울긴 왜 울어.

이런 데서 울기는 싫다.

새어 나올 것 같은 오열을 애써 참고 있자니 또 한 방울 떨어졌다.

한 방울.

또 한 방울.

마침내 마음의 둑이 무너지려는 순간.

"아아, 여기 있었구나."

익숙한 목소리가 들려왔다.

눈앞에 미사키 씨가 서 있었다.

더는 참을 수 없었다. 나는 구깃구깃해진 얼굴을 보이기 싫어 미사키 씨의 바짓가랑이에 얼굴을 묻고 소리 죽여 울었다. 미사키 씨는 놀란 듯했으나 곧 내가 하는 대로 가만히 있어 주었다.

잠시 후 울음이 진정되자 그제야 미사키 씨가 조심스럽게 내 얼굴을 바지에서 떼었다.

"……으음. 또 사사히라 씨를 불러야겠구나. 화장을 다시 해야겠어."

무슨 일이 있었는지 묻지 않는 건 그야말로 미사키 씨다웠다. 내가 먼저 말하기를 가만히 기다리고 있었다. 그래서 나는 방금 있었던 일을 고스란히 전했다.

"하아. 하필 시모스와 씨와 맞닥뜨리다니. 실은 말이지, 그녀의 연주를 보지 않았으면 해서 너한테 그런 식으로 말한 거야. 연주를 다 들은 상태에서 독설까지 들어 버렸구나."

"그 사람, 유명해요?"

"그래. 학생 콩쿠르 단골 참가자인데 거의 모든 대회에서 상위 입상을 차지해. 잘은 몰라도 아버지가 음대 교수, 어머니가 바이올리니스트인 음악가 집안에서 태어났다고 하던데. 주특기는 쇼팽과 리스트, 거기다 용모와 체격 때문에 소식통에 의하면 쁘치코 헤밍*이라는 별명이 붙었나 봐.”

피식 웃음이 나왔다.

“아직 스물이 될까 말까 한데 그런 별명이 붙을 정도면, 너도 짐작은 가겠지만 피아노 솜씨야 말할 것도 없고 성격은 더 굉장해. 콩쿠르 우승에 대한 집념이 지독해서 매번 경쟁 상대를 압박하고 다니나 봐. 그쪽으론 유명한 일화도 많아. 시모스와 씨의 날선 말 때문에 울음을 터뜨리는 아이가 한둘이 아니라던데. 본인은 그걸 전략의 하나로 여기는 것 같구나. 딱히 네가 미워서 그런 게 아니니 너무 신경 쓰지 않는 편이 좋겠어. 바꿔 말하면 널 경쟁 상대로 인정했다는 뜻이기도 하고.”

과연 그뿐일까 싶었다. 사람을 거짓으로 칭찬하는 건 간단해도 거짓으로 헐뜯기는 어렵다. 면전에 대고 상대를 비난할 때는 대체로 평소 생각하던 것을 입 밖에 내기 마련이다.

“그도 그렇겠구나. 갖은 악담이라는 건 감정이 가는 대로 말하는 것이고 그래서 더 야비하고 막돼먹지. 그런 의미에서는 확실히 폭력의 일종인데, 그렇다고 네가 고민할 필요는 없다고 생각해.”

“어째서요?”

“시모스와 씨 말이 전부 틀리기 때문이지. 넌 네 몸을 스포

---

* 일본 피아니스트 후지코 헤밍의 이름을 딴 별명. 우리나라에서는 ‘리틀 ○○○’ 식으로 별명을 붙이지만 일본에서는 ‘쁘띠petit’를 조합해 만든다.

트라이트에 노출하고 싶어서 무대에 서려는 게 아니야. 물론 유명해지고 싶어서도, 취미로 하는 것도 아니지. 하물며 실행 위원회나 교장 때문에 참가한 것도 아니야. 안 그러니?"

"스포트라이트가 아니라 악의에 노출된걸요" 하고 내가 대꾸했다.

"좋아서 화상을 입은 것도 아니고 원해서 할아버지 유산을 상속한 것도 아닌데, 왜 아무 상관도 없는 사람들한테 멸시당하고 시샘을 받아야 해요?"

나는 미사키 씨가 나를 멸시한 것도 아닌데 그를 날카롭게 노려봤다. 그리고 눈앞의 상대가 나보다 심각한 장애를 안고 있다는 걸 뒤늦게 생각해 냈다.

사과해야 해, 하고 허둥대는 내게 미사키 씨가 이렇게 말했다.

"네 말대로 세상은 악의로 가득 차 있거든."

"......"

"현대는 불관용의 시대야. 누구나 다른 사람을 용서하려 들지 않거든. 죄인에게는 극형을, 더럽혀진 자, 몸이 온전치 않은 자에게는 숨어 살라고 해. 주변에 물들지 않는 이분자는 말살하려 하고. 지금의 일본은 분명히 그런 나라야. 언제부터인지 사회도 개인도 희망을 잃고 모두가 불안해하고 있어. 불안이 폐색감을 낳고, 그 폐색감이 사람을 보신에 급급하게 만들었지. 보신하느라 몸을 사리는 것이야말로 비굴함의 원흉이야. 비굴함에 내면을 좀먹힌 사람은 울적함을 느끼고, 그 감정이 머지않아 이질적인 자와 소수파를 겨냥해. 그들을 공격하고 배척하려 들어. 그러는 동안에는 자신의 비굴함을 느끼지 않아도 되니까 말이야. 사회적 약자를 괴롭히고 차별하는 것도 아마 그런 이유에서겠지. 부정행위가 드러난 인간에게 가차 없이 욕설을 퍼붓고, 정상에 오른 자의 추락을 기뻐하지……. 전부 같은 구도야. 저항하지 않는 사람에게는 악의가 끝도 없이 덮쳐 와. 그렇다고 남이 시키는 대로만 하기에는 울화통이 터질 지경이지. 악의라는 건 맞서 싸워야 하고 부조리는 뒤집어야 마땅해. 슬프면 남의 눈을 두려워 말고 울부짖는 편이 좋고, 억울하면 화를 내야 해. 다만 신은 몇몇 인간을 배려해 조처를 내려 주었어. 분노를 쏟아 내는 글 대신 음표를, 비정함을 개탄하는 대신 멜로디를 주었지. 〈황제〉가 인간의 잠재된 힘을 노래하듯이, 〈혁명〉이 침략의 잔학함을 공격하듯이 음악이라는 훌륭한 무기를 내려준 거야. 그리고 지금 너도 그 무기를 갖고 있어."

무기. 주먹이 센 사람은 맨주먹으로 싸운다. 말솜씨가 뛰어난 사람은 말로, 글재주가 있는 사람은 글로 싸운다. 표현 방법이라는 건 요컨대 그 사람의 싸움 방식이다. 그렇다면 내게도 나름의 싸움 방식이 있다.

눈물은 어느새 바짝 말라 있었다.

나는 목발을 짚고 일어섰다.

점심은 편의점에서 산 삼각김밥으로 때웠지만 목구멍으로 잘 넘어가지 않았다. 점심시간을 포함해 한 시간, 시시각각 내 차례가 다가왔다.

내 이름이 호명되었다. 지금 41번이 연주 중이니 다음다음이 내 차례다. 미사키 씨는 이제 자질구레한 이야기는 하지 않았다. 나를 혼자 무대 가장자리로 보냈다. 불안해서 딱 한 번 뒤돌아보니 미사키 씨가 말없이 고개를 끄덕였다. 여기서부터는 아무도 도와주지 않는 나만의 전쟁터다.

가장자리에서 무대를 들여다봤다. 42번 소녀가 10-1과 10-3의 〈이별의 곡〉을 연주하고 있었다. 10-1은 원래 화려한 곡인데 소녀의 연주는 연습 부족이 고스란히 드러났다. 어설픈 소리에 그 곡이 미사키 씨가 연주하던 곡과 같은 곡이라는 생각이 들지 않았다. 〈이별의 곡〉에 이르러서는 구슬픈 서정성으로 가득할 멜로디가 묘하게 표독스러운 소리로 들렸다.

옆에서 조잡한 연주를 보고 있자니 본인에게는 미안하지만 마음이 차분해졌다. 그녀가 실패한 원인은 나도 알 수 있었다. 하나는 손가락 모양이다. 미사키 씨는 레슨 첫 시간에 내 하이핑거 주법을 지적했다. 그걸 이 아이가 하고 있었다. 따라서 한 음 한 음은 정확한 대신 레가토가 딴딴해 유려함을 방해했다. 그리고 손가락 모양보다 팔놀림이 더 눈에 띄었다. 뒤에서 보다 보니 동작이 얼마나 작은지 대번에 보였

다. 어깨부터 앞으로만 움직인다. 미친 듯이 휘두르는 나와
는 아주 딴판이었다.

연주가 끝났다. 드문드문 들려오는 소극적인 박수 소리. 기
대에 못 미치는 연주였다는 건 본인이 가장 잘 알 것이다. 피
아노에서 멀어지는 그 얼굴은 속상함에 일그러졌다.

"참가 번호 43번, 고즈키 하루카."

―왔다.

심장이 터질 듯이 뛰었다.

이럴 때 뭐라고 하면서 각오를 다지더라? 아, 생각났다. 기
요미즈의 무대에서 뛰어내리는 심정으로*, 라고 할아버지가
가르쳐 주셨다. 기요미즈데라에는 가 본 적이 없지만.

심호흡을 한 번 하고 나서 나는 무대로 첫발을 내디뎠다.

탁 하고 목발 소리가 울려 퍼진다. 내가 모습을 드러낸 순
간 관객석에서 감탄인지 놀라움인지 모를 한숨 소리가 흘러
나왔다.

무대 위는 상상했던 것보다 훨씬 밝았다. 천장이 높은데도
조명의 열기가 닿을 만큼 광량이 어마어마했다. 사사히라 씨
가 준비해 준 자수가 들어간 연분홍 드레스가 눈이 부시도록
빛나 보였다.

하지만 관객의 한숨은 드레스를 향한 것이 아니었다. 나도

---

* 기요미즈의 무대라는 예불용 건물이 벼랑 위에 있는데 소원을 이루기 위해 여기서
뛰어내린 사람이 있었다.

그 정도는 알고 있다. 지난 몇 달간의 경험으로 상대방의 눈을 보지 않아도 그것이 호기심의 눈인지 아닌지를 피부로 감지할 수 있게 되었다.

홀 여기저기에서 카메라 플래시가 터져 나왔다. 흘끗 그쪽을 보고 나는 숨이 멎었다.

관객석은 조명이 꺼져 있어도 아주 캄캄하지는 않았다. 군데군데 빈자리가 있긴 해도 맨 뒷줄까지 차 있는 것이 보였다. 그 널찍함에 그만 발이 멈췄다. 객석에서 무대를 봤을 때는 한없이 작았건만, 여기서 객석을 보니 끝이 없어 보였다. 긴장을 넘어 마치 협박이라도 당하는 것처럼 두려운 마음이 온몸을 꿰뚫었다. 갑자기 호흡이 가빠졌다. 심박 수가 측정기 한도를 넘어 버렸다. 피아노까지 걸어가는 길이 아득히 멀다. 하물며 불편한 다리로는 더 멀었다. 탁탁, 목발 짚는 소리와 심장 소리가 큰 종소리처럼 귀에 울렸다.

소리가 너무 커서 새삼 놀랐다. 소리뿐만 아니라 심장이 가슴에서 솟구쳐 올라 입 밖으로 왈칵 쏟아져 나올 것 같았다.

난데없이 배 속이 무지근했다. 당장에라도 토할 것 같았다.

시간이 얼마나 흘렀을까, 다행히 흉한 꼴을 보이는 일 없이 의자에 도착할 수 있었다.

빨리 여기서 달아나고 싶어. 그런 마음이 문득 고개를 쳐들었을 때 미사키 씨의 말이 되살아났다.

넌 시험을 치르러 온 게 아니야. 너의 피아노를 들으러 멀리서 발걸음 한, 애석하게도 맨 뒷줄에 앉게 된 사람에게 네 마음을 전달해야 한다.

새삼 객석을 훑어봤다. 객석이 거의 차 있다는 건 알지만 한 명 한 명의 표정까지는 보이지 않았다. 이 안에 교장 선생님과 세 명의 소녀, 어쩌면 미야자토 리포터도 있을지도 모르지만 여기서는 찾을 길이 없다. 객석 전체가 검은 머리의 집합체로만 보인다.

뭐야. 그럼 채소밭의 채소나 다름없잖아. 호기심 어린 시선은 느껴지지만 호기심을 뒤엎는 연주를 들려주면 그뿐이다.

맨 뒷줄까지 그 소리가 닿도록.

문득 호흡이 편해졌다. 몸속 근육이 저주에서 벗어난 듯 풀어졌다.

피아노 앞에 앉아 의자 높이를 조절했다. 겨우 평상심이 돌아왔다. 눈앞에서 완전히 눈에 익은 건반의 배열이 나를 기다린다.

첫 음을 쳤다. 에튀드 10-2. 오른손 중지, 약지, 새끼손가락으로 반음계를 레가토로 연주하는 동시에 나머지 두 손가락으로 화음을 스타카토로 쳤다. 다섯 개의 손가락에 각각 다른 운지가 요구되는 데다 왼손으로 스타카토 반주를 계속 넣어 줘야 하기에 성가시다.

음울한 정열. 반복되는 상향과 하향. 끊임없는 레가토 때문에 가장 힘없는 약지까지 혹사해야 한다. 손가락의 힘과 부드러움과 독립성. 2분이 채 안 되는 곡인데도 체력 소모가 많은 건 이런 이유에서다.

반복되는 선율에서 불안과 시의심이 상기되었다. 지난 몇 달간 나 자신이 맛보았던 감정이다. 회복이 느린 하반신과 이식 흔적이 남은 피부를 보면 가슴이 시커멓게 타들어갔다. 가족도, 아니 나 자신조차 믿지 못하는 하루하루에 마음이 검게 물들었다. 이 넓은 세상에서 나 혼자만 외톨이라는 절망감에 영혼을 좀먹혔다. 그날, 미사키 씨의 레슨을 만나지 못했더라면 나는 그대로 다른 사람이 되었을지도 모른다. 육체만큼이나 정신도 손상되어 서서히 썩어 갔을지도 모른다. 사람을 죽이는 데 날붙이는 필요 없다. 희망을 빼앗는 것만으로 인간은 내면부터 죽어 간다.

쉴 새 없이 움직이는 손가락에 분노를 담았다. 부조리한 운명과 주변의 무자비한 처사에 의문을 품었다. 왜 나만? 왜 나한테만?

세상은 악의로 가득 차 있다. 공격에 노출되고 나서야 비로소 깨달았다. 하지만 자신이 비난하는 쪽에 있을 때는 전혀 알지 못한다. 아니, 알아도 모르는 척하는 것이다. 잔학함을 정의감으로 둔갑시켜 자기 내면에 있는 악의를 인정하려 들지 않는다. 그러나 자신을 올바른 인간이라고 믿는 것, 자신과 입장이 다른 사람을 악으로 단정하는 것이야말로 악의가 아닌가.

멜로디는 악의와 불관용을 저주하며 거듭해서 반복되었다. 그리고 제3부에서 포르테*가 한껏 고조된 감정을 표출했다. 악의에 대한 악의, 불관용에 대한 불관용. 반복되는 선율 속에 날선 감정이 점점 격해졌고 갈 곳을 찾아 홀 안을 뛰어다녔다.

그리고 마지막에 반음계를 하강시키고 끝났다.

마지막 한 음의 여운이 허공에 머물렀다가 사라졌다. 객석은 쥐 죽은 듯 조용했다.

실수는 없었지만 1분 남짓한 연주로 벌써 손가락 관절이 쑤시기 시작했다. 그러나 괜찮다. 이 정도는 금방 회복된다.

양손을 무릎 위에 올려놓고 잠시 쉬었다. 약 1분이라면 문제되지 않을 테고, 예선 단계에서 곡과 곡 사이에 잠시 쉬는 것이 내 습관이라는 인상을 남김으로써 본선을 위한 포석을 미리 깔아둘 작정이었다. 본선에서는 반드시 중간 휴식이 필요하기 때문이다.

다시 한번 심호흡을 하고 건반에 손가락을 얹었다.

에튀드 10-4.

손가락이 질주하기 시작했다.

처음의 눈이 핑핑 돌 정도로 빠른 여덟 소절이 이 곡의 주제다. 올림다단조로 시작하는 제1부부터 마지막까지 숨 막

---

* forte, 세게 연주.

히도록 빠르게 진행되어 단 한 순간도 긴장을 놓게 하지 않는다. 그건 연주자도 마찬가지다. 기이하게 밀집된 포지션과 양손이 교대로 스타카토와 레가토를 연주하면서 빈번히 등장하는 아르페지오, 화음, 반음계를 구사해야 한다. 강한 타건을 유지한 채 손가락을 번개 같은 속도로 미친 듯이 움직여야 하는데 그것이 마지막까지 계속된다. 그 점이 이 곡이 쇼팽의 에튀드 중에서 가장 난곡으로 꼽히는 이유다.

질주하는 16분음표의 패시지가 누군가에 쫓기는 듯한 초조하고 절박한 심정을 환기시켰다. 갖고 싶어도 아득해서 가질 수 없는 것, 눈앞에 있는데도 잡으려 하면 할수록 달아나 버리는 것. 아무리 달려도 도달할 수 없고, 아무리 안달해도 손이 닿지 않는다. 그런데도 사람은 포기하지 않고 끝까지 갈망한다. 마찬가지로 곡도 느닷없이 음량을 줄였다가 갈수록 크레셴도로 연주하며 광분해 갔다.

중간부인 17번째 소절에서 곡이 마장조로 바뀌었다. 이제 왼손도 빠른 패시지를 이어받아 오른손 패시지와 서로 뒤얽히면서 나선계단 같은, 흡사 소라 껍데기처럼 빙빙 돌아 오르내리는 상하향을 형성했다.

나도 손에 넣을 수 없는 걸 갈망했다. 연이어 가족을 떠나보내고 피부와 목소리를 잃었다. 몸의 자유마저 빼앗겼다. 잃은 것은 두 번 다시 돌아오지 않는다. 재활이 끝나도 팔다리에는 장애가 남을 것이다. 그래서 잃은 것 대신 새로운 뭔가가 갖고 싶었다. 내 존재 가치를 증명하는 것, 나한테만 허락되는 재산이 갖고 싶었다.

그것이 피아노였다. 피아노와 하나가 되었을 때 나는 목소리보다 더 호소력 짙은 목소리로 노래한다. 말보다 더 전달력 있는 말로 이야기한다. 나이, 성별, 국경, 언어와 같은 모든 장벽을 뛰어넘어 마음을 전할 수 있게 되었다. 배우기 시작했을 무렵에는 꿈같았던 마법이 지금은 미사키 씨가 가능성을 끌어올려 준 덕분에 현실이 되어 가고 있다. 그것이 내게 주어진 유일한 능력, 허락된 유일한 재산이 될지도 모른다. 이제 내게 남은 건 피아노밖에 없다. 피아니스트로 인정받지 못하면 나는 나조차 아니게 된다. 그래서 매일 연주했다. 주변에서 멸시당하고 주간지에서 자극적인 기사로 이슈를 만들어도 계속 연주했다. 손가락이 아파도 그만두지 않았다. 남몰래 눈물을 흘린 적도 한두 번이 아니었다.

광기 어린 욕망이 손가락을 채찍질해 달리게 한다. 51번째 소절에서 제1부가 재현되었다. 여기서부터 마지막 열두 소절은 물결이 굽이치는 듯한 포르티시모가 이어졌다. 왼손과 오른손의 쫓고 쫓기는 추격전, 선율의 상하향과 함께 상반신이 좌우로 흔들리고 어깨가 통통 튀어 오른다. 소용돌이치는 패시지가 망집의 무시무시함을 그려 낸다. 잦아들었던 손가락이 다시금 폭주하기 시작했다. 그러나 여기서 멈출 수는 없다. 곡은 이제 여덟 소절로 끝난다.

이제 여섯 소절, 손가락 모양의 납덩이가 서서히 굳기 시작했다.

나머지 네 소절, 손끝의 감각이 까마득하게 멀어졌다.

그리고 레가토가 정점에 오르기 시작한 순간, 역시 내려치는 듯한 포르티시모로 2분 남짓한 연주가 끝났다.

눈 깜짝할 사이, 그러나 정신이 아득해질 만한 2분간이었다. 결코 회심의 연주는 아니었다. 손가락이 저리기 시작했을 때 당황해서 한 군데 미스터치를 하고 말았다. 마음이 통했는지도 분명치 않다. 나는 눈을 감고 땅이 울릴 듯한 야유를 각오했다.

그런데 다음 순간.

돌연 땅울림이 아닌 장대비가 쏟아지는 듯한 소리가 나를 덮쳤다.

박수였다. 믿기지 않는 심정으로 객석을 보자 눈이 닿는 범위의 관객은 전원이 박수를 치고 있었다. 진심에서 우러나온 박수와 건성으로 치는 박수의 차이는 금방 알 수 있다. 이 사람들은 진지하게 내 피아노를 기뻐해 준 것이다.

마치 허공에 몸이 붕 뜬 것 같은 기분이었다. 황홀할 지경의 쾌감이 온몸을 관통했다. 무대에 서는 걸 마약으로 표현한 미사키 씨의 마음이 비로소 이해되었다.

마음이 통했다. 이렇게나 많은 사람에게. 그 사실만으로 보상받은 기분이었다. 심사위원의 평가는 나중 문제였다.

갑자기 눈시울이 뜨거워지는 바람에 황급히 고개를 숙였다. 무대 위에서 꼴사나운 모습을 보일 수는 없다.

목발을 짚고 일어나 고개를 깊이 숙여 인사한 뒤에도 박수가 그칠 줄을 몰랐다. 문득 무대 가장자리를 보자 미사키 씨가 환하게 웃으며 승리의 포즈를 잡고 있었다. 당장에라도 그 웃는 얼굴 곁으로 달려가고 싶었다.

1차 예선은 오후 6시에 끝났다. 놀랍게도 한 시간 후에 결과가 발표된다고 한다. 83명의 심사를 그 짧은 시간에 해낼 수 있나 싶었지만 생각해 보면 동그라미표의 수를 집계하기만 하면 되니 금방 결과가 나오는 것도 당연하다면 당연했다.

예선 통과 발표는 1층 로비 게시판에 합격자 여덟 명의 참가 번호와 이름을 써 붙일 뿐, 특별한 발표식 같은 건 없다.

"하긴, 콩쿠르의 1차 발표는 다 이런 식인데, 꼭 입시 합격자 발표 같구나."

그러더니 미사키 씨가 웃었다. 내 긴장을 풀어 주려고 한 농담이라는 게 훤히 보였다.

참가자와 그 관계자가 초조하게 기다리고 있자 7시가 되자마자 직원 두 명이 돌돌 말은 종이를 가지고 나타났다. 사람들의 술렁거림에도 아랑곳없이 게시판에 엄숙히 종이를 펼치기 시작했다.

참가 번호 9번, 다카라베 미쓰루.

참가 번호 18번, 다카쿠라 미키.

참가 번호 20번, 이토이가와 마리.

참가 번호 23번, 후지이 료타로.

참가 번호 29번, 혼다 게이.

사방에서 환희의 외침과 낙담의 한숨이 흘러 나왔다.

참가 번호 32번. 아, 역시 예상대로 시모스와 미스즈는 통과다. 그러나 그녀는 딱히 소리 지르며 기뻐하지는 않았다. 본인과 가족 모두 예선 통과를 당연하게 여긴 것이다.

이걸로 여섯 명의 합격자가 발표되었다. 참가자가 83명인 걸 생각하면 너무 앞쪽에만 치우쳐 있었다. 나머지 51명 중에 합격자는 두 명밖에 없다는 계산이 나온다.

틀렸구나, 하고 단념한 순간, 그 번호가 나타났다.

참가 번호 43번, 고즈키 하루카.

그때 43이라는 숫자만이 붕 떠올라 보였다.

콩쿠르가, 심사위원이 날 인정해 주었다.

뒤늦게 가슴속에서 환희가 솟구쳤다.

"해냈어!"

엉겁결에 외치고 말았다. 그러자 다음 순간, 게시판에 플래시가 터졌다. 누군가 뒤에서 찍고 있구나 싶었는데, 갑자기 미사키 씨가 재킷을 내 머리에 씌우는 바람에 깜짝 놀랐다.

"이대로 뒷문으로 도망쳐야겠어."

"네?"

"마이크를 쥔 여자가 방금 소리 낸 여자아이를 눈에 불을 켜고 찾고 있거든. 들켜서 붙들리고 싶니?"

"죽어도 싫어요."

"그럼 서두르자."

이렇게 기쁨도 잠시 우리는 사람들 속에 뒤섞여 홀 옆의 복도를 빠져나가 곧장 뒷문으로 향했다. 미사키 씨가 손을 잡아 준 덕분에 평소처럼 비척거리지 않았다.

"승리의 여운에 잠기고 싶은 마음은 굴뚝같겠지만, 본선이 내일이야. 저런 녀석들한테 시간을 내줄 수야 없지."

그건 나도 동감이었다. 그 이전에 몹시 피곤했다. 아니, 피곤하다기보다는 허탈한 상태에 가깝다. 짧은 시간에 정신을 집중해서 무리가 왔나 보다.

어쨌든 집으로 돌아가자. 마음 놓고 뒷문에 도착했을 때 우리는 거기서 뜻밖의 두 사람과 맞닥뜨렸다.

문 앞에 서 있던 사람은 사카키마 형사와 미치코 씨였다.

"아, 여기서 기다리길 잘했군요. 두 사람 다 여기로 나올 줄 알았습니다. 우선 하루카 양, 예선 통과 축하한다."

"형사님하고 미치코 씨가 왜……."

영문을 알 수 없었다. 미치코 씨야 그렇다 쳐도 왜 사카키마 형사까지 함께 있을까. 반사적으로 미사키 씨의 안색을 살폈다. 그러나 이상하게도 미사키 씨는 전혀 놀라워하지 않고 오히려 그제야 모든 걸 알겠다는 슬픈 기색을 띠고 있었다.

"정말 훌륭한 연주였다. 아무것도 모르는 나도 알 정도였으니 참 대단하구나. 처음에 피아노를 배운다고 했을 때는 아가씨가 교양 삼아 배우는 줄 알았는데, 큰 실례를 했어. 넌 진짜 실력자다. 그리고 분명히 선생님도 우수할 테지."

"칭찬해 주셔서 영광입니다. 이제 길을 잘못 선택했다는 말씀은 하지 말아 주세요…… 그런데 형사님, 이 아이의 연주를 들으러 일부러 여기까지 걸음하신 건 아닐 텐데요."

미사키 씨가 묻자 사카키마 형사가 언짢다는 듯 "흥" 하고 콧방귀를 끼었다.

옆에 있는 미치코 씨가 내 얼굴을 물끄러미 보고 있었다. 늘 그랬듯이 평온한 표정으로. 아무리 응시해도 그 눈빛에서 어떤 감정도 읽어 낼 수 없었다. 미사키 씨의 시선이 미치코 씨를 향하더니 곧바로 외면했다.

"임의, 입니까?"

"네. 이 사람의 행선지가 여기였거든요. 연주가 끝난 뒤 동행을 요구했더니 그전에 꼭 당신들에게 인사하고 싶다며 완강하게 나와서 말입니다."

이내 미치코 씨가 내 앞으로 걸어 나왔다.

"미안하다."

사과하면서도 기죽은 기색이 전혀 없었다. 마치 음식이 맛없게 된 걸 사과하는 것처럼 명랑하고 입가에는 미소까지 머금고 있었다.

"내가 단단히 오해를 하고 말았단다. 미사키 선생님에게 그 이야기를 듣지 못했다면 전혀 눈치채지 못했을 거다. 내가 저지른 일이다만 네가 다치지 않아 다행이구나. 정말 미안하다."

오해? 미사키 씨의 이야기?

점점 혼란스러워하는 내게는 눈길도 주지 않은 채 미치코 씨가 발길을 되돌려 문을 열었다.

"내일 본선은 못 보게 되었다만 힘내려무나."

그리고 그대로 나갔다.

사카키마 형사는 당황하지도 않았다. 미치코 씨가 도망칠 거라는 생각은 아예 하지 않는 듯했다.

"증거가 나왔나 보군요."

"그렇지요…… 어차피 짐작은 했을 텐데요?"

"집에 있던 공구에서 지문이 검출되었거나 혹은 동네 홈센터에서 박리제를 구입한 영수증이 발견되었거나, 아니면 미치코 씨를 기억해 둔 점원이 나타났거나."

미사키 씨가 그렇게 중얼거리자 사카키마 형사가 다시 콧방귀를 꼈다.

"이쪽 사람이라면 또 모를까, 외부인에게 간파당하니 과연 기분이 좋지는 않군요. 아까 그 말은 취소하겠습니다. 역시 당신은 음악가로 두기에는 아깝습니다. 그럼…… 아, 하루카 양. 나도 이 말은 꼭 해야겠구나. 내일 본선, 힘내라. 나도 미치코 씨처럼 화려한 무대를 못 보게 되어 안타깝지만."

"어디 출장 가시나요?"

"네. 볼일이 좀. 내일 이시카와현에 가야 해서 말입니다."

"이시카와……."

"건투를 빈다."

그리고 사카키마 형사도 나갔다.

그 뒷모습을 지켜본 미사키 씨의 얼굴이 몹시 온화해 보였다. 이내 기어들 듯 작은 목소리로 말했다.

"아, 그래서 이시카와구나. 거기에 주목하다니……."

"설명해 주세요!" 나는 반쯤 부르짖으며 말했다. "도대체 왜 미치코 씨가 체포돼요? 오해는 또 뭐고요! 선생님이 미치코 씨한테 뭐라고 이야기했는데요?"

"정확히는 체포가 아니라 임의동행이지만. 그런데 아직은 말하지 않는 편이 좋겠구나. 이야기가 꽤 복잡한 데다 본선을 앞두고 널 혼란스럽게 하고 싶지도 않거든."

"그래도요!"

"내일 콩쿠르가 끝나면 내가 아는 걸 전부 설명해 주지. 약속해. 그러니 다시 한번 말하마. 그때까지는 억지로라도 잊고 있어. 드뷔시와 그의 음악만 생각하는 거다. 그렇지 않으면 출두를 승낙한 미치코 씨의 마음이 헛수고가 돼. 무엇보다 그동안 네가 해 온 노력이 허사로 돌아가."

2

이튿날 일요일, 콩쿠르 본선 당일.

이날 집은 아침부터 어수선했다. 먼저 조간신문을 보고 다들 기겁을 했다. 지방판 톱기사로 내 이야기가 실려 있었기 때문이다.

'전신 화상의 소녀, 부활의 피아노'

손발이 오그라드는 표제 아래 실린 사진은 틀림없이 내 얼굴 사진이었다. 그 사진은 기억이 난다. 퇴원한 직후 학생 수첩에 붙이려고 급하게 찍은 사진인데, 아직 눈썹이 듬성듬성하게 나 있을 때였다. 이 사진을 신문사에 넘긴 기억은 당연히 없었다. 학교 측에서 제공했을 것이다. 기사 내용이 어처구니가 없어서 읽고 싶지도 않았다.

이어서 학교에서 전화가 왔다. 교장 선생님을 필두로 주요 교원과 학부모회 대표, 급기야 학생회 임원이 일반과 학생 몇 명을 데리고 응원하러 온다는 것이었다. 자세히 들어 보니 음악과가 있는 유명 고교인데도 재학생이 아사히나 피아노 콩쿠르 본선까지 진출한 것이 10년 만의 일이라고 한다.

"예선 통과한 것만으로 아주 난리도 아니네. 만약 하루카가 우승이라도 하면 무슨 일이 기다리고 있을지" 하고 겐조 삼촌이 히죽히죽 웃으며 말했다. "어디 지방판뿐이겠어? 사회면 톱기사로 실리겠지. 잡지하고 TV에서 취재 요청이 쇄도하고, 기업에서 광고 모델로 쓸지도 몰라. 실은 얼마 전에도 우리 동인의 동료가 그러더라. 식구 중에 스타가 있는데 왜 만화 캐릭터로 그리지 않느냐고. 그래, 온몸에 붕대를 감은 피아노 소녀라, 독자가 충분히 열광할 만한 대상이지.”

그런 대상이 되는 건 질색이다.

본선은 오전에는 중학생 이하 부, 고등학생 이상인 부는 점심시간을 끼고 오후부터 치른다. 셋이서 냉동식품을 데워 느지막하게 아침을 먹었다.

“아까 가노 변호사와 신조 선생님도 전화하셨단다. 두 사람 다 하루카 차례가 되기 전까지 콩쿠르장에 올 수 있다더구나.”

“호. 주치의는 그렇다 쳐도 변호사 선생까지 참석할 줄이야. 벌써 신탁재산의 운용을 생각해서 시찰하러 오는 건가?”

“또, 그렇게 비아냥거리는 소리만······.”

그런 식으로 두 사람은 오로지 본선에 관한 이야기만 했다. 그럴 수밖에 없었기 때문이다.

원래 아침밥을 지어야 할 미치코 씨가 자리를 비웠다. 그런데도 아무도 그 이야기를 입 밖에 내지 않으려 했다. 그 이야기가 나오면 일상이 붕괴되는 게 아닐까, 하는 망상 같은 분위기가 흘렀다. 어젯밤 이후 경찰에서는 아무런 연락도 오지 않아 식구들이 더 불안해했다.

맛없는 냉동식품을 우걱우걱 먹으면서 두 사람은 부자연

스러울 만큼 끊임없이 대화를 주고받았다.

마치 침묵을 두려워하는 것처럼.

식사를 마쳤을 무렵 미사키 씨가 도착해 다 같이 콩쿠르장으로 향했다.

"아버님, 죄송하지만 저와 따님을 시라카와 공원에서 내려 주시고, 두 분은 좀 나중에 콩쿠르장으로 와 주십시오."

"네? 왜 그렇게……?"

"콩쿠르장에 확인했더니 정문에 음악 관계 이외의 취재진이 대거 몰려와 있다고 합니다. 따님을 취재하려는 거죠. 지금 아무런 수도 쓰지 않고 들어가는 건 양이 늑대 무리에 뛰어드는 것이나 다름없습니다."

"그런데 뒷문에서도 기다리고 있지 않겠습니까? 그런 사람들은 꽤 끈질기다고 하던데요."

"실은 생각해 둔 바가 있거든요."

그 지시대로 나는 미사키 씨와 함께 시라카와 공원에서 내렸다. 오전 10시의 공원은 비 갠 뒤의 부드러운 햇빛에 이끌려 연인과 가족 단위 나들이객이 드문드문 모여 있었다.

공원 벤치에 사사히라 씨가 기다리고 있었다.

"좋은 아침. 어제 활약이 대단하더라. 나도 아르바이트한 보람이 있었어."

나는 사사히라 씨 옆에 있는 물건에 정신이 팔려 제대로 대답하지도 못했다. 어제 본 특대 사이즈 의상 케이스는 물론 오늘은 그보다 더 큰 덤이 붙어 있었다.

휠체어였다.

"자, 어서 앉아."

나는 영문도 모른 채 휠체어에 앉아야 했다.

"미사키 선생님. 이거, 어떻게 된 거예요?"

"걱정하지 않아도 돼. 콩쿠르장의 비품을 빌려 온 거니까. 아, 모자를 깊숙이 눌러써야지. 얼굴이 가려지도록."

"그럼 난 먼저 가서 기다리고 있을게."

의상 케이스를 끌고 가는 사사히라 씨의 뒷모습을 지켜본 후 미사키 씨가 휠체어를 서툴게 밀었다.

"그럼 우리도 갈까?"

"뒷문으로요?"

"아니. 정문으로 당당히."

"네? 정문엔 사람들이 많다면서요."

"이런 모습이라면 아무도 모를 거야."

"모자만 썼지 변장도 안 했는데요?"

"괜찮아. 아무도 눈여겨보지 않을 테니 변장할 필요도 없어. 그들이 찾는 사람은 목발을 짚은 너니까 말이야."

"휠체어랑 별 차이 없잖아요."

"아니, 사람들은 그런 게 있거든. 이번에 뒤쫓게 된 여자아이가 이런 몸이라서 목발이 하나의 표시처럼 되었을 뿐, 원래 사람들은 장애인이나 환자, 부상자를 빤히 쳐다보려 하지 않아. 아니, 보기 싫어하지. 따라서 시야에 들어와도 잽싸게 외면하거나 멀리 떨어지려 해. 그냥 관여하기 싫은 거지. 너도 그런 건 이미 경험해 봤을 텐데? 이따 잘 보렴. 네가 나타난 순간 밀려든 취재진이 마치 모세를 맞는 바다처럼 두 갈래로 쩍 갈라질 테니. 넌 그 속을 당당히 지나가면 돼."

"……용케 이런 걸 생각해 내셨네요."

"내 머릿속에서 나온 건 아니고. 모 인기 피아니스트가 팬이나 취재진을 피해 공연장에 출입할 때 자주 쓰는 수법이거든. 그보단 먼저 생각해야 할 난제가 따로 있어. 이쪽은 아직 해결책을 찾고 있는 중이야."

"그거 혹시……."

"그래. 네 손가락. 아직 10분 못 버티지?"

미사키 씨에게 굳이 지적받을 필요도 없다. 나 자신이 그동안 고민해 온 것이기 때문이다.

그로부터 연습과 재활을 반복했지만 결국 손가락 지속 시간은 8분을 넘지 못했다. 진전이 아예 없는 것은 아니었다. 그나마 도중에 휴식 시간이 단축되었을 뿐 지속 시간 자체는 연장되지 않았다. 15분. 그렇다, 15분의 휴식을 취하면 전반 5분, 후반 5분의 연주가 가능하다. 하지만 그런 휴식은 규정 외라고 실행 위원회에서 사전에 통고받았다. 〈달빛〉 5분 50초, 〈아라베스크 제1번〉 3분 55초. 연주 순서를 거꾸로 하고 템포를 빠르게 해도 결과는 엇비슷했다. 연달아 연주하면 두 번째 곡 중반에 손가락이 녹초가 돼서 움직이지 않게 된다. 본선에서 채점은 기술점과 예술점을 합산하는데 물론 그건 두 곡 완주하는 것이 전제다.

"이럴 때 제대로 된 피아노 선생이라면 첫 번째 곡을 온 힘을 다해 연주한 다음, 인사하고 무대에서 내려오라고 명령하겠지. 넌 아직 열여섯 살이라 앞으로 기회는 충분히 있을 테고, 불완전한 두 번째 곡으로 끝내기보다 완벽한 첫 번째 곡으로 끝내는 편이 좋은 인상을 남겨서 다음 기회로 연결할 수가 있으니. 그런데."

"그런데요?"

"공교롭게도 난 제대로 된 피아노 선생이 아니야. 선생이긴 해도 제자는 네가 처음이고, 게다가 마지막일지도 모르지. 따라서 어떤 조언을 해야 좋을까 도무지 짐작이 가질 않아. 나라면 어떻게 할지 생각해 봤지만 분명히 참고가 안 되겠지."

듣지 않아도 알 수 있었다. 만약 미사키 씨가 내 입장이었다면 도중에 귀가 들리지 않게 되어도, 야유가 대합창처럼 쏟아져도 연주를 계속할 것이 틀림없다. 난청을 벗 삼아 발버둥 치는 걸 좋아하는 이 사람이라면 반드시 그렇게 한다.

"그러니 지금부터 하는 말은 단순한 일반론으로 들어 줘. 흔히 하는 말로 최선을 다한다는 말이 있어. 그런데 최선이란 사람마다 달라. 심신이 너덜너덜해질 때까지 하얗게 불태우는 걸 최선이라 여기는 사람이 있는가 하면, 제 나름의 미학을 고수해서 여력을 남기는 형태가 그렇다는 사람도 있지. 분명히 그건 그 사람의 삶의 방식에도 직결될 거야. 따라서 매정하게 들리겠지만 네 삶의 방식을 내가 제시할 순 없어. 너 스스로가 결정할 문제야."

자신의 미학을 고수한다. 동경하는 말이지만 그건 여러 번 정점에 서 본 자에게만 허락된 말이다. 적어도 자기 손가락을 자유롭게 움직이지 못하는 미숙한 자가 표방할 만한 말은 아니다. 무대 위에서 실패하는 장면이 벌써 눈에 선하다. 다만 앞으로 고꾸라질지 뒤로 자빠질지를 선택할 수 있다. 그렇다면.

나는 몰래 결심하고 입 밖에 내지 않았다. 미사키 씨도 굳이 캐묻지 않았다. 어쩌면 말하지 않아도 알고 있을지도 모른다. 미사키 씨는 그런 사람이다.

예상대로 콩쿠르장 정문에는 클래식과는 인연이 없어 보이는 사람들이 카메라와 마이크를 든 채 우글거리고 있었다. 그중에 미야자토 리포터의 얼굴도 보였다. 그들의 얼굴은 하나같이 먹잇감을 노리는 육식동물의 얼굴 그 자체로, 썩은 고기를 탐내는 하이에나를 의인화하면 분명히 이런 얼굴일 것이다.

그들의 야단법석에도 아랑곳없이 미사키 씨가 나를 태운 휠체어를 차분하게 밀었다. 걸작인 건 살기까지 띤 취재진들이 휠체어를 본 순간 잽싸게 길을 터주고 절대로 이쪽을 돌아보지 않도록 애쓰는 모습이었다. 이들의 카메라와 마이크는 진실한 모습을 향하지 않는다. 자신들이 원하는 영상, 대중들이 보고 싶어 하는 것만 포착하려 한다. 하나부터 열까지 미사키 씨가 말하던 대로라 나는 새삼 이 사람의 혜안과 고약함에 혀를 내둘렀다.

우리는 쉽게 사사히라 씨가 기다리는 대기실에 도착했다.

나는 무대 의상으로 갈아입고 화장을 했다. 사사히라 씨가 전문가의 얼굴이 되어 내 얼굴을 매만져 주었다. 피부 이식을 한 지 얼마 안 된 피부에 화장을 하는 게 처음이라 긴장된다고 말했지만, 손놀림은 무섭도록 빠르고 신중했다.

준비를 마치고 복도로 나가자 미사키 씨가 벽에 기대 기다리고 있었다.

"마음에 걸리는 건?"

연습 기간이 짧았던 것, 아직 표현 능력이 미숙한 것, 그리고 더 빨리 미사키 씨를 만났더라면. 세기 시작하면 끝이 없지만 나는 고개를 가로저었다.

"네 차례는 일곱 번째니까 지금부터 한 시간 후가 되겠구나. 다른 참가자의 연주를 볼 필요는 없는데 차례를 기다리느라 시모스와 씨의 연주만 무대 가장자리에서 보게 돼."

"그 사람은 자유 곡으로 뭘 골랐어요?"

"리스트의 〈파가니니 주제에 의한 대연습곡 제3번—라 캄파넬라〉. 시모스와 씨의 십팔번이지."

별실에서 보낸 한 시간은 몹시 길었다. 죽음의 순간도 아닌데 화재를 당한 뒤의 하루하루가 머리를 스쳤다. 가족의 죽음, 피부이식수술, 재활 치료, 유산상속, 학교에서의 괴롭힘, 피아노 콩쿠르 참가, 세 번에 걸친 미수 사건…… 고작 열여섯 먹은 소녀치고는 지나치게 농밀한 넉 달간이었다. 그런데도 지금, 나는 여기에 있다. 할아버지의 유산을 노리지도, 부모의 의사도 아닌 나 자신이 바라는 미래를 나 자신의 힘으로 획득하기 위해, 여기에 있다.

이제 주저하지 않는다. 역부족임을 충분히 알고 꼴사나운 모습도 이미 각오한 바다. 아낌없이 보여 줄 것이다. 여력을 남기지 않을 것이다. 지금 할 수 있는 모든 것을 해 버리자. 마지막 한 음을 낸 뒤 아무것도 남지 않도록.

이윽고 미사키 씨가 문을 노크하고 얼굴을 내밀었다.

"출진이다."

83명의 참가자가 줄지어 있던 어제와는 달리 무대로 이어지는 통로가 어쩐지 기분이 나쁠 만큼 한산했다. 그곳에는 흥분도 술렁거림도 없이 숙연한 긴장만이 감돌았다.

무대 끝에 도착하자 마침 시모스와 미스즈가 〈달빛〉 연주를 끝낸 참이었다. 아낌없는 박수가 터져 나왔다. 그녀가 특히 잘하는 레퍼토리가 아니더라도 들으나마나 훌륭한 연주

내용이었을 것이다.

박수가 멎었을 무렵, 칼끝의 날카로운 소리로 단조의 왈츠가 시작되었다. 〈라 캄파넬라〉, 파가니니가 바이올린곡으로 작곡한 걸 리스트가 피아노곡으로 편곡한 누구나 아는 명곡. 원곡이 바이올린곡이기 때문에 손가락 포지션이 고음부에 집중되어 있어 종종 2옥타브 이상의 도약이 요구된다. 그 난이함은 실제로 연주할 것도 없이 32분음표로 새카맣게 메워진 악보를 펼치기만 해도 한눈에 알 수 있다.

한 손으로 주제를 연주하는 동시에 다른 한 손으로 화음과 딸랑거리는 종소리를 트릴 기법으로 표현해 낸다. 양손이 전혀 다른 움직임을 보여 마치 두 사람이 연주하는 것처럼 들렸다. 그런데도 화음은 주선율과 얽혀, 때로는 멀어졌다가 또 금방 가까이 닿았다.

종소리를 표현한 고음이 영롱하게 빛났다. 고음의 아름다운 음색이 고독과 애수를 자아내 가슴을 울렸다. 음 하나하나가 쐐기처럼 가슴에 깊숙이 박혔다. 나도 그리고 틀림없이 청중도 그 소리에 사로잡혀 꼼짝 못하고 있었다.

참으로 구슬프고, 그러면서도 힘 있는 소리였다. 듣는 이의 영혼을 거머쥐고 눈을 깜박이는 것조차 허락하지 않았다. 피아노를 치는 사람이라면 지금 그녀의 손가락이 건반 위에서 어떤 움직임을 하고 있는지 금방 그려 낼 수 있다. 날렵한 옥타브 연속, 양손의 고속 반음계 이동, 왼손의 10도 아르페지오, 오른손의 2옥타브 도약. 환상적이기까지 한 선율 아래, 열 개의 손가락이 정확함과 기민함을 겸비한 기계처럼 기동하고 있을 터였다. 그런데도 그녀가 자아내는 음색에서는 기교를 부린다는 느낌이 이슬만큼도 들지 않았다.

시모스와 미스즈가 실제로 어떤 인물인지 나는 모른다. 경쟁 상대에게 모질게 구는 사람이라는 건 확실하고, 주변 사람의 말대로 성격이 사나울지도 모른다. 그런데 그게 뭐가 어떻다는 걸까. 그녀의 손가락은 이토록 애절한 선율을 자아낸다. 이토록 마음을 달뜨게 만든다. 이 힘 앞에서는 그녀에 대한 소문 따위 아무런 의미도 없다.

사람됨과 영혼은 별개이리라. 어떤 귀부인이라도 내면은 천박할지도 모른다. 아무리 난폭하게 행동하는 범죄자라도 가슴속에는 보석을 간직하고 있을지도 모른다. 음악이나 그림은 그런 영혼을 형태로 표현하는 것이다. 따라서 그 순간, 표현하는 자는 본연의 자신과 대치할 수 있다. 타인뿐만 아니라, 자기 스스로에게 호소하기 위해 음악가는 곡을 연주하고, 화가는 붓을 놀린다.

나도 마찬가지다. 가여운 생존자, 막대한 유산상속인, 현대판 신데렐라. 전부 주변 사람과 구경꾼이 꾸며 낸 가짜 모습이다. 진정한 나는 오래전부터 가슴 깊은 곳에서 맨몸을 드러낸 채 호소해 왔다. 하지만 도저히 말할 수 없었다. 그래서 피아노 소리를 빌려 마음을 표현하려 한다.

곡은 주제를 되풀이하면서 점점 구슬픈 곡조를 띠어 갔다. 가슴을 쥐어뜯는 듯한 선율에서 요염한 향기마저 풍겼다. 이제 귀에 닿는 소리가 현의 소리라고는 생각되지 않았다. 작곡자 리스트가 의도한 대로 종소리였다. 때로는 얕게, 때로는 깊게 울리는 종소리가 잊고 지냈던 감정을 불러일으켰다.

선율이 일단 고요해졌다. 잠시 한 손으로 구슬이 흘러가는 듯한 선율을 연주하다가 이윽고 화음이 겹겹이 쌓이고 급속히 상향해 갔다.

주제가 드높이 울려 퍼졌다.

역행하는 아르페지오.

도약하는 두 손.

절망의 늪을 향해 돌진하는 듯한 타건.

해일처럼 밀려드는 선율.

듣는 이의 영혼이 그 파도에 농락된다.

숨통을 끊어 놓는 마지막 한 음을 내리치고.

시모스와 미스즈는 그때 사라져 가는 소리를 확인하듯 건반에서 손을 뗐다.

다음 순간, 폭풍우 같은 박수가 일었다.

당연하다고 생각했다. 우레와 같은 박수에 어울리는 연주 내용이었기 때문이다. 본인도 그렇게 생각하는지 객석을 향한 얼굴에서 납득의 미소가 피어났다. 사람에 따라서는 기분 나쁜 웃음으로 비칠지도 모른다. 그녀가 인사를 하고 이쪽으로 돌아왔다.

정면에 있는 내가 분명히 시야에 들어왔을 텐데 그녀는 나를 거들떠보지도 않았다. 흘낏, 눈길 한 번 주지 않았다. 나 같은 건 길가의 돌멩이나 다름없다는 걸까. 스쳐 지나갈 때 그녀의 옆얼굴을 봤다. 상기된 이마에 흐트러진 머리칼이 들러붙어 있었다. 이제 그 얼굴이 아름답게 보이기까지 하다니 나도 참 속물이다.

문득 나는 확신했다. 콩쿠르 우승자는 아마도 그녀다. 다른 참가자의 연주를 듣지 않아도 청중의 반응으로 알 수 있었다. 방금 연주가 이 콩쿠르의 백미였던 것이다.

"참가 번호 43번, 고즈키 하루카."

결전의 순간.

나는 무대를 향해 걸음을 내디뎠다.

어제와 똑같이 목발을 짚는 소리가 울려 퍼진다. 훤히 드러난 피부에 방금 끝난 연주의 여운이 전해졌다. 채 가시지 않은 열기로 아지랑이가 일렁이는 듯했다. 그곳에 태연히 나타난 나는 결국 관객의 흥분에 찬물을 끼얹으러 온 방해자였다. 심지어 앞으로 연주할 곡은 정열과 대극을 이루는 차분한 곡이다. 관객들의 흥이 깨질 것이 뻔하다. 하지만.

상관없다.

인사를 하고 의자 높이를 조절하고 앉았다. 벌써 무대에 적응했는지 어제처럼 심장이 요동치는 일은 없었다. 객석에서 미치코 씨를 제외한 가족, 가노 변호사, 신조 선생님, 그리고 학교 관계자가 주목하고 있다는 걸 아는데도 신기하리만치 평정을 유지할 수 있었다.

천천히 건반에 손가락을 얹었다.

그리고 빛의 알갱이 같은 소리를 빚어냈다. 8번째 소절까지 화음을 마치 일렁이는 물결처럼 느릿느릿 뒤흔들었다. 그 일렁임을 표현하려면 이 곡 특유의 연주 방법이 필요하다. 한없이 섬세하고 가벼운 터치. 손바닥 무게에 의지하지 않고 손끝의 힘만으로 연주해야 한다. 결코 두드리지 않고 나긋나긋하게, 그러면서도 손가락을 꾹 누름으로써 명확한 소리를 낸다. 듣기에는 우아하고 아름답게 들려도 손끝에는 상당한 부하가 걸려 있다.

화음을 흔들면서 하향해 간다. 베이스의 울림 위에 높은 음정으로 소프라노와 테너를 실음으로써 입체적인 울림을 자아낸다.

달빛 아래 춤추는 연인들.

여기서 과한 표현은 자제한다. 메조포르테*로 잡아 주면서 사라질 듯 사라지지 않는 소리를 이어 나간다. 내림표를 주체로 한 탁한 울림. 그런데도 그 울림을 흠뻑 뒤집어쓴 몸이 은밀히 기뻐하고 있다. 마치 붓으로 하나하나 섬세하고 촘촘하

---

* mezzo forte, 조금 세게 연주.

게 그림을 완성해 나가는 듯한 쾌감. 연주하는 희열, 음을 빚어내는 환희가 온몸을 타고 달렸다. 손끝의 감촉과 소리가 동조하여 소리의 알갱이가 세포 속으로 녹아들어 왔다.

축복받았음을 느꼈다. 음악의 신으로부터, 그리고 드뷔시로부터.

홀에는 속삭임 하나, 기침 소리 하나 없었다. 내 귀에 심장 소리와 호흡 소리마저 들리지 않았다. 오직 피아노의 깊은 소리가 있을 뿐이었다.

거칠고 사나운 감정은 없다. 복받쳐 오르는 고양감도 없다. 하지만 이 곡에는 아름답고 영롱한 빛과 지친 영혼을 고요하게 하는 편안함이 있다. 마치 어머니의 태내에서 흔들흔들하는 듯한 해방감이 있다. 그 속에서 내 손끝이 춤을 춘다. 상반신이 구붓하게 춤춘다.

건반을 짚으면서 생각했다. 이 선율이 닿는 모든 사람이 평온해졌으면. 상처받은 영혼, 거칠어진 마음을 어루만져 달래고 싶었다. 남에게 상처를 준 사람도, 상처를 받은 사람도 다 같이 편안해지길 바랐다. 내가 이 곡을 좋아하는 건 틀림없이 그런 마음을 오래전부터 품어 왔기 때문이다.

미세하게 강약을 붙이면서 41번째 소절의 클라이맥스로 향했다. 화음의 흔들림으로 빛의 영롱함과 부드러움을 조형한 후, 마장조로 조바꿈한다. 내림표에서 올림표로 바꿈으로써 지금껏 탁했던 울림이 돌연 빛나기 시작했다. 마치 구름이 걷히고 밝은 달이 모습을 드러낸 것 같았다. 음량도 포르테가 된다.

갑자기 오른손 약지가 찌르르 저렸다.

연주를 시작한 지 5분, 슬슬 한계에 다다랐다는 신호다.

그런데도 빠른 템포를 유지한 채 서서히 음역을 올려 갔다. 음도 가늘게 울리도록 작게 뽑아냈다. 주선율과 화음을 서로 어우러지게 하며 소프라노에 소리를 집중시켰다.

재현부에 접어들었을 무렵 손가락 저림이 통증으로 변해 확산되었다. 양손 다 엄지와 검지를 제외하고는 보이지 않는 실에 묶인 것 같았다. 간신히 움직이고는 있지만 명령이 즉시 전달되지 않는 답답함이 엄습했다. 손끝의 촉각이 점점 마비되어 간다. 공포심이 슬그머니 고개를 쳐든다.

안 돼. 불안에 지지 마!

이제 15소절.

여기까지 모아 온 에너지를 단숨에 방출했다. 66번째 소절부터의 코다*. 결코 곡의 윤곽을 무너뜨리는 일 없이, 물결을 일으키면서 차근차근 수렴해 갔다. 그러나 양 손가락 피부가 땅기고 마치 고무장갑을 낀 것처럼 감각이 둔해졌다.

남은 건 다섯 소절. 손끝에 온 신경을 모아 마지막 선율을 뽑아냈다. 서서히 떨어지는 선율. 그리고 왼손이 드디어 마

* coda, 악곡이나 악장의 끝부분.

지막 음을 울리고 곡을 마무리했다. 그 음이 파문처럼 무대에서 뻗어나가 객석을 향해 어슴푸레하게 사라졌다.

몇 초간의 정적. 이윽고 잔물결처럼 일기 시작한 박수가 밀물처럼 세차게 밀고 들어왔다.

실수는 없었다. 기분 좋은 허탈감으로 온몸의 근육이 이완된다. 스스로도 납득할 만한 연주였다. 미사키 씨도 합격점을 줄 것이다.

멍하니 객석을 바라봤다. 한 명 한 명의 표정까지는 보이지 않더라도 박수 소리를 듣고 있으면 거기에 칭찬과 기대가 깃들어 있음을 알 수 있었다.

이제 그만 자리에서 일어나, 하고 누군가가 속삭였다. 제대로 된 피아노 선생님의 조언이었다.

이 자리는 데뷔에 불과하다. 완벽히 마무리할 필요는 없다. 심사위원과 관객에게 강렬한 인상을 남겼으면 그걸로 충분하다. 방금 연주와 그 모습으로 목적은 충분히 달성했을 것이다. 이제 재활 치료를 하며 손가락의 기능 회복을 위해 노력하고 다시 내년에 이 자리에 오면 된다. 너에겐 기회가 아직 많아. 자, 자리에서 일어나 인사하고 어서 무대를 떠나―.

그게 현명한 선택일 것이다. 생각해 보면 지금 이 자리에 서 있는 것도 기적적이다. 전신 화상을 입어 제대로 걷지도 못하고, 어깨부터 팔 전체가 석고 세공처럼 굳어 있던 넉 달 전을 생각하면 드뷔시 한 곡을 소화해 낸 것만 해도 뜻하지 않은 기쁨일 것이다. 반쯤 장애인 같은 상태로 피아노 콩쿠르에 참가한 데다 본선까지 진출했다. 여기까지 오느라 애 많이 썼다고 스스로도 생각한다. 손가락은 이제 한계에 가깝다. 아마 2분도 못 버틸 것이다. 도저히 한 곡을 완주할 만한 힘은 남아 있지 않았다. 여기서 연주를 그만둬도 아무도 날 탓하지는 않을 것이다.

아니.

딱 한 명 있다.

나 자신이다.

정말 최선을 다했어? 얼렁뚱땅 넘어가면 안 돼. 노력했다는 과정만으로 칭찬을 받으려는 거야?

박수가 여전히 계속되고 있었다. 박수갈채를 받으며 감정이 부글부글 끓어올랐다. 예전의 나에게는 눈곱만큼도 없었는데 지금은 내 중심에 떡하니 자리 잡은 발칙한 감정. 어쩔 수 없다고, 운명이라고 결론짓고 단념할 수밖에 없는데도 굳이 맞서야만 직성이 풀리는 청개구리 정신.

어깨 너머로 돌아보니 무대 가장자리에 미사키 씨가 있었다. 평소대로 미소 짓고 있기에 가볍게 흘겨봐 주었다.

이제 어떡할 거지? 하고 그 눈빛이 묻고 있다. 모든 걸 꿰뚫어 보고 모든 걸 깨달은 듯한, 온유하고도 심술궂은 눈빛. 적어도 신의 눈은 아니다. 역시 이 사람은 악마다.

당신을 만나지 못했더라면 이런 분별없는 인간은 되지 않앗을 텐데. 당신의 마법은 내 손가락뿐만 아니라 영혼의 모습까지 바꿔 버렸다.

박수 소리가 서서히 잦아들었다.

양손을 가볍게 쥐어 봤다. 연주를 끝내고 나서 1분쯤 지났을까. 이제 통증이 가셨다. 손가락 감각도 돌아왔다. 다만 표피에 경련이 약간 남아 있었다.

박수가 완전히 멎었다.

관객이 숨을 죽이고 다음 곡을 기다린다.

하지만 나는 양손을 무릎 위에 놓은 채 피아노 앞에서 고개를 숙였다.

이윽고 일부 관객이 술렁거렸다.

아직 아니다.

술렁거림이 차츰 커지더니 옆 사람과 얼굴을 마주 보는 사람도 있었다.

하지만 아직 아니다.

허락되는 한, 규정에서 벗어나지 않는 한 손가락을 쉬게 하고 싶었다.

술렁거림이 비난으로 바뀌자 결국 스태프가 한 명 나타났다. 한일자로 굳게 다문 입술만 봐도 무슨 말을 하려는지 쉽게 상상이 갔다.

—지금이다.

나는 대뜸 등허리를 곧게 펴고 첫 건반을 짚었다. 〈아라베스크 제1번〉 4분의 4박자.

기습적인 연주에 놀란 직원이 걸음을 멈췄다. 청중의 술렁거림도 딱 끊어지듯 사라졌다.

주제는 약간 빠른 템포. 반짝이는 물비늘처럼 완만하게 물 흐르듯 연주해 간다. 화음이 그 저류에 흐르는 것처럼. 셋잇단음표를 즐겨 쓴 아르페지오가 하나의 선이 된다.

한결같이 우아하게, 그리고 한결같이 섬세하게. 이 곡의 생명은 다채로운 화음 진행이다. 셋잇단음표와 8분음표가 얽히고 알른거리면서 음의 아라베스크를 자아낸다. 부주의한 타건도 무의미한 강조도 전혀 허용되지 않는다. 따라서 손끝의 감각은 지금까지 이상으로 예민함이 요구된다.

영롱한 음, 튕기는 음. 이 곡은 마치 소리의 보석상자 같았다. 어느 음을 쳐도 보드랍고 매끄러워서 멀리 던지면 허공을 어디까지나 또르르르 굴러간다.

분산화음으로 색채와 움직임을 표현한다. 조바꿈을 되풀이하며 호흡이 긴 크레셴도로 완만하게 하향해 간다. 약음이라고 해서 손가락 부담이 줄어드는 건 아니다. 예민해진 만큼 강음을 칠 때보다 더 피로가 쌓인다.

기도한 보람도 없이 누군가에게 반항한 대가가 금방 찾아왔다. 아직 곡의 중반에도 이르지 못했건만, 벌써 피부에 경련이 일기 시작했다. 통증 때문에 피부가 몇 층으로 나뉘었는지 실감할 수 있었다. 표피가 피하조직의 움직임을 따라오지 못한다.

중간부에서 속도를 조금 늦췄다. 여기서부터 몇 종류나 되는 화음을 겹겹이 포개어 비슷하면서도 조금씩 다른 소절을 연속해서 연주해야 한다.

그런데 그때 손가락 첫째 마디가 비명을 지르기 시작했다. 이어서 어깨 피부, 그리고 팔꿈치 피부가 굳어졌다. 마치 납이 굳는 것처럼 상반신 마디마디가 보이지 않는 힘에 의해 봉인되어 갔다.

버티면 버틸수록 빨리 굳는 듯한 착각마저 들었다.

후회가 파도처럼 덮쳐들었다.

이렇게 될 줄 알았으면서.

알량한 자존심에 집착한 나머지 나 자신을 잃어버렸다. 그래서 네가 바보라는 거야. 지금쯤 무대 가장자리에서는 시모스와 미스즈가, 객석에서는 청중이 비웃고 있을 것이 틀림없다. 저 앞에서 기다리는 건 패배라고조차 부르지 못할 꼴사나움과 언제까지고 계속될 비웃음뿐이다.

63번째 소절에서 조바꿈하여 선율을 상향시킨다. 레가토가 없는 채로, 최고음의 67번째 소절까지 단숨에 치달아야 한다. 하지만 손끝에 명령이 잘 전달되지 않았다. 아직 타건 자체에는 영향이 없지만 반응 속도가 명백히 둔해졌다.

수많은 미세한 바늘이 피부를 찌른다.

어깨부터 아랫부분에 냉기가 돌았다.

가슴에서 공포가 꿈틀댔다.

도망쳐, 또다시 누군가가 속삭였다.

당장 건반에서 손을 떼. 그리고 목발을 짚고 맥없이 일어나. 포기하겠다는 의사를 밝히고 눈물 한 방울 흘리면 비난도 조소도 최소한으로 줄일 수 있을 거다.

유혹의 말이 귓가에 달콤하게 스며들었다. 그건 목마른 자에게 주는 한 잔의 물, 물에 빠진 자에게 주는 한 줌의 공기였다. 시간이 갈수록 의지와 육체가 그 말에 매달리려 했다.

싫어, 하고 나는 머리를 흔들었다.

할아버지의 말이 되살아났다.

도망치는 습관을 들이면 안 된다.

싸움을 그만두고 싶어 하는 스스로에게 지지 말거라.

겨우 남은 힘을 쥐어짜서 드디어 정점을 넘을 수 있었다. 여기서부터 일단 약음으로 떨어진 다음 71번째 소절에서 재현부로 들어간다.

하지만 이미 손끝에는 통증조차 느껴지지 않았다. 첫째 마디와 둘째 마디가 보이지 않은 실로 꽁꽁 묶였다. 건반을 짚고 있는 감각마저 애매했다. 이후 재현부에서는 어지러운 조바꿈과 8분음표, 그리고 겹겹이 휘감기는 분산화음이 기다리고 있다. 손가락이 이런 상태에서 나머지 40소절을 연주하는 건 당연히 불가능하다. 겨우 말을 듣는 건 이제 손가락 밑동밖에 안 남았다.

재현부가 코앞에 닥친다.

이제 다 틀렸다. 그렇게 생각했다.

역시 무리였다. 이런 몸으로 남들보다 더 피아노를 잘 치는 건 불가능한 일이었다.

극한까지 팽팽하게 당겨진 몇 가닥 실이 소리를 내며 끊어졌다.

이제, 이걸로 됐어. 신경이든 뭐든 다 끊어져 버려. 조종하는 자가 사라진 인형처럼 무대 위에서 무너져 내리자. 나한테는 그게 어울린다.

기적은 끝났다. 미사키 씨의 마법도 여기까지다. 지금은 밤 12시가 틀림없다. 마법으로 신데렐라로 변신한 소녀가 한쪽 발을 끌고 다니는 붕대 소녀로 돌아올 시간이다.

그래도 미사키 씨에게는 아무리 감사해도 부족하다. 그날 앉는 방법부터 시작된 수업을 지금도 또렷이 기억한다. 유려한 레가토를 연주하기 위해 상반신 체중을 손가락에서 해방시킨 포지션.

─앗!

그때 돌연 엉뚱한 생각이 번뜩였다.

'건반의 무게는 고작 70그램이야. 지압하듯 센 힘은 필요 없어. 앉은 위치를 낮추면 자연히 손가락에 실리는 체중도 줄어들지.'

그럼 앉은 위치, 중심을 높이면 손가락에 체중이 실린다.

막돼먹은 논리였다. 내가 생각해도 단순하다.

하지만 그건 단 한 줄기 빛이었다.

어차피 이대로 아무것도 시도하지 않아도 꼴사납게 끝난다. 같은 결말이라면 생각나는 모든 걸 해 보자. 스승에게 배운 대로 발버둥 칠뿐이다.

나는 즉시 엉거주춤 일어섰다.

그래도 아직 부족하다.

오른발을 페달에 얹은 채 왼발에 체중을 싣고 몸을 더 일으켰다. 그리고 상반신을 앞으로 기울였다. 거의 한 발에 의지해 엉거주춤 일어선 자세는 몹시 불안정했다. 그런데.

대신 손가락에 상반신의 체중이 실렸다. 손끝에는 힘이 없어도 아직 밑동이 움직이기 때문에 타건이 가능해졌다. 하이 핑거 주법의 최악의 본보기 같지만 달리 방법이 생각나지 않았다.

객석이 다소 술렁거렸다. 당연하다. 이런 전위재즈 같은 주법은 클래식에서는 아직 찾아볼 수 없다.

한 음 한 음 타건할 때마다 체중을 좌우로 이동하므로 덩달아 상반신도 크게 흔들렸다. 그걸 한쪽 다리로 지탱해야 해서 흔들림도 위태로웠다. 옆에서 보면 망가진 태엽 인형처럼 보일 것이다.

마치 실성한 듯한 연주. 섬세하고 서정적이기는커녕 거칠고 파괴적인 〈아라베스크 제1번〉.

숨이 거칠어졌다.

이마에서 땀방울이 마구 흩날렸다.

상반신의 체중을 실은 손바닥이 감각을 잃어 갔다.

이제 엉망진창이다. 드뷔시도 어이없어할 것이 틀림없다.

그런데도 손가락은 겨우겨우 뜻대로 건반을 붙들고 8분음표를 연주해 갔다. 머리가 아닌, 손가락이 움직임을 기억해 준 것이다.

이제 1분만 더 버텨!

분산화음을 끌어들였다. 크레셴도하면서 91번째 소절에서 조바꿈. 음 하나하나를 구분하는 듯한 운지인 탓에 레가토가 잘 연결되지 않았다. 갈수록 난폭해지는 바람에 유려함은 바랄 수도 없었다.

이윽고 무리한 부담을 강요당한 열 개의 손가락이 마침내 절명의 순간을 알려 왔다.

손가락 밑동 부분도 구부러지지 않게 되었다.

격렬하게 흔들리는 몸을 받치던 다리도 비명을 질렀다.

이제 손가락이 상반신을 받치기도 버거웠다. 다리가 하반신을 지탱하기도 버거웠다.

그런데도 안간힘을 써서 손가락을 뻗어 고음역을 더듬었다. 끊어질 듯한 선율을 줄타기하듯 이었다.

손가락 힘줄이 끊어져 간다. 근육이 분해되어 간다.

통증을 참은 탓인지 의식이 몽롱해지기 시작했다. 피아노 소리도 차츰 멀어져 갔다.

윗단에서 한 옥타브 내려서 억양을 준다.

이제 세 소절.

몸속의 힘이란 힘은 죄다 손끝에서 빠져 나가는 걸 알 수 있었다. 건반을 두드린다기보다는 손가락이 자연히 건반 위로 떨어졌다. 하지만 그래도 좋다. 체력이 바닥나고 정신력이 무너져도 상관없다. 이제 아무것도 바라지 않는다. 그저 마지막 순간까지 손가락만 움직여 준다면.

거의 다 왔다.

이제 모든 것이 끝난다.

선율을 조용히 지워 나갔다. 하나의 선이 끊어지지 않도록 가늘게 뽑아낸다.

그리고 마지막 한 음.

정신이 아득해지도록 고요한 정적.

끝났다.

여운이 허공에 녹아드는 걸 확인하고 나서 석고처럼 굳은 양팔을 피아노에서 뗐다.

그 순간 왼쪽 발목에서 힘이 갑자기 빠지는 바람에 몸이 기우뚱 균형을 잃었다. 이어서 하반신이 꺾이고 그대로 바닥에 쓰러졌다.

객석에서 누군가 비명을 질렀지만 나는 격통과 함께 신비로운 안도감을 느꼈다.

천장을 올려다보니 조명이 몹시 눈부시다.

장내가 시끌시끌해지더니 사람들이 자리에서 일어나는 소리도 들린다.

마지막 몇 소절을 어떤 식으로 연주했는지, 그것이 객석에 어떤 선율이 되어 닿았는지 전혀 알 수 없었다. 실수가 있었는지 없었는지도 모르겠다.

하지만 이제 됐다.

드디어 끝났으니.

이대로 정신을 잃으면 조금은 행복할까. 그렇게 생각한 순간 시야에 낯익은 얼굴이 뛰어 들어왔다.

"잘했다."

미사키 씨의 그 말에 갑자기 눈시울이 뜨거워졌다.

―결과 발표는 15분 후에 하겠습니다. 콩쿠르장에 계신 분들은 그때까지 잠시 기다려 주시기 바랍니다.

여덟 명의 연주가 끝나자 참가자 모두 무대 가장자리에서 대기하게 되었다. 수상자로 호명된 사람은 중앙으로 나가 상을 받도록 지시받았다. 여섯 명의 참가자와 그 관계자가 불안한 표정으로 무대를 주시하고 있다. 예외도 있었다. 시모스와 미스즈는 오만한 태도를 감추려 하는 기색도 없이 줄의 맨 뒤에 서 있었다. 그 모습은 마지막에 호명될 사람은 틀림없이 자신이라고 선언하는 것처럼 보였다.

한편 나는 미사키 씨의 부축을 받아 참가자들로부터 더 멀리 떨어진 곳에 있는 긴 의자에 앉아 있었다. 구급차를 부르는 지경까지는 가지 않았지만 하다못해 안정이라도 취하라고 스태프가 마련해 준 것이었다.

미사키 씨는 연주의 완성도에 관해 이러쿵저러쿵 평가하지 않았고, 나 또한 물으려고도 하지 않았다. 달려왔을 때 잘했다고 칭찬해 주었기 때문이다. 이 사람은 어중간한 과정과 결과에 대해서는 평가하지 않는 사람이다. 그런 사람이 칭찬해 준 것이다. 게다가 어쨌든 그 연주가 나의 한계였다. 그 증거로 연주를 끝낸 직후 나는 겨우 숨만 쉴 수 있을 정도였다. 모든 것을 하얗게 불태웠다는 자부심은 있다. 그러니 이제 그걸로 충분했다. 아무것도 물을 필요가 없다.

아니, 딱 하나 있었다.

"선생님, 그 약속 기억하세요?"

"약속?"

"콩쿠르가 끝나면 알고 계신 걸 전부 설명해 주신다고 하셨잖아요."

"그래……."

"그럼 지금 가르쳐 주세요."

그러자 미사키 씨가 내 눈을 빤히 들여다보고 말했다.

"꼭 지금이어야 하니?"

"콩쿠르는 벌써 끝났잖아요. 선생님, 정말 미치코 씨가 범인이에요?"

"그래, 맞아."

"그런데 왜 미치코 씨가? 절 죽여서 미치코 씨의 몫이 늘어나는 것도 아니잖아요."

"본인이 어제 고백한 대로 미치코 씨가 오해한 거였어. 뭘 오해했느냐면, 그녀는 네가 별채에 불을 질러서 두 사람을 살해했다고 생각한 거야."

"제가 할아버지랑 루시아를요? 세상에, 제가 왜요?"

"당연히 유산 때문이지."

"하지만 유산상속에 관해서는 가노 변호사가 말해 주기 전까지 아무도 몰랐잖아요."

"너희 두 사람은 늘 겐타로 씨 곁에 찰싹 달라붙어 있었지? 그래서 미치코 씨는 겐타로 씨가 다른 식구는 놔두고 너희한테만 먼저 유언 내용을 알렸다고 곡해한 거야. 유언에 따르면 겐타로 씨와 방해꾼이 죽으면 유산의 절반이 네 차지가 돼. 그래서 두 사람이 깊이 잠들기를 기다렸다가 너만 불길이 번지지 않는 곳에 숨어서 불을 지른 거야."

"전 불길을 피하지 못했다고요! 무사하기는커녕 엄청난 화상을 입었다고요."

"결과적으로는 살아남았지. 게다가 자신도 피해자의 한 명이 되면 아무도 널 의심하지 않아. 요컨대 화상도 계산에 넣었던 거지. 다만 계산이 좀 틀려서 예상보다 더 심하게 다친 거야. 미치코 씨는 그렇게 생각했어."

"자, 잠깐만요. 설사 제가 그런 범죄를 꾸몄다고 쳐도 왜 미치코 씨가 관여하는 건데요? 그래 봤자 미치코 씨의 몫이 늘어나는 것도 아니잖아요."

"복수야. 너도 눈치채고 있었겠지만 미치코 씨는 겐타로 씨를 좋아했어. 그래, 물론 연애 감정이라기보다는 엄마가 아이에게 품는 보호자적인 애정이었을 거야. 그래서 유산을 노리고 할아버지와 사촌 자매를 화재로 제거한 악인에게 천벌을 내리는 건 그녀 나름의 정당한 행위였지. 겐타로 씨가 돌아가시고 미치코 씨가 이 집에 있을 이유는 없어졌지만, 다행인지 불행인지 네 간병인으로 다시 고용되었어. 미치코 씨에게는 절호의 기회였을 거야. 널 곁에서 돌보다 보면 머지않아 네게 위해를 가할 기회가 생길 테니."

그 말을 듣고 불현듯 떠올랐다. 붕대를 교체할 때 미치코 씨가 더러운 걸 보는 눈빛으로 날 보고 있었다. 가증스러운 원수를 향한 증오의 눈빛이었던 거다.

"이제 와서 생각해 보면 처음에는 계단, 두 번째로 목발에 수를 쓴 것도 미치코 씨다운 발상이라고 할 수 있어. 전부 보행의 균형을 무너뜨리는 게 목적이잖아. 신체에 장애가 있는 사람, 어떤 보조 기구가 없으면 걷지 못하는 사람을 평소에 간호하는 사람의 시점이라고 생각되지 않아?"

그때 무대 중앙에서 마이크가 켜졌다.

―지금부터 심사 위원장님께서 인사말씀과 이번 대회의 총평에 대해 말씀하시겠습니다.

장내의 웅성거림이 썰물처럼 없어졌다.

"그게 오해라고 선생님이 가르쳐 주신 거네요. 그런데 언제 그런 이야기를 하신 거예요?"

"저녁 식사를 같이 한 날이 있었지. 그때 나는 이렇게 말했어. 주변의 기대와 착각 때문에 본래 자신과는 다른 존재로 인식되는 건 비극이라고. 그 말은 널 가리키는 거였어. 미치코 씨는 그 메시지를 정확히 포착했지. 그래서 그날 이후로 너에게 수를 쓰지 않기로 한 거야."

아, 그렇구나, 하고 납득한 반면 아직 의문이 남아 있었다. 그런 추상적인 말로 어떻게 나에 대한 의심을 즉시 풀 수 있었을까. 그리고 또 한 가지.

"그럼 엄마는 왜 해친 거예요?" 미사키 씨가 뜻밖이라는 표정을 지었다. "오해 때문에 미치코 씨가 절 노렸다는 건 이해가 되었어요. 그런데 엄마는요? 그것도 오해 때문이에요?"

"아니, 달라. 어머니가 살해당한 동기는 오해 때문이 아니야. 아니, 오히려 살의가 있었는지도 애매하지."

"오해가 아니고 살의도 없었다고요?"

"음. 오해하고 있는 건 네 쪽인 것 같구나. 계단이나 목발에 수를 쓴 건 미치코 씨가 맞아. 그날 밤 길거리에서 널 자동차 앞으로 밀친 사람도 그녀일 테지. 그런데 어머니를 죽인 건 미치코 씨가 아니야. 다른 인물이지. 나는 한 번도 널 노린 범인과 어머니를 죽인 범인이 일치한다고는 말하지 않았어."

"그럼 그 일은 도대체 누가……?"

"어머니를 죽인 사람은 너야."

순간 세상이 정지했다.

숨이 멎는 줄 알았다.

"서……선생님, 나빠요. 사람이 진지하게 묻고 있는데."

"그래서 나도 진지하게 대답하는 거다. 그날 그 상황에서 어머니를 해칠 사람이 너 말고는 없거든."

"제가 왜……?"

"같이 현장에 갔을 때 내가 한 말 기억하니? 어머니의 상처가 후두부에 생겼다는 건 뒤로 떨어졌다는 걸 나타내지. 그런데 만약 어머니가 돌층계를 다 올라간 시점에서 눈앞에 행색이 수상한 사람, 혹은 일면식도 없는 사람이 서 있었다면 본능적으로 회피행동을 취했겠지. 한 손에는 우산을 들고, 다른한 손에는 무거운 장바구니를 들고 있었어. 그런 데다 돌층계까지 비에 젖어 미끄러웠고. 불안 재료가 워낙 많으니 적어도 돌층계에서 멀찍이 물러나려는 게 당연하지. 그런데 실제로는 돌층계 꼭대기에서 곧장 뒤로 낙하, 요컨대 그녀가 대면한 상대가 아는 사람일 가능성이 크다는 거야. 게다가 그 신사를 가로질러 다니는 습관이 있는 사람은 고즈키 일가 사람들뿐이라고 하더구나. 그럼 그곳을 거의 제 집 전용 도로처럼 사용하고 있는 가족에게는 다소 꺼림칙한 구석이 있어. 거기서 맞닥뜨린 사람이 단순히 아는 사람이었다면, 역시 경계심을 품기야 하겠지. 경계심을 전혀 품지 않는다면 그건 입장이 같은 사람, 즉 가족 중 한 사람이라는 결론이 나와."

"기가 막혀서. 그런 억지가 어디 있어요? 전부 엄마의 심리를 상상했을 뿐이잖아요. 자꾸 경계심, 경계심 하시는데요, 성격 문제도 있어요. 툭하면 멍하니 있는 사람도 있고, 처음 만난 사람을 스스럼없이 대하는 어린아이 같은 사람도 있다고요."

"그 어머니는 툭하면 멍하니 있는 사람도 아닐뿐더러 성격이 개방적이지도 않았어. 오히려 그 반대였지."

"그럼 백 번 양보해서 그때 우연히 마주친 사람이 우리 가족이었다고 쳐요. 그런데 왜 하필 저예요? 그 시각에는 아빠와 겐조 삼촌, 미치코 씨도 알리바이가 없잖아요. 하지만 저는 세 시간 내내 피아노를 치면서 집에 있었다고요."

"'내내'는 아니지. 피아노 소리가 끊임없이 들렸다면 알리바이가 되겠지만, 네 연습 스타일은 5분 연주하고 20분 휴식이야. 20분이면 불편한 네 다리로도 신사를 왕복하고도 남아. 그리고 말이지, 그 상황에서 너 말고는 범인이 있을 수 없다고 한 건 알리바이와는 다른 전제조건 때문이야."

"전제조건이요?"

"어머니는 그 길고 긴 돌층계에서 떨어져 온몸 여기저기를 부딪쳤어. 빈사의 중상을 입었지만 즉사하지는 않았지. 돌층계 밑에서 축 늘어져 있었지만 의식이 있고, 무녀가 도착했을 때도 신음하고 있었어. 당연히 그 모습이 돌층계 위에 있던 범인에게도 보였을 테지. 자신이 떨어뜨린 사람이 살았는지 죽었는지 분명치 않아. 만약 그런 상황에 놓인다면 해를 끼친 사람은 우선 피해자에게 다가가 상태를 확인할 거야. 그리고 아직 숨이 붙어 있다면 당장 사람을 불러 도움을 청하든가 아니면 아예 숨통을 끊어놓겠지. 그런데 무녀의 증언에 따르면 이 범인은 어떤 행동도 취하려 하지 않고 곧바로 현장에서 사라졌어. 만약 어머니의 상태가 보기보다 가벼워서 머지않아 회복한다면 자신이 질책받을 처지인데도 말이야. 마치 시한폭탄을 끌어안고 돌아오는 것이나 다름없었겠지. 그럼 왜 범인은 그런 어리석은 짓을 했을까? 아니, 어리석다고 볼 수는 없지. 범인은 가까이 가고 싶어도 그럴 수 없었어. 요컨대 그 긴 돌층계를 내려갈 수가 없었던 거야. 왜냐하면 다리가 불편했거든. 맨 아래까지 도달하기에는 시간이 너무 많이 걸리고, 그사이 누군가 자신을 목격할까 봐 두려웠던 거지. 그리고 어머니의 주변 인물 중에 돌층계를 내려가지 못할 만큼 다리가 불편한 사람은 너밖에 없어. 아는 사람이냐 아니냐에 따라 경계심을 품는 문제는 확실히 억지일지도 모르지만, 이 전제조건은 움직일 수 없는 정황증거가 돼."

"그거 다 엉터리예요! 무엇보다 왜 제가 엄마를 죽여야 하는데요! 엄마는 상속과 아무 관계도 없는데. 아니면 유산을 독차지하기 위해 순서를 바꿔서 연속 살인을 꾀한다는 지난번 그 가설을 또 저한테 들이미시는 거예요?"

"돈 문제가 아니야. 어머니는 네가 누구인지 알았거든. 그래서 너한테 살해당한 거야."

"누구긴요, 저는."

"넌 고즈키 하루카가 아니야. 가타기리 루시아다."

—오래 기다리셨습니다. 그럼 아사히나 피아노 콩쿠르 고등학생 이상 부, 심사 결과를 발표하겠습니다. 제3위. 참가번호 20번, 이토이가와 마리!

호명된 사람이 구깃구깃한 얼굴로 무대로 걸어갔다.

"바……바보 같은 소리 그만하세요…… 선생님, 어떻게 되신 거 아니에요? ……도대체 무슨…… 증거로……."

"물론 처음부터 의도하고 뒤바꿨을 리는 없어. 첫 단추를 잘못 끼운 건 어머니였겠지. 두 아이가 불에 시커멓게 탔는데 한 사람은 거의 탄화, 또 한 사람은 아직 살아 있는 데다 낯익은 파자마를 입고 있다면, 보통 어머니라면 우선 제 아이가 살았다고 믿기 마련이야. 게다가 두 사람은 키와 혈액형도 똑같았지. 배 아파 낳은 어머니가 그렇게 증언하면 반론할 사람은 아무도 없어. 당사자는 의식 불명이라 사정을 설명할 수도 없고. 그래서 병원 침대에서 눈을 뜬 너는 몹시 경악했을 거다. 의사소통할 방법이 없는 탓에 설명할 기회마저 잃었지. 사람들은 고즈키 하루카의 회복을 애타게 기다리고, 하필이면 네 얼굴까지 고즈키 하루카로 바꿔 버렸어. 한편으로는 네 나름대로 사정이 있었어. 수마트라섬 지진으로 부모님을 여의었는데 또다시 할아버지까지 여읜 너는 천애 고아였지. 경제적으로 후원할 사람이 아무도 없는 거야. 다만 그건 가타기리 루시아일 때 이야기지, 가족들의 착각에 맞춰 고즈키 하루카로 산다면 이야기는 달라져. 무엇보다 경제적 사정보다 네가 정체를 밝히지 못한 건 어머니를 비롯한 가족들이 네가 고즈키 하루카이길 간절히 바랐기 때문이야. 만약 죽은 아이가 고즈키 하루카라는 걸 알게 된다면 이 사람들이 얼마나 슬퍼할까. 그걸 생각하면 입을 닫는 수밖에 없었어. 어느덧 너는 고즈키 하루카로 살아가기로 결심했지. 너 자신과 가족 모두에게 최선의 선택이라 생각했으니까.”

“…….”

“그런데 딱 한 명, 네 정체에 의심을 품은 자가 나타났어. 바로 미치코 씨야. 아까 미치코 씨가 널 노린 동기가 복수라고 말했는데, 거기에는 이 사정도 포함되어 있어. 즉 고즈키 하루카의 재산을 가로채기 위해 집에 불을 질러서 겐타로 씨와 하루카를 태워 없애고, 네가 하루카 행세를 했다고. 미치코 씨가 네게 품고 있던 의혹은 그런 내용이었어. 그래서 그날 난 그녀와 너만 알아듣도록 말한 거야. '주변의 기대와 착각 때문에 본래 자신과는 다른 존재로 인식되는 건 비극이다. 본인이 정말 그렇게 되길 원하는지, 다시 한번 잘 살펴봤으면 좋겠다'라고 말이지. 미치코 씨는 그 말을 듣고 너 또한 피해자라는 걸 깨달았어. 유산에는 별 관심도 보이지 않고 재활과 피아노에만 매달리는 모습을 보고, 가혹한 운명의 장난으로 남의 인생을 걸을 수밖에 없게 되었음을 깨달은 거야. 그래서 복수를 그만둔 거지. 증거를 대라고 했지? 재활이 시작되고 나서 넌 완벽하게 하루카가 되기 위해 노력했어. 얼굴은 하루카의 얼굴이고 목소리는 판별이 되지 않을 만큼 잠겼으니 생김새를 고칠 필요는 없었지. 피부색이나 손톱 모양 같은 사소한 차이는 큰 부상과 수술 후라면 바뀌어도 이상하지 않아. 문제는 하루카의 습관과 기호까지 완벽히 복제하는 거였어. 따라서 얼굴 붕대를 풀고 나서 거울을 보며 필사적으로 하루카의 표정을 흉내 냈지. 습관과 말투까지 말이야. 그런데 역시 완벽하지는 못했어. 네가 몇 가지 실수를 했거든."

"실수……."

"그중 하나가 식성이야. 하루카는 미치코 씨가 만드는 탕수육을 유난히 좋아해서 저녁 메뉴로 자주 졸랐다고 하더구나. 그런데 넌 태어났을 때부터 이슬람 율법 속에서 생활했지. 이슬람에서는 돼지고기 섭취가 금지라 당연히 너 자신은 돼지고기 요리를 먹지 못했어. 또 같은 이유에서 너는 물건을 주고받을 때 왼손을 잘 사용하지 않으려 해. 이렇게 다양하고도 사소한 실수 때문에 미치코 씨가 의심을 품게 되었지. 그러나 의심을 품은 사람은 미치코 씨에 그치지 않고, 어머니도 네 정체를 의심하기 시작했어. 계기는 나도 몰라. 하지만 어머니만 느낄 수 있는 직감, 가족만의 착안점이 있을 거야. 예를 들어 냄새라든가."

"냄새요?"

"아이를 안는 건 어머니의 특권이지. 갓난아기 때부터 계속 안았으니 코가 아이의 체취를 기억하는 거야. 식생활이 바뀌거나 약제를 투여하다 보면 다소 변화는 있겠지만 분비액이라 그 사람 본래의 냄새는 바뀌지 않아."

아, 그래서였구나. 오랫동안 풀지 못했던 나의 의문이 미사키 씨의 설명으로 눈 녹듯이 풀렸다.

그날 콩쿠르 참가를 알리자 하루카의 어머니가 나를 꽉 끌어안았다. 마침 그 시기에 이식한 피부가 생착되어 땀샘이 재생되고 있었기에 예전처럼 땀도 나기 시작했다. 내 본래의 체취, 하루카와 전혀 다른 냄새. 그걸 맡아서 내게 불안한 눈빛을 보냈던 것이다.

그건 하루카가 먼저 꺼낸 말이었다. 그날 별채에 묵은 날 밤, 하루카는 내게 파자마와 방을 교환하자고 제안했다. 딱히 드문 일도 아니었다. 전에도 가족들이 집을 비우면 자주 서로의 옷과 방을 일시적으로 교환하곤 했다. 하루카는 그냥 게임이라고 했지만 나는 알고 있었다. 부모님과 돌아갈 집을 잃은 내게 하루카는 일종의 죄책감을 느꼈고, 우리 처지를 일시적으로 교환하는 건 그녀에게 면죄부 같은 것이었다. 그리고 나도 그 놀이가 꽤 기분 전환이 되었다.

이렇게 우리는 파자마를 바꿔 입은 뒤 내가 현관 옆방, 하루카가 안방 옆방에 들어갔다. 깊은 밤 화재가 발생해 발화점 근처에서 자고 있던 두 사람은 불과 연기에 휩싸여 목숨을 잃었다. 나는 열린 문 너머로 할아버지가 불타는 모습을, 하루카의 머리 바로 위에서 천장이 무너져 내리는 모습을 나 자신도 불길에 휩싸인 채 목격했다.

그 후의 일은 미사키 씨의 추측대로다. 발견된 장소와 입고 있던 파자마 때문에 내가 하루카로 오인된 것이다. 사건성이 없다는 결론이 내려져 할아버지와 하루카의 유해가 해부되지 않고 화장되었기에 확인할 기회도 없었다. 처음에 진실을 밝히려고 얼마나 노력했던가. 하지만 하루카의 부모님 얼굴을 보면 차마 입이 떨어지지 않았다. 육친을 잃은 슬픔을 뼈저리게 알고 있었기에 이들에게 같은 슬픔을 맛보게 하고 싶지 않았고 하루카에 대한 속죄의 의미도 있었다. 그날 방을 바꾸지 않았더라면 할아버지와 함께 죽은 사람이 나였을 테니.

그날부터 나는 고즈키 하루카로서의 삶을 강요당했고 결코 안온하지 않은 나날이었다. 강제로 남의 얼굴을 갖게 된데다 말과 행동거지도 교정해야 했다. 한순간의 빈틈도 방심도 용납되지 않는, 긴장과 죄책감에 시달리는 나날. 단 하루도 마음 편할 날이 없었다. 하루카의 부모님은 다정했지만 그 다정함이 내게는 되레 위협이 되었다. 그래서 입으로는 아빠, 엄마 하고 불렀지만 마음속으로는 한 번도 그렇게 부르지 않았다.

그나마 다행이었던 건 하루카와 내가 똑같이 피아니스트를 꿈꾸었다는 것이다. 그래서 갑작스레 음악과에 입학하게 되어도 크게 당혹스럽지 않았다. 어렸을 때부터 품어 온 희망이 생각지도 못한 형태로 실현된 것은 행운이기도 했다. 그래, 그날이 오기 전까지는.

그날 오후 평소처럼 피아노를 치고 있는데 몸 상태가 이상했다.

생리였다.

서둘러 생리대를 찾아봐도 하필 남은 게 없었다. 미치코 씨는 휴가였고 하루카의 엄마는 장을 보러 외출했다. 집 안에는 나 말고 겐조 삼촌밖에 없었지만 아무리 그래도 이걸 사 달라고 부탁할 수는 없었다.

잠시 망설인 끝에 직접 약국에 가기로 했다. 목발을 짚고 가도 편도 15분이면 될 거라 생각했기 때문이다. 목발을 짚으므로 우산은 받칠 수 없다. 그래서 모자 달린 비옷을 입고 밖으로 나갔다.

밖은 비가 억수같이 쏟아지고 사람도 없었다. 모자를 깊숙이 눌러썼기 때문에 젖을 걱정은 하지 않았지만, 발걸음이 불안해 조심해야 했다.

잠시 걸었더니 아라나기 신사 위에 도착했다.

그때였다. 내 앞에 돌층계를 다 오른 하루카의 엄마가 모습을 드러낸 것이.

"하루카! 왜 이런 데……."

"응…… 살 게 있어서."

그녀는 우산과 장바구니를 들고 있느라 양손이 자유롭지 못한 상태였다. 장바구니는 식재료가 가득 담겨 빵빵하게 부풀어 있었다. 불편하고 위험해 보였기에 짐 하나라도 들어주려고 나는 오른발을 받치고 있던 목발을 왼손으로 바꿔 쥐고 오른손을 내밀었다.

사람에게 내미는 손은 반드시 오른손, 평소 습관이었다.

그러나 그 동작을 본 그녀가 얼굴빛을 싹 바꿨다.

"너, 누구야?"

"어……?"

"하루카 아니지?"

"……."

"전부터 수상했어. 지금 왼손에서 오른손으로 바꿨잖아.

너…… 루시아지!"

"어, 엄마."

"누가 네 엄마야, 뻔뻔스럽게! 지금껏 잘도…… 잘도 속였겠다! 불쌍해서 내 자식처럼 돌봐 주려고 했는데! 피부까지 줬는데! 호의를 짓밟아도…….”

"난 그냥."

"아주 볼만 했겠구나? 네 거짓말에 깜빡 속아서 우왕좌왕하는 어른들이. 딸의 회복과 피아노 실력 향상에 일희일우하는 부모의 멍청한 얼굴이."

변명하려 했지만 말이 잘 나오지 않았다. 그녀가 너무 무서웠기 때문이다. 눈이 증오심으로 불타오르고 입술은 비난으로 뾰족하게 튀어나와 귀신처럼 보였다. 평소와 완전히 딴사람이었다.

"너 대체 우리 하루카한테 무슨 짓을 한 거야? 하루카 행세를 한다는 건, 네가 죽였다는 거지? 왜 그런 짓을…… 아아, 유산 때문이구나. 할아버지 유산을 가로채려고 두 사람을 해치고, 별채에 불까지 질렀어!"

아니야. 처음에 당신이 잘못 봤잖아.

"잘도! 잘도!"

"내 이야기 좀 들어 줘."

"만지지 마, 아아악!"

격분한 그녀가 대뜸 우산 끝으로 내리쳤다.

나는 순간적으로 우산 끝을 붙잡은 뒤 뿌리치려고 우산을 되밀었다.

"아아앗?"

그녀가 얼빠진 소리를 내더니 등을 젖히면서 뒤로 넘어졌다. 그리고 갑자기 시야에서 사라졌다.

그 후에 들려온 꺼림칙한 소리를 나는 평생 잊지 못할 것이다. 살이 뭉개지는 소리, 뼈가 으스러지는 소리. 조심스럽게 돌층계 아래를 내려다보자 그녀가 내팽개쳐진 인형처럼, 살아 있는 인간으로서는 불가능한 자세로 누워 있었다.

등골이 얼어붙었다.

당장 돌층계를 달려 내려가려 했지만 가파르고 좁은 계단을 보자 발이 떨어지지 않았다. 내 다리로는 도저히 끝까지 내려갈 수 없는 곳이었다. 그러는 동안 무릎이 달달 떨리기 시작했다. 그녀를 밀친 손이 부들부들 경련하기 시작했다.

정신이 돌아왔을 때는 이미 내 방이었다. 어디를 어떻게 걸어 왔는지 전혀 기억나지 않았다. 그녀가 다쳤다는 것과 신사에 있는 누군가가 발견해 주리라는 짐작이 들었다. 그런데도 공포와 충격이 머릿속을 지배해 그걸 조금이나마 잊기 위해 피아노 앞에 앉았다.

5분 연주, 20분 휴식. 평소대로 되풀이했다. 동요한 탓에 수없이 미스터치를 했지만 방에 틀어박혀 연습에 몰두하는 것 말고는 내가 할 수 있는 것이 없었다. 세 시간 중 방에서 나간 건 아까 그 한 번뿐이었다.

그리고 3시 반을 넘었을 무렵, 초인종이 울렸다.

멀리서 무대의 목소리가 한층 커졌다.

—제2위. 참가 번호 32번, 시모스와 미즈즈!

드높아지는 객석의 박수. 하지만 시모스와 미즈즈는 순간 벼락이라도 맞은 것처럼 얼굴을 찌푸리고는 이내 어깨를 으쓱거리며 걸어갔다. 믿었던 신에게 배신당한 표정이다. 딱 한 번 이쪽을 돌아본 듯하지만 그녀는 이미 내 관심사가 아니었다.

요즘도 가끔 그 일이 꿈이었을지도 모른다고 생각할 때가 있다. 그만큼 현실감 없는 광경이었다.

"장례를 치르고 연습을 재개했을 때, 돌연 손가락이 움직이지 않게 되었지. 주치의 선생님이 언급한 PTSD에서 힌트를 얻었어. 어머니를 떨어뜨린 순간 네 망막에 그 활짝 편 손바닥이 기록된 거지. 그 영상은 건반을 짚으려 손가락을 펼칠 때마다 재생되어 네가 자각하든 말든 상관없이 잠재적인 공포와 죄책감이 손가락 신경에 지장을 초래한 거야. 전문가는 아니지만 그렇지 않을까 진단해 봤어. 따라서 죄책감이 줄어들면 돌발 장애가 다소 진정되리라 예측한 거다."

전문가가 아니더라도 이치에 합당한 진단이다. 나는 또렷이 기억해 냈다. 저녁 식사 때 미사키 씨가 미치코 씨와 내게

전하려 한 메시지. 그걸 듣고 마음이 몹시 치유되었다. 타인의 기대에 맞춰 살아간다는 것이 얼마나 고통스러운지 이해해 주는 사람이 여기에 있다. 그 사실만으로 큰 위안이 되었다.

어? 그럼.

"그 시점에서 제가 하루카가 아니란 걸 아셨어요?"

"그래. 실제로는 그보다 훨씬 전이지만."

"그런데…… 왜 제게 피아노를 가르쳐 주셨어요? 전 가짜인 데다 살인범인걸요."

"네가 고즈키 하루카든 가타기리 루시아든 나는 상관하지 않아."

"그렇지만."

"제대로 걷지도 못하는 몸, 잘 구부리지도 못하는 손가락, 웃는 데도 고통이 따르는 피부. 그런데도 넌 피아노를 연주하고 싶다고 말했어. 저 앞에 어떤 고난과 고통이 기다려도 피아니스트를 목표로 하겠다고 했지. 그런데 도중 네 정체를 알아차렸을 때 그 말이 이중의 의미를 갖는다는 걸 알고 경탄했어. 고즈키 하루카로 살기 위해 피아노를 칠 필요는 없었어. 오히려 피아노를 치기 위해 고즈키 하루카로 사는 거니까. 그건 고난과 고통을 넘어서 자신이라는 존재를 말살한다는 부조리함까지 짊어지는 일이야. 그래서 계속 가르치기로 한 거다. 들어 보고 싶었거든. 스스로 안식과 자유를 버리고 공포와 절망을 딛고 일어나려 하는 인간이 어떤 음악을 연주하는지 말이야."

그 말이 맞았다. 본래의 얼굴과 목소리와 피부를 잃고 주변에서도 고즈키 하루카로 살기를 강요해 가타기리 루시아라는 인간은 살아 있으면서도 말살되었다. 그렇게 죽은 내가 유일하게 가타기리 루시아로 있을 수 있는 건 피아노를 연주할 때였다. 내 음악은 내 것이다. 연주에 담긴 마음도 정열도 가타기리 루시아만의 것이다. 그 절실함을 도대체 누가 이해할 수 있을까. 내 피아노가 인정받지 못하면 나는 정말로 소멸할 거라며 공포에 떨었다. 그래서 피아노를 계속 연주했다. 날 잊지 않기 위해. 날 되찾기 위해. 그러나 한편으로 나는 고즈키 하루카이기도 해야 했다. 그녀와 가족, 그리고 내 생활을 위해. 지난 몇 달간은 그런 모순과의 싸움이기도 했다.

"선생님…… 이제 절 어떻게 하실 거예요?"

"어떻게 하긴?"

"경찰에 넘기실 거예요?"

"다시 말하지만 난 네가 누구든 상관없어. 피아노 기술을 가르치는 상대일 뿐이지. 나 역시 그냥 피아노쟁이일 뿐 형사도 검사도 아니야. 게다가 내가 참견하지 않아도 조만간 그 사카키마 형사가 너에 대한 체포영장을 청구할 거야. 그는 결코 무능하지 않거든."

"경찰도 제 정체를 알고 있어요?"

"연휴 때라 집을 비운 이웃들이 많았고 비도 억수같이 쏟아졌지. 아직 목격자를 찾지 못했지만 조만간 비옷을 걸치고 한쪽 다리를 끌고 다니는 사람을 봤다고 증언할 사람이 분명히 나타날 거다. 그리고 네가 가타기리 루시아라는 증거도 반드시 나올 거야. 언젠가 밤에 사카키마 형사가 가택수색을 하러 왔었지? 그건 미치코 씨가 한 일을 조사하러 온 게 아니었어. 집이나 방에 남아 있는 하루카의 잔류물을 채취하러 온 거지. 그 형사도 네가 뒤바뀌었다는 걸 눈치채고 있었어. 지문, 모발, 손톱, 뭐든 좋으니 하루카가 생전에 남긴 게 있다면 DNA 감정을 해서 네 것과 비교할 수 있으니. 다만 집 안 구석구석 미치코 씨가 매일 철저하게 청소하는 바람에 분명히 결과가 신통치 않았겠지. 그래서 사카키마 형사가 이시카와로 향한 거다."

"이시카와에는 왜요?"

"이시카와현 나나오시에 하루카 어머니의 친정이 있거든. 사카키마 형사는 그리로 어떤 것을 찾으러 간 거야. 고즈키 하루카의 신체 일부였던 것을."

"신체의…… 일부요?"

"탯줄 말이야. 어머니는 첫 아이인 하루카를 출산할 때 친정으로 돌아갔어. 초산은 친정에서 한다는 것이 이 지역의 풍습이거든. 그 탯줄은 틀림없이 고즈키 하루카의 것이니까 DNA를 비교하면 네가 다른 사람이라는 사실이 금방 판명된다."

그 말에 나는 체념했다. 그동안 계속 숨기느라 지치기도

했고 몽땅 밝혀지면 왠지 후련할 것 같았다. 본의 아니긴 해도 외숙모를 해치고 말았다. 그 죄책감에 늘 짓눌리는 심정이었다. 이제 그 중압감에서 해방될 수 있다. 그리고 더 이상 고즈키 하루카로 살지 않아도 된다. 진정한 내 모습을 드러내도 된다.

어깨가 거짓말처럼 가벼워졌다.

하지만 의문이 하나 남았다.

"선생님, 아까 훨씬 전부터 제 정체를 알아챘다고 하셨잖아요. 그게 언제예요?"

"하루카의 부모님 앞에서 체르니를 선보였을 때부터."

"그렇게 전부터…… 도대체 어떻게요?"

"두 사람이 칭찬해 줬을 때 네가 쑥스러움을 감추려고 고개를 왼쪽으로 갸웃거렸거든. 그게 실수였어. 내가 하루카를 처음 본 건 오니즈카 선배의 피아노 교실에서였는데, 그때 하루카는 고개를 오른쪽으로 갸웃거렸거든. 요컨대 네가 하루카의 습관을 좌우 반대로 익힌 거지. 그 시점에 알아차렸어. 그래서 그 후 내가 널 한 번도 하루카라고 부르지 않은 거다."

그 말을 듣고 나는 하마터면 웃음을 터뜨릴 뻔했다. 역시 나는 어설프다. 좌우를 틀린 이유도 명백하다. 나는 하루카의 표정과 습관을 거울 앞에서 열심히 연습했다. 좌우가 반대로 보이는 거울로. 그러고 보니 하루카의 엄마가 나한테서 달아난 것도 내가 고개를 갸웃거린 걸 본 직후였다. 딸아이와 완전히 다른 체취를 맡은 직후에 좌우가 반대인 습관을 보면 딴사람이라고 의심하는 것도 당연하다.

그때였다.

—우승. 참가 번호 43번, 고즈키 하루카!

무대 마이크가 드높이 그 이름을 알렸다.

순간 귀를 의심했다.

설마, 이런 일이.

"축하한다. 네 마음이 통했나 보구나."

"말도 안 돼요! 마지막에는 폭주했는걸요."

"폭주한 건 몸일 뿐 연주 자체는 악보대로였어. 피아니스트 루빈스타인이 '정확히 칠 수만 있다면 코로 쳐도 된다'라고 말했지. 요컨대 물구나무서서 쳐도 상관없다는 거다. 연주는 곡예 수준이었고 위태로운 부분도 있었지만, 내가 듣기에 미스터치는 한 군데도 없었어. 심사위원의 평가는 정당해."

"제가 손님 끌기용 판다라서가 아니라요?"

"아직도 그런 생각을 하니? 시모스와 씨가 너더러 세상 물정 모른다고 비웃었지만 그녀야말로 세상 물정 모르는 철부지야. 심사위원을 우습게 보면 안 돼. 지금은 심사위원이랍시고 고개를 빳빳이 들고 있지만, 옛날에는 그들도 피아노와 바이올린 콩쿠르에서 치열하게 경쟁한 젊은 음악가들이었지. 콩쿠르의 순위가 사사로운 정에 좌우되는 부조리를 누구보다 잘 알고 있어. 그런 그들이 우아하고 아름다운 드뷔시에 담긴 네 마음을 받아들인 거야. 모든 상처받은 사람을 치유하고 싶다, 모든 죄인을 용서하고 싶다고. 내 가슴에는 그렇게 들리더구나. 분명히 심사위원과 청중에게도 닿았을 거다."

발표 후에 일기 시작한 박수가 여전히 계속되었다.

— 고즈키 하루카 양. 아직 콩쿠르장에 있습니까? 축하합니다! 우승입니다! 무대 위로 올라와 주십시오.

무대 가장자리에 모여 있던 참가자들이 이쪽을 향해 손짓한다.

"자, 무대로 가렴. 다들 네가 나타나길 기다리고 있어."

"전…… 못 가요."

"왜지?"

"호명된 건 고즈키 하루카예요. 제가 아니라요. 전 상 받을 자격이 없어요."

"그렇지 않아." 미사키 씨가 조금 분개한 것처럼 말했다. "심사위원도 관객도 네 이름에는 관심이 없어. 네 피아노, 네가 곡에 담은 마음에 공명했으니까. 그런 드뷔시는 너밖에 연주할 수 없어. 그건 너만 가질 수 있는 힘이야. 음악의 신이 네게만 허락한 힘이야."

— 고즈키 하루키 양, 심사위원장입니다. 우리는 오늘 음악은 손끝이 아닌 영혼으로 연주한다는 걸 다시금 배웠습니다. 고즈키 양의 연주는 모든 심사위원의 마음에 깊이 울렸습니다. 고즈키 양에게 시상할 수 있어서 자랑스럽습니다. 어서

무대 위로 올라와 우리의 마음을 받아주었으면 합니다."

"거봐, 내가 뭐랬어? 당당하게 다녀와. 피아니스트로서의 첫걸음이 이제부터 시작되는 거야."

"……하지만 전 금방 체포돼서 감옥에 갈 거잖아요. 그럼 첫걸음은커녕 여기서 끝장인걸요."

"일본 법률은 미성년자에게 관대하거든. 네 경우에는 소년 법으로 보호받으며 살의도 없었으니 정상참작의 여지가 충분히 있어. 아무리 그래도 5년까지는 안 가겠지."

"그 말, 믿어도 돼요?"

"이래봬도 전에 사법연수생이었거든. 게다가 소년원을 나와서도 피아니스트가 된 사람도 있어. 이걸로 전부 끝나는 게 아니야. 시작의 끝에 불과해. 그러니 어서."

시작의 끝.

나는 마음을 정했다.

끝내겠다고. 고즈키 하루카인 나를.

나는 가타기리 루시아다.

다시 목발을 짚고 걸음을 내딛자, 저 앞에서 찬란하게 빛나는 무대와 박수갈채가 나를 기다리고 있었다. 참회의 장소로는 좀 화려하지만 상을 받기 전에 모두에게 고백하기로 했다. 그동안의 거짓된 나를 끝내기 위해. 새로운 나를 시작하기 위해. 이것이 나의 하일리겐슈타트 유서다.

당분간은 드뷔시의 음악과 멀어질 것이다. 건반을 만질 수도 없을 것이다.

그러나 언젠가 다시 피아노를 연주할 날이 반드시 온다. 그걸 믿고 하루하루 속죄하며 살아가자.

그러니 그날까지 잠시 이별이다.

안녕, 드뷔시.

발버둥의 미학

　내가 나로 살아갈 수 없다면, 몸속에 갇혀 진정한 내 목소리를 낼 수 없다면. 주변의 기대와 착각이 내 영혼을 갉아먹는다면, 과연 그 가혹한 운명 속에서 무엇을 할 수 있을까.

　『안녕, 드뷔시』의 주인공 하루카는 피아니스트를 꿈꾸는 열다섯 살 소녀다. 하루카는 화목하고 유복한 가정환경에서 남부럽지 않게 사랑받으며 자라 왔다. 그러던 어느 날 갑작스러운 화재가 발생해 든든한 버팀목이었던 할아버지와 친자매처럼 마음을 나누던 사촌을 한꺼번에 잃고 만다. 화재는 하루카의 삶을 송두리째 뒤흔들어 놓았다.

　패치워크처럼 누덕누덕 기워진 피부와 개구리처럼 잔뜩 잠긴 목소리. 목발 없이는 아예 걸을 수도 없는 다리와 제대로 펴고 오므리기도 힘겨운 손. 하루카가 할 수 있는 것은, 아니 해야만 하는 것은 피아니스트를 향해 달려가는 것뿐이다. 자신의 꿈이자 사촌의 꿈을 이루기 위해 피아노 앞에 앉는 것만이 유일한 살길이며 마음의 안식처이기 때문이다.

하지만 그마저도 호락호락하지 않았다. 집 안팎에서는 살해 위협에, 학교에서는 동급생의 괴롭힘에 시달려야 했다. 어른들의 기대에 부응하느라 잠시도 긴장을 늦출 수 없었다. 하루도 마음 편할 날이 없는 가운데, 하루카는 자신보다 더 자신의 마음을 헤아려 주는 마법사 같은 피아노 선생님의 도움을 받아 다시금 희망의 불씨를 틔운다.

처음에는 살기 위해, 그리고 마음의 안식을 위해 매달리기 시작한 피아노였지만, 이제는 반드시 무대 위에 서겠노라는 뚜렷한 목표가 생겼다. 드뷔시의 선율 속에서만큼은 자신을 온전히 드러낼 수 있었다. 달빛이 뿜어내는 따뜻한 숨결에 설움과 아픔이 녹아 내렸고, 파스텔 톤의 아라베스크 무늬가 내미는 손을 맞잡으면 영혼이 육체를 떠나 자유롭게 거닐었다. 환상적인 경험을 다른 사람들에게 나눠 주고 싶었다. 그래서 하루카는 이를 악물고 마지막 발버둥을 친다. 음 하나하나에 진심을 꾹꾹 눌러 담아 자신만의 드뷔시를 연주한다.

3도 화상을 입은 육체에 갇혀서도 온 힘을 다해 발버둥 친하루카. 소녀는 남의 시선 따위 의식하지 않고 오직 피아노에만 매달렸다. 육체적 한계를 벗어나는 데도 서슴없었다. 나카야마 시치리의 소설 속 주인공에게서 볼 수 있는 이른바 '발버둥의 미학'이다. 힘겨운 상황 속에서도 죽기 살기로 발버둥 치는 하루카처럼 나카야마 시치리는 답답한 현실과 불안한 미래에 짓눌릴지언정 도망가지 말고 지푸라기라도 잡으라고 말한다. 마지막으로 한 번만 더 발버둥 쳐 보자고 격려한다. 가혹한 운명 앞에 보란 듯이 희망의 불꽃을 쏘아 올린 하루카처럼 말이다.

『안녕, 드뷔시』는 2009년 제8회 '이 미스터리가 대단해!' 대상 수상작이자 나카야마 시치리에게 늦깎이 작가의 꿈을 이루게 해 준 데뷔작이다. 나카야마 시치리는 그해 『안녕, 드뷔시』(투고 시 제목은 '바이바이, 드뷔시') 말고도 『연쇄 살인마 개구리 남자』(투고 시 제목은 '재앙의 계절')를 함께 투고했다. 『연쇄 살인마 개구리 남자』가 본격적인 미스터리 팬을 겨냥해 쓴 소설이었다면, 『안녕, 드뷔시』는 평소 미스터리를 읽지 않는 독자도 재미있게 읽을 수 있도록 클래식 음악과 미스터리를 접목해 쓴 소설이었다.

음악의 여러 장르 가운데 클래식을 택한 이유는 재즈나 팝을 소재로 한 미스터리는 이미 있었지만 클래식을 접목한 소설은 드물었기 때문이다. 전자오르간의 일종인 엘렉톤을 가르치는 아내와 피아노를 배우는 아들에게 '아는 사람은 알지만 일반적으로는 잘 알려지지 않은 작곡가가 누구'인지 물었더니 드뷔시라는 대답이 돌아왔다. 그날 CD를 구입해 듣고 〈달빛〉과 〈아라베스크 1번〉이 특히 인상적이었기에 이 두 곡을 중심으로 소설을 쓰기 시작했다고 한다.

나카야마 시치리는 평소 클래식 음악을 듣는 취미가 없었다. 그저 CD를 듣거나 자료를 보면서 소설을 집필했다고 한다. 따로 취재를 한 것도 아닌데 소설 속 연주 장면에서는 마치 피아노 선율이 들리는 듯한 착각을 불러일으킨다. 작가 본인이 클래식 음악에 대해 아는 바가 없어 초보자의 눈높이에서 살짝 발돋움해 썼기 때문에 피아노와 인연이 없는 사람도 알기 쉬웠던 것이다.

『안녕, 드뷔시』는 피아니스트 탐정 미사키 요스케가 등장하는 시리즈의 첫 번째 소설이다. 나카야마 시치리는 자신이 좋아하는 긴다이치 고스케(추리소설가 요코미조 세이시1902-1981의 소설 속에 등장하는 탐정으로, 소년탐정 김전일의 할아버지다)를 떠올리며 피아노를 연주하는 꽃미남 탐정을 만들어 보았고, 그게 바로 미사키 요스케라고 한다. 물론 미사키 요스케가 탐정 역할을 맡긴 했지만 그는 사건의 해결보다는 등장인물의 행복을 빌어 주는 조연 같은 존재다. 그와 같은 인물이 주인공을 이끌어 준다면 주인공에게 어떤 비극이나 어려움이 닥쳐도 어두운 이야기가 되지 않으리라고 판단해서 만들어 낸 캐릭터다.

피아니스트 탐정 미사키 요스케 시리즈의 두 번째 소설은 『잘 자요, 라흐마니노프』다. 시가 2억 엔의 첼로가 밀실에서 사라진 사건이 일어나는 한편, 저마다 따로 노는 학생 오케스트라를 한데 모으려 노력하는 제1바이올린 담당 음대생의 고군분투가 그려진다. 음대 강사로 등장하는 미사키 요스케는 여기서도 뛰어난 추리력을 발휘한다. 이렇게 이 시리즈는 『잘 자요, 라흐마니노프』에 이어 『언제까지나 쇼팽』과 『어디선가 베토벤』으로 이어진다. 현재 나카야마 시치리는 시리즈의 다섯 번째 소설인 『다시 한번 베토벤』(가제)을 연재 중이다. 『안녕, 드뷔시』를 시작으로 앞으로 꾸준히 출간될 피아니스트 탐정 미사키 요스케 시리즈가 독자들의 많은 사랑과 관심을 받기를 바란다.

클래식 음악의 작곡가나 제목은 모르더라도 막상 선율이 흘러나오면 어디선가 들어 봤음 직한 곡이 있기 마련이다. 영화나 드라마에 삽입된 곡이었다면, 혹은 좋아하는 사람과 카페에 마주 앉아 달콤한 한때를 보냈을 때 흘러나온 곡이었다면 그 장면이나 상황이 자연스레 떠오를 것이다. 알게 모르게 우리의 몸과 마음에 스며든 클래식 음악처럼 미스터리 소설도 언제나 독자들의 가슴 한구석에 자리했으면 좋겠다. 그리하여 잠시나마 즐겁고 가슴 뛰는 시간을 보냈으면 좋겠다. 그 여운에 힘입어 반짝이는 일상을 보냈으면 좋겠다.

2019년 초봄
이정민

さよならドビュッシー